大魚讀品
BIG FISH BOOKS

让日常阅读成为砍向我们内心冰封大海的斧头。

BY CHERYL STRAYED

FROM LOST TO FOUND
ON THE PACIFIC CREST TRAIL

WILD

走出荒野

WILD

（美）谢丽尔·斯特雷德 著
靳婷婷 张怀强 译

北京联合出版公司
Beijing United Publishing Co.,Ltd.

献给布赖恩·林德斯特伦以及我们的孩子——卡弗和鲍比

目录 · CONTENTS

03

光之山脉

04

荒野

05

雨盒子

作者的话

这本书是以我的私人日记为基础整理而成的。在写作过程中，我查阅了能够找到的所有资料，向书中出现的一些人物进行请教，尽可能通过回忆将当时的情景原貌再现给大家。本书中的人物和事件都是真实的。但为了保护人物隐私，我对一些会暴露身份的细节稍作了变动，并在不影响本书真实性和故事主体的前提下，适当隐去了部分人物和事件。

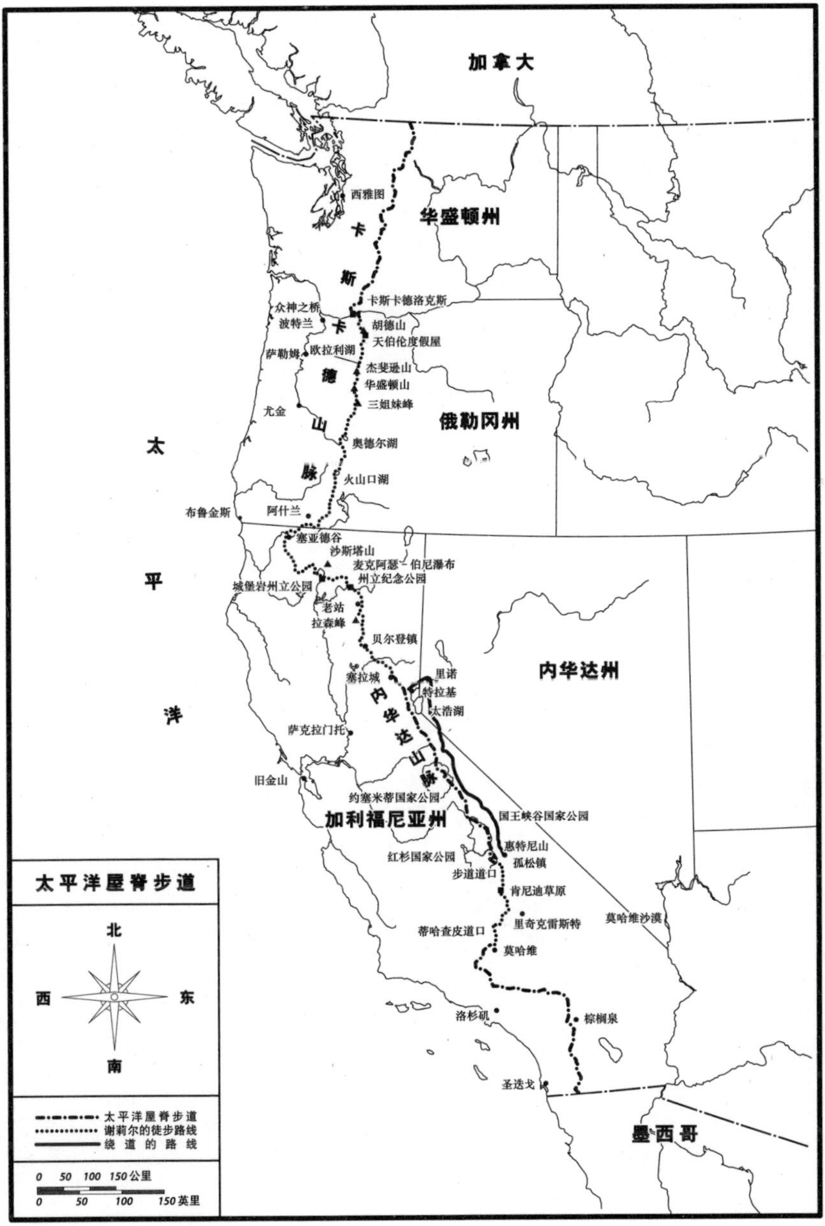

加拿大
华盛顿州
西雅图
卡
斯
卡斯卡德洛克斯
众神之桥
波特兰
卡
胡德山
天伯伦度假屋
萨勒姆
欧拉利湖
杰斐逊山
德
华盛顿山
三姐妹峰
尤金
俄勒冈州
山
奥德尔湖
太
脉
火山口湖
布鲁金斯
阿什兰
塞亚德谷
沙斯塔山
麦克阿瑟－伯尼瀑布
州立纪念公园
城堡岩州立公园
平
老站
拉森峰
贝尔登镇
内华达州
塞拉城
里诺
内
特拉基
太浩湖
洋
华
萨克拉门托
达
山
旧金山
脉
约塞米蒂国家公园
国王峡谷国家公园
加利福尼亚州
惠特尼山
红杉国家公园
孤松镇
步道道口
肯尼迪草原
莫哈维沙漠
里奇克雷斯特
蒂哈查皮道口
莫哈维
洛杉矶
棕榈泉
圣迭戈
墨西哥
太平洋屋脊步道
北
西
东
南
太平洋屋脊步道
谢莉尔的徒步路线
绕道的路线
0 50 100 150公里
0 50 100 150英里

前言

这里的树木高耸入云。此时，我正站在北加利福尼亚州一处陡峭的山坡上，一览脚下这些树木的高大身姿。我刚刚脱掉徒步旅行靴，左脚的靴子已经沉入树海。我硕大的背包倒在了这只靴子上，将靴子弹到了空中，它掠过铺满沙砾的碎石径，飞过山路的边缘，在下面一块突出来的岩石上反弹了一下，接着就飞入山坡上郁郁葱葱的树丛之中，再也没了踪影。我不禁倒吸了一口冷气。虽然我已经在野外生存了38个日夜，那时候已经明白万事皆有可能发生，也确实会发生，但这并不意味着我能在突发情况下依然稳如泰山。

我的一只靴子就这么没了。真的没了。

我把另一只靴子像抱婴儿一样紧紧贴在胸口，虽然实际上也没什么用了。少了一只靴子，另一只又有什么存在的意义呢？它什么都不是，已沦为永远的孤儿，我不能心存怜悯。这只靴子可真不是个小物件，沉甸甸的，是一只带有红色鞋带和银色金属扣襻儿的Raichle牌棕色皮革徒步靴。我把靴子高高举起，用尽全力抛了出去，眼睁睁地看着它飞入葱郁的密林，离开了我的世界。

我赤着双脚，孤身一人。26岁，也是个孤儿。还真是个无依无靠的人啊，几周前一个陌生人评价我说。当时，我把自己的名字告诉了他，说自己在这世上总有种离群之感。他说，人如其名，我就和我姓氏传达的意思一样，是个无依无靠的人。我6岁的时候，父亲离开了我的生活。22岁时，母亲离开了人世。守夜的那天晚上，我的继父变了，不再是那个我认作父亲的人，变得我几乎不认识了。我的姐姐和弟弟，陷入悲痛之中，虽然我想把大家凝聚起来，却也还是日渐疏离。最终我也只好放手，与他们渐行渐远。

在把那只靴子扔过山崖边缘之前的几个年头中，我其实早已将自己扔出了边缘地带。从明尼苏达到纽约，再从俄勒冈到整个西部，我游游荡荡，四处漂泊，居无定所。直到1995年的那个夏天，赤着双脚的我终于悟到，我与这个世界是相连的，而非分离的——我找到了自我。

这是一片我从未涉足过的世界，但它却一直萦绕在我的心头。再三踟蹰之后，我将伤痛与困惑、畏惧和希望一起揣在心中，踏上了这片土地。在我看来，这里既会将我磨炼成我梦想成为的那个女人，也会让我变回曾经的那个女孩。这里，有2英尺宽，2663英里长。

这里，就是太平洋屋脊步道。

第一次听闻这条步道，还是短短的七个月前。那时，我还失魂落魄地住在明尼阿波利斯市，与我还爱着的男人的婚姻已经走向了终点。我在一家户外用品商店里排队等着为一把可折叠铲子付款的时候，偶然在旁边的一个书架上发现了一本书——《太平洋屋脊步道第一辑：加利福尼亚州》。我拿起来读了封底。上面说，太平洋屋脊步道是一条绵长的野外步道，从美国的加州与墨西哥交界的国境起始，沿着拉古纳（Laguna）、圣哈辛托（San Jacinto）、圣贝纳迪诺（San Bernardino）、圣加布里埃尔（San Gabriel）、利伯利（Liebre）、蒂哈查皮（Tehachapi）、内华达（Sierra Nevada）、克拉马斯（Klamath）以及喀斯喀特（Cascade）九大山脉，一路蜿蜒至加拿大境内。这条步道的直线距离只有1 000英里，实际长度却是它的两倍多。它蜿蜒过加州、俄勒冈州和华盛顿州的全境，穿越了国家公园和荒野，切入联邦政府、部落和私人的土地，绵延过沙漠山地、热带雨林，又横穿江河与高速公路。我把书翻过来，直愣愣地盯着封面出神：湛蓝的天空下，一个被岩石峭壁环绕的湖泊。然后，我把书放回书架，付了铲子的钱，离开了。

但没过多久，我就折回店里把这本书买了下来。当时，对我而言，这条步道并不意味着一个崭新的世界，而只是个想法，模糊而奇特，充满了神秘和希望。我用手指在地图上循着它蜿蜒曲折的线条摸索着，心中似有什么东西破土而出。

我下定决心，要沿着这条路线走完全程，就算走不完，也要在大约100天的时间里尽可能地试一试。当时，我已经和丈夫分居，独自一人住在明尼阿波利斯市的一套房子里，做着服务生的工作，生活一团糟，可谓跌到了人生的谷底。每一天，我都感觉自己仿佛置身于深井之中，眼巴巴地抬头仰望。就是在这口井中，我下定决心，要成为一名野外单人徒步旅行者。有何不可呢？我已经有过很多身份了：是深情的妻子，也是第三者；是妈妈心爱的女儿，如今却在佳节时分形影相吊；是野心勃勃的优等生，也是志向高远的作家，却在一个个卑微的职位之间来回切换，在毒品中醉生梦死，还和男人随意厮混。我的祖父是位宾夕法尼亚州的挖煤工，父亲是名炼钢工人，后又转业为销售员。父母离异后，我与母亲、姐姐和弟弟住在净是些带着孩子的单身母亲居住的社区里。

十几岁的时候，我住在明尼苏达州北部树林里的一幢连室内厕所、自来水和电都没有的房子里，过着一种“回归田园”的生活。尽管如此，我在高中的时候成为啦啦队队员，还被封为舞会皇后。在这之后，我离开家去上大学，在学校里成了一名左翼激进派女权主义者。

可是，只身一人在野外跋涉1 100英里会怎样呢？这种挑战我还从来没经历过。试一试也无妨。

当我赤着双脚站在加州的那座山上时，当我带着些许冲动决意徒步于太平洋屋脊步道来拯救自己时，这些往事仿佛已离我很远，恍如隔世。我想，我之前经历过的所有事情，就是为了让我踏上这次旅程吧。但这只是我的一厢情愿，唯有一步一个脚印地走过人生的每一天，我才可能做好迎接未来每一天的准备。而有时，即使走好了今天的路，明天发生的不测也还是会让我措手不及。

这么说来，我那从山坡上滚落树海，再也遍寻不到的靴子，就是一例。

说实话，目送靴子离我而去时，我的心里悲喜参半。在脚踏这双靴子的六个星期中，我跋涉过沙漠雪原，看过形态不同、大小不一、颜色各异的树木花草，越过起伏的山川，走过田野沼泽，也见识过难以言状的奇景。在这段旅程中，这双靴子已经让我的脚上磨出了水疱和老茧。拜它们所赐，我的脚趾已经硬化发黑，我只能忍着剧痛，把四个指甲生生扯了下来。在我与它诀别之际，我早已受够了它，而它也受够了我，虽然我也真心地爱过它。它们于我而言已经不是身外之物，而是与我的背包、帐篷、睡袋、饮水过滤器、超轻型炉子、防身用的橙色小口哨，以及那年夏天随身携带的每一件物品一样，成为我身体的一种延续。我熟悉这些东西，依靠这些东西，是它们支撑我走完了全程。

低头看看脚下的树，高耸的树冠正在热风之中轻轻摇摆。我盯着这绵延不断的绿色，心想，这双靴子就归这些树木所有吧。我选择在这个地方歇脚，正是因为眼前的美景。在这7月中旬的午后，我远离文明，举目无人，离这儿最近能让我拿到补给箱的唯一的小邮局，离我也有数天路程。也有机会碰到其他徒步者，但很罕见，通常一连好几天都碰不到一个人影。能否碰到人不重要，不管怎样，这是属于我一个人的战役。

我凝视着自己那赤裸的、伤痕累累的双脚，呆望着所剩无几的指甲。由于羊毛袜的保护，脚尖直到脚踝上方的皮肤一片惨白。往上，我的一双毛茸茸、肌肉紧实的小腿肚泛着黄铜色，满是泥土和星星点点的擦伤和划痕。我是从莫哈维沙漠（Mojave Desert）出发的，在用手触到在俄勒冈州和华盛顿州交界处横跨哥伦比亚河的那座名字响亮的“众神之桥”之前，我决不会放弃。

遥望北方，远方的那座大桥仿佛变成了一座灯塔，召唤着我；而回眺南方，望着我走过的路，望着那片教育了我也磨砺了我的荒野，我仔细考虑了自己的选择。心中早已明了，只有一个选择。从来都只有一个。

继续走下去。

01

爱，万物生

THE TEN THOUSAND THINGS

PART ONE

巨大的幻灭，
应会生出更大的希望。

——威廉·莎士比亚，《安东尼与克莉奥佩特拉》

爱，万物生

我只身一人前往太平洋屋脊步道进行历时三个月的徒步旅行，可谓下过几次决心。第一次是未经大脑、一时兴起地想尝试一下。第二次是经过一番深思熟虑，决定要付诸行动。第三次是打定主意后，我花了几个星期购物、打包，开始了漫长的准备工作。我辞去了服务员的工作，了结了那场婚姻，把自己的家当几乎变卖一空，和朋友们道了别，又去母亲的墓前看了她最后一眼。之后，我驱车一路横穿美国，从明尼阿波利斯赶到了俄勒冈州的波特兰。几天之后，我飞到洛杉矶，坐车到莫哈维，又换车来到了太平洋屋脊步道和一条高速公路的交接点。

千呼万唤始出来，大显身手的时刻终于到了。但我很快意识到这次旅行到底意味着什么，不禁担忧起来。本来我这决心就下得无厘头又欠考虑，未知的艰险自不必说，途中肯定还充满了我始料不及的意外，况且我准备得又那么仓促……我转念一想：放弃吧？

但是，我的双脚已经踏上了旅程的起点。

坚持去做，不顾一切。尽管会遇到前所未见的大熊、响尾蛇和美洲狮，也会惨遭水疱、过敏、擦碰和划伤的折磨；尽管疲劳和贫困、严寒和酷暑、单调和痛苦、口渴和饥饿、荣耀和回忆一直困扰着我，我依然只身从莫哈维沙漠一路走到华盛顿州。

终于，在经历了漫漫日夜后，我真正走完了这条长路。我发现，我所认为的起点并非是真正的起点。实际上，我的太平洋屋脊步道之旅的起点并非始于我心血来潮决定上路的那一刻，而是始于我产生这个想法之前。准确地说，是四年七个月零三天前，当我站在明尼苏达州罗切斯特市梅奥医院的一个狭小的房间里，被告知：母亲就要走了。

当时我浑身上下一袭绿衣：绿裤子，绿上衣，头上戴的蝴蝶结也是绿色的。这套衣服是母亲亲手为我缝制的，我从小到大的衣服几乎都是她做的，其中有些恰好是我梦寐以求的，也有些我并不是很喜欢。我对身上这套绿衣服就不是很喜欢，但我还是穿了出来，因为它是我的忏悔，我的爱意，我的护身符。

那一整天，我都穿着那套绿衣服，和继父艾迪陪着母亲在梅奥医院楼上楼下地接受了一项又一项的检查。与此同时，我的心里却渐渐浮现出一句祷告。可能用“祷告”这个词来形容我心中闪过的念头并不合适，因为当时我在上帝面前一点儿也不谦恭，甚至不相信上帝。我心中的“祷告”，并不是“上帝啊，请怜悯我们吧”。

我想要的并不是上帝的怜悯。我根本不需要。我的母亲才45岁，看上去还算健康。她坚持素食已经多年了。她从不用杀虫剂，而是在花园四周种上了万寿菊来驱虫。我们几个孩子一患感冒，她就会逼着我们生吃大蒜来治病。像母亲这样的人，是肯定不会得什么癌症的。梅奥医院的检查结果一定会证明她是健康的，德卢斯市那些医生的诊断到时就不攻自破了，这是肯定的！德卢斯的医生们算老几啊？德卢斯又算老几啊？德卢斯？哼！那充其量只是个乡巴佬扎堆的小镇，那里的医生只会信口开河。一个45岁、不抽烟、常吃大蒜、崇尚自然的素食者怎么会到了肺癌晚期？这不可能！

让他们见鬼去吧。

对，这就是我的祷告：见鬼去吧，见鬼去吧，见鬼去吧！

可是，身在梅奥医院里的母亲，只要站着超过三分钟就会疲乏得支撑不住。

“要不要坐轮椅？”我们在一个铺有地毯的长廊见到一排轮椅时，

艾迪问她。

“她才不需要那东西呢。”我说。

“就坐一下。”母亲说着，几乎瘫软在了轮椅上。她与我四目相视了一瞬，然后就被艾迪推往电梯间。

我跟在后面，不让自己胡思乱想。终于，我们乘上了电梯，准备去见宣判命运的医生。我们总是叫他“正牌医生”，一个已经把母亲所有的检查结果汇总，告诉我们什么才是真相的人。电梯徐徐上升，母亲伸出手来，一边帮我把裤子整理好，一边用手指摩挲着裤子的棉质布料。

“这样就好啦。”她对我说。

当时我22岁，母亲怀我的时候也是22岁。她22岁有了我，我22岁时她却要离开我……不知为何，这个句子就在我的脑海中萦绕，一时间盖过了那句“见鬼去吧”的祷告。我差点痛苦地怒吼出来。余生母亲就要离我而去了，这种对未知的已知让我快要不能呼吸。我竭尽全力将这个残酷的事实挤出脑海。在那一刻，在那个电梯里，我不能让自己那么想，并且尽力继续呼吸。我安慰自己说，如果医生带来的是坏消息，他肯定会把我们领到一间办公室，里面会放着一张锃亮的木制办公桌，医生会在那里通知我们。

可是事实并非如我所想。

我们被领到一间做检查的病房里，按护士的指示，母亲脱去上衣，穿上一件棉制的罩衫，罩衫上的带子在她的身侧松散地垂下。然后，母亲爬上了一张带软垫的台子，垫子上铺着白纸。她每动一下，身下的白纸就会发出哗哗啦啦的声音，听起来仿佛整间屋子都在炼狱之火中熊熊燃烧。我的目光落到了她裸露的背部，她腰间那微微凹进去的曲线依然散发着生命活力。她不会就这么离开的，她的背部就是最强有力的证明。我正盯着母亲的背发愣，我们的“正牌医生”走进了房门。他告诉我们，母亲若是能够再活一年，就是天大的奇迹了。他解释说，母亲的病已无药可救，医院已经回天乏术，决定放弃对她的治疗。之后他安慰我们说，肺癌拖到这么晚才诊断出来的例子，并不算少数。

“但她不吸烟啊！”我反驳道，仿佛这能让医生推翻他的诊断结果，仿佛癌症是按常理出牌的好好先生，可以与之讨价还价一样，“她只在年轻的时候沾过烟，况且她已经成功戒烟好多年了。”

然而医生只是忧郁地摇了摇头，然后便继续进行下面的步骤，他毕竟是有工作在身的。他告诉我们，医院可以通过放射疗法来减轻母亲后背的疼痛，通过这种方式，沿着她整条脊椎生长的肿瘤也许会有变小的可能。

我没有哭，只是呼吸，使劲儿地，故意地。然后，忘记了呼吸。我3岁的时候曾经昏厥过一次，当时我不想从浴缸里出来，所以在水里憋着气耍性子。那时我太小不记事。“你当时怎么办的？你当时怎么办的？”童年时我总爱缠着母亲，让她一遍又一遍地给我讲这个故事。这股刨根问底的劲儿，让我乐在其中。母亲一遍又一遍地告诉我，当时她伸出双手，眼睁睁地看着我的脸变成了铁青色，直到我的脑袋栽进她的手中，然后呼了一口气，就这么活过来了。

“我还能骑马吗？”母亲向医生问道。她坐在那儿，双手紧攥在一起，两只脚踝也勾在一起，就像把自己铐了起来一样。

作为回答，医生拿出一支钢笔，直立在水槽的边上，然后重重地拍了一下水槽边缘。“这支笔就是你接受放疗后的脊椎，”他说，“轻轻一颤，它就可能像薄脆饼干一样粉碎。”

我和母亲来到洗手间，各自将自己反锁在隔间里抽泣起来。我们没有说话，并不是因为悲恸让我们感到孤立无援，而是因为我们的悲恸是如此贴近，仿佛我们已然合二为一了。我感觉到母亲靠在隔间的门上，用双手一次一次地捶打着那扇门，整个洗手间的所有隔板都随之颤动起来。过了一会儿，我们从隔间里走出来，一边洗脸洗手，一边从亮得刺眼的镜子中看着彼此。

我们来到药房等着拿药，一袭绿衣的我坐在母亲和艾迪之间，头上还顶着那只绿色的蝴蝶结。环视药房，我看到一个胖乎乎的光头小男孩坐在一位老人的腿上，一位女士的一只小臂不停地抽搐着，她用另一只手死死地攥着胳膊，尽力让这抽搐停下来。她等待着，我们也等待着。还有一位一头棕褐色头发的漂亮女人坐在轮椅上，头戴一顶紫色宽檐帽，手上戴满了钻石戒指。我们三人出神地盯着她，只见一个貌似她丈夫的人和她其他家人向她围过来，她用西班牙语向他们说着些什么。

“你觉得她是不是有癌症啊？”母亲向我耳语道，声音却不小。

艾迪坐在我的另一侧，但我不敢去看他。如果我朝他看一眼，我们就都会像薄脆饼干一样彻底地粉碎掉。我想到了我的姐姐卡伦，想到了弟弟利夫，又想起了我的丈夫保罗，还有十里之外的外祖父母和姨妈。如果他们知道了这个消息，会说些什么呢？他们会如何悲痛欲绝呀？我的祷词变成了“一年，一年，一年……”这两个字在我的胸中，如心跳一般地搏动着。

那是母亲还能活着的时间。

“你在想什么呢？”我问母亲。这时等候室的扬声器中传来一首歌，是一首没有唱词的旋律，但母亲知道歌词，所以她并没有回答我的问题，而是对我低声吟唱起来：“纸玫瑰，纸玫瑰，看似真玫瑰。”她把手放在我的手上说，“我小时候听过这首歌，在这种境地时听到相同的歌，想想真是不可思议，我从来没有料到过。”

正在这时，我们听到医生呼叫母亲的名字：她的药开出来了。

“去帮我取药吧。”她说，“告诉他们你是谁，告诉他们你是我的女儿。”

我是她的女儿，但不仅如此。我是卡伦，是谢莉尔，是利夫，是卡伦·谢莉尔·利夫，是卡伦谢莉尔利夫……在母亲的口中，我的名字与姐姐和弟弟的名字早已混成了一体。她低声轻唤过这名字，大声呼喊过这名字，尖声怒吼过这名字，也轻柔哼唱过这名字。我们是她的心肝儿，是她的伙伴，是她的终点，也是她的起点。我们三人轮流坐在车里她身边的副驾驶座上。她会把双手打开一掌距离，问我们：“我爱你们有没有这么多？”“不止这么多。”我们狡黠地笑着答道。“那我爱你们有这么多吗？”她不断问下去，双手分开的距离一次大过一次。但无论她的双臂打开多大的距离，还是没有她给我们的爱多。她给我们的爱太多，已经超越了双手能够比画出的长度。这份爱无以度量，无以容纳。就像《道德经》中所说的“有名，万物之母”一样，她的爱是无时不在的，是无微不至的，也是不加矫饰的。每一天，她都毫无保留地把爱献给我们。

母亲出生于一个信仰天主教的军人家庭。在15岁之前，她已经在两个国家和美国的五个州生活过。她痴迷于马，狂爱歌手汉克·威廉姆斯，还有一位名叫芭布斯的挚友。19岁时，她奉子成婚，嫁给了我的父亲。新婚不过三天，父亲就在家里对她拳脚相加。她一次次地和他分手，又一次次地回到他身边。她不愿忍受这种虐待，但还是选择了接受。他把她的鼻子打得流血，摔碎了她的碟子，他揪着她的头发，在光天化日之下把她拖到人行道上，磨破了她的双膝。但他并没能把母亲打垮，28岁时，母亲终于离开了他，再也没有回头。

母亲孤身一人，只有副驾驶座上的卡伦谢莉尔利夫伴她左右。

那时，我们四人在离明尼阿波利斯一小时车程的一座小城镇上辗转了好几个社区，这些社区都有着特别唬人的高档社区的名字，什么“磨坊湖畔”“巴巴利山庄”啦，什么“林荫洋房”“美景湖畔别墅”啦。母亲换了一份又一份的工作。她先是在一家叫“诺斯曼”的饭店做侍者，后又转到一家名叫“大无限”的餐厅。在那儿，她穿着一件黑T恤制服，胸前印着闪闪的彩虹色的“GO FOR IT”。她曾经白天在一家制造盛装高腐蚀性化学物品的塑料容器工厂上班，下班后就把残次品拿回家来用。这些容器要么有裂缝和缺口，要么就是在制作过程中变了形。我们拿这些容器当玩具，给玩偶当床，或是当作玩具车的车道。母亲没日没夜地工作，但仍没能把我们拉出赤贫的泥沼。我们接受了政府救济的奶酪和奶粉、食品券和医疗救助卡，还有圣诞节来临时，用来救助穷人的免费礼品。我们围着公寓楼的邮箱玩贴人游戏、红灯绿灯停、猜字谜。这个邮箱仅用一把钥匙就能轻松打开，里面寄来的，只有账单。

“我们不穷，”母亲一遍又一遍地告诉我们，“因为我们有好多好多的爱。”她把食用色素掺到糖水里，哄我们说那是黑松沙士、橙汁、柠檬汁之类的新奇饮料。她用不可一世的英伦腔问我们：“小姐，请问您还要再来一杯吗？”我们每次都被惹得捧腹大笑。她把臂膀大大地张开，问我们她的爱有多大。这游戏永远也不会有终点，因为她对我们的爱早已超越了世间万物。她是个乐观镇定的人，除了几次生气时她情绪失控，用木勺子打了我们的屁股。有一次，因为我们不愿意打扫屋子，惹得她大喊一声“去他妈的”，然后崩溃地哭起来。她就是这么一个纯真良善、宽容大度的人。她的男朋友有叫“杀手”的，有叫“毒品”的，有叫“摩托车手”的，还有一个叫“维克托”、喜欢滑雪的男人。他们都喜欢塞给我们几个孩子5美元，打发我们去商店里买些糖吃，好让他们能和母亲单独在家待着。

我们拿到钱，像小饿狗一样冲出房门，而母亲则向我们大声叮咛：“过马路左右看！”

母亲初遇艾迪时，并不对这段感情抱什么希望，因为艾迪要比她小8岁。但是尽管如此，他俩还是相爱了。卡伦、利夫和我也爱上了艾迪。第一次见到我们的时候，艾迪25岁。两年后，他娶了我的母亲，并承诺成为我们的父亲——一个能修会补的工匠。于是，我们离开了拥有冠冕堂皇的名字的小区，跟着艾迪搬进了一间租来的摇摇欲坠的农舍里。这间农舍的地板是用沙土铺成的，外墙上刷着四种不同颜色的油漆。他们两人新婚过后的第一个冬天，艾迪在做工时不小心从屋顶上摔下来，摔坏了后背。一年之后，他和母亲用12 000美元的事故赔偿金，以一次性付清的方式，在德卢斯西边一个半小时车程的艾特金县买了一片面积为40英亩的土地。

这块地上没有房子，从没有人在这块土地上建过房子。这40英亩的土地上，到处都是树林灌木、丛生的杂草，还有软泥淤塞的池塘以及长着马尾草的沼泽。它们和方圆数英里的树林灌木、丛生的杂草、泥塘沼泽没有丝毫的区别。在成为“地主”的前几个月里，我们一起不厌其烦地绕着这片土地转来转去。我们沿着不靠公路的两个方向一个劲儿地走，好像这么做就能把我们的土地与外界划分开来，让我们能够“自成一统”。而渐渐地，我们竟真的把这片土地和外界划分了开来。原本看似与其他树木别无二致的树，在我的眼里却如人群之中老友的身影般渐渐清晰了，树枝的摇曳突然间有了意义，树叶也像我熟悉的双手一般向我召唤。那一堆堆的杂草，那沼泽泥塘的轮廓，在我们的眼中都成了一种地标，一种除了我们以外谁也无法破解的暗语。

还没搬家之前，我们把去这块新买的土地叫作“北上”。整整半年的时间里，我们每个周末都会“北上”。我们用双手清理出一小块土地，在上面搭起了一个只有一个房间的木棚，好让我们五人有个栖身之处。我13岁那年的6月初，我们一家搬到“北上”定居了下来。这搬迁的队伍中，除了母亲、利夫、卡伦和我以外，还有我们的两匹马、两只猫和两条狗，以及母亲在饲料店里买了25磅鸡饲料后免费获赠的10只小鸡。夏天，艾迪会在周末开车回来和我们住。到了秋天，他又忙了起来。他的背已经差不多恢复了，所以他终于又能开始做活儿了。秋季是木工赚钱的旺季，因此秋季一来，他就会抓紧机会去做工。

家里又剩下了卡伦谢莉尔利夫和母亲，与母亲单身一人时的情形没什么两样。那年夏天，无论是睡着还是醒着，我们都很少离开彼此的视野，除此之外也看不到其他人。在距离我们20英里处的两个相反方向各有一座小镇，东边的小镇叫作穆斯莱克，西北边的镇子名叫麦克格雷格。秋天的时候，我们就在其中较小的仅有400位居民的麦克格雷格镇上学。而整整一个夏天，除了偶尔登门造访的八竿子打不着的邻居，这里一直是我们四人的天下。我们拌拌嘴、聊聊天、开开玩笑、闹闹不和，日子就这么一大天过去。

“我是谁？”这是我们在游戏的时候一遍又一遍提的问题。在这个游戏里，有个人要先想好一位名人或普通人，然后其他几个人就可以无限制地提问，依照得到的“是”或“否”来判断这个人的人名。“你是个男人吗？”“你是个美国人吗？”“你已经死了吗？”“你是不是查尔斯·曼森？”

我们一面玩着游戏，一面打理着一个花园，它支撑我们在这片似乎千年来无人照管的土地上度过整个寒冬。与此同时，我们在这块土地的另一头搭建的房子也在一天天成形，有望在夏天结束之前就能完工。在劳作时，我们被身边的蚊子闹得一刻也清闲不下来。但母亲不允许我们使用任何损伤大脑、污染环境或伤害子孙后代的化学杀虫剂，而是让我们在全身涂上薄荷油或是胡椒油来驱蚊。夜晚时分，我们喜欢就着烛光来数自己身上的蚊虫叮痕，像79、86、103这样的数字，已是家常便饭了。

“总有一天，你们会感谢我的。”如果我们几个孩子因怀念曾经拥有的便利生活而心生抱怨，母亲便会这样告诉我们。我们从未享受过锦衣玉食的生活，甚至连中产阶级的生活水平也无法企及，但我们毕竟体验过现代生活的便利和安逸。电视一直是家里必不可缺的物件，冲水马桶和拧开龙头就能接水喝的自来水更不在话下。但在这种“返璞归真”的新生活中，即便是最为基本的日常所需也需要疲劳冗长而枯燥的步骤，严密、琐碎而徒劳无功。一台科尔曼牌户外炉、一台艾迪做的用真冰来冷却食物的不大中用的老式冰箱、一只倚着木棚外墙搭起的水槽、一个装水的有盖水桶，这就是我们的厨房了。这里的每一个物件起到的作用，都不及我们在它们身上所下的功夫大。每样东西都需要我们修修补补，倒了装装了又倒，拉过来又拖过去，清空再填满，用泵抽水，添柴火，还得随时留心那些物件的使用寿命……

我和卡伦睡在跃层的床上，床与天花板之间的距离很小，我俩几乎无法直着背坐起身来。利夫睡在不远处一张小一些的床上。母亲的床就在地板上，艾迪在周末回来时会和她睡在一张床上。每天晚上，我们都是在闲谈中入睡的，就像举办睡衣派对似的。天花板上有一个和我与卡伦的床大小一样的天窗正对着我俩，天窗上透明的玻璃离我俩的脸只有几英尺远。每个夜里，黢黑而迷人的夜空和闪亮耀眼的繁星都是伴我入眠的好伙伴。有时，它们那肃静的美丽近在咫尺，让我不禁深深地体会到，母亲的话是对的，将来的某天我们一定会感谢她的。实际上，我当时就已满怀感激，胸中似有什么东西在慢慢发芽，如此强烈，如此真实。

几年之后，当我的生活被悲伤搞成一团乱麻时，我又忆起了当时在胸中发芽的东西。是它让我相信，这次跨越太平洋屋脊步道的徒步旅行，会让我寻回原本的自己。

万圣节那天晚上，我们搬进了自己动手用树木和木头边角料搭成的房子里。房子没水没电，没有电话，没有室内厕所，各个房间也没有门。在我的整个青少年时期，艾迪和母亲一直在为这幢房子添砖加瓦，使它更完善。母亲种了一畦菜园，秋季来临时，她把园内的蔬菜装罐腌制，然后冷冻起来。她不但会割枫树的汁液来制作枫树糖浆，还会烤面包、缠羊毛，另外还能用蒲公英和西蓝花的叶子自制织布染料。

长大后，我离开家到位于双城的圣托马斯大学念书，而母亲并未离我左右。我的录取通知书上说，学生家长可以在学校里免费上课。母亲虽然留恋她在现代喧嚣中的清静僻壤，但她一直渴望拥有一个学位。我们两人一起拿她的“执迷不悟”开涮，然后又一起权衡这其中的利弊。我们讨论的时候母亲说，她已年过40，上大学未免有些高龄之嫌。事实的确如此，我无从反驳。况且，到圣托马斯大学开车需要三个小时。我和母亲思忖再三，终于做出了决定：她决定去圣托马斯大学读书，但我要求我们俩各自过各自的生活。我住在学校宿舍，她开车来上学，下课之后回家住。如果我们俩在校园里相遇，我只要不和她打招呼，她也得装作不认识我。

“这一切可能都是枉费心机。”我们的计划一出炉，她就告诉我，“因为我十有八九会因为挂科被劝退吧。”为了做好准备，她在我高三的最后几个月里一直跟我如影随形，乖乖地完成跟我的作业一样的所有作业，努力磨炼自己的学习技巧。她把我的练习题悉数抄写下来，跟我写一样的论文，通读我读过的每一本书。我依照老师的打分标准给她的作业评分，但在我的眼中，作为一个学生而言，她真的不怎么灵光。

然而没想到，她却在大学里获得了全A的好成绩。

在学校里碰到母亲时，有时我会给她一个热情的拥抱，有时我则与她擦肩而过，仿佛她只是一团空气。

母亲被查出患有癌症时，我俩都在读大学四年级。我们在圣托马斯读了一年以后，双双转入了明尼苏达大学，她在德卢斯分校上学，我则转到了明尼阿波利斯分校。说来也巧，我俩选的竟是相同的专业。母亲主修的是女性研究和历史两个专业，我的则是女性研究和文学。到了晚上，我俩常常要煲上一个小时的电话粥。那时我已经结了婚，嫁给了一个叫保罗的男人。我们就在我家那片土地的树林里举行的婚礼。婚礼上，我身穿一袭带蕾丝的纯白缎子婚纱，这婚纱，是母亲亲手缝制的。

母亲生病后，我把自己的生活完全抛在了一边。我告诉保罗，不要寄望于我，我是去是留，全看母亲的需要而定。我想要辍学，但是母亲不应允，她恳求我，无论发生什么事情，都一定要拿到学位。她自己暂停了学业，说这只是暂时的“休整”。其实，她只需要再修几门课就能够毕业了，她说她一定会毕业的，还说即便是死也要拿到文学学士学位。说完，我们俩哑然失笑，然后又四目相视，心中如打翻了五味瓶一样。她在病床上坚持完成了作业，我通过她的口述，帮她把作业录入电脑中。她坚信，不久之后，自己就能有精力完成剩下的两门课了。我虽然没有离开大学，但在征得了教授们的批准后，每周只在学校里待两天。这两天时间一结束，我就会赶回家里，陪在母亲的身旁。得知母亲的病后，利夫和卡伦几乎不知该如何去面对她，不同于他们，我不愿离开她哪怕一分一秒。况且，母亲需要我。艾迪虽然尽己所能地抽空陪在母亲的身边，但他不得不去工作，毕竟要有人来支付这一切。

我为母亲准备饭菜，她虽然很努力地试着下咽，但却几乎吃不进什么东西。如果她感觉肚子饿了，便会像个犯人似的坐在那里，直愣愣地盯着盘里的食物说："看上去很好吃嘛，我可能缓一缓就能吃下去了。"

我把家里的地板擦得锃亮，还把橱柜里的东西全部清了出来，在柜里垫上崭新的纸张。母亲不是在睡觉，就是在呻吟，要么就是在数药片、吞药片。她的身体状况稍有起色时，她就会坐在椅子上和我聊聊天。

其实，我俩也没什么新的话题可聊。母亲是那么透明、那么坦率，而我又是那样喜欢刨根问底，以至于我们早已聊过了所有话题。我知道，她对我的爱大过了世间万物，大过了世间万物之外的万物；我知道，她在童年时喜爱的三匹马分别叫作"伙计""老兄"和"酒神"；我知道，她在17岁的时候把第一次献给了一个叫迈克的男孩；我知道，18岁时她遇到了我的生父，也了解了他俩头几次约会时的情景；我知道，当她把未婚先孕的消息告诉外祖父时，外祖父惊得把勺子掉在了地上；我知道，她讨厌向神父忏悔，也讨厌自己所做的不得不忏悔的事情，比如对她的祖母出言不逊、破口大骂，又比如抱怨她的妹妹在旁边玩耍而自己却得摆餐桌，再比如穿着裙子出门去上学，然后再偷偷换上塞在包里的牛仔裤。小的时候，我不厌其烦地问啊问啊，让她一遍又一遍地给我重复故事中的那些情景，还盘问她谁说了什么、是怎么说的、她当时是何感想、当事人站在什么地方、事发时是什么时间……母亲时而不甚情愿、时而津津有味地向我描述着，一边笑着一边问我到底为什么如此好奇，然而我就是想要刨根问底，自己也说不出个缘由来。

而今，母亲正濒临死亡。我彻头彻尾地知道有关她的一切，她已经融为了我身体的一部分，不仅是我所熟悉的那个她，连我降生之前的那个她，也一并与我合二为一了。

这种在明尼阿波利斯和家之间来来回回的日子并没有维持太长时间，只有短短的一个月多一点儿。母亲的生命只剩下一年的消息犹如噩梦一般，我们一起到梅奥医院的日子是2月12日，而3月3日那天，母亲便因浑身剧痛难忍而不得不赶赴70英里外德卢斯的一家医院入院。穿衣服准备去医院的时候，母亲突然发现她已经不能自己穿袜子了。她把我叫到她的屋里，让我帮她一把。她坐在床上，我在她身前双膝跪下。我从未帮任何人穿过袜子，没想到竟会这般困难。那双袜子无论如何也不肯服服帖帖地裹住她的双脚，老是歪斜到一边去。我不禁对母亲愠怒起来，仿佛是她故意把脚摆成了一个让我没法帮她穿上袜子的角度。她紧闭着双眼，上半身向后靠着，双手在床上撑着身体，我听到了她深缓的呼吸。

“真该死，”我脱口而出，“谁来帮帮我！”

母亲俯视着我，一时间沉默下来。

终于，她凝视着我，伸出一只手轻轻地抚摩着我的头顶，只说了一个词：“亲爱的。”这句话贯穿了我整个童年，语气总是那样特别，那样清晰可辨。而此时此刻，在说出“亲爱的”这个词时，母亲所用的并不是我想听到的语气，而我却无力改变。这语气意味着，母亲对苦痛已然全盘接受了。她这无尽的乐观和好脾气，真是让我心如刀绞。

“我们走吧。”我终于笨拙地把袜子套到了她的脚上，然后帮她穿上鞋子。

她动作迟缓而僵硬地穿上大衣，扶着墙壁穿过屋子，她的两只爱犬紧随着主人，用鼻子顶她的手、蹭她的腿。我看到她轻轻地拍了拍它们的脑袋，那时，我心里的祷告早已没了踪影。“见鬼去吧”这句话早已被我咂得索然无味了。

“再见了，亲爱的。”母亲对两只狗说。“再见了，家。”她一边说，一边跟着我走出了家门。

当时我丝毫没想过母亲会这样溘然长逝。在她撒手人寰的那一刻之前，这个想法从未在我的脑海中浮现过。她是坚如磐石、不可战胜的，她是我生命中的守护神，即便垂垂老矣，也依然能在园间耕作。这样的场景深深地烙在了我的心中，就如我一次次地缠着让她细细描述的童年回忆一样。我将这幅画面保留在心中，就像这是属于我自己的回忆。在我的脑海里，母亲老去后优美的身形，就像我曾经寄给她的一张黑白照片上的画家乔治娅·奥·吉弗一般高雅。我们从梅奥医院回来后的几周，我将这幅画面藏在心间，不愿抹去。而在这之后，当她住进德卢斯那家医院后，我渐渐淡忘了那幅画面，脑海中浮现的是更为现实、更加朴素的母亲的形象。我在脑中勾勒着一幕一幕的场景：5月和8月母亲的姿态，10月母亲的身影。日子一天天流逝，我脑海中的母亲也随之一层层剥落。

入院的第一天，护士问母亲是否需要注射吗啡，母亲拒绝了："吗啡是给快死的人打的，打吗啡就意味着没有生的希望了。"

但她仅仅坚持了一天。她睡去，醒来，谈天，说笑，也会因为剧痛而呜咽啜泣。白天我陪在她的左右，晚上则由艾迪来看护她，利夫和卡伦却迟迟不肯露面，两人的借口让我听来既牵强又拙劣。但他们的缺席并未影响到母亲，她一心只想将身上的剧痛根除掉，而在一针针吗啡药劲过后，却发现这只是她一厢情愿罢了。而那可恶的枕头仿佛也在与我们作对，没有谁能把它们垫到合适的高度。一天中午，一位我从未谋面的医生走进病房，告诉我，母亲已经快不行了。

"但是这才过了一个月呀！"我愤怒地说，"另一位医生告诉我们她还能活一年呢。"

医生缄口不语。他很年轻，大概30岁，一条柔和而多毛的手臂垂在口袋里。他站在母亲旁边，低头看着躺在病床上的她，“到了现在这个阶段，我们优先考虑的，是病人是否感到舒服。”

舒服？！如果想让我母亲感到舒服，那么那些护士为什么还一个劲儿地减少吗啡的剂量呢？在他们之中有一位男护士，透过紧绷的白色护士裤，他的阴茎的轮廓若隐若现，我甚至希望能把他拽到母亲床脚对着的那间狭小的洗手间里，只要他肯帮我们，为他做什么我都心甘情愿。我想取悦他，去感受他压在我身体上的重量，去感受他在我发丝间的呼吸，听他一次又一次喊我的名字。因为我想让他报偿我，让他把母亲的病当作大事去重视，想让他因这悲悯而椎心泣血。

母亲请求这位男护士给她多注射些吗啡，她以一种我毕生从未耳闻的方式苦苦乞求，就像一只发疯的狗。而面对母亲的哀求，男护士却一直看着他的腕表，一眼也没有扫一下母亲。无论他对母亲是答应还是拒绝，那张脸上的表情都丝毫不曾改变。有时他会一语不发地给母亲加药，有时则用冷硬的声音断然拒绝。母亲边恳求边抽泣，她的泪水不像正常站立的人那样掠过颧骨流向嘴角，而是溢出眼角、滑过双耳，然后滚落进她散在病床上的乱蓬蓬的发丝之中。

母亲并没有活够一年。她没能等到10月，没能盼来8月，也没有迎来5月。在德卢斯的医生第一次查出她患癌症后的第49天，在梅奥医院的医生再次确诊后的第34天，她离开了这个世界。然而这其中的每一天都像是一种永恒，日子一天天地堆叠在一起，变成了浓雾中一种清晰可见的冷酷。

利夫一次也没来看过她，卡伦在我的再三坚持下来过一次。对他们的冷漠，我既感到心如刀绞，又不禁愤愤不平。我和卡伦讨论过这件事，她怯怯地低声回应道："我不想看到她这个样子。"然后便潸然泪下。我没法和弟弟取得联系，在我和艾迪看来，他仿佛人间蒸发了一般。一位朋友说，他和一个叫苏的女孩一起住在圣克劳德，另一个朋友曾经看到他在谢里夫湖的冰面上钓鱼，但我已无暇顾及他的事了。我每天都要全身心地扑在母亲身上，在她呕吐时为她端着塑料盆，一次又一次地调整那总也放不好的枕头，把她扶到床边带坐便的座椅上，明知她可能十分钟就要呕吐，也要哄着骗着让她吃些东西。而大多数时间，我都在她的身边看着她沉沉睡去。最痛苦的莫过于，看到沉睡中的她，面容仍因痛楚而扭曲着。她的每一个动作，牵动的不仅仅是垂在她身边的静脉导管，更让我的心也一阵阵跟着缩紧，生怕她会弄掉她那浮肿的手腕和手背上的针头。

见她从睡梦中醒来，我将手伸过那一根根导管，将她睡得蓬乱的头发整理好。我柔声问她："你感觉怎么样？"心中祈盼着奇迹能够出现。

"哎……亲爱的。"这几乎是她能说出的所有话了。话音落下，她避开了我的目光。

母亲睡去的时候，我便在医院里随处溜达，经过开着门的病房时，我的双眼便会窥探进去。我瞥见过剧烈咳嗽、浑身青紫的老人，也看到过臃肿的双膝缠着绷带的妇女。

"你还好吧？"护士们常用阴郁的口吻问我。

"我们还勉强坚持得住。"我回答，仿佛我一个人可以代表我们全家。

但这是一场我孤身奔赴的战役。我的丈夫保罗用尽全力，来减少我的孤独。他还是那个几年前让我疯狂坠入爱河的温存而善良的男人，还是那个让不满20岁的我以闪电之速以身相许的男人。但随着母亲向着死亡一步步地走近，我与保罗之间的什么东西也在一点点凋零，无论他如何挽救，终究还是于事无补。我仍然会在一个个漫长的午后用医院的付费电话和他聊天，也会在回到家中的一个个长夜和他通话。我们会聊很长时间，我一边哭一边把发生的事情全部倒给他，他会与我一起落泪，努力想让我感受到哪怕些许的慰藉。无奈，他的话语是如此苍白无力，仿佛无法传进我的双耳。他又怎能体会失去母亲的滋味呢？他的双亲婚姻美满，两人都还健在。在他完好无缺得几乎熠熠生辉的家庭的映衬下，我与他的结合，似乎只能加深我的苦楚。这不是他的错。但与他相处让我感到难以承受，与其他任何人相处也是如此。我唯一能够勉强相处的人，也正是那个让我最无法承受的人——我的母亲。

每天清晨，我都会坐在母亲的床边，试着为她读些东西。我手边有两本书，一本是凯特·肖邦的《觉醒》，另一本是尤多拉·韦尔蒂的《乐观者的女儿》。这些是我们在大学里读过的书，是我们共同喜爱过的书。我尝试着为她读书，然而却没法读下去，因为每个从我口中念出的字都飘散在空气中，消失得踪迹皆无了。

我的祈祷也同样是徒劳。我几近痴狂、疯癫地祷告，我祷告上帝，祷告诸神，无论这神灵我是否知晓、是否能够企及，我都要试一试。我咒骂母亲，抱怨她没能给我任何宗教方面的教育。母亲对她那压抑的天主教家庭环境很是憎恶，因此在成人后，她完全切断了与教会的联系。而今，死神就在她的眼前，而我却连个信仰的神灵都找不到。我向浩瀚的宇宙祷告，但愿上帝果真存在于这寰宇之中，希望他老人家能够听到我的心愿。我不停地祈祷，但心气却一天天衰退下去。这不是因为我找不到上帝，而是因为我倏然间真的找到了他——我意识到，上帝一直都在，但他丝毫没有阻止事情发生以挽救母亲的生命的意图。上帝不是美好希冀的恩赐者，而是一个残酷无情的旁观者。

在人生的最后几天中，母亲的病情波动已不像以前那样剧烈，应该说，她的状态一直很低迷。当时，她手腕上总是插着一根导管，导管上连着一个装着液体的透明袋子，缓缓地往她的体内注入吗啡——她已一刻也离不开吗啡了。清醒的时候，她有时会“哎，哎……”地呻吟几声，有时则不胜凄凉地叹一口气。有时，她会看看我，送给我一瞬的慈爱；有时，她则会翻身再次昏睡过去，仿佛我并不存在；有时，母亲醒来会搞不清自己身在何处，让我给她拿点儿墨西哥肉卷和苹果酱；有时，她会以为她所深爱的那些动物全都在病房里陪着她，她说：“真见鬼，那匹马差点儿踩到我了。”然后便不满地四处张望，想寻到那匹马的踪迹；有时，她则会用手在空气中轻抚，幻想着我们家的猫正靠着她的大腿卧着。那一刻，我是多么想听到母亲称赞我是这世上最好的女儿啊。我并不以这个想法为荣，但我的确渴望得到这样的夸赞，就仿佛我发高烧时，而唯有母亲的夸赞才能为我退烧似的。难抑对这份肯定的渴望，我竟不加掩饰地直接问母亲：“我是不是这世上最好的女儿？”

母亲说：“你是，你当然是了。”

但这并不能满足我。我想要这几个字在母亲的脑海中织结缠绕，然后快马加鞭地传送到我这里。

我渴望爱，渴望到了火烧火燎的地步。

母亲的死降临得很快，但并不突然，像是一缕缓缓燃尽的火焰，由余焰变为烟气，随之又飘散在了空气中。她并没有来得及被这病拖得形容枯槁，在离去之前，她的身形虽然消瘦了些，但还算丰满，还算是一个有生气的女人的体态。她的头发也没有掉光，但由于卧床数周，她的发丝已因受损过度而又黄又枯了。

透过母亲病房里的窗户，我可以看到伟大的苏必利尔湖。这是世界上最大的淡水湖，也是最为冰冷的一湾湖泊。想要看到湖景，我不得不侧着脸，紧紧贴在窗户玻璃上，这样才能捕捉到一抹湖光，看到那湖水与地平线连成一片。

“这可是湖景房呢！”母亲惊呼着，但她太孱弱了，已经无力起身亲眼去看这片湖了。随后，她把声音压低了一些，轻轻说，“我这一生一直希望有朝一日能住一间带景致的房间。”

母亲希望能坐着死去，于是我用能寻来的所有枕头为她搭起了一个靠背。我想把她从医院里带出去，把她安置在一片草地中，让她在那里离开这个世界。我从家里带来一条她用我们的旧衣物亲手缝成的被子，盖在她的身上。

“把这东西拿开！”她粗蛮地咆哮着，就像一个游泳的人一样一脚把被子蹬开了。

我凝望着母亲。窗外，阳光洒在人行道和积雪结成的冰面上。那天是圣帕特里克节，护士们为母亲送来了一块绿色的方形果冻，放在她身旁的桌上。[1]随着母亲的动作，这块果冻也跟着震颤着。这是母亲人生中最后一个完整的日子了。这天的大部分时间里，她都目光呆滞，似睡非睡，时而神志清醒，时而陷入幻觉。

虽然不情愿，但那晚我还是离开了母亲。护士和医生们告诉我和艾迪：“已经到时候了。”我总以为癌症患者会在人世上弥留一段时间，因而我以为他们的意思是说，母亲尚有几周的时间可活。卡伦和保罗说好第二天早晨要从明尼阿波利斯开车赶来，外祖父母也说好几天之后要从亚拉巴马州来探病，而利夫仍是杳无音信。艾迪和我打电话联系了利

1　穿绿色的衣服和吃绿色的食物是圣帕特里克节的一个习俗。——译者注

夫的朋友和朋友的家长，让他们给利夫捎话，恳请他能打个电话过来，但他仍然没有打过电话。于是，我决心离开医院一个晚上，找到利夫，把他带回医院来，好让这事儿有个了结。

我对母亲说："我明天早上就回来。"而后我看了看半躺在塑胶沙发上的艾迪，对他说，"我会把利夫带回来的。"

母亲听到利夫的名字，睁开了双眼。那湛蓝而闪光的双眼，与从前别无二致。经历了如此的病痛折磨，那双眼睛却始终没有改变。

我不平地诘问道："你怎么能不生他的气呢？"这个问题，我可能已经问了十遍了吧。

"强扭的瓜不甜啊。"以前母亲老是这么回答我，或者，"谢莉尔，他才18岁啊。"但这次，母亲只是凝视着我，说了一句："亲爱的。"当我被她的袜子搞得火冒三丈时，当她眼见我竭力改变现状却徒劳无功时，她说的都是这个词。她用这唯一的词语，试图给我安慰，让我逼着自己接受眼前的现实。

我对母亲说："我明天会和他一起回来。我们会一起回来陪你的，好吗？我们都不会离开你的。"我将手伸过她四周垂下的一根根导管，轻轻地抚摩着她的肩膀。"我爱你。"我一边说，一边俯身下去亲吻她的面颊，但她却避开了我，因为她身上的剧痛让她连一个吻也无力承受了。

"……爱……"她太过虚弱，已无力说出"你"和"我"，只是低声说了一个"爱"字。我走出病房时，她又重复了一遍。

我乘电梯下楼，来到寒冷的街上，沿着人行道往前走。我路过一家酒吧，透过平板玻璃窗，看到酒吧里座无虚席，每个人都戴着亮闪闪的绿色纸帽子，身穿绿色衬衣和绿色背带裤，喝着绿色的啤酒。一个男人与我目光相会，他醉醺醺地指点着我，隔着窗户大笑起来。

我开车回家，喂了马和母鸡，然后拿起了电话。两只狗感激地舔着我的手，家里的猫也拱着趴在我的大腿上。我给每一个有可能知道弟弟下落的人打了电话。有人告诉我，他酗酒很严重；有人告诉我，没错，他的确和一个来自圣克劳德的叫作苏的女孩在一起。午夜时分，电话铃声响起，是弟弟，我告诉他，这是他和母亲的最后一面了。

半小时过后，弟弟走进门来。我真想冲着他大吼，真想用我的满心恼怒和责难把他震得浑身战栗。但当我看到他时，我所能做的只是抱着他号啕大哭。那一夜，他看上去是那样苍老，又是那样稚嫩。我生平第一次发现，弟弟已经长成了一个男人，但我也能感到，骨子里的他还只是个孩子。我的小男孩，一直以来被我如母亲般呵护的那个男孩，在母亲因工作不能在家的时候，是我别无选择地担负起了妈妈一半的责任，照顾他、呵护他。卡伦和我虽然相差三岁，但我们的成长环境让我俩和双胞胎姐妹无异。在利夫的成长过程中，我俩付出了同等的心血。

“我受不了，”他泪流满面，一遍一遍地重复着，“我不能没有妈妈，我不能，我不能，我不能……”

“我们只能去面对。”虽然我自己也不知所措，但我还是这样回答弟弟。我们仰卧在他的双人床上，一边哭一边聊到了凌晨时分。我俩就这么依偎着，慢慢地进入睡梦之中。

几个小时后，我醒了过来。我先把动物喂好，又装满好几袋在晚上看护母亲时可吃的食物，然后叫醒了利夫。不到8点，我们就开着母亲的车往德卢斯赶去。弟弟开着车，急速地向前飞驰，汽车音响中飘出的U2乐队的《约书亚树》震耳欲聋。我俩都沉默不语，只是专注地听着车里的音乐。车窗外，初升旭日的光射在路旁的积雪上显得格外刺眼。

赶到母亲的病房时，我们看到紧闭的房门上有一块牌子，通知我们在进门之前先到护士站签字。这块牌子我还是头一次见到，但我以为这只是走个过场而已。我们正往护士站走时，一名护士朝我们走过来，我还没有开口，她便对我们说："我们在她的眼睛上放了冰块，她想要捐献角膜，所以我们得把冰块……"

"什么？"我不禁大声惊呼，护士吓得一激灵。

没等她作答，我便朝着母亲的病房奔去，弟弟紧随在我的身后。我推开病房房门，艾迪站在那儿，向我们伸开双臂，但我侧身闪过了他的怀抱，径直扑到母亲的床边。只见母亲的双臂无力地耷拉在体侧，拔去了针头和导管的双臂上，黄一片，白一片，泛着乌青和暗黑的颜色。她的双眼上各盖着一只装着冰块的手术用手套，手套那肥大的手指部分懒散而滑稽地垂散在她的脸上。我抱住她的身体，那双手套滑落在床上，又弹到了地板上。

我像只发狂的野兽，把脸死死地抵在她的身体上号啕大哭。当时，她已经过世一个小时了，四肢已然冰凉，但腹部尚有余温。我把脸埋进这余温之中，再一次悲痛欲绝。

我一次又一次地梦见母亲。梦中的我，每次都在母亲撒手人寰之际陪在她的身边。梦境中，是我亲手把母亲杀掉的，一次又一次地将她杀掉。这是母亲亲口给我下的命令，每一次我都会双膝跪地，一边哭一边乞求她不要逼我，但她却不肯从我。每一次，就像一个乖女儿那样，我最后都照做了。我把她绑在前院的一棵树上，用汽油浇在她的头上，然后用火把她点燃；我让她沿着我们搭建的房子前的沙土路奔跑，然后再开着卡车碾过她的身体，她的身体卡在卡车下方一块带锯齿的金属板上，我就这么拖着她往前开，把她从车上甩下来以后，又倒车再次碾过她；我用一根微型的棒球棒，缓慢、猛烈而悲伤地将她活活打死；我把她塞进我亲手掘好的洞中，把沙子和石头踢在她的身上，把她活埋在洞里。这些梦境并不虚幻，梦中的场景对我而言如现实一般逼真，就像一部我潜意识的纪录片。梦中的卡车的确是我的卡车，梦中的前院就是我们现实中的前院，梦中的那根球棒也实实在在地和雨伞一起放置在衣柜之中。

我并没有从这些梦中哭泣而醒，而是尖叫着惊醒的。每到这时，保罗便会按住我、抱紧我，直到我安静下来。他用凉水打湿一块毛巾，蒙在我的脸上，但这毛巾却无法涤荡掉那些有关母亲的噩梦。

没有什么做到过，也没有什么可以做到。没有什么能够让母亲起死回生，没有什么可以让我去面对她离去的事实，也没有什么可以让我在她闭上双眼之时陪在她的身边。这切肤之痛让我心如刀绞，让我一次次重重地倒下去。

我花了几年的时间，才终于在世间万物之中找回自己的位置。我到底还是变回了母亲抚养大的那个人。每每想到母亲唤我“亲爱的”时的声调，每每忆起她那无可代替的目光，我的心就会抽泣淌血。我渴望自己能够改变这一切，而这渴望于我，已经成为一片荒野，我必须自己探出一条路来。我花了四年七个月零三天去探这条路，在我到达终点的那一刻之前，到底去向何方，我自己也无从知晓。

这个终点就是“众神之桥”。

和自己决裂

如果让我画一幅线路图，来表示母亲过世之后与踏上太平洋屋脊步道之前这四年多时间里我的行踪，那么这幅线路图一定是一些散向四面八方的线条，就像一团以明尼苏达州为中心而散射的国庆焰火。去得克萨斯再返回来，去纽约再返回来，去新墨西哥、亚利桑那、内华达、加利福尼亚、俄勒冈再返回来，去怀俄明再返回来，去波特兰、俄勒冈返回来，去波特兰再返回，如此往返。这些线条的确可以列清我去过的所有地方，但却不足以承载背后发生的故事，无法表达我为了在这些地方安定下来而付出的努力，也无法讲述在母亲离世后的几个月中，我是如何努力把家人的心聚在一起，又是如何无奈地看着这个家支离破碎，更无法道明我是如何用谎言破坏了我的婚姻，又是如何挣扎着想要破镜重圆。这张地图，只能像个边缘旁逸斜出的星状物一般，向四周发射出一束束刺眼的射线。

在我开始太平洋屋脊步道徒步旅行的前一晚，我先到达了加利福尼亚州的莫哈维镇（Mojave）。虽然母亲已听不到我的话语，但我还是告诉她：这一次我真的要离开明尼苏达了。艾迪、保罗和我们姐弟三人将她的骨灰撒在了我家树林中花圃的泥土之中，为她立了一块墓碑。我坐在那片花圃之中，向她解释我为何不能再来照管她的坟墓了。我这一走，她的坟墓也就无人打理了，但我别无他法，只能任由她的墓上荒草丛生，被风儿打落的树枝和成熟掉落的松果覆盖，让她的坟头积满皑皑白雪，任那些蚂蚁、鹿、黑熊和地蜂在这里为所欲为。我在这长满藏红花的混着母亲骨灰的土地上躺下，让她不要担心。我告诉她，我已经放弃了徒劳的挣扎。我还说，自从她离开之后，一切都变了，物是人非事事休。她连做梦也想不到会改变的事情，如今已是面目全非了。我的声音很低沉，却很坚定。我难过非常，就像有人勒住了我的脖子，但我又觉得，如果不将这席话倾倒出来，我将无法面对自己的人生。我告诉她，她永远都是我的母亲，但我必须上路了。于我而言，母亲已不复存在于那花圃之中，我已经把她收藏在了另一个地方，唯一一个可以让我触到她的地方——我的心间。

第二天，与明尼苏达诀别之后，我踏上了前往太平洋屋脊步道的旅途。

那是6月的第一周，我开着我那辆1979年款的雪佛兰LUV皮卡车，满载着十几箱压缩食品和旅行补给品来到了波特兰。之前几周的时间，我都在整理这些物品，我在箱子上标上我从未到过的太平洋屋脊步道沿途站点的奇异名字：回音湖（Echo Lake）、苏打泉（Soda Springs）、伯尼瀑布（Burney Falls）、塞亚德谷（Seiad Valley），等等。然后，我把我的车和这些箱子留给了我在波特兰的朋友丽莎，托她在夏天内负责把箱子寄送给旅途中的我使用。办妥之后，我登上了前往洛杉矶的飞机，又搭乘一位朋友的弟弟的车去往莫哈维。

来到莫哈维镇时，已是薄暮时分，夕阳渐渐地落入西方十几英里远的蒂哈查皮山的屏障之后。这，就是我第二天将要攀登的山了。莫哈维镇的海拔约有2 800英尺之高，但我身边的加油站、宾馆以及汽车旅馆却比周围的树木还高，让我顿感自己正置身于某座谷底一般。

“你把我放这儿就行了。”我对朋友说道，又向他指了指一块写着“怀特旅馆”的老式霓虹灯招牌。招牌上，“电视”的字样闪着刺眼的黄光，招牌下面则闪着粉红色的“有空房”字样。透过这旅馆老旧的样貌，我断定这是镇上最便宜的栖身之所了，真是正合我意啊。

“谢谢你载了我一程。”把车在停车场停妥后，我向他答谢道。

“不用谢，”回答完后，他看着我问道，“你确定你没问题吗？”

“没问题的，我是独自旅行的老手了。”我故作镇定地回答。说完后，我拿着背包和两个装满东西的超大号塑料袋下了车。我本打算在离开波特兰之前把袋里的所有东西都拿出来，汇总到我的背包里去，但时间太过仓促，我只得把两个大袋子也一起带来，等到开了房之后再做归置。

“祝你好运。”他对我说。

我目送着他开车离去。滚滚热浪中带着沙土的气息，干燥的风将我的头发吹进眼中。停车场的水泥地面中嵌着一颗颗鹅卵石，汽车旅馆由长长的一排带门窗的房间组成，窗户被破旧的窗帘遮挡得严严实实。我背上背包，拎起所有袋子，这就是我的全部家当了。这感觉有些难以名状，我瞬间觉得自己好似遭人遗弃一般，心中并无想象中那股跃跃欲试的劲头。这一刻我已憧憬了半年之久，但是此刻，距离太平洋屋脊步道只有十几英里之遥的我，却觉得这一时刻并没有憧憬中的那么鲜明。我有一种恍然若梦之感，仿佛我的每个念头都如滞水一般凝重，被意志力而不是本能向前推进。进去吧，我在心里告诉自己，身体朝旅馆的接待室靠近，“给我开一个房间。”

“一间房是18美元。”柜台后站着的一位老妇人回答我，说完后，她的目光越过我，投向我刚进来的玻璃门，粗声粗气地说，“你要是有伴儿的话，两个人是要加钱的。”

“我没有伴儿。”说完后，我的脸唰地红了，因为我只有在说实话的时候才会有扯谎的感觉，“那个男的是来送我的。”

“那就交18美元。”她答道，“但是要加人的话，你就得加钱了。”

“不会再加人了。”我平静地回答，然后从短裤兜里掏出一张20美元的钞票，在柜台上推给她。她接过钱，找给我2美元，又递给我一张表格。我指着表格对她说，“我是徒步旅行的，所以没法儿填‘汽车’这一栏。”我冲她一笑，但她并没有反应，“还有，我现在暂时没有住址，因为我在旅行，所以……”

她打断我：“把你旅行完毕后要回去的地址写上。”

“你看，问题就在这儿，我还不知道旅行完之后我打算住哪里呢，因为……”

她厉声喝道：“写你亲戚的，也可以写你老家的地址。”

“好吧。”说完，我把艾迪的地址填了上去。实际上，母亲死后的四年之间，我与艾迪的关系已经渐行渐远，我已经无法再把他当作我的继父看待了。尽管我们一起搭建的房子尚在，但我已经无“家”可归。虽然利夫、卡伦和我的姐弟关系无法改变，但我们也已渐渐疏远，有了各自截然不同的生活。一个月前，在经历了一年难挨的分居生活之后，我和保罗终于结束了我们的婚姻。我有一些有时以家人相称的挚友，但我们之间毕竟没有血缘关系，情谊也是时断时续，因此这些好友只是我口头上的家人，并非真正的亲人。小时候，母亲常常说血浓于水，我对这个观点一直有异议。而今，母亲的观点是对是错已不再重要，纵然我伸出双手去接、去捧，而这“血”与“水”却都从我的指缝间流逝了。

“给你。”我一边说一边把表格从柜台上推给那位老妇人，但她并没有马上转向我这边，而是盯着柜台后桌子上的一台小电视，电视里正在播放晚间新闻，是有关“辛普森杀妻案”庭审的报道。

“你觉得他有罪吗？”老妇人问道，她的双眼仍没有离开电视屏幕。

“可能吧，我觉得现在下定论有点儿为时过早了。我们的证据还不充足呢。”

“绝对是他杀的人！”她高声道。

老妇人终于把一把钥匙交到了我手中，我走过停车场，来到了旅馆几乎最边上的一扇门前，打开门锁，进了屋。我把东西放在地上，然后一屁股坐在了软软的床上。虽然置身于莫哈维沙漠中，但这房间却异常阴冷，空气中弥漫着一股发潮的地毯和消毒液的味道。房间的一角，一只连着通风管道的白色金属制方形机箱嗡嗡作响，这是一台蒸发式冷气机，吹了几分钟的冷气后，冷气机随着惊天动地的“咔嚓”声自动停止了运转。这巨大的响声，让我那苦痛的寂寥显得更加难耐了。

我想出去转转，给自己找个伴儿，这种事儿简直太简单了。但现在在我看来，与没有感情的人亲密交欢简直荒谬至极。即便如此，我仍渴盼有个身体能紧紧地抱住我，让我把其他一切统统忘却。我从床上站起来，逼自己赶走这股欲望，试图让脑中的杂音停歇下来。而脑中的声音仍在喋喋不休：我可以去酒吧，让一个男人请我喝酒，一眨眼的工夫，我就可以把他带回房间了。

这股欲望让我有了给保罗打电话的冲动，当时他已成了我的前夫，但他仍是我最好的朋友。母亲离开后的几年中，虽然我竭力疏远与他的关系，却同时也在努力向他靠近、对他依赖。在为婚姻问题僵持不下、谁也不愿开口的冷战间隙，我们也曾享受过快乐的时光，也曾难得却实实在在地品尝过幸福一对儿的滋味。

角落里的金属机箱又自动运转起来，我走过去，站在机器前，任由凉飕飕的冷气吹在我裸露的双腿上。我穿的衣服是我自从前一晚离开波特兰时就穿在身上的，浑身上下没有一件不是崭新的。穿着这身徒步旅行的行头，我有点儿超然游离的感觉，仿佛不是我自己。我穿了一双带有金属扣襻儿的皮革制徒步靴，里面穿着一双羊毛袜，下身穿一条蓝色短裤，看上去派头十足。内裤是由特殊的速干材料做成的，上身穿一件运动胸罩，外面套一件纯白色的T恤衫。

冬去夏来，我一直在努力增加做服务生的工时，拼命攒钱置办行头和装备，而以上提到的衣物就是其中的一部分。买下它们的时候，我对它们并没有什么陌生的不真实感。尽管我前不久还沉浸于浮躁的都市生活，但我仍可以算得上是一个喜爱户外运动的人，毕竟我的青少年时代是在明尼苏达北部的林间度过的。我的家庭旅行总是少不了各式各样的野营，我与保罗或友人或自己独身一人的度假时光也少不了这些固定项目。我在我的卡车后座上过过夜，也曾在公园和国家森林里风餐露宿，这种经历真是数也数不完。而今，手边只剩下这些行头的时候，我却顿时觉得自己是个十足的骗子。在我决心踏上太平洋屋脊步道之后的六个月中，我已经与自己对话几十次，向自己灌输这趟旅行的益处，劝说自己相信我就是迎接这个挑战的不二人选。但现在，形单影只地待在怀特旅馆房间中，我却无法不承认前途堪忧的现实。

几个月前，在与保罗探讨我们是该分还是该合的时候，我把我的旅行计划告诉了他。他建议说："也许你应该先尝试一次短途旅行。"

"为什么？"我愤愤不平地问，"你觉得我搞不定吗？"

"不是的，"他回答，"只是据我所知，你还没有背包旅行的经验呢。"

"我当然有经验了！"我几乎义愤填膺了。但保罗是对的：我的确从来没有背包旅行过。虽然我进行过不少看似背包旅行的活动，但却从没有真正地背包在野外步行和过夜的经验，一次也没有。

我从来没有背包旅行过！现在想想，真是让人哭笑不得。我不由得看了一眼我的背包，又看了看那两个从波特兰一路带来的塑料袋，里面装满还未拆封的物品。背包是深绿色的，在这绿色之上点缀着星星点点的黑色，包身由三个空间宽绰的独立包构成，每个包的边缘都附有网状尼龙大口袋，像肥大的双耳一样垂在包的两侧。沿着背包的底部伸出一块塑料制成的隔板，在隔板的支撑下，背包立得很稳，岿然中正，而没有像其他的包一样塌向一边，这让我隐约间感到一股莫名的安慰。我走到背包前，用手摸了摸包的顶部，就如同抚摩一个孩子的头顶。一个月前，有人郑重地提醒我，让我像在真正徒步旅行时那样打好背包，试一试各方面的性能。我本打算把这项工作放在离开明尼苏达之前做好，然后又推迟到抵达波特兰时再完成，但我却迟迟没有动手，看来我的背包试用计划只能推到明天——旅途的第一天。

我把手伸进一只塑料袋中，拿出一个橙色的哨子。根据包装上的信息，这应该是“世界上最响亮”的哨子了。我撕开包装袋，把哨子上的黄色绳套挂在脖子上，还真有几分教练的架势。难道徒步旅行时我就穿成这个样子吗？这看上去很愚蠢，可我自己并不知晓。和我人生中的许多其他事情一样，在购买这个世界上最响亮的哨子时，我心中并不清楚它到底有什么用。我摘下哨子，把它拴在背包的支架上，好让它在我徒步旅行时正好能搭在我肩上。这样，一有需要时，我就能随时拿到它了。

我会用到这个哨子吗？我有点儿好奇，然后郁闷地猛然坐在床上。晚餐时间早就过了，但我心浮气躁，并没什么胃口，寂寥和无助已将我的肠胃填得满满的。

“你终于找到自己想要的东西了。”十天之前，当我跟保罗在明尼阿波利斯分别时，他对我说。

“你是指什么？”我问。

“你终于可以过一个人的生活了。”他答道，说完，他笑了。而我却只能心里没底地点点头。

这的确是我想要的，但用“一个人的生活”来表达却不得不说有些牵强。或许，我在爱情中需要的东西是无法用言语来形容的。我的婚姻在很早以前就已出现了裂痕，但真正让这段婚姻分崩离析的导火线，却是一封在母亲去世一周之后寄来的信。

这封信的收信人不是我，而是保罗。虽然当时我还沉浸在莫大的伤痛之中，但当我看到信封上的发信人地址时，还是兴奋难耐地冲进卧室，把信交给了保罗。这封信是纽约市新学院发来的。在恍若隔世的三个月前，在我还未接到母亲患有癌症的消息之前，我帮保罗在新学院申请了政治学的博士课程。在1月中旬，想到能够到纽约市居住似乎是世上最振奋人心的事情了。而如今，在这物是人非的3月下旬，当保罗展开那封宣布他被顺利录取的来信时，当我拥抱他、为他的好消息表示祝贺时，我却感到自己分裂成了两半：一半是母亲离世之前的自己，另一半则是现在的自己。过去的那个我伤痕累累，而真实的我被覆盖在这伤痕之下，在我曾自以为熟悉的世界上搏动着心跳：6月我就要完成本科学业了，几个月后我就会和保罗一起离开明尼阿波利斯，在纽约市的东村或公园坡这些我只有在想象中和书本上才见过的区域租一间公寓；我会身穿时髦披肩和拉风的靴子、头戴针织帽，就像我所憧憬的文学作品中的男女主人公一样，穷困潦倒、白手起家，却仍因机缘和造化最终圆了我的作家梦。

然而，无论这封来信的内容如何，所有这些幻想都已注定要成为泡影。我的母亲死了！我的母亲死了！我的母亲死了！我的所有抱负、所有理想，都随着她最后的气息而被吞噬在了黑黢黢的裂缝之中。

我不能离开明尼阿波利斯，我的家人需要我，谁来见证利夫由青少年到成人的蜕变呢？谁来陪伴陷入孤独的艾迪呢？谁来烹制感恩节的晚餐，把我们家的这个节日传统延续下去呢？总得有人把我这四分五裂的家庭留下的残片收在一起，而这个人又舍我其谁呢？我起码得在这一点上对得起母亲啊。

“你应该一个人去。”保罗手捧着那封录取通知书，我对他说道。在接下来的几周里，我们一直在讨论这个问题，而我也一次又一次地对他重复着这句话，也越来越坚信这句话。我身体的一部分惧怕保罗会真的离我远去，但另一部分却又急切地祈盼着他能够展翅高飞。如果他选择离开，那么无须我费力去蹬去踹，我们婚姻的大门也会自动关闭。我可以获得自由，也不必背负任何罪名了。我爱保罗，但我俩结合时我正值懵懂莽撞的19岁，无论有多爱他，我都完全没有做好将自己的终生托付给一个人的准备。虽然婚后不久我就对别的男人产生了兴趣，但我并未放任自己的欲望。而今，我却无法对这些欲望置之不理了。我的悲恸切入肌肤，已经让我在欲望的诱惑下变得手无缚鸡之力。我为自己开脱道，既然事事都与我过不去，我又何必跟自己过不去呢？

母亲死后一周，我就跟一个男人接了吻。两周后，我又吻了另一个男人。我跟这两个男人以及之后几个男人的关系只保持在浅尝辄止阶段，我虽然坚持不去攻破对于我还有些许神圣可言的性关系底线，但我清楚，偷情和谎言都是错误的沦陷。我感到自己落入了一个陷阱，既无法离开保罗，又无法坚守忠贞。因此，我等待着他自己离开我，等待着他选择独身一人去上研究生院。当然，他没有同意。

保罗将入学时间推迟了一年，留在明尼苏达州陪我，好让我能待在家人左右。但母亲去世后的一年中，虽然我的家人近在咫尺，但距离上的靠近并没有拉近我们心灵的距离。事实证明，对家人的四分五裂，我仍然无力挽回。我毕竟不是母亲，直到她离世之后我才明白，原来她就是我们一家的中心，是将家人黏合在一起的魔力胶水，是吸引我们沿着轨道围绕着她转动的强大磁场。没有了她，艾迪和我形同陌路，利夫和卡伦也跟我渐行渐远。尽管我竭尽全力想要改变这个局面，但我最后却不能不承认，没有母亲，我们的家庭关系已形同虚设。我们四个人在各自的伤痛中渐渐疏远，彼此之间相连的那根丝线也一触即断。我终究没能为家人做那顿感恩节的晚餐，在母亲离世八个月后感恩节悄然来临之际，我的家人已成为“过去时”。

虽然比原订计划推迟了一年，但当我和保罗搬到纽约市时，我仍然满心憧憬。我憧憬着自己能够从头再来，能够断绝与男人们不清不白的关系，能够不再为往事黯然神伤，也不再为曾经拥有的那个家而心中怒起。我要成为一名定居于纽约市的作家，我要穿着炫酷的靴子、戴着可爱的针织帽，在纽约大街上招摇过市。

然而事情并没有遂愿。我还是我，还是那个笼罩在过去的阴影下的女人。改变的，只是我周遭的环境。

白天我写写故事，晚上则一边在餐厅做服务生，一边和我没有跨越性关系底线的两个男人中的一个偷情。我们在纽约市居住了才一个月，保罗就从研究生院退了学，决定把心思用在弹吉他上。六个月后，我们一起离开了纽约市，在明尼苏达州小住了几日，然后用了一个月的时间，边打工边跨越美国西部，来了次公路旅行，行迹遍布科罗拉多大峡谷、死谷、大苏尔，一路到达旧金山。旅行结束后的那个春末，我们来到波特兰，在餐厅找到了工作。我们先是和我的朋友丽莎一起挤在她逼仄的公寓里，然后又在离市区10英里的一片农场上找了一处住所。我俩在农场中免费住了一个夏天，作为交换条件，我们帮农场主照看一只山羊、一只猫、一群珍奇的春鸡。我们把垫子从卡车里拽出来，铺在起居室里一扇又宽又大的窗户边当床用。窗外是一片欧洲榛树园，我和保罗一起悠闲地散散步，摘摘野莓，做做爱。我告诉自己：我可以的，我可以继续做保罗的妻子。

但我又一次大错特错了。我只能做那个我不得不成为的女人，这感觉比之前更加强烈了。我甚至无从忆起在我的人生分裂为两半之前，我是个怎样的女人。时光在波特兰市郊那个狭小的农舍中流逝着，在母亲去世两年多后，我发现自己已经不再惧怕跨越我所谓的道德底线了。保罗在明尼阿波利斯找到了一份工作，要求他立即从我俩的农场生活中抽身回明尼苏达。我选择留在俄勒冈，和农场女主人的男朋友翻云覆雨。我和我当服务生的餐厅里的厨师有过一腿，也和一个送过我一块香蕉奶油派和一次免费按摩的按摩师交过欢。与这三个男人的风流性事，全都发生在短短的五天之内。

于我而言，这感觉与那些有意自残的人所体验到的感觉别无二致：不光彩，不光明，不道德，但却没有什么可懊悔的。我只是在试着治愈自己的伤口，只是想把身体里的毒排出来，好让自己好起来，自己来治愈自己。夏天过后，当我回到明尼阿波利斯和保罗住在一起时，我以为我已经痊愈了。我以为我已经不是之前的那个自己了，我以为我进步了、彻头彻尾地改变了。我的确暂时抛弃了旧习。秋天逝去，新的一年到来，我一直都对保罗忠心不二。但好景不长，我又一次出轨了。我知道这次我没有任何借口自我开脱，我对自己已是忍无可忍。终于，我把那一席句句让我椎心泣血的话对保罗和盘托出。我说我并不是不爱他，但是我必须一个人待一待了，尽管我自己也不知道为什么。

此时，母亲离世已有三年之久了。

当我终于把要说的话说完后，我俩双双瘫倒在地板上，潸然泪下。第二天，保罗从家里搬了出去。我们渐渐地把分手的消息告诉了我们的朋友，说我们会寻找解决和弥补的方法，并不一定会走到离婚那一步。刚接到消息时，所有人都大吃一惊，每个人都告诉我们，我俩看上去是那么幸福。一段时间过后，每个人都愤愤然起来，不是针对我们，而是对我。我的一位至交将一张她专门裱好相框收藏起来的我的照片撕成两半，并将残片寄给了我。另一位好友和保罗发生了亲密关系，当听闻消息后我正觉得又难过又嫉妒时，另一位朋友告诉我，我这是咎由自取，罪有应得。对朋友的话，我无法义正词严地反驳，但我还是感到心如刀绞。我形单影只地躺在曾经属于我和保罗的垫子上，几乎要被这钻心之痛蒸发成空气了。

分居三个月之后，我和保罗仍挣扎在痛苦的边缘。我既不愿意和保罗离婚，也不愿意和他重归于好。我真想一分为二，这样，我就可以两全了。保罗断断续续地换了几个女友，而我则是彻头彻尾地孑然一身了。因为滥性，我亲手毁了我的婚姻，而现在，性成了我最不愿意触及的痛处。

“你真应该离开明尼阿波利斯了。”一次，我和朋友丽莎聊着这些伤心事到深夜，她说道，“来波特兰找我吧。”

不到一周的时间，我就辞去了服务生的工作，把家当装进卡车，一路驾车向西而去。一年后，在赶赴太平洋屋脊步道时，我走的也正是这条路。

到达蒙大拿州的时候，我意识到自己的选择是正确的。举目远眺，挡风玻璃之外是一望无际的绿野，一抹苍穹向远处延伸而去。波特兰在我的可视范围之外的某处隐隐闪光，纵使时间短暂，这次旅行也会成为我回味无穷的一次解脱、一次逃逸。我告诉自己，这一次，我要抛开烦恼的束缚。

谁知天意弄人，我却陷入了更深的泥沼。

弓背而立

第二天清晨，我在怀特旅馆的房间里醒来。沐浴之后，我全身赤裸地站在镜子前，与镜中那个一脸肃穆地刷着牙的自己四目相对。我试着去体会些许的兴奋感，但涌上心头的却只是阴郁寡欢。当我端详自己的时候，当我真真正正地自我审视的时候，某个句子便会在我脑中响彻，像神明的天启一样震耳欲聋。当我在那块锈迹斑驳的镜面中看到自己的身影时，脑中浮现的句子是：心中有个窟窿的女人。这就是我，这就是昨晚我为何会渴望找个伴儿的原因，这就是我为何会一丝不挂地站在旅馆房间中、为何诞妄不经地想要只身一人在太平洋屋脊步道上徒步旅行三个月的缘由。我把牙刷放下，身体靠近镜子，凝眸端详着自己的眼睛。我感到自己正在自己的身体里分崩离析，仿佛风中一朵凋零的花朵。每牵动一块肌肉，我的一片花瓣就会随之飘落。“救救我，”我在心中呼喊着，“救救我。”

我走到床前，看着徒步旅行的那堆行头。在沐浴前，我已经把行头工工整整地摆在了床上，就像母亲在我儿时上学的第一天为我做的一样。我戴上胸罩，套上T恤，而T恤的袖子却蹭到了刚文身不久留下的痂，于是我小心翼翼地将痂揭下来。这是我仅有的一个文身，是文在我左肩三角肌上的一匹蓝色的马。保罗也文了一个一模一样的。我们一起文身就是为了纪念我俩的婚姻，而我俩下决心离婚仅仅是上个月的事情。我们不再是夫妻，但这两个文身图案对我们而言，就像证明我们会相连一生一世的纽带。

我想给保罗打电话，这渴望比昨晚更加难抑，但我不能让自己这么做。他太了解我了，肯定能听出我声音里的忧郁和踟蹰，然后察觉到我并不仅仅是因为马上就要踏上徒步旅途而惴惴不安。我心中的那点儿小九九是逃不过他的耳朵的。

我穿上袜子，系上靴子带，走到窗前把窗帘拉开。明亮的日光从停车场的石子路上折射进来，几乎让人目眩。马路对面有一家加油站，我琢磨着在那里估计能搭上去太平洋屋脊步道的便车。当我松开拨开窗帘的手，屋子里又暗了下来。我喜欢这种黑暗，它像蚕茧一般将我包裹，仿佛我可以窝在里面，永远也不用出来。但我知道，这样的愿望只是痴人说梦。才刚9点，外面的气温就已经很高了，角落里那只白色的风箱已自动启动，轰鸣着吹出阵阵凉风。种种迹象都在暗示我已无处可去，只有一条路不得不走：今天，是我踏上太平洋屋脊步道的第一天。

我打开背包的口袋，把所有的东西都翻出来扔在床上。我把塑料袋举起来一倒而空，而后便站在这堆东西旁盯着出神。这些，就是我接下来三个月中要带的所有东西了。

床上有一只蓝色的压缩袋子，装着我以后用得着的衣物：一件羊毛裤袜，一件长袖保暖衣，一件厚实的带帽羊毛衫，两双羊毛袜，一双薄手套，一顶遮阳帽，一顶羊毛绒帽，还有两条防雨裤，以及一个质地比防雨裤的材料更结实的防雨袋，里面塞得满满的全是我在接下来14天里需要的食物，这之后我会在一个叫肯尼迪草原的地方收取下一批补给品。床上还有一只睡袋，一把可打开做床的野营椅子，一个矿工使用的那种头灯，五条蹦极用弹力绳，一台饮水过滤器，一个可折叠便携炉，一瓶用大铝罐装好的天然气，一只粉红色打火机，套在一起的大小两只烹锅，一些可对半折叠的炊具，一双我计划在旅途中每天在帐篷里穿的廉价运动凉鞋，一条速干型毛巾，一个带有温度计的钥匙链，一块防水布，一只带把的塑料隔热杯，一个蛇咬伤后使用的药箱，一把瑞士军刀，一台装在人造皮革制的拉链包中的迷你双筒望远镜，一卷荧光色的绳子，一个我还没有学会如何使用的指南针，一本名叫《永不迷失》的有关如何使用指南针的说明书（这本书我本来打算在去洛杉矶的飞机上阅读，但是没读），一只扣合的大红色帆布急救药箱，一卷装在自封袋里的卫生纸，一把套在一只上面写着“挖！我喜欢！”的黑色刀鞘中的泥刀，一小袋化妆用具。我还准备了一些我觉得可能会派上用场的个人用具：洗发露和护发素，香皂、润肤乳和除臭剂，指甲刀，驱虫剂，防晒霜，一把梳子和一块天然卫生海绵，一管防水防晒的润唇膏，一把手电筒，一只装有一根香薰蜡烛并另附一根备用蜡烛的金属烛灯，一把折叠锯——这东西我真不知买回来是干什么的——一个装有帐篷的绿色尼龙包，两只32盎司[1]容量的塑料水瓶，一只2.6加仑[2]容量的储水袋，一只打开后可用作背包防雨套的尼龙手套，一块打开可当雨衣用的包成球形的防水布。另外，还有一些我买来应对突发情况的备用物品：备用电池，一盒防水火柴，一张保温毯，一瓶碘片。除去《永不迷失》以外，我还带上了两支钢笔和三本书。一本是《太平洋屋脊步道第一辑：加利福尼亚州》，也就是让我走上这趟旅程的那本旅行手册，由四位作者写成。书中，作者用平静却严肃的口吻讲述了在步道旅行的艰苦和收获。另一本是威廉·福克纳的《我弥留之际》，还有一本是艾德里安·里奇的《共同语言之梦》。我还带了一个当日记本用的8英寸×11英寸、200页厚的硬皮素描本，一个装有我的驾照和一小沓钞票的自封袋，一打邮票，一个随意写着几个朋友地址的笔记本，一台标准尺寸的专业35毫米美能达X-700相机，相机附带变焦镜头，一盏备用的闪光灯，以及一架小型折叠式三脚架。这些摄影器材都装在一个加垫的相机包里，足有一

1　1盎司≈28克。——编者注

2　1加仑≈3.8升。——编者注

只足球那么大。

但讽刺的是，我并不是什么摄影师。

出发前的几个月间，我到明尼阿波利斯一家名叫REI的户外用品超市转了十几次，上述大部分行头都是我在那里购置的。在那里购物时，我很难速战速决。很快我就发现，即使小到一个水瓶，若不先考虑到最新的水瓶制作工艺就购买的话，这东西就可能买得不明不白。在购买这类东西的时候，我不仅权衡了不同材料的各种利弊，更要考虑设计的考究。而这些只是我所买的东西里很小的物件。超市店员见到我在超轻型炉灶或帐篷区前时而驻足、时而踱步，总会热心地问是否能为我提供些帮助。经过他们的讲解我才意识到，其他要买的东西会涉及更多更繁杂的问题。这些店员年龄、性格各异，对于野外探险的爱好也各不相同，但他们有一个共通点：在聊到户外装备时，每个人都特别能说会道。他们充满热情、耐心细致，讲解时间之长，让我着实受宠若惊。他们真心实意地关心我的睡袋是否装有拉链防咬件，也在意睡袋的面罩是否既能把我舒适地裹住又不致阻碍我的呼吸。他们不无自豪地向我介绍新款的饮水过滤器，真心地为其因使用褶皱纤化玻璃原料而使表面积增加的设计而感到欢欣。他们的专业知识也着实让我受益匪浅，当我终于选定了一款品质上乘、号称具备内支架背包的平衡性和灵活度的格里高利牌混合外支架背包时，我感觉自己似乎变成了一个背包专家。

然而，置身于莫哈维的旅馆房间中，呆望着床上这一堆精挑细选出来的行头时，我才汗颜地发现，自己并不是什么专家。

我把这堆东西推推搡搡地硬塞进背包的每一个空隙中，把包挤得不留一丝余罅。我本想用蹦极弹力绳把食品包、帐篷、防水布、衣物包以及那把打开后可做床的野营椅捆在背包的外侧——也就是外支架上专门用来捆东西的地方——但现在我却发现，其他物件也不得不凑合着绑在外头了。我用蹦极弹力绳把所有我计划随身携带的物品缠好之后，又将凉鞋、相机包、隔热杯以及蜡烛灯系在了绳索上。我将金属泥刀连同写着“挖！我喜欢！”的刀鞘一起卡在了背包的腰带上，然后又将温度计钥匙链固定在背包的一个拉链上。

一切就绪后，我累得汗流浃背。我在地板上坐下，平静地注视着那只背包。突然，我记起还有最后一样东西没带：水。

之所以选择从这里出发踏上旅途，仅仅是因为据我估算，从这里徒步大约100天后正好能够到达俄勒冈州的阿什兰（Ashland）。我原计划在那里结束旅程，因为我对这个城市的印象颇佳，琢磨着那里或许会适合自己定居。几个月之前，我曾用手指循着地图上的步道从北滑向南，计算着路途的距离和旅途的天数。我的手指停在莫哈维沙漠西北角的蒂哈查皮道口（Tehachapi Pass）——太平洋屋脊步道与58号公路的交会处，位于莫哈维镇的附近。然而，直到旅行开始的几周前我才意识到，我的旅途的起点竟位于步道中最为干燥的一段，即便是速度最快、身手最矫健、经验最丰富的徒步旅行者，也不一定每天都能寻到新的水源。对我而言，将更不可能。据我估计，第一处水源距离起点约17英里，我要花上两天时间，因此，我必须带上足够的水才行。

我把两个32盎司容量的水瓶灌满自来水，然后把瓶子装进背包两侧的网兜里，又把塞在背包大口袋里的储水袋拿出来，灌满了2.6加仑的水。后来我才知道，1加仑水重8.3磅[1]，虽然我不知道上路的第一天我的背包总重是多少，但我知道，仅仅水就足有24.5磅。这24.5磅水像是在向我挑衅一般，那只储水袋活像一只又大又扁的注水气球，时而哗啦啦地乱颤，时而不听话地变形。当我试着把它固定到背包上，它从我的手

1　1磅≈0.45千克。——编者注

中滑落到了地板上。水袋的周围有编织带，我费了九牛二虎之力，才将蹦极弹力绳从编织带子中穿了过去。我想把水袋固定在相机包、凉鞋、隔热杯和蜡烛灯的旁边，而屡屡失败后我气急败坏地把隔热杯摘下来，甩到了房间的另一头。

终于，我将所有要携带的物品安置到了恰当的位置之后，自己也安静下来。我已万事俱备，准备出发。我戴上手表，将太阳镜的粉红色橡胶套的带子挂在脖子上，戴好帽子，然后看了看我的背包。这背包一下子因为塞满物品而臃肿起来，胖胖的挺招人爱，却又有种独立自主的威严。这背包仿佛被赋予了某种生机，竖直放好后，足足与我齐腰高。有了它相伴，我感到自己已经不再是孤单一人了。我抓住背包，弯下腰想把它提起来。

而它竟纹丝未动。

我蹲下身来，用更大的力气抓住背包的支架，想把它提起来，但它仍稳若泰山，岿然不动。我用双手环抱住背包，弯曲双腿作支撑，用尽全力呼了一口气，拿出我全部的意志和决心，调动了周身上下的每一丝气力，但仍没让背包挪位。这简直就像在尝试着举起一辆大众甲壳虫轿车，车子看上去挺可爱，仿佛准备好让你去提起它一样。但你当真去提，它却似车轮下生了根一般执拗。

我挨着背包坐在地板上，仔细思考着我的处境。如果我在一间带冷气的旅馆房间里都不能把包挪动一尺一寸，那我又该如何才能背着它在崎岖不平的山路和水源稀缺的沙漠中穿行上千英里呢？这简直是痴人说梦！但是，我最终必须设法把这包背起来。我从未想过自己竟会在这里栽跟头，我只是单纯地盘算着只要把旅行的必需品带全，就自然而然地能够背得动。不得不承认，REI超市的店员们在讲解时，确实时常提到装备的重量问题，但我当时没怎么注意。我总觉得，与此相比，还有更重要的问题需要我去操心，比如面罩能否在不阻碍呼吸的同时贴合在脸部，等等。

我考虑了一下是否要从包里拿些东西出来。但是在我的眼里，这些东西不是铁定会派上用场的必需品，就是在突发状况来临时必不可少的备用品，一件也不能少。看来，我只能另寻方法来搬我的包了。

我背靠着背包一屁股坐在地板上，用双肩穿过背包的肩带，把胸部的固定带绕过胸部扣好，然后深吸了一口气，前后晃动以增加我的动量。最后，我使尽全身的力气向前扑去，用双手和双膝着地作支撑。背包已经离开了地板，它仍重得像一辆甲壳虫轿车，但现在它已成了一辆停在我身上的甲壳虫。我四肢触地，暂缓了一下，尽力找到平衡，我用手扒着金属冷气机，用双脚支撑着努力站起来。身体直立到一定程度后，我像举重一样，一用力，直起了身体。由于这沉甸甸的重量，背包的支架随着我身体的直立而嘎吱作响。当我站起来的时候——或者说，我根本谈不上直立，只能弓背而立——我发现手中竟握着一块刚才在挣扎中不小心从冷气机上扯下来的通风板。

我根本没法把通风板重新安到冷气机上，其实安装通风板的槽口触手可及，在我看来却远在天边。我把通风板倚墙摆好，又扣上了背包的臀部固定带。我在房中踉踉跄跄地挪着步，哪怕是往哪个方向轻轻一偏，我的重心便会朝那个方向倒过去。背包的重量压得我肩头阵阵酸痛，于是，我将臀部的带子紧了又紧，想要分担一些肩膀的承重。臀部的固定带深深钳住了我的身体，把我身上的肉勒得像鼓胀的气球一般从身体两侧往外溢了出来。背包像堵墙一样立在我背后，比我的头顶高出一大截，又如一把老虎钳一样从头一直紧紧抵到我的尾骨处。这感觉真不怎么好受，可能这就是当徒步旅行者的滋味儿吧。

我也不知道。

我唯一明白的是，是时候出发了。于是，我打开房门，走进了阳光中。

02

路途

TRACKS

PART TWO

言语是目的。
言语是地图。

——艾德里安·里奇，《潜入沉船》

你会接受真实的我吗？
你会吗？

——琼尼·米歇尔，《加利福尼亚》

《太平洋屋脊步道第一辑：加利福尼亚州》

我这一生干过不少鲁莽而危险的事儿，但主动搭陌生人的车这种事情，我还是头一回做。搭便车的人可能会遭遇不测，尤其是只身一人的女性。有的女性在被强奸后又惨遭斩首，有的则在几经折磨后被抛在路边等死，这些我都知道。而当我从怀特旅馆向附近的加油站走去时，我不能让这些念头干扰自己。想要到达太平洋屋脊步道，要么搭车，要么就得顶着骄阳沿着高速公路行走12英里。我别无选择。

再说，不是有不少太平洋屋脊步道的徒步旅行者都搭过便车吗？而我也是他们中的一员，对吧？对吧？

对！

在《太平洋屋脊步道第一辑：加利福尼亚州》中，作者用他们一如既往的平静语调这样写道："太平洋屋脊步道上有几个公路交会点，在离公路几英里的地方设有邮局。旅行者需要事先把食物和装备装箱，然后寄往这些邮局，以备在接下来的旅途中使用。而想要到达邮局领取装备再返回步道，搭便车是唯一可行的方式了。"

我站在加油站前的一台汽水售卖机旁，看着来来往往的人，一边想鼓起勇气找人捎我一程，一边祈祷自己的直觉能让我找到一个安全可靠的车主。过往的人里，有头戴牛仔帽、皮肤因在沙漠中风吹日晒而显得沧桑的拖家带口的老人，而他们的车已经坐满人了；也有不时摇下车窗、放着震耳欲聋音乐的年轻人把车开进加油站。没有谁的脸上贴着"强奸犯"或"杀人犯"的标签，但也没有谁看上去是绝对可靠的。我买了一罐可口可乐，故作悠闲地喝了起来。没有谁能看得出来，我其实是在掩饰因背包庞大过重而没法站直的窘态。时间已经将近11点了，我不得不出发了。最终，我坚定而平稳地迈入了6月沙漠中蒸人的热气中。

一辆带科罗拉多牌照的小型货车开进了加油站，从车上下来两个男人，其中一个看起来与我年龄相仿，另一个看上去有50多岁的样子。我走上前去，问他们能不能载我一程，他俩迟疑了片刻，互换了一下眼神。从两人的表情不难看出，他俩想利用这片刻的沉默想出个拒绝的理由。于是我没有就此住口，而是迅速地扯起太平洋屋脊步道来。

“好吧。”终于，年长一些的男人满脸不情愿地回答道。

“谢谢！”我兴奋地尖叫起来，一步一栽地挪到货车侧边的车门旁，年轻一些的男人帮我把门推开。我往里看了看，突然意识到自己竟不知道该如何上车。肩上扛着这硕大的背包，我甚至连往车上跨步的力气都没有。我必须把包卸下来，但是该怎么卸呢？如果我解开腰部和肩膀的背带扣，背包铁定会猛地向后栽下去，那我的胳膊说不准就要被连带着卸下来了。

“要我帮忙吗？”年轻男人问道。

“不用，我没事儿。”我假装镇定地回答他。我能想出的办法只有一种：背对着货车，双手扶稳滑动式车门的边缘，坐在车边上，好让背包落在我背后的车内地面上。就在负重压在车地板上的那一刹那，我顿时感到如游仙境一般轻松！我解开背包的背带扣，一边小心不让背包歪倒，一边把自己从这重担中解脱了出来，然后我转身上车，在背包旁边坐下。

上路后，这两人对我的态度和善了一些。车外是晒焦的灌木和向远方连绵的灰白色山体，好一派干旱的大漠景致！这两个人是来自丹佛市郊的一对父子，准备驱车到圣路易斯－奥比斯波参加一个毕业典礼。没过多久，一块写着“蒂哈查皮道口”的牌子出现在眼前。年长男人减速把车停靠在路边，年轻男人下了车，帮我把车门推开。我本打算蹲在车门口，利用货车底盘的高度，用我取下背包的方法再把背包背上。但我还没下车，年轻男人就把我的背包提了起来，重重地扔在覆满了沙土和石砾的路旁。经过这么狠的一摔，我真怕我的储水袋会爆裂。我下了车，把背包扶了起来，把上面的沙土掸掉。

“你确定你能背起来吗？”年轻人问我，“连我都费了不少劲儿呢。”

“当然没问题了。”我回答说。

他站在一边，仿佛等着看我大显身手一样。

“谢谢你们载我一程。”我一边说一边希望他快点儿离开，不想让他看到我那套窘态百出的背包流程。

他点点头对我嘱咐了一句“注意安全”，然后便拉上了货车的车门。

车子开走之后，我独自一人站在寂静无声的高速公路旁。在正午晃眼的骄阳下，阵阵风儿打着旋儿将沙土一团团地刮起。我置身海拔3 800英尺的沙漠，四周是浅褐色的山峦。光秃秃的山上偶见小簇小簇的灌木蒿、约书亚树，以及齐腰高的灌木丛。我正位于莫哈维沙漠西部边缘和内华达山脉南侧山脚的接壤处，这条山脉向北跨越400多英里，在拉森火山国家公园（Lassen Volcanic National Park）与喀斯喀特山脉（Cascade Range）相连，而喀斯喀特山脉则从北加利福尼亚起，跨越俄勒冈州和华盛顿州，一直跃过美加边境线。于我而言，这两座山脉就是我接下来三个月中的整个世界了，它们的山峰就是我的居所。在公路排水沟边的栅栏上，我发现了一块手掌大小的金属指示牌，上面写道：太平洋屋脊步道。

我终于到了，终于可以踏上旅程了。

我倏然想起，应该在这儿拍一张照片留念。可是想要取出相机，就必须把装备和蹦极弹力绳一件件地取下来，这工程想想都头大。除此之外，想要自拍，我就必须找到一个能放置相机的物件，好让我能在拍照之前把定时器设好并做好拍照的准备。但环顾四周，好像并没有什么可用的道具，那片挂着太平洋屋脊步道牌子的栅栏看上去又枯又脆，估计也不可用。于是，我只得像在旅店房间里一样，背对着背包坐在沙土地上，把背包在背上扣紧，然后四肢支撑着扑倒在地，像举重运动员一样，一记硬拉，站了起来。

心中泛着几分紧张和几许兴奋，我弓着背站了起来，把背包的固定带在腰上勒紧，然后摇摇晃晃地沿着步道迈出了第一步。在一根栅栏柱上钉着一个棕褐色的金属盒，我掀开盒盖，里边有一本笔记本和一支笔。我从旅行手册上看到过，这里就是步道的登记处。我把名字和日期写在登记簿上，浏览了一下前几个星期从这里上路的徒步者的名字，其中大多数人都是结伴上路的男子，没有一个是只身一人的女性。我迟疑了片刻，只觉心中五味杂陈，但我明白，自己已无路可退。

步道沿着高速公路向东延伸了一段，向下探入布满石砾的小溪，又重新向上蜿蜒而去。我心中暗想：我这可是在徒步旅行呀！而后又想：我可是在太平洋屋脊步道上徒步旅行呀！正是由于脚已实实在在地踏上这段路程，我才自信：这样的徒步旅行并不是什么难以企及的遥远的梦。说到底，徒步旅行不就是走路吗？因为我没有任何背包旅行的经验，保罗曾对我的决定表示过担心，而我则反驳他说："走路我还不会吗？"我走了一辈子的路了：当服务生的时候，我一走就是几个小时不歇脚；在我居住和造访过的城市里，我不也是用脚走来走去的吗？闲逛也好，公事也罢，我不都是靠走的吗？是啊，这些的确都是事实，但是在太平洋屋脊步道行走了15分钟后我才发现，在6月初的荒芜山地上，肩上绑着远超过我一半体重的背包徒步旅行，我还真是从来没有体验过。

原来，负重徒步旅行和正常走路真是天壤之别。负重徒步旅行根本不像正常走路，简直像在炼狱里受酷刑。

不过多时，我已是气喘吁吁、汗流浃背了。步道的坡度本来是呈波浪状起伏不定，但向北转弯之后却开始扶摇直上。我步履艰难地前行着，沙土在我的靴子和小腿上结成了块。我顺着坡度全力以赴地向上攀爬，间或遇到一小段下坡路。而这下坡路并没能让我在炼狱中得到片刻的喘息，却更像在变着花样煎熬我，因为我每迈一步，都必须绷紧神经，以防我背上这不听话的千斤重物在重力的作用下猛地一下把我带倒。我觉得，与其说这包是绑在我身上的，不如说我是依附于它的。我只觉自己像一幢有手有脚的房屋，少了地基的支撑，在这荒郊野岭摇摇晃晃地向前摸索着。

不到40分钟的时间，我脑中的声音就开始冲着我大嚷起来：“你这是把自己逼到什么道上啦？”我不想理睬这声音，于是一边走一边哼起歌来。但哼歌并不是什么轻松的事儿，因为我早已上气不接下气，一边痛苦地呻吟着，努力地保持着我那弓背“直立”的姿势，一边还得咬牙把我这长了腿的房屋往前挪移。因此我决定把注意力转移到传入耳中的声音上：双脚在干燥多石的步道上移步的声音，低矮灌木枯脆的枝叶在热风中发出的咔吱声……但我仍然心乱如麻。“你这是把自己逼到什么道儿上啦？”没有什么能够盖过这嘈杂。唯一能让我分心的，就是我对响尾蛇的时刻警惕。每转一个弯，我就神情专注，做好打蛇的准备。这风景和地貌是响尾蛇得天独厚的隐匿之地，美洲狮和对这荒野轻车熟路的连环杀手，在这儿也一定如鱼得水。

但我不允许自己再想下去了。

这是我在几个月前与自己作的约定。唯有这样，我才敢独自上路。

我明白，如果我允许恐惧把自己压垮，那么这段旅程终将以失败收场。恐惧，从很大程度上来说，源于我们自己在头脑中编织出的故事，所以我选择给自己灌输与一般女性所接触的不同的信息。我告诉自己，我很安全，我很坚强，我很勇敢，没什么可以打败我。我尽力让自己相信这些信息，好控制住自己的思想，没想到收效还不错。每当我听到来源不明的响动，或是在脑中勾勒出让人毛骨悚然的画面时，我都会把这些杂念从脑中驱赶出去。我不允许自己受到恐惧的侵袭。恐惧会导致恐惧，力量也会产生力量。我逼着自己勇敢起来。没多久，胆子竟还真的变得大起来。

脚下的路途是如此艰险，我哪有工夫去害怕呢？

我一步步小心地向前移动，速度和四肢着地的爬行不相上下。我早就知道在太平洋屋脊步道徒步旅行不会是小菜一碟，也明白我需要不断调整自我才能适应这个挑战。但现如今，置身于步道上的我，却对自己能否迎接这个挑战在心中打起了鼓。脚下的这段旅程与我的想象大相径庭，我的状态也与从前想象的不尽相同。我甚至想不起来，六个月之前的那个12月，当我第一次下决心要进行这趟旅行时，我在心中勾勒出的是怎样一幅图景。

这个想法第一次浮上心头时，我正在南达科他州苏福尔斯市东的一条高速公路上驾车。一周前，朋友借走了我的卡车，车子在苏福尔斯出了故障，被搁在了那里。在我萌生徒步旅行想法的前一天，我和朋友艾梅一起驱车，从明尼阿波利斯到苏福尔斯去取车。

我们两人到达苏福尔斯时，我的卡车已经被人从街边拖走了。车子现在被放在一个围着钢丝网栅栏的停车场里，车身覆满了几天前的暴风雪残留下的积雪。也正是因为这场暴风雪，我才在前一天跑到REI户外用品商店去买铲子的。正在排队的当口，我发现了一本有关太平洋屋脊步道的旅行手册。我把书拿起来，看了看封面，又浏览了一下封底，然后把书放回了书架。

那天，我和艾梅把卡车旁的积雪铲干净后，我马上跳上车，拧动了钥匙。我本以为卡车会像重度磨损的车辆一样发出干巴巴的咔嗒咔嗒声，没想到发动机竟一下子启动了。我们本可以马上开回明尼阿波利斯的，但我们决定先在汽车旅馆小住一晚。我们早早地来到一家墨西哥餐厅吃晚饭，为旅途的顺利而满心欢喜。我们一边吃着墨西哥土豆片，一边喝着玛格丽特酒，而我的肚子却突然有种异样的感觉。

我告诉艾梅："我觉得我好像把一片土豆片整个儿吞下去了，好像土豆片的棱角在我肚子里戳来戳去一样。"我很不舒服，觉得胃满满的，腹中有种我从来没有过的刺痛感。"我可能是怀孕了吧。"我本想开句玩笑，但话一出口，我却发现这并不是玩笑那么简单。

"你怀上了吗？"艾梅问我。

"有可能。"我回答道，顿时后怕起来。几周之前，我与一个叫乔的男人发生过关系。一年前的夏天，我曾去波特兰看望丽莎，顺带着抛开琐事散散心。就是在那里，我遇到了乔。到达波特兰几天之后，在一家酒吧里，他向我走过来，把手搭在了我的手腕上。

"挺好看呀。"他说。他用手指勾勒着我的锡制手链尖利的轮廓。

他留着一头五彩的朋克摇滚式超短寸，胳膊上有一半都刺着图案花哨的刺青。但他的面庞却与这套装束格格不入：他的表情既坚定又温柔，活像一只讨奶喝的小猫咪。那时他24岁，我25岁。自从三个月前与保罗分手之后，我没与任何人发生过关系。但那一夜，我和乔在他家地板上的凹凸不平的垫子上做了爱，之后几乎一夜没有合眼地聊到了天亮。我们聊的大多是乔的情况，他给我讲他那聪慧贤淑的母亲和酗酒成性的父亲，也讲了他去年拿到文学学士学位的那所标准严苛的大学。

天亮之后，他问我："你试过海洛因吗？"

我摇摇头，慵懒地笑着问："我该不该试试呢？"

这个想法死死地勾住了我。在与我初遇时，乔刚刚开始吸食海洛因。他吸毒的时候并不拉着我，而是和他的一群我不相熟的朋友一起。我本可以"出淤泥而不染"的，但有什么东西却诱惑着我心甘情愿地去蹚这浑水。我既好奇心切又不受婚姻的牵绊，既年轻又失意，正是自我放纵的好时机。

于是，我不但没有对海洛因说不，反而张开双手把它迎进了我的人生。

那是与乔相遇的一周后，做完爱后，我和他在他家破烂的沙发上相偎着，就是在那时，我第一次接触了毒品。在一张铝箔纸上，撒着一小堆燃着的黑焦油海洛因，我俩用一支铝箔纸卷成的小棒，轮流吸着腾起的烟气。不到几天的时间，让我待在波特兰的原因，从探望丽莎和逃避心中的伤痕，变成了因毒品的刺激而与乔产生的真假参半的爱情。我搬进了他位于一家废弃药店楼上的公寓，夏天的大部分时间里，我们都厮混在这间公寓里，要么翻着花样地做爱，要么就是吞云吐雾。刚开始时，我们一周只吸几次毒，而后，吸毒的次数逐渐上升，一直到每天都必须吸一次。最初我们只是吸烟气，而后又发展成了用鼻子吸。"我们绝不会沦落到注射那一步！"我这样告诉自己，"绝不！"

然而，我们还是沦落了。

这感觉真是奇怪，是一种不属于这个尘世的、超凡的美妙体验，仿佛我找到了一颗从前并不知晓的星球——海洛因星。在这片仙境之中，痛苦这东西并不存在。我的母亲撒手人寰，生父弃家而去，家庭四分五裂，我与我爱的男人的婚姻也成了泡影，这些磨难虽然不幸，但在这片幻境之中，我多舛的命运却不显得有多么凄惨了。

至少，这是我在吸得腾云驾雾时的感受。

早晨醒来时，我的苦痛仿佛被扩大了千百倍。萦绕心头的，不仅仅是我那悲惨的身世，还有我的无能和放纵。我在乔那邋遢的乱窝中醒来，满眼充斥的都是死气沉沉的物件：台灯，桌子，还有那本翻落在地、书脊朝上、脆薄的书页紧扣在地板上的书。我在洗手间里洗完脸后，双手捂住脸，一边抽泣一边急促地大口喘气，好“迎接”我在一家早餐店找到的服务生工作。我心里对自己说：“这不是我，我不是这种人，快结束这种生活吧，事不宜迟！”但挨到下午，当我拿着一沓钞票准备再买一些海洛因时，我却告诉自己：“太好啦，我终于能吸毒了。我又能荒废人生了，又能把自己搞得一塌糊涂了。”

但这样的日子不会无止境地延续下去。一天，丽莎打电话给我，说想见我。我一直和她保持着联系，偶尔在她家一起慵懒地消磨一个下午，给她讲些有关我近况的无关紧要的杂事。但这次，一踏进她的家门，我就意识到有些大事不妙了。

她开门见山地问道：“给我说说海洛因的事儿吧。”

我轻声重复：“海洛因？”我又能说些什么呢？我的放荡和堕落让我自己也无法解释，“你别担心，我不会变成什么瘾君子的。”我倚着她家的橱柜站着，看着正在扫地的她。

“我就是担心你会变成个瘾君子。”她义正词严地说。

“放心，不会的。”我尽全力用一种理智又轻松的口吻对她解释道，“我们才吸了几个月的毒而已，马上就会停下来的，我俩只是闹着玩儿而已，找点儿乐子罢了。”我提高了嗓门，“这可是夏天啊！别忘了让我来这儿清静放松一下的人可是你啊！我这不就是在放松吗？”我笑了起来，而她却没有和我一起笑。我提醒她说，我从没有因为毒品而惹上过什么麻烦，还说我喝酒是有度量的。我告诉她，我是个爱尝试新东西的人，是个艺术家，是那种用开放的心态接受事物的人。

而丽莎却驳斥了我的每个论点，对我的每个理由都提出了质疑。她扫啊扫啊扫啊，我们的谈话激化成了一场争吵，她怒不可遏，抱起笤帚朝我打了过来。

回到乔那里，我们谈论着丽莎怎样转不过弯儿来。

两周之后，保罗打来电话。

他想见我，立刻。丽莎告诉了他我和乔的事情，也告诉了他我吸毒的事。闻讯之后，他立刻从明尼阿波利斯驱车1 700英里来到波特兰，想跟我当面谈谈。接到电话后不出一个小时，我便赶到丽莎的家里和他见了面。那是9月末一个阳光和煦的日子。一周前，我刚过完26岁生日。乔并不记得我的生日，这是我人生中第一个没有一个人对我说“生日快乐”的生日。

“生日快乐。”保罗在我走进门的时候对我说。

“谢谢你。”我有些拘谨地回答。

“我本来是打算给你打电话的，但是我没你的号码……我是说，乔的号码。”

我点点头。看到他的感觉很难形容，他是我的丈夫，既是我现实生活中虚幻的影子，也是于我而言再真实不过的人。我们在餐桌前坐下，身旁的一扇窗户外，一棵无花果树的枝叶拍打着窗玻璃，丽莎拿着打我的笤帚，此时正倚在墙边。

他说：“你好像变样了。你看上去……怎么说呢？你看上去有点儿不是你了。”

我明白他的意思。从他看我的眼神中，我看到了我不愿从丽莎那里听到的一切。我的确变了，我的确不是我了。这便是海洛因的魔咒吧。即便如此，戒除海洛因看起来并不可能。我直直地盯着保罗的脸庞，意识到自己的思绪是多么混乱。

保罗诘问道："告诉我，为什么要把自己弄成这样？"他的目光温存依旧，他的面容如从前般熟悉。他从桌子对面伸手握住我的双手，我们就这样握着手，四目深沉地对视着。泪水模糊了我的双眼，他的脸颊也濡湿了。他平静地告诉我，他当天下午就想带我回家。这样做不是为了跟我重归于好，而是为了让我离开这里；不是让我离开乔，而是让我离开海洛因。

我让保罗给我一些考虑的时间。我开车回到了乔的寓所，在乔放在屋外人行道上的草坪上的躺椅上沐着阳光坐着。海洛因已让我变得痴傻迟钝、迷离恍惚。思绪如烟雾般燃起又散尽，即使在清醒时，我也很难把握自己的意识。我正坐在那里，一个男人向我走过来，告诉我他叫蒂姆。他伸手和我握了握手，然后让我不要对他起什么戒心。他问我能不能给他3美元去买尿布，然后又问能不能进屋用一下我的电话，接着又让我帮他把一张5美元的纸币换开。就这样，他问了我一连串的问题，绕得我晕头转向，又喋喋不休地给我讲了他悲惨的身世。我被搞得云里雾里，不知怎地就站起身来，从牛仔裤兜里掏出了我仅剩的10美元。

他看到钱后，从衬衣里掏出一把刀子，礼貌地抵在我的胸口上说："把钱给我吧，宝贝儿。"

我把我不多的几样东西装进包里，把给乔写的便条贴在卫生间的镜子上，然后拨通了保罗的电话。保罗的车子在转角处停下，我上了车。

车子在回家的路上奔驰，我坐在副驾驶座上，感到自己的现实生活是那么近在咫尺，又是那么远在天边。保罗和我吵嘴，一起大哭，在盛怒之中，我俩把车子都震得摇动不止。争吵中，我俩都嘴不饶人，但一波平息之后，我们却又能温柔平静地继续谈话。如此激烈的情绪起伏，连我们自己都难以相信。我们一会儿决定离婚，一会儿又不禁反悔。对他，我既爱又恨。我觉得他既是我的囹圄，也能击溃我所有的伪装。他呵护着我，深爱着我，就像慈父对待女儿一般。

“我又没让你来接我！”在争吵中，我对他大嚷道，“你是为自己着想才来的，你是想充当什么救世主吧？！”

“也许吧。”他回答说。

“你费这么多功夫来接我，图的是什么呢？”我问道。我的呼吸因后悔而急促起来。

“不图什么。”他紧握方向盘，目光穿过挡风玻璃，投向缀满繁星的夜空，“什么也不图。”

几周之后，乔来明尼阿波利斯看我。虽然我俩已不是男女朋友关系，但一见面，我俩就重操“旧业”。在他来看我的一周里，我们每天都要吸个云里雾里，还发生了几次关系。但在他走后，一切都结束了，和他，也和海洛因。从那以后，我再也没有多想过这段经历。直到那天，与艾梅在苏福尔斯的餐厅里我的腹中出现被土豆片的棱角割划到的异样感。

我俩离开了那家墨西哥餐厅，来到一家大型综合超市买验孕棒。走在灯光明亮的店里，我默默地自我安慰，告诉自己我可能是在无中生有。在怀孕这件事上我已经打过不少擦边球，从前我会因为害怕怀孕而无谓地杞人忧天，自己臆想出各式各样的怀孕症状，以至于在月经来潮时连自己都吃了一惊。但现在我已经26岁了，也是两性体验上的老手了，才不会因为这么点儿波折而自己吓自己呢。

回到旅馆后，我钻进卫生间，关上门。艾梅则坐在卧室的床上等待结果。不出多时，验孕棒上出现了两条深蓝色的线。

“我怀孕了。”我走出卫生间，眼里噙满泪水。艾梅和我倚着床头坐着聊了一个小时，但其实，又有什么可聊的呢？堕胎是唯一的出路，任何讨论都显得那么多余、那么愚蠢。

从苏福尔斯开车到明尼阿波利斯需要四个小时的时间。第二天早晨，艾梅开车跟在我的后面上了路，以防我的卡车在半路突发什么故障。在路上，我没有开收音机，满脑子都是怀孕的事。我腹中的生命虽然只有一颗米粒大小，但我觉得它在我身体的最深处，它能拖着我下坠，能在我的体内翻江倒海，也能震撼我的五脏六腑。车开到明尼阿波利斯西南方的农田时，我泪如泉涌，哭得死去活来，连方向盘都差点儿握不稳了。我的崩溃，不仅仅是因为悔恨我怀上了孩子，更是因为过往的一切。我悔恨母亲离世后我那一团糟的生活，也悔恨我的苟且偷生、自甘堕落。我不该是这样的，不该这样活着，不该如此抑郁地颓废下去。

就在这时，我想起几天前在REI户外用品店排队买铲子时从书架上取下的那本旅行手册，想到封面那幅照片上巨石满缀、峭壁环绕、蓝天映衬下的大湖，我的心门倏地打开了。这种茅塞顿开之感，就像有人一拳打在我的脸上将我击醒似的。我明白，在排队时从书架上取下那本书，纯粹是为了打发时间，而如今，这本书被赋予了新的含义——一种标志，不仅为我指明了我能做的事，也向我昭示了一条我必须走的路。

到达明尼阿波利斯后，我在高速公路的出口和艾梅挥手告别。我并没有下高速，而是开车去REI商店把《太平洋屋脊步道第一辑：加利福尼亚州》买回家，整整读了一夜。接下来的几个月中，我又把这本书重读了好几遍。我堕了胎，学会了如何制作金枪鱼鱼片和火鸡肉干，报名参加了急救基本常识培训班，还在家里的厨房洗手池练习了饮水过滤器的使用方法。“我必须改变自己。”就是这个念头，驱使我在这几个月中不停地自我规划着。我并不打算改头换面，只想变回曾经的那个自己，那个既坚强又有责任心的自己，那个头脑清晰、努力向上的自己，那个品德高尚、心地善良的自己。太平洋屋脊步道就是我回到过去的途径。对！就这样！我可以一边徒步旅行，一边思考我的整个人生。我可以重获新生，远离那些让我的人生沦落成闹剧的障眼浮云。

但此时此地置身于太平洋屋脊步道上，我做起事来却依然这么欠考虑，虽然是以一种不一样的方式。这只是徒步旅行的第一天，而我那原本就直不起的背，已被背包压得越发佝偻了。

三个小时之后，我好不容易在一片约书亚树、丝兰和刺柏林中发现了一小块平地，于是停下来休息。地上有一块大石头，我坐在石头上，用与在莫哈维的货车上相同的方法把背包卸了下来，然后长舒了一口气。摆脱了千斤重压，我顿感神清气爽，于是便信步溜达起来。一不小心，胳膊蹭到了一棵约书亚树，被锋利的尖刺划伤了。鲜血顿时从三条划伤处涌了出来，我从背包里取出急救箱，打开箱子，但风力太过猛烈，把我所有的创可贴都刮跑了。我从空地的一头跑到另一头，想把创可贴追回来，但只是"竹篮打水一场空"。创可贴全军覆没，就这样掉落到山下，消失不见了。我坐在沙土地上，用T恤的袖子捂住胳膊上的伤口，对着水瓶朝嘴里猛灌了几口水。

我这辈子从没有感到如此精疲力竭过。一方面，现在我已身处海拔5 000英尺的地带，比出发时所在的蒂哈查皮道口高出了1 200英尺，因此我的身体需要努力适应海拔的升高和体力的消耗。但我的疲乏应该更多归因于背包那令人无法承受的重压。我绝望地看着这背包，它是我不得不承受之重，恰如我这一团乱麻的人生。但即便如此，我仍不知道该如何去背负它。我取出那本旅行手册，紧握着被风刮得噼啪作响的书页浏览着，渴望这些熟悉的文字和地图能够驱散我越发强烈的不安，也渴望着书中四位作者那言辞温和的"四重奏"能像在几个月前我的准备阶段一样，让我再一次相信自己能够战胜这次挑战。书中并没有四位作者的肖像，但我的头脑中已经清晰地勾勒出了他们的样貌：杰弗里·P.谢弗、托马斯·温尼特、本·希夫林、鲁比·詹金斯。他们都是既明智又善良的人，明察善断而无所不知。这四个人会为我指点迷津的，一定是这样。

REI的许多工作人员都和我分享过他们自己的背包旅行经历，但他们中没有一个人在太平洋屋脊步道上徒步旅行过，我也从未想过要找一个有经验的人咨询咨询。现在，网络上由太平洋屋脊步道徒步旅行者写的日志和有关信息俯拾即是，既有各类数据，也有不时更新的建议。但当时还是1995年的夏末，互联网还处于“石器时代”，因此，除了《太平洋屋脊步道第一辑：加利福尼亚州》以外，我什么信息来源也没有。这本书就是我的《圣经》，是我的救命稻草，是我读过的有关太平洋屋脊步道徒步旅行的唯一一本书，也是我读过的有关徒步旅行的唯一一本书。

然而，当我坐在步道上，第一次打开这本书时，却发现它并没能像我期望的那样安抚我的不安。以前忽略的信息，现在却跃然于我的眼前，比如第6页上一位叫查尔斯·朗的旅友的一段话：“一本旅行手册又怎么能描绘出旅行者必须面对的心理上的挑战呢……绝望、孤寂、焦虑，尤其是身体和心理上的煎熬，全都深深地撼动着旅行者意志力的根基。这些因素，才是旅行者真正需要做好准备去面对的拦路虎，在这些因素面前，文字的形容是如此苍白无力……”而《太平洋屋脊步道第一辑：加利福尼亚州》的四名作者，对此也表示了强烈的赞同。

我呆坐在那里，瞪大了双眼，不禁意识到文字的确无法形容出旅途中的苦楚。其实，文字的形容未免有些多余，因为现在我已经实实在在地品尝到了这些艰难和苦涩。背负着一只好似大众甲壳虫轿车的背包，在沙漠山地中仅仅前行了3英里路程，我却早已体会到了旅途的艰辛。

我继续读下去，书中建议读者在出发前提高自己的身体素质，最好接受一些针对徒步旅行方面的特别培训。书中当然也告诫读者注意限制背包的重量，甚至建议不要把整本旅行手册随身携带，一是因为书太重，二是由于携带整本书并不必要。读者可以把手册复印下来，或把需要的章节撕下来，然后再把手册剩下的部分装在下一站领取的装备补给箱里。看到这里，我合上了书。

我怎么就没有想到呢？我怎么没有想到把旅行手册按章节撕下来携带呢？

因为我是个大蠢蛋，对自己要做的事情完全是一头雾水。而现在，我不得不独自在四下无人的荒野中负重摸索接下来的道路。

我用胳膊抱住双膝，用脸紧紧地抵着裸露的膝盖，合上了双眼。我就这么像只球一样地蜷缩成一团，呼啸而来的狂风将我齐肩长的头发肆意地吹起。

几分钟后，我睁开双眼，发现自己正坐在一株我认识的植物旁。身旁的植物叫鼠尾草，并没有母亲在我家院子里培育了几年的鼠尾草那样嫩绿，但它的形状和气味却是那么似曾相识。我俯下身去，摘了一把叶子，在手掌间揉搓起来，然后把脸凑过去，深深地吸了一口气。这是母亲教我的方法，“这能让你神清气爽”，她总是这样告诉我们姐弟三个。在我们共同搭建屋舍的漫漫夏日，当我们感到精神不振或体力不支的时候，母亲就会要求我们跟着她这样做。

而这一次，我并没有深深吸入带有泥土气息的沙漠鼠尾草的刺鼻气味，而是陷入对母亲的回忆。我抬头仰望着蔚蓝的天空，感到着实神清气爽了不少，但究其原因，多半是因为我感到了母亲的存在，忆起了当初坚信自己可以完成这段路程的理由。有那么多的原因让我不要畏惧这次挑战，又有那么多的信念支撑我去接受这个考验，但其中最让我深信自己能够平安度过艰险的，却是母亲的离世。我告诉自己：没有什么更坏的事情能够发生了，因为最糟的厄运已经降临过了。

我站在那里，任凭狂风把鼠尾草叶从我的手中吹散，然后走到了我刚才坐过的平地的边缘。与平地接壤的，是露出地表的一块块岩石。映入眼帘的，是围绕我数英里的山峦。山势微微向下倾斜，过渡成一块开阔的沙漠山谷。远处的山脊上，分明地排列着白色的风力涡轮发电机。旅行手册上说，山下的城镇居民用电就是靠这些涡轮机，但这一切都离我很遥远，城镇、电力，甚至加州，都好似与我分隔两世一般。然而，此时我正位于加州的中心地带，真正的加州。这里刮着那丝毫也没有减弱迹象的风，生长着加州土生土长的约书亚树，以及潜伏在某个地方但还没被我发现的响尾蛇。

我本打算停下来歇息片刻就继续赶路，但当我站定后，却意识到是时候为一天的旅程画个句号了。由于劳顿过度，我连饥肠辘辘都懒得想，更别提去生炉子做饭了。虽然只是下午4点，但我还是搭起了帐篷。为了防止东西被风刮跑，我把它们从背包里取出来扔在帐篷里。把背包也推进去之后，我自己也爬进了帐篷。进到“室内”，我长吁了一口气，但这所谓的“室内”，其实也就是一个由皱巴巴的绿色尼龙布搭成的洞穴罢了。我把我的小野营椅摆好，坐在帐篷的进口处，因为只有这里的篷顶高度才能允许我直着身子坐起。接着，我在行李之中翻出一本书来，不是《太平洋屋脊步道第一辑：加利福尼亚州》，虽然这是我为明天做准备而应该读的书；也不是《永不迷失》，虽然这本书我在踏上步道之前早就该读完。我要找的，是艾德里安·里奇的诗集——《共同语言之梦》。

我知道，为旅途徒增这本书的重量，理由的确很牵强，而《太平洋屋脊步道第一辑：加利福尼亚州》一书四位作者责备的神情，也不由得在脑中浮现。那本福克纳的小说我还没有读过，所以他的书至少还可以作为消遣工具而勉强有权在我的包里占一席之地。但《共同语言之梦》这本诗集我已经不知读过多少遍，甚至快要倒背如流了。在以前的几年中，书中的一些诗句对我而言已俨然成为祷文，在我失落和彷徨时伴我渡过难关。这本书是一剂安慰，也是一位老友。当我在旅途的第一晚手捧着这本书的时候，我发现，即便这本书的重量意味着我只能佝偻着身体完成这趟旅行，我也无怨无悔。《太平洋屋脊步道第一辑：加利福尼亚州》一书被我奉为旅行中的《圣经》，这是毋庸置疑的，但是《共同语言之梦》一书，却是我灵魂的伴侣。

我翻开书页，大声朗读起第一首诗来，声音盖过了狂风拍击帐篷的响声。我将这首诗读了一遍，一遍，又一遍……

这首诗，叫作《力量》。

路途

严格算起来，我比太平洋屋脊步道年长了恰好15天的时间。我出生于1968年9月17日，而步道是在同年的10月2日由国会的一项法案正式命名的。这条步道其实早就存在，只是路线迟迟没有敲定。从20世纪30年代开始，一群徒步旅行者和户外运动爱好者就开始着手打造一条连接墨西哥和加拿大的步道。从那时起，人们便开始为这条步道拼接和开拓路线。1968年，太平洋屋脊步道被正式命名，直到1993年，步道才最终完成。而差不多整整两年后的一天清晨，我在将我划伤的约书亚树的簇拥下迎来了旅程中的第一个清晨。在我看来，这条步道并不像只有2岁大的样子，也不像我的“同龄人”，而是有一种古朴感，包含着一种无所不知的大智慧。我的一切喜悲，在这条步道看来，都是无关紧要的浮云。

我在拂晓时分就睁开了眼睛，但却一直赖在睡袋里阅读旅行手册。虽然已经补充了12小时的睡眠——至少我躺下的时间有这么长——但我仍然感到昏昏沉沉，直到一个小时后才勉强地坐起身来。昨夜的风一阵阵地且狂暴地敲打着帐篷，偶尔刮得靠头一边的帐篷篷壁迎风狂舞，害得我一整夜不知醒了多少次。黎明前的几个小时，风才逐渐停歇下来。但取而代之的寂静，却如将我的形单影只昭告天下的大喇叭一般，扰得我辗转反侧。

我钻出帐篷，缓缓地直起身来，肌肉还因昨日的徒步旅行而隐隐作痛，踩在沙石上的赤脚显得那样娇嫩。我仍然没有饥饿感，但还是逼着自己吃了些早餐。我把两勺名叫“升级牛奶（Better Than Milk）”的豆奶粉舀到一个水瓶里，加水搅拌后倒入即食燕麦片。它的味道并没有好过牛奶，甚至更糟，简直淡而无味，和啃草叶没什么区别。我的味蕾仿佛集体大罢工了似的，而我仍然一口一口地逼着自己往下咽，因为我必须得为一天的旅行补充足够的能量。我把水瓶里剩下的水喝光，然后笨手笨脚地用在我手中“咚咚”翻动的储水袋把水瓶再次灌满。根据《太平洋屋脊步道第一辑：加利福尼亚州》上的信息，我现在距离最近的水源金橡泉还有大约13英里远。虽然昨日表现欠佳，但我仍打算在今天赶到水源处。

我强挤硬塞地把背包装得不剩一丝余地，用蹦极弹力绳把剩下的物品绑在背包的外侧，接着，又用我在旅馆里发明的那一套程序把背包背在身上。从准备到出发，我花了足足一个小时的时间。刚一上路，我就在离我扎营处不远的地方发现了一小摊粪便，颜色黑黑的，像是焦油一般。这是鬣狗留下来的——至少我希望是——还是美洲狮的呢？我在沙地上寻找脚印，但却一无所获。我环顾了一下四周，鼓起了勇气，准备面对从鼠尾草丛和石块中探出的大型猫科动物的脸。

我继续上路。虽然被那摊粪便吓了一跳，但我却越走越轻松；虽有背包的重负，而我的步伐却越来越矫健。我有了一种前所未有的应付自如的潇洒，而这感觉不到15分钟便土崩瓦解了。我向高处爬啊爬啊，穿行在石块遍布的山间，沿着步道缓行而上。每迈出一步，背包的支架便会因为重压而在我身后嘎吱作响。背部和双肩的肌肉已绞扭成了紧绷的硬结，火辣辣的。每走一段路，我都得停下来用双手支撑在膝盖上，暂时减缓双肩上的负重，然后再蹒跚地继续前行。

正午时分，我已经爬到了6 000多英尺高的山腰上，气温渐渐变凉，太阳也骤然躲到云层后不见了踪影。昨天我还在沙漠中挥汗如雨，而现在我却一边吃着蛋白质能量棒和杏干组成的午餐，一边瑟瑟发抖。被汗浸湿的T恤贴在背上，冷飕飕的。我把羊毛衫从衣袋里找出来穿在身上，然后便躺在防水布上小憩几分钟。谁料，我竟不知不觉地睡着了。

落在脸上的雨点将我唤醒，我看了看表，发现自己已经睡了将近两个小时。我没有做梦，也全然不知自己是怎么入睡的，仿佛有人从身后用石头把我砸晕了似的。坐起身后，我发现自己被包围在层层雾气之中，能见度只有几英里。我抓紧背包带，在细雨中继续前进。而每走一步，我的整个身体都好似在深水中跋涉一般沉重。我把T恤和短裤卷起来，本想垫住臀部、背部和肩膀上被背包磨得生疼的地方，谁知却适得其反。

夜幕降临，我继续向山上爬着。除了眼前，我什么也看不清楚。对蛇的惧怕并没有像昨天那样纠缠着我，我脑子里空空如也，并没有想什么“我可是在太平洋屋脊步道上徒步旅行呀”，也没有琢磨“我这是把自己逼到什么道儿上啦”，只是一门心思地前进。我的大脑犹如一个水晶般明澈的花瓶，其中只装着“前进”这一个想法，但我的身体却恰恰相反，像极了一包崩碎的玻璃，每一个动作都会牵动我的痛处。我数着脚步，以求分散自己对疼痛的知觉，每数到100，就在心中清零，然后默默地接着从1开始数下去。如此以100为单位的计步法，果真让我的旅途变得不那么难熬了，似乎我只用完成眼前的这100步便可以安心了。

在爬山的过程中，我逐渐悟到我对山的认识是多么浅薄，我甚至分辨不出我是走在一座山岭上，还是走在由一系列山坡连成的山脉上。我成长的地方山并不多，虽然我也攀爬过几座山，但只是在白天沿着游人如织的山路游玩罢了。山于我而言，只是硕大的土坡而已。但这认识太过片面了，我现在才意识到，山坡其实有其层次、充满变化，是难以名状而无以比拟的实体。每当我认为自己已经到了一座山岭或一条山脉的顶点时，我总会发现自己的判断为时过早了。即使眼前首先出现的是一小段斜坡，而山势也会逗人似的往下延伸一段，但往上的路却看似没有尽头。于是我继续向上爬，直到爬上真正的山顶。之所以确定这是山顶，是因为这里有雪。这雪并不是地上的积雪，而是从天而降的薄薄的雪片，狂风卷着这雪片，在空中纷飞狂舞着。

我从没料到会在沙漠中看到下雨，更不用提下雪了。在我成长的地方，山上是没有沙漠地带的，虽然我有过几次白天在沙漠中徒步旅行的经历，但我对沙漠的认识还很肤浅。我认为，沙漠就是干燥炎热而多沙的地方，是蛇蝎和仙人掌的地盘。但是我错了。沙漠远远不是我想象的那样简单，它和山川一样，也是层次清晰、繁复多变的。在踏上旅程的第二天，我意识到，我这次崭新的体验，的确是无可比拟的。

我踏入了全然陌生的新疆界。

让我始料不及的，不只是我对山川和沙漠的新的认知。尾骨、臀部和双肩前的皮肉被磨出了血，这是我始料未及的。通过内容详尽的旅行手册上的信息，扣去路上多次停下休息的时间，我今天的平均时速还不到每小时1英里，这是我始料未及的。为这次太平洋屋脊步道之行做计划时，我本打算在整个旅途中每天坚持走14英里的路程。但实际算下来，在大多数时间里，我每天行进的路程需要多于14英里，因为在旅途中我打算每过一两周都要用一天的时间停下来做休整。但在踏上步道之前，我从没把我的身体素质和步道严酷的环境纳入考虑范围。

我有些慌了神，匆匆往山下走去。渐渐地，白雪变成了水雾，水雾渐渐散去，变成了远近群山上温和的绿树和棕土，那错落有致的坡度和棱角分明的轮廓，在苍天的映衬下格外惹眼。在行进的过程中，入耳的唯有皮靴在沙砾地面上咔嚓作响的声音，以及那快要把我逼疯的背包支架发出的嘎吱声。我停下脚步，摘下背包，找到支架上可能发出摩擦声的源头，用润唇膏一阵涂抹，然后继续上路。孰料，刚才的努力都是白费功夫。我大声说了几个词，好分散自己的注意力。距离和那个送我来步道的男人道别，仅仅过了48个小时多一点儿，但在我看来，那一刻仿佛离我有一周那么遥远。我的声音突兀地回响在空中，显得有些奇怪。我总觉得马上就能遇到别的徒步旅行者了，却迟迟不见人影。但一个小时之后，我便体会到了独自一人的方便，因为我突然有了内急之感。虽然我脑中浮现出“上厕所”几个字，但在步道上，所谓的“上厕所”其实就是指在没有坐便器的支撑下蹲下去，在自己挖的洞里解决问题。那把写着“挖！我喜欢！”、被我绑在背包腰部固定带上的不锈钢泥刀，终于盼到了大显神威的时刻。

我并不喜欢这样上厕所，但这是徒步旅行者解决内急的方法，所以我只得遵守行规。我继续往前走，找到了一个看上去比较安全的地方，从那儿往偏离步道的方向走了几步。我取下背包，把泥刀从刀鞘中抽出来，冲到一丛鼠尾草后面开始挖洞。地面的石块挺多，泥土泛着米褐色，看上去硬邦邦的。在这样的地面挖洞，简直就像在试图开凿大理石灶台一般，砂石四溅。

这分明是一个大男人扛着钻机才能胜任的活儿！我一边瞎想，一边用泥刀的刀尖狂暴地往地上戳，手腕都快被累断了。我徒劳地凿呀凿呀，紧绷的身上渗出了星星点点的冷汗。直到快要拉裤子的关头，我才不得不站起身来。我别无选择，只得把裤子脱了下来。因为穿内裤只会徒增对臀部的摩擦，当时我早已经把内裤脱下来扔掉了，所以一脱下外裤，我便马上蹲下来，就地如厕。方便之后，我如释重负，但因为太过疲惫，我差一点儿一屁股栽到还冒着热气的大便上。

完事之后，我跛着脚四处找来些石头块儿，堆在了我的大便上。掩盖完毕后，我继续上路。

我觉得自己应该是在往金橡泉的方向走，但到了7点钟，这口泉却仍不见踪影。我无暇多想，由于太累而感觉不到饥饿，于是又省了一顿晚餐，也正好省了做晚餐的用水。我找到一处还算平坦的不大的空地，便在空地上把帐篷扎好，背包一侧挂着的温度计显示，当时的气温只有42华氏度[1]。我把被汗水浸湿的衣物脱下来，晾在一棵灌木上，然后便爬进了帐篷。

到了早晨，衣服已经在一夜之间冻得僵硬板结，我只得生拉硬扯地把衣服穿在了身上。

旅途的第三天，上路几个小时后，我到达了金橡泉。一个四四方方的混凝土砌成的水池跃入眼帘，我的心气顿时高涨了许多——不仅是因为我发现了水源，更是因为这眼“泉水”明显是人工砌成的。我把手伸进水中，惊动了聚集在水面上的几只小虫。我取出饮水过滤器，把导管插进水中，用我在家里厨房洗手池中练习过的方法往上抽水。抽水的过程比我记忆中的要困难些，可能是因为在练习时我每次只抽几下水，而真到实地抽水时，却发现自己对肌肉力量的练习并不到家。我终于攒足了劲儿开始抽水，谁知导管却浮在水面上，因而抽出来的只有空气。我抽啊抽啊，直到精疲力竭，不得不停下来休息。休息之后又继续，总算把两只水瓶和储水袋重新灌满了。前后足足花了我将近一个小时的时间，但这是我不得不完成的任务，因为下一个取水点离我足有19英里远，想想就让人害怕。

我本是铆足了劲儿，准备行进一整天的，但却靠着泉边在我的野营椅上坐下了。气温终于升了起来，阳光洒在我裸露的双臂和双腿上。我脱去衬衫，把短裤拉到脚踝处，闭上双眼躺在椅子上，希望阳光能够治愈我躯干上被背包磨破的皮肤。当我睁开双眼，发现近旁的一块石头上

1 摄氏度=（华氏度-32）/1.8。——编者注

有一只小蜥蜴，好像在做俯卧撑。

“你好呀，蜥蜴！”我对它打招呼。而它却停止了俯卧撑，全身僵住，一动也不动，而后闪电一般地跑掉了。

我必须抓紧时间了。我已经比自己所谓的“进度”落后了许多，但那一天，我却无法强迫自己离开金橡泉周围那些青翠欲滴的野生橡树。除了皮肤被擦破之外，我的肌肉和筋骨也因长途跋涉而阵阵作痛，双脚上也磨出了星星点点的水疱。我坐在沙土地上凝视着自己的双脚，眼见水疱越发严重，却无可奈何。我用手指小心翼翼地抚过双脚，滑至脚踝上一处足有1美元硬币大小的瘀伤。这并不是我在这次旅途中挂的彩，而是来自旅途开始之前我做的一件蠢事。

多亏了这块瘀伤，我才在莫哈维的旅馆里按捺住了给保罗打电话的冲动。我知道，他会从我的声音中捕捉到我试图隐藏的故事，而这块瘀伤，会将我话中的弦外之音全部引出来。在波特兰等着搭飞机去洛杉矶的两天里，我本打算离乔远远的，但我并没有遵守这个诺言。从六个月前他来到明尼阿波利斯看我的时候起，我就再也没有碰过海洛因。但即使如此，这一次，我还是和他一起沦陷了。

“该我了。”看他注射完毕之后，我迫不及待地要求道。那时距离我踏上太平洋屋脊步道的时间仅有短短的48个小时了，但霎时间，这一切仿佛离我很远很远。

乔在我的胳膊上找不出一条适合注射的血管，于是对我说：“把脚踝给我。”

我手握着指南针，在金橡泉边读完了《永不迷失》。我辨出了东西南北，卸下了背包的重负，欢天喜地地沿着一条连接金橡泉的越野车道去寻找美景。我的双脚仍然酸楚，肌肉仍然生疼，但少了背包的负担，顿觉身轻如燕。我不但挺直了腰杆，而且简直要一飞冲天了。双肩就如附了两根从天上降下的弹力绳一般，每一步都似一次飞跃，身体如空气一般轻盈。

我来到一处高地，停下脚步放眼远眺。映入眼帘的是更多的山岭和沙漠山地，壮美而摄人心魂；远处，则是一排排轮廓分明的风力涡轮发电机。我回到帐篷边，架好炉子，准备为自己烹制旅途中的第一顿热乎饭。我使出浑身解数，却怎么也无法让火燃烧足够长的时间。我把使用指南找出来，读了“常见问题”一栏，原来是我装在炉子气罐里的天然气出了问题。炉子使用的应该是一种白色的特殊天然气，但我却灌入了加铅天然气。因为我的弄巧成拙，炉子的点火器已经被堵住，炉灶被烟灰熏得黑黑的。

反正我也不饿。感知饥饿的神经仿佛一根失去知觉的手指，几乎动也动弹不得。我吃了一把干金枪鱼片，六点一刻还不到便进入了梦乡。

踏上第四天的旅途之前，我把伤口处理了一下。一位REI的工作人员曾经建议我买一盒第二代疤痕修复贴，这种用来处理烫伤的药贴对于水疱的处理效果也颇佳。我把贴片贴在脚趾尖、脚后跟、尾骨、双肩的正面以及后腰部，把身上所有起水疱、蹭破皮以及起红疹的地方都贴了个遍。完工后，我把袜子蹬掉，把它们揉得稍微柔软一些后又穿回了脚上。我带了两双袜子，每隔几个小时替换一次，好把换下的袜子挂在背包上缠着的蹦极弹力绳上风干。但即便如此，这两双袜子都因为泥土和汗渍而变得又黏又硬，好似不是用布料做的，而是用硬纸板糊的一样。

那天清晨，我离开金橡泉继续上路。又一次背上了24.5磅重的水，我发觉自己从中寻到了一种不可名状、带有怀旧情愫的乐趣。虽然旅途劳顿，艰险不断，但我开始渐渐注意到身旁点点滴滴的美好事物，也感受到大大小小的景致带给我的惊喜，比如在步道上与我擦身而过的沙漠之花的色彩，还有夕阳落山时那一抹苍穹的壮丽。我正陶醉于周围的美景之中，却突然绊在了一块鹅卵石上，向前扑倒在地。我摔倒的势头如此之猛，让我猝不及防。整整一分钟过去了，我趴在地上一动也不动，腿上的伤灼痛难耐，背上的千斤重压将我死死地抵在地面上。我从背包下钻出来，检查了一下伤势，发现身上划出的一个大口子血流如注，伤口处肿起一个拳头大小的鼓包。我把珍贵的水在伤口上滴了几滴，尽量把伤口上的碎石和泥土拍打干净，然后用纱布在伤口处按了一会儿。伤口凝血之后，我才又一跛一跛地上路。

在那天下午剩余的途中，我聚精会神地盯着脚下的路，生怕一步没踩稳再摔个马趴，没想到却误打误撞地发现了我已经寻找几天的东西：美洲狮的脚印。这头狮子的爪印在沙土地上排列了大约四分之一英里远，印迹清晰可辨，显然它在不久前沿着与我相同的方向从这里走过。每隔几分钟，我都会停下来四处张望一下。除了星星点点的绿色之外，映入眼帘的几乎全是一片金棕色，和美洲狮身上的毛色别无二致。我继续前进，脑海中浮现出最近读到的一篇报道：三个加州女性在前一年于不同时间和地点分别被美洲狮咬死了。我又忆起童年时看过的自然纪录片节目，节目中说，猎食者会把一群猎物中看上去最孱弱的个体挑出来，作为袭击的对象。毫无疑问，这“最孱弱的个体”非我莫属，而那最有可能被野兽分尸的舍我其谁。我哼唱着脑海中浮现的《小星星》和《乡村路带我回家》两首小曲，一面希望用这颤抖的声音把狮子吓跑，一面又担心此举会不会让狮子注意到我的存在，好像我腿上的血痂和几天没洗澡的身体发出的臭气还不足以把它招来似的。

我环视了一下周边变化了的地貌，发觉自己已经走出了不短的距离。周围的景致依旧干燥，仍是灌木丛和鼠尾草的天下，但莫哈维沙漠标志性的约书亚树却已渐渐稀少了，取而代之的是越来越多的刺柏、矮松和胭脂栎。我偶尔会穿过野草肥沃的草原，茂密的野草和枝叶蓊郁的大树于我而言都是一颗颗的定心丸，因为它们喻示着生命和水源，也向我暗示：我也能如此茁壮地生存下去。

一棵倒下的树切断了我的道路，也切断了我对生命坚定不移的信心。这棵树横倒在步道上，粗壮的树干架在半空中。我既不能从下面钻过去，也无法从上方越过去，而我背上沉重的背包更是让我难上加难。绕过树走同样行不通，因为步道一边的坡度太陡，而另一边的灌木又太过浓密。我站立了许久，试图想出一个办法。无论有多么困难，我都非得过去不可。要么前进，要么折回莫哈维的旅馆，只有这两条路可走。我想起了我那18美元一晚的旅馆房间，心中的向往简直冲昏了头脑，让我全身都满溢着返回去的欲望。我退回树旁，解开背包的背带，将包推过粗糙的树干，尽量让背包轻轻落地，生怕里面的储水袋会因为与地面的冲撞而破裂。然后，我也扒着树干爬到了另一边。由于跌跤而摔得伤痕累累的手，无奈又一次被蹭破了皮。在接下来的1英里路途中，我又遇到了三棵被风刮倒的树。越过这三座障碍之后，我小腿上的结痂重新绽裂开来，鲜血直流。

上路第五天的下午，我在步道上一段陡峭的窄路上行走时，突然抬眼看到了一只硕大长角、皮毛棕黄的动物向我直冲而来。

“麋鹿！”我惊呼一声。其实，我清楚地知道，这动物并不是麋鹿。但惊吓之中，我哪还顾得上辨认这是什么动物，麋鹿是我脑海中能够想到的与这头野兽最接近的动物了。那动物向我步步逼近，我不禁又一次喊道：“麋鹿！”然后便连滚带爬地钻进一簇沿着步道生长的石兰和胭脂栎丛中。我扛着碍手碍脚的背包，使出吃奶的劲儿，钻进了枝叶尖利的灌木丛中。

就在往灌木丛里爬的节骨眼儿上，我突然想起了这头野兽的名字。原来，马上就要与我“火星撞地球”的是一头得克萨斯长角公牛。

“麋——鹿！”我一面抓住绑在背包支架上的连着世界上最响亮口哨的黄绳，一面大声喊着。我摸到口哨，把口哨送到嘴边，闭上双眼，拼命猛吹，直到不得不停下来呼吸为止。

待我睁开双眼，公牛已经消失不见了。

而在慌乱之中，我右手的食指蹭到了石兰灌木那锯齿状的枝上，指尖上的皮肤和公牛一样，也消失不见了。

我发现，那年夏天在太平洋屋脊步道徒步旅行的途中，有一件事情让我感悟良多。而同时，这件事情也与世间万物一样，不费什么力气就能一语道破，那就是：我并没有选择的余地，时常要硬着头皮去做自己最不愿意做的事情，没有退路可逃，也没有放弃的权利。无论灌下多少马提尼酒，无论抽掉多少香烟，我都没法掩盖这个事实。我紧紧抱住灌木枝，试着把流血的手指包扎起来。我尽量不发出声响，生怕把公牛再招引回来。我考虑了一下眼下的出路，但却没有想出什么新招儿。出路还是那两条，我可以沿着原路返回，也可以朝着既定的方向坚持走下去。由于我在吹口哨时没有睁开眼睛，因而并没有看到那头公牛刚刚是往哪个方向跑的，而它朝哪个方向跑的可能都有。形势并不很乐观，面对这头公牛，我可以选择被吓得后退，或是被激励着继续前进。

于是，我选择了继续上路。

一天赶9英里的路程已是我体力的上限了，对我的身体而言，这9英里的路途可谓是个空前的挑战。除了心脏以外，我浑身上下没有一处不在作痛。虽然一路上一个人影也没有遇到，但奇怪的是，我谁也不想碰到。我只想要食物和水，想把我的背包卸下来。但我还是背着背包，在路上继续走着。上山下坡，绕过步道两旁生长着杰弗里松和黑橡树的干旱山地，穿过留着重型卡车印记的越野车道。然而，我还是一个人也没有碰到。

第八天的清晨，饥饿感终于来袭。于是我把所有的食物都倒在地上，盘算着该吃些什么。我对热乎饭食的渴望倏然间变得难以按捺，虽然这几天一直处于精疲力竭、胃口索然的状态，但我还是把不用烹制的食品吃得所剩无几了。我的即食燕麦片、干果、火鸡肉干和金枪鱼片、蛋白质能量棒、巧克力和豆奶粉全都库存告急，剩下的大部分都是需要烹制的食品了。我的炉子暂不能用，下一个补给点还在135英里之外的肯尼迪草原邮局，况且我还得把炉子修理好并找到合适的燃料。而肯尼迪草原算不上城镇，只是一块猎手、徒步旅行者以及渔夫聚集的高地，因此修好炉子的事儿估计是遥遥无期了。我坐在沙地上，自封袋里需要烹饪的脱水食品在我身边摆了一地。我决心先离开步道。在我坐着的地方不远处，有几条方向各异的越野车道与步道相交。

我顺着一条越野车道走下去。据我推测，往东再走大约20英里，应该能找到一条与步道平行的高速公路，这样就能见到人烟了。我并不知道脚下是哪条路，只有凭着一股一定会有什么发现的信念，顶着烈日继续前进。在移动时，我嗅到了自己身上发出的臭味。虽然背包里装有除臭剂，我每天早晨都要在腋下涂上一点儿，但仍然无济于事。我已经有一周多没有洗澡了，身上满是泥土和血渍，因尘土和汗渍而变得发黏的头发也在帽子下贴在了头皮上。不过与此同时，我也能感觉到自己的肌肉在一天天变强，但肌腱和关节的磨损却在一天天加重。双脚内外两侧都在作痛，皮肉因水疱而磨得生疼，脚骨和肌肉也因长途跋涉而疲惫不堪。谢天谢地，这条道路时而平坦、时而缓缓下坡，在走过了步道那上上下下的陡坡后，这条路终于给了我一些喘息的机会，但仍不轻松。在很长的一段路上，我一直试着想象自己并没有长脚，双腿的下方，接着两块不知疲倦是何物的木桩，即使在刀尖上行走也能如履平地。

四个小时之后，我开始后悔自己刚才的决定了。如果待在步道上，我起码还能判断出自己身在何处，但现在，我既有可能在这荒野中活活饿死，也有可能因横冲直撞的长角公牛而命归西天。我又翻了一遍旅行手册，连自己是否身处手册上提到的“偏门左道”都无法确定。每过一个小时，我都会掏出地图和指南针，一次又一次地识别自己所处的位置。我把《永不迷失》翻找出来，细细地重读了一遍地图和指南针的使用方法，又辨别了太阳的方位。我走过一小群散养的奶牛，心一下子提到了嗓子眼儿。还好，奶牛们并没有往我的方向冲过来，只是暂停吃草，抬头看了看一边念叨着“奶牛、奶牛、奶牛”一边从它们身边小心走过的我。

在这条路经过的土地上，既有出乎我意料的翠绿植被，也有干燥而布满石头的土地。两辆废弃的拖拉机停在路边，死气沉沉的，有些瘆人。一路上的静谧和美景都让我叹为观止，但当暮光笼罩大地时，焦虑又涌上心头。

我已经八天没有见到一个人了。这里应该是个有人烟的地方，但除了散养的奶牛、两台废弃的拖拉机以及脚下这条路以外，我找不到任何能证明有人的痕迹。我觉得自己像置身于一部科幻电影中，仿佛这世上只剩下我孤零零的一个人。我第一次在旅途中有了想哭的冲动，我深吸一口气，强止住泪水，然后取下背包，放在沙土地上，好让自己恢复一下体力。道路的前方出现了一个转弯，我把背包留在原处走了过去，想探一探前面的路。

出现在眼前的，是一辆黄色皮卡货车以及坐在驾驶室里的三个男人。

一个白人，一个黑人，还有一个拉美人。

我估计用了60秒钟的时间才走到他们近前。那三个男人用我之前看到长角公牛时一样的表情盯着我，仿佛随时都可能脱口惊呼“麋鹿！”看到他们，我的心着实宽慰了不少。但当我向他们靠近时，我却意识到自己已经不是这部有关人类灭绝的科幻片里的唯一主角了，心中顿生一种难以名状之感。我现在置身的电影，已然完全变了风格：我是唯一的女主角，而这三个在黄卡车驾驶室的阴影中打量着我的男性角色的动机、个性以及背景信息，还都是未知数。

驾驶座一侧的窗户摇了下来，我透过车窗向这三人介绍了我的来历。他们默默地盯着我，目光由惊讶到错愕，又到嘲讽，之后全部忍不住大笑起来。

“你知道你现在处于什么状况吗，亲爱的？”一阵大笑后，那个白人问我。我摇了摇头。白人和黑人看上去都是60多岁的样子，而拉美男孩估计连20岁都不到。

“看到这儿的山了吗？”坐在方向盘后方的白人伸手朝挡风玻璃外指了指，问我，“我们正准备炸山呢。”他告诉我，一家矿业公司买下了这块土地，准备在此开采装饰庭院用的假山和石块。他轻轻敲着他的牛仔帽帽檐，说：“我叫弗兰克，按理来说，小姐你怕算是擅闯私人土地了。不过我们不会追究你什么责任的。”他看看我，对我眨了一下眼睛，“我们只是矿工而已，这土地不是我们的，要不我们可能就得对你开枪了。”

他又一次笑了，然后指指坐在中间的拉美男孩，告诉我他的名字叫卡洛斯。

坐在副驾驶位子上的黑人自报家门：“我叫沃特。”

上一次见到的人，就是那两个开着科罗拉多牌照的小货车把我载到公路旁的男人，但那已经是一个星期之前的事情了。现在我的声音听上去有些别别扭扭的，声调比我记忆中的要高，语速也快了些，仿佛我的声音是一种我自己无法捕捉到的东西似的。每一个单词都如小鸟一般，扑棱棱地飞出了我的掌心。三个人让我坐在卡车的后座上，然后沿着弯道开了一小段距离去取我的背包。弗兰克把车停下，三个人都下了车，沃特帮我把背包提起来，被背包的重量吓了一跳。

他吃力地把背包举起来，放在了卡车的车斗里，说："我在韩国当过兵，从没有扛过这么沉的包呢。嗯，也可能扛过吧，但那是在我受罚的时候。"

很快，由不得我多插嘴，三个人就帮我做好了决定：我跟着弗兰克回他的家，由他的老婆为我做一顿晚餐，然后我可以洗澡，可以在床上睡一夜。第二天上午，弗兰克会带我去一个地方，好让我把炉子修理好。

"现在能再给我讲一遍吗？"这个问题弗兰克问了我几次。每一次，三个人都会一脸不解但全神贯注地听着。他们住的地方距离太平洋屋脊步道只有20英里，但他们居然没有听说过这条步道。弗兰克和沃特一边闲聊，一边很有礼貌地问我："一个女人家孤身一人徒步旅行，图个什么呢？"他们百思不得其解。

卡洛斯思考了片刻，发话说："我觉得这样做挺酷的。"他告诉我，今年他18岁，正准备去当兵。

我提议说："要不你别去当兵了，试试徒步旅行怎么样？"

"才不呢。"他回答。

三个人重新上了车，我自己在后座坐了几英里的车程，和他们一起去开沃特的卡车。沃特和卡洛斯开着卡车离开后，车里只剩下我和弗兰克两个人，他还有一个小时的活儿要完成。

我坐在黄色卡车的驾驶室里，看着弗兰克开着牵引车，来来回回地把路轧平。每次开过我身边，他都会冲我招招手，待他开过去之后，我便会偷翻他卡车里的东西。在仪表盘后的小储物箱里，我找到了一个银质的扁酒瓶，我抿了一小口，嘴唇火辣辣的，又马上把瓶子放了回去。我把手伸到车座下，拽出一只黑色的扁箱，打开后发现里面放着一支和威士忌酒瓶材质相同的手枪，然后又关上箱子，放回原位。卡车的钥匙插在点火器上，我无所事事地瞎想着要是把火打燃后将车开走会是怎样的一幅情景。我脱下皮靴按摩双脚，在波特兰注射海洛因留在脚踝上的瘀伤还在，但已经变成了暗黄色。我用手指轻触了一下伤处，抚过那仍隐约可见的针孔，不明白自己怎能干出这等蠢事。然后，我把袜子重新穿上，把瘀伤遮盖起来。

“你是哪种类型的女人？”弗兰克做完了他的工作，钻回卡车里在我身旁坐下问。

“哪种类型？”我问道。我俩四目相对，他的眼睛似乎在述说些什么，我避开了他的目光。

“你是不是挺像珍妮的？就是人猿泰山喜欢的那一类型？”

“可能吧。”我回话说。虽然我在笑，但心里却萌生了一丝焦虑，祈祷着弗兰克能快点把车发动开走。他的块头挺大，个头挺高，轮廓分明，皮肤黝黑。在我眼中，他虽是名矿工，但却牛仔派头十足。他的双手让我想起了我成长过程中接触的有些男人的双手，这些男人靠体力养家糊口，无论如何擦洗，他们的双手永远都是脏兮兮的。与他同坐在一辆车里，我有了一种和某些男人一起处在特定的环境中时总会萌生的感觉——一切都可能发生。他既可以温文尔雅地埋头干他的工作，也有可能紧紧抓住我，在一瞬间将事态完全改变。我和他坐在一起，一刻也不敢松懈地关注着他的双手和每一个动作。但表面上，我却装得泰然自若，好像刚从小寐中醒来似的。

他将手伸进小储物箱里，取出那瓶威士忌说：“我这儿有好东西。这是我干完一天的活儿后对自己的奖励。”他拧开瓶盖，把酒瓶递给我说，“女士优先。”

我接过瓶子，仰头把酒灌进嘴里。

“果然，你就是我想象的那种女人。我就叫你珍妮好了。”他接过酒瓶，喝了一大口。

“其实我不能完完全全算是孤身一个人，”我脱口而出，一面在心里编谎话一面继续说，“我的老公叫保罗，他也在徒步旅行呢。他是从肯尼迪草原那儿开始上路的，你知道那个地方吗？我们两个人都想体验一下独自徒步旅行，所以他往南走，我往北走，准备在中点会合。然后我们两个就会一起徒步旅行到夏天结束。”

弗兰克点点头，又喝了一口威士忌：“嗯，这么说来，他比你还欠考虑呢。”说完后，他思忖了片刻，“一个女人家能做出你这种事就已经够不理智的了，一个大老爷们儿居然允许自己的老婆出来做这种事就更不理智了。”

“是啊，”我回答道，仿佛同意了他的观点，“我的意思是，我们俩再过几天就要会合了。”我的声音是那么坚定，连自己差点儿都相信了自己的谎言，就好像在那时那刻，保罗真的在向我靠近一样；好像我俩并没有在两个月前那个下雪的4月天提交离婚申请书；好像他真的离我越来越近；好像如果我途中遇险，他一定会有所察觉；好像如果我身有不测，不出几天就会有人注意到似的。

但是现实恰恰相反。我生命中的人们，就如旅行第一天被沙漠狂风吹散的创可贴一样，全都漫天纷飞，消失不见了。我到达路途的第一站时，竟没有一个人打电话慰问我，到达第二站和第三站时，我也是一个电话都没接到。

弗兰克往座椅的靠背上靠了靠，调整了一下安全带上那硕大的金属扣，说：“干完一天的活儿之后，我还有另一种奖励自己的方法。”

我小心地试探着笑了笑，问道：“什么奖励方法？”我的心在胸中怦怦直跳，放在大腿上的双手汗涔涔的。我警惕地觉察到，我的背包现在在离我很远的车斗里。我马上下定决心，如果我得推门逃跑的话，背包就不要了。

弗兰克把手伸到车座底下，也就是放着装有手枪的箱子的地方。

他拿出一个透明的塑料袋，里面装的是一条条细长的红色甘草糖，每捆都像索套一样绞在一起。他把塑料袋递到我面前，问：“珍妮小姐，要不要来点儿？”

同在两个方向上的公牛

在卡车上，我大嚼了将近两米长的甘草糖。要不是甘草糖吃完了，再让我吞个两米也完全不在话下。

弗兰克住在一台房车里，房车停在一片沙漠灌木丛的房车营中。我们开到他房车旁的一条沙土车道上，他停下车，告诉我："在这儿等一下，我先进去给安妮特介绍一下你。"

几分钟后，两个人一起从房车里走了出来。安妮特满头灰发，身形丰腴，从她脸上的表情不难看出，她对我并不欢迎，还有几分警惕。弗兰克把我的背包从卡车上拖下来，她不满地嘟囔着："你就这么多东西？"我跟着两人进了屋里，弗兰克马上进了洗手间。

"别客气。"安妮特对我说。我听话地坐在厨房外的餐桌旁，等着她为我准备饭食。餐桌的另一角放着一台小电视，音量开得很大，声音杂乱得几乎让人听不清楚。电视里播放的又是"辛普森杀妻案"的庭审。我正看着，安妮特从厨房里走出来，把盘子放在我的面前，"啪"的一声关掉了电视。

安妮特说："耳边整天都是辛普森这、辛普森那的，非洲那些挨饿的儿童却无人关心。"她指了指我面前的食物，"你开吃吧。"

我不想让她看出我对食物有多么饥渴，于是佯装无所谓地说："等一等吧。"说完，我低头看了看眼前的食物，盘子里满满地堆着烤牛排、罐装玉米以及土豆沙拉。我本想起身去洗手，但生怕这么做会推迟了晚饭的时间。无所谓，反正餐前洗手的概念于我而言，已和电视上的新闻报道一样遥远了。

“吃呀！”安妮特用塑料杯为我倒了一杯樱桃味的饮料，放在我面前。

我用叉子把一块土豆沙拉送到嘴里，味道之美，简直让我飘飘欲仙。

“你是大学生吗？”

“是啊。”我回答道。我一身的泥灰和臭气，居然看上去还有大学生的样儿，这让我心里美滋滋的，“或者说，我是曾经的大学生。我四年前就毕业了。”说完后，我又吃了一口饭，意识到刚才的话严格来说并不能算是实话。虽然我在母亲病逝之前曾经承诺过要拿到学士学位，但是我并没有履行诺言。母亲是在春假那周的周一离去的，七天之后，我回到了学校。在学期结束前，悲恸将我打击得昏昏沉沉，我把自己埋在了沉重的课业之中，却没能拿到学位证，因为我没有完成一篇五页长的中级英语论文。这篇论文本应是小菜一碟，但当我开始写的时候，却只能盯着空白的电脑屏幕发愣。走过主席台，身穿学士袍、头戴学士帽的我接过一张卷成卷的证书，但打开一看，里面却写着我早已预料到的内容：如果不完成那篇论文，我就不能拿到学士学位。大学上完了，而留给我的只有助学贷款。据我计算，这笔贷款要到我43岁时才能还清。

第二天早晨，弗兰克开车把我送到高速公路旁的一家便利店门口，让我自己搭车去一个叫里奇克雷斯特（Ridgecrest）的镇子。我在店门口坐着，一个送薯条的送货员从店前经过，我问他能否让我搭车，虽然他的公司规定不能用车载搭便车的人，但他还是答应了。我钻进他的大卡车里，他马上自我介绍说他叫特洛伊。每个星期，他有五天的时间都在南加州开车送各种各样的薯条，17岁他还在上高中时和女同学坠入爱河，两人结婚相守至今已有17年了。

“我这辈子，先自由了17年，然后又被监禁了17年。”他虽然是在开玩笑，但从声音中不难听出他的悔恨，“如果能和你交换位置，上刀山下火海我都心甘情愿。”他边说边开车，“我生性自由，却从没勇气去追求过自由。”

他把我送到托德户外用品商店，托德先生亲自帮我拆洗了炉子，为我安上了一个新的过滤器，找到了合适的天然气，还看着我把火点燃，检查炉子是否已经修好。我又买了些用来处理伤口的强力胶带和第二代疤痕修复贴，然后到一家快餐店点了一杯麦芽巧克力和芝士汉堡配炸薯条。每咬下一口，我都觉得口中香气四溢，和昨天的晚餐一样美味如珍馐。餐后，我在镇上四处漫步，车辆从身旁呼啸而过，车里的司机和乘客用冷冷的眼神好奇地转过头打量着我。我走过快餐店和汽车经销店，考虑着是该现在就招手搭车离开，还是先在里奇克雷斯特住一晚，明天再回太平洋屋脊步道。我站在一个十字路口旁，正在考虑该往哪个方向走时，一个蓬头垢面的骑着自行车的男人在我的身边停下，手中拿着一只发皱的纸袋。

“你这是要出镇吗？”他问道。

“可能吧。”我答道。他小小的自行车两侧画着花哨的火焰图案，明显是辆童车，他骑上去有些格格不入。

他问我：“你往哪边走？”他身上的气味很呛人，我差点儿咳嗽起来。但转念想想，我身上的气味估计也好不到哪儿去。虽然晚饭后我在弗兰克和安妮特家里洗过澡，但我的身上仍穿着脏衣服。

我告诉他：“我今晚可能要在旅店过一夜了。”

他大吼道：“千万别！我在旅店里住了一夜，然后就被关到监狱里去了。”

我点点头。原来他以为我和他是同道中人，也是个流浪汉，或是个逃犯。原来我并不是什么所谓的女大学生，连曾经的女大学生都算不上。我没费口舌跟他解释徒步旅行的事儿。

他把纸袋递给我："这个给你吧。里面有面包和红肠，你可以自己做三明治吃。"

对他的好意，我既觉得感动，又有些反感："谢谢你，不用了。"

他并没有骑车离开的意思，又继续问道："你是哪里人？"

"明尼苏达人。"

"啥？！"他大呼一声，脸上闪现出一个大大的笑容，"你可是我的好姐妹呢！我是伊利诺伊人，伊利诺伊和明尼苏达不是好邻居吗？"

"嗯……差不多算是邻居吧。咱俩中间还隔着个威斯康星州呢。"我脱口而出，而后马上有些后悔了，因为我并不想伤害他的感情。

"但也还算是邻居呀。"他说着，把手伸得低些，好让我和他击掌庆祝。

我伸手相迎。

他骑车离开了。"祝你好运。"我对他说。

我走到一家食品杂货店，在货架前转来转去，面对小山似的食物，犹豫着该买些什么才好。我挑了几样食品，来填补我没法做饭时吃掉的食物的空缺。然后，我沿着一条车辆繁多的快速路走了一段，找到一间看上去像是镇上最便宜的旅店。

我问柜台后的男人有没有空房间。他对我说："我叫巴德。"他愁容满面，从咳嗽声不难判断是个烟鬼，面庞布满皱纹，耷拉着黑褐肤色的双下巴。我告诉他我正在徒步旅行，他听闻后，非要帮我洗脏衣服。我百般推托，而他却说："亲爱的，我在洗床单和毛巾的时候把你的衣服顺带着往洗衣机里一扔就可以了。举手之劳嘛！"

我走进自己的房间，把身上的衣服脱掉。虽然正值炎炎6月，但我并没多想，套上我的雨衣和防雨裤，走回了服务台。我有些歉意地把一堆脏衣服交给巴德，再次向他表示了感谢。

巴德说："我喜欢你的手镯，所以才愿意帮你洗衣服的。"我把雨衣的衣袖卷高，和他一起看了看我的手镯。手镯已经褪色，活像一只银质的手铐。几周前，我的朋友艾梅和我在明尼阿波利斯的一条街道上分别时，她把这只刻着"POW/MIA"[1]的手镯戴在了我的手上。

巴德从柜台的另一边伸出手握住我的手腕，把我的手腕翻转过来，读着手镯上的文字："威廉·J.克罗基特"。读完后，他松开了我的手腕。艾梅事先做过一些调查，向我讲述了威廉·J.克罗基特的身世：他是一位空军飞行员，离26岁生日还有两个月时，他驾驶的飞机在越南被击落。这只手镯在艾梅手上已经戴了几年，从未摘下来过。自从从她手中接过这只手镯，我也一直没有摘下过。巴德告诉我："我是个越战老兵，所以对这种和越战有关的东西特别敏感。我把旅店里唯一一间带浴缸的房间给你，也就是因为这个原因。我是1963年去的越南，那时候我还不到18岁呢。现在我是反战的，所有的战争都一律反对，百分之百地反对，除非在某些特殊情况下。"旁边的烟灰缸里有一支未熄灭的烟，巴德拿起烟，却没有往嘴里送，"今年内华达山脉上有积雪，你应该知道吧？"

"积雪？"我问道。

"今年的降雪都破纪录了，能见度差极了。如果你想打电话问问相关人员的话，镇上正好有个土地管理局办公室。"说完，他吸了一口烟，"你的衣服再过两个小时就能来取了。"

回到房间，我先冲了澡，然后又泡了个澡。之后，我把床罩拉开，

1　POW为"Prisoner of War"的缩写，意为"战俘"。MIA是"Missing in Action"的缩写，意为"在战斗中失踪的士兵"。此处特指越战时期的战俘和失踪人员。——译者注

躺在被单上。这房间里虽然没有空调，但我仍觉得很凉爽。经历了步道的磨砺，现在我有种前所未有的愉悦感。我站起身来，在背包里翻找到《我弥留之际》，靠在床上读了起来，而巴德那有关积雪的提醒，却如电流一般穿过我的全身。

我是在明尼苏达州长大的，对雪当然不陌生。我铲过雪，在雪地上开过车，玩过雪球，也曾透过窗户看着雪花纷飞落在地上，几个月不化。但这次的雪却有所不同，内华达山脉上的雪肆虐非凡，整座山脉都以雪命名。在西班牙语中，“内华达山脉”一词，就是“雪之山脉”的意思。

我其实一直都在这雪之山脉上行走，想来还真有点儿不可思议。刚刚踏上太平洋屋脊步道时途经的干旱山地，其实就是内华达山脉的一个组成部分，但那并不属于塞拉高地地区。塞拉高地地区指的是肯尼迪草原之后让人望而却步的花岗岩形成的层峦与峭壁。100年前，登山家兼作家约翰·缪尔在此探险的经历可谓尽人皆知，他对此山也是赞不绝口。在登上太平洋屋脊步道之前，我并没有拜读过缪尔的著作，但我知道，他是环保组织塞拉俱乐部的创建者，一生致力于防止和减少牧羊人、开矿者、旅游开发商等现代社会的力量对山地造成的破坏。正是由于他本人以及与他志同道合的人们的努力，内华达山脉才能在今天保持其荒野的面貌。但很显然，这片荒野现在已变成一派冰天雪地。

其实，这也不是完全出乎我意料的事情。旅行手册的四位作者已经在书中提醒过读者提防塞拉高地可能会出现的雪情，我也算是有备而来的——至少，在踏上步道之前我的准备看来还算充分：我买了一把冰镐，并且把冰镐和其他装备一起装箱寄到了肯尼迪草原。在购买时，我以为这把冰镐只有在我攀到步道的最高处时才会派上用场。根据旅行手册的信息，一般来说，当我在6月下旬和7月登上塞拉高地时，大部分雪已经融化了。但我从未想过今年会出现与以往不同的特殊情况，因此也就没有防患于未然。

我在床头柜上找到一个电话簿，翻找到当地土地管理局的电话，拨通了号码。

接电话的女士应声说："对，今年山上有雪。"她对具体情况不是很了解，但她确定塞拉高地今年的降雪量是破纪录的。我告诉她我正在太平洋屋脊步道徒步旅行，她主动要求开车送我去步道。放下电话，我为找到了便车而心感宽慰，反倒不太担心雪情了。因为那雪离我还很远，在我还顾及不到的地方。

第二天下午，土地管理局的那位好心女士把我送到步道上一个叫"步行者道口"的地方。目送她的车离去时，我觉得与九天前踏上步道时相比，自己不仅受到了磨砺，自信心也有所增强。在过去的几天里，我躲过了一头得克萨斯长角公牛的袭击，一路跌跌撞撞、伤痕累累，还顺着一条人迹罕至的偏道绕过一座马上就要被炸毁的山；我途经无边无际的沙漠，越过数不清的山头，挨过了几天不见人的孤寂；我的脚上磨出了泡，皮肤蹭出了血，背着超过我一半体重的背包走过了这崎岖不平的步道。这一切，都是我自己一人完成的。

这一切总是有点儿价值的，是吧？我一边默默地想着，一边走过步行者道口附近一个简陋的野营地，准备找个地方扎营。时间已经不早了，但天色还算明亮，6月的最后一周就是如此。我扎起帐篷，用刚刚修好的炉子做了我在步道上的第一顿热饭——干豆角配米饭。层峦之上的苍穹在绚烂的色彩中渐渐变暗，能看到这般美景，我觉得自己是这世上最幸福的人。这里离肯尼迪草原还有52英里，离步道上的第一处水源有16英里。

到了早晨，我把装水的容器灌满后放进背包里，然后穿过了178号高速公路。下一条与内华达山脉相交的公路距离我的直线距离有150英里，在北边的图奥勒米草原附近。我顶着早晨炙热的骄阳，循着步道崎岖的陡坡往上爬。四面环绕的远近山地之景跃入眼帘，南边不远处是斯科迪荒野，往东远远能看到艾尔帕索山，西北方是多姆荒野，是我几天后就要到达的地方。这些景致各有特色，但在我看来却大同小异。我的眼睛已经习惯了群山环绕的景致，视野也在过去的一周内有了改变。现在我已经适应了满眼连绵不绝的层峦叠嶂，也熟悉了在天地交会的山顶上行走的感觉。

但我很少往天上看，每走一步，我的双眼都会紧盯着铺满沙砾的步道，我时而上爬、时而下行，双脚有时会在地上打滑。肩上的背包随着我的脚步发出令人生厌的嘎吱声，声响仍是从离我耳朵只有几英寸的某个地方传出来的。

我一边前进，一边强迫自己不要把注意力放在肩膀、后背上部、双脚和臀部这些痛处，但却只能坚持很短的时间。走过詹金斯山的东侧，我几度驻足观望脚下向东延伸至天际的广袤大漠。下午时分，我来到一处崩落的石堆前停下脚步。我抬头看看山坡，双眼从上到下打量了一下石堆。这里本是一条普通人可以轻松走过的两英尺宽的平坦小道，但现在却被山上滑下的棱角尖锐、拳头大小的岩石堵住了。我背上压着重担，不但连普通人的脚力都难以企及，而且连根平衡身体的登山杖都没有。我连要带一把可折叠式的锯子都能想到，为什么偏偏想不到要带一根登山杖呢？真是百思不得其解。身旁只有些稀疏的低矮灌木，因此就地取材是不大可能了。我别无选择，只有徒手爬过去了。

我半蹲着踏上了石堆，双腿颤抖，生怕我那佝偻的腰身会扰动了石块，让石块一股脑儿地往山下翻滚。我踏空了一脚，重重地单膝跌倒在地，只得龇牙咧嘴地站起身来，更加小心翼翼地摸索着向前爬去。每迈出一步，背包中的储水袋就会发出哗哗啦啦的响声。爬到石堆的另一边，我几乎要手舞足蹈了，也忘了正流血的膝盖的阵阵疼痛。“终于过去了！”我庆幸着。然而，我错了。

那个下午，我爬过了三个石堆。

当天晚上，我在詹金斯山和欧文斯山中间的一块高地上扎起了帐篷。为了到达这里，我的身体可谓历尽千辛万苦，但我其实只走了8.5英里的路途。

我狠狠地自责一番，埋怨自己走得不够快。但现在，当我浑身僵直地坐在野营椅上，用勺子一口一口地从放在两脚之间的锅里往嘴里送着热气腾腾的晚餐时，我的心中只有感激，感激自己已经走了这么长的路。现在我正置身于海拔7 000英尺高的山间，放眼四周，一片苍茫。西边，一轮太阳正在橙粉色的晚霞中落入山后；东边，则是一望无垠的沙漠山谷，绵延至天空的尽头。

内华达山脉是地壳挤压形成的断块山，西坡占整个山脉的90%，自山顶逐渐下降，连接肥沃的山谷，最后到达加州海岸。而太平洋屋脊步道就在加州海岸以东200英里处，与海岸线基本保持平行。内华达山脉东坡与西坡的地貌截然不同，东侧多为突兀的绝壁，向下俯冲至一片开阔而平坦的沙漠，再与内华达州境内的大盆地接壤。我之前只看到过内华达山脉一次，那是我和保罗离开纽约几个月后在西部旅行时的事情了。我们先在死谷扎营休息，第二天，我俩在荒无人烟似异星奇景的天地中驾车数个小时后，中午时分，内华达山脉在西边地平线露出了真容，似一张巨大而无法穿越的白色屏障拔地而起。而现在，坐在山脊之上，我几乎已无从忆起那时所看到的山的模样了。我呆望着脚下的大地，却因疲顿连起身走到帐篷里的气力都没有了，只是仰望着逐渐变暗的天空。头顶上，一轮明月跃然天幕；脚底下，因纽肯和里奇克雷斯特镇的灯光在远处忽明忽灭。万籁俱寂，却如巨幕般将我笼罩；万物缥缈，却如重担般压在我的周身。我想，这就是我此行的目的，也是我的收获吧。

最后，我站起身来，在帐篷中把睡袋铺好。我突然意识到，我从没有在太阳落山后穿过那件带帽的羊毛衫，甚至连长袖衫也一次没穿过。这是我上路后第一次意识到这个事实，这里虽是海拔6 000英尺的高山，但空气中却连一丝冷意也没有。那一夜，我体会着赤裸的胳膊上温暖柔和的空气，心里美美的。但第二天上午10点，我的感激之情却荡然无存了。

我的满心感激，都在无情而炙热的高温下蒸发了。

中午时分，热浪毫不留情地席卷而来，步道暴晒在烈日之下，我真怀疑自己是否能生存下来。高温灼人，我只得每走十分钟就停下来歇息五分钟，利用这间隙对着水瓶大口大口地往身体里灌那早已蒸成热茶的水。我一边前行，一边不停地呻吟着，仿佛这呻吟声能为我带来几丝慰藉的凉意，但实际上于事无补。太阳仍炙烤着我，不为我留一丝情面，对我的生死不予一丝怜悯。干旱的灌木与参差不齐的树木并不为热浪所动，仍然坚定不移地挺拔着身姿，这是它们亘古以来的毅力，也是它们将要永远延续的决心。

我是一块鹅卵石，是一片树叶，是树上伸出的一根树枝。对于它们而言，我什么也不是；而于我而言，它们却是我的一切。

我尽己所能地寻找阴凉处躲避炎阳，极尽所能地在脑中细细勾画着清冽的冷水。在如此猛烈的热浪之中，我对冷水的记忆已不是一种触感，而成了一种声音，先是一股哀怨的悲鸣，然后渐渐地转为刺耳的恸哭，充斥在我的脑中。虽然在途中经历了艰难险阻，可我一次也没想过要放弃。而现在，上路仅仅十天，我却决定撤手不干了。我想退却。

我朝北边的肯尼迪草原一步一栽地走去，恼恨自己怎么会萌生出如此荒谬的想法。别处的人们要么在闲庭信步，要么享受烧烤的乐趣，要么就在湖边悠闲地小憩。他们能享受到冰块和柠檬水的沁凉，能待在温度适宜的房子里。我知道那些人，我爱他们。但现在，我却憎恨起他们来，我恨他们远在天边，我恨自己正在一个甚至无人知晓的步道上前途未卜地挣扎。我要放弃。“放弃，放弃，放弃……”我一边念叨着，一边走走停停（走十分钟，休息五分钟……）。我决定先到肯尼迪草原，把装备补给箱领到手，把里边装的所有糖棒吃个精光，然后搭便车随便去个城镇，下车后再找个汽车站，漫无目的地上路。

忽然之间，我灵光一现：我要去阿拉斯加，因为阿拉斯加铁定有凉凉的冰！

决定要打退堂鼓后，我又为自己找到了一个理由，这让我更加坚信这次太平洋屋脊步道之旅是个荒诞不经的傻主意：我本想利用这次徒步旅行来反思自己的人生，计划将人生中经历的磨难一一回顾，然后重新找回自我。但实际上，直到目前为止，我的注意力全部集中到了眼下最需要克服的难题和身体的疼痛上。自从开始这次旅程之后，我对人生的烦恼和忧思只是偶尔在脑中蜻蜓点水般地掠过。为什么？为什么？为什么我的好妈妈要离我而去？没有了她，我该怎么面对人生、怎么才能不愧于此生呢？我那曾经亲密无间的和睦家庭，为什么在她去世之后这么快就分崩离析了呢？保罗是如此执着地爱着我，他是一个靠得住的好老公，我怎么能就这样把我俩的婚姻一手糟蹋了呢？我是缺了哪根筋，怎么能甘于和乔一起沉迷于海洛因，又怎会和几乎素不相识的异性上床呢？

冬去春来，虽然我一直忙于太平洋屋脊步道之行的准备，但这些疑问，却如巨石一般压在我身上。我为这些疑惑而痛哭，忍着切肤之痛把往事一点点掀开，将不堪回首的往事记在日记本上。我本打算在这次旅行中把这些日记全部销毁，以为我会在暮光和澄澈的湖光山色之间安然冥想，以为旅途的每一天都会因宣泄忧郁和重拾快乐而心满意足。可谁知，我的旅途却是在呻吟中度过的。这呻吟并不是源自忏悔，而是由于我的双脚、后背以及臀部仍未长好的伤口的疼痛。到了旅行的第二周，在春夏交替之时，我的呻吟又转而成为对快要把我的脑袋晒爆的骄阳的怨恨。

当我的内心从对身体疼痛的牢骚中暂时抽离时，我的脑中便会无休止而无意义地一遍又一遍回响起各种歌曲和广告歌的片段，仿佛脑子里进驻了一家播放串烧歌曲的电台。在寂静之中，我的大脑便会截取我曾听过的歌曲片段，无论是我钟爱的歌曲，还是让我听了就心烦的广告歌曲片段，都会被清晰地一一回放。我会花几个小时的时间试着把这些小调从脑中清除出去，或用一整个下午冥思苦想着一首歌的歌词。

我的双脚火辣辣的，身上被剐蹭得伤痕累累，为躲避公牛袭击而磨掉皮的手指因有些发炎而阵阵疼痛。我头昏脑涨，一直摆脱不掉杂七杂八的歌曲搅成的噪声。在旅途中遭受了十天的煎熬之后，我几乎是四肢并用爬到了旅行手册上标注的一处叫“西班牙针溪”的地方，这里有一片茂密的棉白杨和柳树。手册上许多名字中带有“溪”字的地方，到头来都只是让人空欢喜一场，不同于它们，西班牙针溪却是一条实实在在的溪流。或许以“溪”命名有些勉强，但于我而言，这条底部铺着石块、水深只有几英寸的波光粼粼的小股水流，已经足够让我欢欣鼓舞了。我立即卸下背包，脱下靴子和衣服，赤条条地坐在清冽的溪水中，用手将水撩到头上和脸上。上路已有十天之久，但我还未曾在步道上遇到过一个人，因此我就这么舒服地待在水中，一点儿也不担心会有旁人经过。我吃力地把凉水抽到饮水过滤器中，然后一杯接一杯地牛饮起来。

第二天清晨，西班牙针溪潺潺的水声将我轻轻唤醒。我在帐篷中悠然地打发着时间，透过网状篷顶仰望着露出鱼肚白的天空。我吃了一根即食燕麦棒，翻阅着旅行手册，为接下来的旅途做充分的准备。然后我从睡袋中爬出来，步入溪水中，在上路前最后一次沐浴，尽情品味着这难能可贵的美好。时间刚到早晨9点，但气温已经很高了，我迟迟不愿离开这溪边的凉爽，恋恋不舍地泡在浅浅的水中。我决定放弃徒步到肯尼迪草原的计划，以我现在的速度，即使走到肯尼迪草原也显得有些太过遥远了。根据旅行手册上的信息，前方12英里处有一条公路与步道相交，到了那里，我就可以像上次一样搭一辆顺风车。但与上次不同的是，这次，我不打算再回到步道上了。

正准备出发时，南边传来一阵响动。我转过身，看到一个背着背包、满脸胡须的男人沿着步道向我走来。每走一步，他的登山杖都会捣在沙土路上，发出刺耳的咔咔声。

“你好！”他微笑着和我打招呼，“你就是谢莉尔·斯特雷德吧。”

“是啊。”我用颤抖的声音回答他，既惊奇于眼前这个活生生的人，也诧异于从他口中听到我的名字。

“我在步道的登记簿上看到你的名字了，”看到我面露疑惑，对方向我解释道，“我这几天都在你后面走呢。”没过多久，我就适应了这种在野外自来熟式的寒暄方式。整个夏天，那本登记簿一直都扮演着旅行者们的通信录的角色。“我叫格雷格。”说完，他跟我握了握手，然后指指我的背包，“你怎么能扛起那么重的东西啊？”

我们坐在树荫下，聊我们要去的地方，也聊我们去过的地方。格雷格40岁，是个来自华盛顿州塔科马市的会计，透着一股拘谨保守、有条不紊的会计范儿。他从5月上旬就上步道了，从美国与墨西哥交界处的步道起点开始，计划一路走到加拿大。虽然我们的路线不一样，他的路线要比我的长很多，但他是我遇到的第一个“志同道合”的人。我无须跟他解释我在做什么，因为他早已心领神会了。

随着谈话的展开，我一面为遇到旅友而欢欣鼓舞，一面却也因为我俩之间的差距而灰心丧气：我鲁莽上阵，而他却准备得稳稳妥妥；我闻所未闻的步道相关知识，他却精通得如数家珍。他为这次旅行已经做了几年的准备，不仅从曾经在夏季进行过太平洋屋脊步道徒步旅行的人们那里获取信息，还参加了各种长途徒步旅行培训班。他对海拔和距离了如指掌，对内外支架背包的利弊也是张口就来。他张口闭口总在提一个我从未听说过的叫雷·贾丁的人。他用崇敬的口吻告诉我，贾丁是长途徒步旅行的传奇式人物，是太平洋屋脊步道一切有关知识的专家和无可非议的权威，此人尤其精通如何在不过多负重的情况下在这条步道上徒步旅行。他询问了我的饮水过滤器的情况，又问了我每日摄入的蛋白质量以及脚上袜子的品牌，还问了我处理水疱的方法以及平均每日所走的距离。他说他平均每天要走22英里，仅仅那天早上，他就走了7英里。而那7英里的距离，却让我苦苦走了整整一天。

“这旅行比我想象中的要难多了。”我坦白道。原来，我比自己想象的还要无知！想到这里，我不禁心中一沉，“我就算拼了命，每天也只能走十一二英里。”我说谎了，其实，我哪能在一天里走这么多路呀。

格雷格听后并不吃惊：“噢，也对，我刚开始的时候也是这个速度。别太在意了，谢莉尔。刚开始的时候，我一天能走个十四五英里都已经算是谢天谢地了，而且还累得半死不活。况且我事先还经过训练呢，比如周末的时候把背包装满出去徒步锻炼什么的。可是实地徒步旅行就是另一回事了，我们的身体需要几周的时间来做调整，然后才能承受长距离的步行。”

我点点头，一股莫大的安慰涌上心头。这安慰不仅是因为他的话语，更是因为他的存在。虽然他与我之间有着云泥之别，但他仍是和我站在同一战线上的。我不知道他是不是也是这样看待我的，于是忐忑地试探着问：“你晚上把吃的东西放在哪儿啊？”

“我一般都把食物放在睡觉的地方。”

“我也是。”我长吁了一口气。在旅行开始前，我总以为我每晚都需要不折不扣地把食物挂在树上，因为这是优秀的徒步旅行者应该遵守的方式。但直到现在，被折磨得精疲力竭的我连把食物挂在树上的想法都没有过。据说，帐篷是最不适宜放置食物的地方，但我却偏偏把食品袋放在帐篷里用来做垫子，好让我那肿胀的双脚有个歇息的地方。

“我就直接把吃的东西拉到帐篷里去。”听到格雷格这么说，我感到身体里有什么东西渐渐复燃起来。“森林看守员都是这么做的，他们只是不对外人说罢了。因为要是有熊由于闻到了食物气味而伤人的话，他们就遭殃了。到了步道上旅行者较多的地带，我会把食物挂起来，因为那儿的熊已经习惯从旅行者住的地方找食物了。但是在那之前，放在帐篷里应该问题不大。”

虽然我并不知道该如何把食物挂在树上才能躲过熊的觊觎，但我还是认同地点点头，想让格雷格以为这对我来说只是小菜一碟。

“但是我们有可能到不了这些地方。”格雷格说。

“有可能到不了吗？”我正准备放弃呢，这可真是无巧不成书啊！我的脸有些微微泛红。

“因为积雪呗。”

“哦对，积雪。我听别人说起过。”置身于这滚滚热浪之中，我已经把积雪的事情抛到了九霄云外。巴德、土地管理局的女士、托德先生，还有那个想给我一袋面包和红肠的男人，在我看来都像虚无缥缈的梦般遥远。

“塞拉高地的能见度差极了。”格雷格说，和之前巴德说的没什么两样，“很多徒步旅行者都彻底放弃了，因为今年的积雪量都破纪录了，穿过这里将会变得十分艰难。”

“我的天。”恐惧和宽慰交织在心中涌起，现在我不仅找到了放弃的理由，连放弃的台词都不用费心了：我本想在太平洋屋脊步道上完成徒步的，但是没办法！山上的能见度太差了！

“到了肯尼迪草原，我们得一起制订个计划出来。”格雷格继续说：“我要在那儿歇息几天，休整一下，所以你到的时候我也会在那儿，到时候我们再想办法。”

“太好了。”我轻声回道。我不愿告诉他等他走到肯尼迪草原时，我已经搭上去阿拉斯加州安克雷奇的大巴了。

“从肯尼迪草原往北再走一点儿就是积雪地带了，之后几百英里的步道都被雪埋住了。”他站起身来，轻轻松松地背上背包，他那满是汗毛的双腿就像明尼苏达州一片湖泊码头上的木桩，“今年来这里徒步旅行，真是失算啊。”

“是啊。”我一边说一边试着把背包提起来，我故作轻松地照格雷格刚才的样子把双臂穿过背包的背带，也许是因为我不想丢脸吧，我的肌肉仿佛顿时强壮起来。但背包实在太重了，倔强地在地上寸步不移。

格雷格走过来帮我提包，他吃力地帮我把包背到背上：“你的包可真沉啊！比我的要沉多了。”

背上背包后，我对格雷格说：“很高兴认识你。”我做出一副故意往前倾的样子，不想让格雷格看出我这佝偻的姿势是由于背包的重压造成的，“到目前为止，我还没在步道上见过一个人呢。这儿的旅行者比我想象中的要少啊。”

“喜欢挑战太平洋屋脊步道的徒步者并不算多，何况今年还有前所未有的积雪呢。不少人都因为积雪而把徒步计划推迟到明年了。”

“我在想，我们是不是也该把计划推迟一年啊？”我希望他能附和我说：这主意不错，明年再来吧。

“你是我迄今为止见过的第一个只身上路的女性，也是登记簿上唯一一个只身上路的女性。遇到你真是机缘巧合啊。”

我笑了一下，算是回答。

“你准备好出发了吗？”他问道。

“准备好了！”我强打精神地回答。我跟在格雷格的身后上了路，尽量跟上他的速度，努力让自己的脚步和他登山杖点地的声音合上拍。15分钟后，我们到了一处之字形上坡路的路口，我停下脚步补充水分。

格雷格继续向上爬，我叫住了他：“格雷格，很高兴认识你。”

他停下脚步，回头看着我：“我们离肯尼迪草原大概只有30英里了。”

我朝他微微点了点头：“我知道。”这点儿路他到明天早上估计就能走完了，但我估计要用上整整三天的时间。

格雷格说：“越往山上爬气温越低，山上的海拔要比这里高出上千英尺呢。”

我疲倦地“嗯”了一声。

格雷格对我说：“你做得不错，谢莉尔。别想太多了，你虽然是个新手，但很能吃苦。吃苦要算这种旅行中最重要的品质了，你做的事情是常人做不到的。”

“谢谢你。”他的话给了我莫大的鼓励，我的喉咙因心头的激动而收紧了一下。

“肯尼迪草原见。”说完，他转身继续上路了。

“肯尼迪草原见。”我在他身后喊道，心里仿佛明朗了些许。

“我们一起计划一下怎么对付这雪。”话音落下，格雷格就从我的视线中消失了。

格雷格走后，我带着崭新的抱负，在热浪滚滚中重新上路。有了格雷格的信任，我再也没有考虑过半途而废。我一边前进，一边仔细回忆着现在正躺在装备补给箱里的冰镐。这把理应属于我的冰镐有两英尺长，一头是镐尖，一头安有一把可顺时针旋转的短小锋利的铲头；黑色的镐柄，银色的镐身，看起来凶光闪闪。我把这把冰镐从店里买下来，带回家，装进一只标有“肯尼迪草原”的箱子里，一厢情愿地以为等到了肯尼迪草原，我铁定已经鬼使神差地修炼成了一名登山高手，因此使用这把冰镐也就不在话下了。

但现在，步道让我看到了自己的渺小，让我多少有了些自知之明。我没有受过冰镐使用训练，说不定不但没法用它来防止自己从山坡上滑下来，还可能会伤到自己。那天，我趁着在路旁休息的时间翻阅了一下旅行手册，想找找有没有冰镐的使用方法，但却一无所获。然而，有关在积雪的地面上徒步旅行的章节里提到，靴底冰爪和冰镐都是不可或缺的装备，对指南针的熟练运用、对雪崩威力的了解以及良好的登山知识和判断力也是必不可少的。

我用力把书合上，在这蒸笼之中走进了多姆荒野，希望能在肯尼迪草原让格雷格给我补补冰镐方面的课。虽然我跟他只有一面之缘，但他已经成了我的一座灯塔，是为我指明前进方向的明星。我不服气地想：他能做的事情，我也能做。虽然连自己都抱有怀疑，但我还是告诉自己：他并不比我强，没有人比我强。这成了我这些天一直念叨的一句经文，每当我在之字形上坡路前徘徊时，每当我因为在陡坡上滑倒而摔伤膝盖时，每当我脱袜子连带把脚上的皮肤一起剥开时，每当我在夜幕降临孤身一人躺在帐篷里时，我常常会大声问自己：“有谁能比我强？”

这个问题的答案只有一个，虽然我知道自己是在撒弥天大谎，但还是告诉自己：没人比我强。

我继续前进，周围的地貌由沙漠变成了森林，树木渐渐变得高大、蓊郁起来，河床上开始出现了点点河水，草地上的野花也渐渐繁盛起来。沙漠里虽然也有花朵，但那些花儿并没有这么茂盛，多是些奇花异草，珍奇少见而绚丽夺目。而现在我看到的花儿多是普普通通的野花，或一簇一簇如毛毯般覆盖在地上，或在沿着步道的树荫处怒放着。这些花中有许多我熟悉的品种，与明尼苏达州夏日漫山遍野的花朵颇为相似。走过这片野花从，我强烈地感到了母亲的存在，仿佛她就在我的左右。有一次，我甚至忍不住停下来四处找寻她的踪迹，然后才继续上路。

在遇到格雷格那天的下午，我在步道上和熊有了“第一次亲密接触”。我先是确定无疑地听到了重重的鼻息声，于是抬头一看，果不其然，在离我20英尺远的步道上，停着一只大如冰箱、四肢触地的动物。我俩四目相对，双双大惊失色。

“熊啊！”我大呼一声。伸手去摸口哨的时候，熊却转身逃跑了。我把哨子吹得穿云裂石，在阳光的照射下，只见熊那厚实的屁股随着身体的晃动而摇摇颤颤。

几分钟后，我终于鼓起勇气继续赶路。我不得不顺着熊逃跑的方向前进，一想到刚才的熊可能不是黑熊，我的脑袋就嗡嗡直响。明尼苏达州北部的树林里常有黑熊出没，我对它们已是司空见惯了。在家乡熟悉的碎石路上散心或跑步时，如果遇到黑熊，我便会用和刚才一模一样的方法把熊吓跑。但那些黑熊与我刚刚看到的那只不大一样，我家乡的黑熊是黑色的，像焦油一般的黑色，是在园林商店买回家的大袋栽培土壤那样的黑色。而刚刚那只熊的皮毛却不是那种，而是肉桂一般的棕色，有些地方几乎泛着金黄色。

我开始小心翼翼地往前走着，努力劝自己相信刚才的熊一定不是黑熊那掠食成性的近亲。它怎么会是灰熊或棕熊？简直是无稽之谈。现在加州已经找不到灰熊和棕熊了，它们好几年前就被赶尽杀绝了。不过如果是这样，我刚才看到的那头熊的的确确……不是黑色的呀？

我把口哨在手中握了足足一个小时，随时做好吹哨的准备。我生怕万一再遇到那只冰箱大小、品种不明的熊时会惊扰它，于是哼起了歌曲。我把一周前因担心美洲狮跟踪时唱的老调全都搬了出来，自作镇定地唱起了《小星星》和《乡村路带我回家》。后来，我脑中的串烧歌曲电台控制了我的嘴唇，于是我便干脆兴之所至地唱起了小曲儿：“两只小蜜蜂呀，飞到花丛中呀，飞呀！啪啪！”

就是因为唱这支小调入了迷，我差点儿踩到一条响尾蛇。那条蛇用尾巴不住地向我发出警告，而且声音越来越大，但我却完全没有把这响声和响尾蛇联系在一起。这蛇可不好对付，它的身体足有我的小臂那么粗呢。

响尾蛇在我眼前几英尺的地方盘着身体，我的目光落到它身上，不禁失声“啊！”地尖叫起来。如果我能跳起来的话，一定会惊得蹦起三丈高，但实际上我只往上拔了拔，双脚完全无法离开地面。看到响尾蛇那扁而钝的脑袋，我惊声尖叫着，手忙脚乱地四处扑腾。我用了整整十分钟的时间才终于鼓起勇气，用脚跨出一条大大的弧线，身体颤抖着从蛇身边迈了过去。

在那天剩下的路途中，我的脚步一直放得很慢，两眼或扫视着地面，或向远处眺望着，稍有声响就会全身机警起来。我在心中对自己默念：“我不怕，不怕。”我在四周瞥见了一些动物，只觉一股亲切的归属感隐隐地油然而生。虽然我仍为蛇的事情而心有余悸，但这种亲切感却还是让我感慨万千。我意识到，虽然途中历经千难万险，但是当我的第一段路途接近尾声时，我已经对这条步道产生了一种越发强烈的感情。我的背包虽然沉重，却已经不再是我几周前在莫哈维的旅馆里费力扛上肩的甲壳虫轿车，而几乎成为我的一位有血有肉的同伴。现在，这只背包已经有了自己的名字：怪兽。这个名字是我对背包的爱称。想到所有支撑我生命的东西都装在包里，就很奇妙。而一想到我居然能够把这庞然大物背在身上，更觉难以置信。这些对身体和物质的感悟，也不可避免地被我用到了对精神和感情世界的思考中：我那原本错综复杂的生活，竟然可以被简化得如此质朴，简直令人不可思议。我渐渐觉得，没有把步道上的分分秒秒都用来为烦心事而戚戚然，未尝不是件好事。或许，那全然占据我注意力的身体疼痛，到头来却能为我抚平一些情感上的伤痕。在旅途的第二周即将结束时，我发现自从踏上步道以后，自己连一滴眼泪也没有掉过。

我带着那像同伴般陪我同行的酸痛感，走完了剩下的几英里路程，来到一块平坦的空地上扎营休息了一夜。空地的前方，便是肯尼迪草原了。在营地的边上，有一棵粗壮的大树倒在地上，这棵树已经死去很多时日了，树干被风雨打磨得光滑而泛灰，树枝早就剥落光了。看到这棵树，我心中的石头落了地。我用光滑粗大的树干当座椅，坐在上面轻松地摘掉了背包。一卸下背包，我便像靠在沙发上一般在树干上躺下来：终于能双脚离地小憩片刻了。树干的宽度正好足够我躺在上边而不掉下来，这感觉真是妙不可言。虽然我又饿又渴、又热又累，但与我后背上的硬块发出的灼痛感相比，这些都不算什么。我闭上双眼，长长地呼了口气。

几分钟后，我感觉身上有什么东西在爬动。低眼一看，只见我的全身都被黑色的蚂蚁爬满了。这支蚂蚁大军从树干里爬出来，排成了一条康加舞的队形，涌至我的周身。我从树干上一跃而起，用比碰到熊和响尾蛇时还要大的声音惊叫着，朝这些无辜的蚂蚁一阵乱拍。我也不知道心中的万千恐惧是由何而生，这恐惧的来源并非只是这些蚂蚁，身边所有的一切仿佛都能勾起我的心悸。无论我如何逞强，我终究不属于这个世界。

做完晚饭后，天色虽然尚早，但我还是以最快的速度躲进了帐篷里。不为别的，就为找一席庇护所——虽然这所谓的庇护所只是一层单薄的尼龙布。在开始旅行之前，我本以为自己只有在雨天才会在帐篷里过夜，本以为在大多数夜里，我都会将睡袋铺在防水布上面，然后在满天星斗下安然入眠。但和以前一样，我又一次失算了。每当夜幕降临，我都巴不得马上钻进帐篷。这并不是出于安全考虑，只是，我需要用什么东西帮我把整个世界都阻隔在外，保护我，让我远离这片荒野的世界。我喜爱帐篷里昏暗而凝重的氛围，每天夜晚，我都会把我为数不多的几件物品摆在身旁，享受着这令人亲切的熟悉感。

我把《我弥留之际》取出来，打开头灯，把食品袋在小腿肚下垫好，然后念了一小段祷文：神啊，请不要让我今天看到的那只黑熊闯进我的帐篷，偷走我的食物吧。

夜里11点，我被鬣狗的嚎叫声吵醒。头灯的灯光已经快要熄灭了，而那本福克纳的小说还打开着摆在我的胸前。

第14天的晨曲拉开了帷幕，而我却几乎连站都站不起来了。其实，这种情形已经持续了一周。身体上的不适与疼痛与日俱增，清晨从帐篷里钻出来时，我总是无法像正常人一样活动腿脚，仿佛自己一夜之间变成了老太太，只能一瘸一拐地为新的一天做准备。虽然当时我已经背着“怪兽”在崎岖而陡峭的山路上走过了100多英里，但每当清晨来临，我却连自身的体重都承受不起，双脚因前一天的跋涉而肿胀无力，双膝僵硬得连步子都快迈不开了。

我赤着双脚在帐篷周边活动了一阵，整好东西正准备出发之际，只见步道南边走来两个男人。我还没来得及开口，他俩就像格雷格一样叫出了我的名字。这两个人分别叫艾伯特和马特，是来自佐治亚州的一对父子，目标是走完步道的全程。艾伯特52岁，马特24岁，两人都参加过“雄鹰童子军”，也都的确很有那个派头。两人都蓄着脏兮兮的胡子，小腿上结满了泥土块儿，身上散发着难闻的气味。但即便如此，两人那开门见山的真诚和军人式的简单还是透出了他们的真性情。

“我的天！”艾伯特看到“怪兽”，拖着长腔对我说，“小姑娘，你这里面都装了些什么呀？是不是把除了厨房洗手池以外的家当全都塞进去了？”

我有些难为情，脸上火辣辣的：“这里面只有背包旅行用的装备。”再看看他俩的背包，只有我的包一半大小。

艾伯特和蔼地对我说：“我刚刚是逗你玩儿的。”我们聊走过的将人烤成豆芽菜的步道，也聊前方冰天雪地的世界。在聊天的过程中，我生出了一种初遇格雷格时的感觉：虽然在他们的映衬下，我的准备工作之仓促暴露得一览无余，但我仍为与他们的相遇而欢天喜地。我能感觉到他们在打量我，能看出他们在想什么。我知道，我那荒谬绝伦的背包，以及我对徒步旅行的一知半解都被他们看在了眼里；但与此同时，我只身一人行进至此所显示出的勇气和决心，他们也都默记在了心中。马特是个大块头，体形活像个橄榄球队的后卫，他那红褐色的鬈发轻垂在耳朵上方，结实的双腿上的汗毛泛着金黄。他只比我小两岁，不善言谈，他把谈话的任务全抛给了父亲，像个小男孩儿似的独自站在一边。

“我知道我的问题可能提得有点儿不大合适，”艾伯特问道，“你在这么热的天里，一天小便多少次？”

“呃……我没有留意次数。我应该留心这种问题吗？”我觉得，我这个冒牌野外生存者又一次被看穿了。但愿他们的营地不会离我太近，要不他们就有可能听到我昨晚因几只小蚂蚁而起的尖叫声了。

“一天最佳的小便次数是七次，”艾伯特并不避讳，“这是童子军的标准。但是这儿太过炎热，而且水源匮乏，再加上过度的体力支出，一天能小便三次已经算不错了。”

我回答说：“是啊，我也一样。”而实际上，在热浪最严酷的那段时间，我曾有过连续24小时一次小便都没有的经历。“我在南边遇到过一头熊，”我转移了话题，“是头棕色的熊，但是肯定是头黑熊。但它是棕色的，我是说，那头黑熊的皮毛颜色是棕色的。”

艾伯特回话说：“这一带的熊都是肉桂色的，可能是加州的阳光把它们的皮毛给晒褪色了吧。”他轻轻扶了扶帽檐儿继续说道，“我们在肯尼迪草原见吧。很高兴能认识你，小姐。”

“前边有一个男旅友，叫格雷格。”我说，“我是几天前遇到他的，他现在应该还在肯尼迪草原。”提到格雷格的名字，我的五脏六腑搅动了一下，不为别的，只因为他是我在步道上唯一认识的人。

艾伯特说：“我们步他的后尘已经好久了，要是真能见到他，那就太好了。我们身后还有几个人，可能过不了多久就能赶上来了。”说完后，他转身看看我们走过的路说，“两个男孩子，一个叫道格，一个叫汤姆，和你的年龄差不多。他俩出发的时间比你稍早一点儿，是在你的起点稍往南一些的地方上路的。”

我挥手向艾伯特和马特道别，又在原地坐了几分钟，在脑中勾勒了一下道格和汤姆这两个人，然后起身上路。在接下来的几个小时里，我拿出了从未有过的劲头向前进发，一心盼望着能比道格和汤姆先到达肯尼迪草原。诚然，我非常想见到这两个人，但我希望能甩开他们一段距离，而不愿以被他们赶超的失败者姿态与他们相见。和格雷格一样，艾伯特和马特也是在美国与墨西哥的交界处上的路，已经积累了丰富的经验，每天都能前进20多英里。但是道格和汤姆就不同了，他们和我一样，也是刚刚踏上步道不久。就像艾伯特说的："他俩出发的时间比你稍早一点儿，是在你的起点稍往南一些的地方上路的。"艾伯特的这席话在我的脑海中一次次地回响着，好像如果我把这句话重复足够多遍，就能从中榨出些喻义，推算出与道格和汤姆相比我的速度的快慢，好像与他俩相比我的速度快慢决定了我整个旅途的成败——这个我所面对的人生中最大挑战的成败。

太平洋屋脊步道之旅是我人生中面临的最大挑战。想到这里，我在步道上停下了脚步。但我马上转了念：眼见着母亲一天天走向死亡和面对失去她的生活，这才是我人生中最大的挑战。离开保罗，亲手摧毁了我俩的婚姻和共筑的生活，只是因为那股非做不可的莫名其妙的冲动，这也是个巨大的挑战。但这次徒步旅行的挑战与那些挑战有所不同，旅途中的艰辛，让我人生中的其他艰辛显得轻了那么一丁点儿。虽然说来奇怪，但事实的确如此。这一点，或许我在上路之初就有所察觉了吧。或许，几个月前买下《太平洋屋脊步道旅行手册》的一时念起，其实就是想抓住一根救命稻草，因为我的人生之线已被剪断了。

那天早晨，在前行的途中，塞拉高地那白皑皑的山尖不时地跃入我的视线中。我感到，那剪断的人生之线正在从我的线轴上脱落，而我新获得的丝线却在渐渐地往上缠绕。在路上，我并没有让那些积雪的山峰占据我的思想，而是一心计划着到了肯尼迪草原百货商店后的情景，极尽细致地勾画着我将要在那儿购买的令人垂涎的食物：沁凉的柠檬汁、糖果棒以及我平常几乎不碰的各种垃圾食品。我想象着双手放在装备补给箱上时的感受，这箱子就像一块里程碑一样，这是实实在在的明证，见证着我已经走过的路程。我预演着走进商店里的开场白：“你好！我是太平洋屋脊步道的徒步旅行者，来这里取我的装备补给箱。我的名字叫谢莉尔·斯特雷德。”

谢莉尔·斯特雷德，谢莉尔·斯特雷德，谢莉尔·斯特雷德：这姓名至今还让我说得有些别别扭扭的。“谢莉尔”这名字跟随了我一辈子，但“斯特雷德”这个姓却算是个新成员：我和保罗在4月申请了离婚，这个姓是在那之后才换的。保罗和我结婚时，把双方的姓并在了一起，形成了一个四个音节、中间得用连字符连接的姓。我对这个姓一直不大喜欢，觉得它太复杂、太冗长了。很少有人能叫对我的姓，即使是我自己也常常被搞得晕头转向。和我短暂共事过的一个性情乖戾的老人曾经叫我“谢莉尔·连字符-连字符”，因为他被我的姓弄得颠三倒四的，而我也感同身受。

和保罗分居几个月后，我俩经历了一段不知是否要离婚的摇摆期。我俩一起坐下来，研究我们的离婚文件，仿佛搞定这些文件未来就能豁然开朗似的。我们翻阅着这些文件，发现其中有一个问题是：离婚后双方各用什么姓氏？问题下方的横线上什么都没有写，也就是说，我们可以在这横线上想写什么就写什么，想姓什么就姓什么，这真是让我们吃了一惊。刚刚看到这个问题时，我俩觉得特别好玩，于是便给自己取了不少荒诞不经的姓氏，什么电影明星的姓氏啊、卡通人物的姓氏啊，还把完全构不成姓氏的单词胡乱拼凑在一起。

我孤身一人回到自己的住所，却对那条空白的横线念念不忘。如果和保罗离了婚，我肯定要给自己重新取一个姓氏。我不要再当谢莉尔·连字符-连字符了，我也不想再使用高中时用的姓氏，不想重新变回曾经的那个我了。因而，在我和保罗为婚姻的前途踟蹰茫然的几个月里，我为改姓问题绞尽脑汁，一遍遍筛选着和谢莉尔听起来相配的姓氏，还列出我喜爱的小说主人公的姓氏，从中找灵感，却一直都没有找到合适的。一天，“斯特雷德”这个词蹦了出来，我立即去查字典：非此词莫属了！“斯特雷德”（strayed）这个词条下条目繁多，释义富有诗意，简直就是我人生的真实写照：“从正确的道路上迷失，偏离直达的航线，放荡狂野，失去父母，居无定所，为追求某物而漫无目的地四处游荡，偏离主题或走岔路。”

我曾误入歧途，浪迹天涯，变得放荡狂野。对这个姓氏，我并没有欣然接纳，不是因为这个词让我的人生和所处环境中的污点暴露无遗，而是因为即便是在那段为自己改姓的人生最黑暗的低谷期，我仍然能够感受到这股消极的黑暗的威力。我明白，我的确偏离了正道，的确是在居无定所地流浪，而我的流浪让我四处奔波，也让我从中得到了对自己未曾有过的崭新认识。

我将“谢莉尔·斯特雷德”这个名字在日记本上写了满满一整页，就像一个待嫁的少女重复书写着梦中情人的名字似的。只是，这所谓的梦中情人并不存在，我就是我自己的“情人”，在我那无根无基、无本无源的漂泊中，亲手栽下一份依靠。即便如此，我仍然心有疑虑。从字典里随意挑一个词语作为自己的姓氏，在我看来总有点儿自欺欺人、幼稚无知之嫌，还有点儿矫揉造作的感觉。几年以来，我一直在私下里讥讽我的同龄人中那些假装很懂艺术的左派嬉皮士们，觉得他们为自己杜撰出来的名字很是可笑。但我并没有因此而放弃，我向几个好友透露了我的决定，让他们用新姓氏称呼我，好让我试试使用新姓氏的感觉。我进行了一次公路旅行，每每碰到要在旅客登记表上签字的情况时，我都会用微微颤抖的手写下“谢莉尔·斯特雷德”这个名字，心中泛起一丝隐隐的愧疚感，好像我在伪造支票似的。

等到我和保罗决定申请离婚的时候，我已经接受了自己的新姓氏，于是毫不犹豫地在那条空白的横线处填下了我的新名字。但其他的横线却让我有些踟蹰不定了，那无数条需要我签名的空白横线，终将把我的婚姻一步步推向终结。我带着几丝犹豫和不安，在这些地方签了字。离婚其实并不是我真心想要的，而婚姻也不是我心所愿。我觉得，与保罗离婚的决定固然是正确的，但与此同时，我也觉得我这是在亲手摧毁我所拥有的最珍贵的东西。我无法在二者之间做出权衡，当时，那场婚姻于我，就像我在步道上碰到公牛后的情形一样：这公牛有可能在前，也有可能在后。于是，我一咬牙，朝着我未曾涉足的方向，踏上了征途。

在离婚协议书上签字的那天是个4月天，明尼苏达州下了场雪，大片大片的雪花打着旋儿从天空直降而下，将整座城市都笼罩在奇幻之中。我俩的对面坐着一个叫薇儿的女人，她是我俩的一个熟人，也碰巧是我俩的公证人。我们坐在她位于市中心的办公室中，透过大大的窗户望着雪景，强颜欢笑地时而打打趣。我之前只和薇儿见过几面，对她的事情只是略知一二，对她的印象也模模糊糊的。她很可爱，说话直爽，身材娇小玲珑得让人难以置信。她至少要比我俩大10岁，留着1英寸长的金黄色短发，面前垂下一缕染成粉色的长头发，像一只小小的翅膀一样盖在她的眼睛上。她的双耳耳郭上戴满了银耳环，五颜六色的文身像衣袖一样布满她的双臂。

闹市区一间带有大窗户的办公室、一份体面的工作，外加一纸公证人资格，这些东西和她的打扮似乎有些格格不入。我们之所以选她为我们公证，是因为我俩想让离婚程序简单一些。我们想要故作轻松，想要自欺欺人地告诉自己我们还算是温柔善良的好人，六年前我们对彼此发出的誓言仍是真心的。几周之前，我俩在我的住处下定决心要申请离婚，喝到微醉时，我们问彼此：“结婚时发的誓还记得吗？”

“找到啦！”我在纸堆里翻了一通，终于找到了我俩亲笔写下的结婚誓言——三张用订书钉订起来的褪了色的纸。我们还为这誓言起了个名字：“雏菊盛开之日”。“雏菊盛开之日！”我大声嚷道。我俩笑得前仰后合，笑曾经的我们多么稚嫩。然后，我把结婚誓言重新放回了纸堆的顶上，因为我无法再读下去了。

我俩结婚的时候太青涩了，这决定让大家都吃了一惊，连我们的父母都问我们，为什么不能同居，非要结婚不可呢。但我们怎么能满足于同居呢？虽然那时我才19岁，保罗才21岁，但我俩爱得那样轰轰烈烈、死去活来。我们相信，必须做出点儿疯狂的事情，才能证明我们俩疯狂的爱情。因此，我俩便做了想象所及的最疯狂的事情——结婚。但即使是到了婚后，我们也并没有夫妻的感觉：我俩虽然都相信一夫一妻制，但却都没有安安稳稳过日子的意思。我们把自行车装进箱子里，把箱子寄到了爱尔兰，一个月后，我在那里度过了20岁生日。我们在爱尔兰的戈尔韦租了一间公寓，然后又转念搬到了都柏林，双双在餐馆找到了服务生的工作。保罗的工作地点是一家比萨店，我则是在一家素食咖啡厅。四个月后，我俩搬到了伦敦，一贫如洗的我们，竟在人行道上拾起了硬币。最后，我俩回到家乡，不久后，母亲撒手人寰，而我俩的所作所为，则一步一步地把我们推到了薇儿的办公室中。

我和保罗在桌下攥紧了彼此的手，看着薇儿有板有眼地检查着我俩的离婚文件。她一张接一张地查看着文件，一直把五六十页文件全部浏览完毕，以保证我俩没有犯什么错误。看着她，我突然萌生了一股忠贞之感，仿佛我和保罗同在一条战线，要共同迎击她可能指出的问题，仿佛我俩正在申请的，不是分手离散，而是一生相守。

终于，她对我们说：“看上去没有什么问题。”对我们默默一笑后，她用比刚才还快的速度又浏览了一遍文件，时而用她巨大的公证人印章盖在纸上，时而把几页文件从桌子那头推给我们签字。

“我爱他。”接近尾声时我突然脱口而出，眼里噙满了泪水。我本想把袖子卷起来，想用新刺的马形文身上盖着的方形纱布向薇儿证明，但我只是语无伦次地继续说了下去，“我是说，我们离婚不是因为缺少爱情。我爱他，他也爱我……”我看看保罗，希望他能表示同意，等待着他也向我表示他的爱意，但他只是缄口不言。于是我又一次开口，“我告诉你，是因为我不想让你误会。”

“我明白。”薇儿说着，用手把那一缕粉色的头发从眼前拨开。我看到她紧张地将目光从文件上移开，看了我一眼，然后又继续低头看文件。

“都是我的错。”我哽咽着用颤抖的声音说，“他什么错都没有，有错的是我，我连我自己的心都伤透了。”

保罗伸手拍拍我的腿，想要安慰我，而我却无法抬眼看他。只要一和他对视，我的眼泪一定会倾泻而出。虽然已经下了决心，但我知道如果我转头请求他不要离婚，告诉他我想重归于好，他是一定会答应的。我没有转头看他。我的身体里有什么东西像机器一样嗡嗡轰鸣着启动了，我无法让这东西停止。我伸出一只手，握住了保罗放在我腿上的那只手。

有时，我们会一起想象如果某件事情没有发生，现在的生活会是怎样一幅情景。比如，如果母亲没有离世，我还会背着保罗和其他男人发生关系吗？又比如，如果不是我出轨在先，那么保罗会背叛我吗？如果一切都风平浪静——母亲还安然在世，我们也都没和别人偷情，那么我们还会单纯地因为两人结婚时尚且年少懵懂而离婚吗？答案无从知晓，但我们渴望得到答案。在一起时我俩相亲相近，而在共同寻找答案的过程中，我俩仿佛走得更近了。我们终于对彼此敞开了心怀，字字句句发自心底。无论谈论的事物是美是丑，我们都毫无隐讳、和盘托出。

终于下决心离婚前的最后一次讨论，我俩坦诚相见，两颗心都在滴血。谈话终了，我俩的心仍在作痛。我半开玩笑地说："我们经历了这么多，真该厮守在一起才对啊。"我俩坐在我公寓里的沙发上，从下午一直聊到夜里。屋里黑黢黢的，因为日落时我俩都被折磨得身心俱疲，谁也没有气力起身去开灯。

见他没有吱声，我继续说："我希望你能再找到一个人，和她一起厮守。"然而，想到保罗会和另外一个人长相厮守，我却顿觉心如刀绞。

"我也一样祝福你。"保罗说。

我在黑暗中坐在他的身旁，想要劝说自己相信我能够在别处获得与保罗曾经拥有过的爱情，希望自己在重获爱情后不要再让这玫瑰凋零。然而，我觉得我办不到。我忆起了母亲，忆起了在她弥留之际发生的那些令人不堪回首的往事，那些微不足道却糟糕透顶的往事。母亲那荒谬怪诞、语无伦次的胡话，那因为久卧不起而积在胳膊背面的青黑色瘀血，还有她为了"那东西"而苦苦哀求的样子。"那东西"是什么，我们不知道，甚至连个用来称呼的名号也无从想起。我们只知道，她所恳求的，并不是主的宽赦，不，"那东西"远没有这么神圣。当时我觉得，那段日子可谓身在炼狱的最底层，但在母亲当真闭上双眼时，我却甘愿付出所有来留住那段岁月，那段平凡得不足为外人道却又那样熠熠生辉的日子。在决定离婚的那一夜，我坐在保罗的身边想：也许我和他在一起的日子也是如此吧，也许当这一切都结束之时，我也会想极力挽回这段痛苦的岁月吧。

"你在想什么呢？"保罗问道。我没有回答，只是起身去打开了灯。

离婚文件公证完后，邮寄的任务就是我们俩自己的事情了。我们一起走出大楼，在冰天雪地的世界中沿着人行道往前走着，找到了一个邮箱。寄出文件之后，我俩靠在一幢建筑物冰凉的砖墙上吻着彼此，一边啜泣一边低声述说着心中的悔恨，两人的眼泪在脸上交融。

过了一会儿，保罗开口了："我们这是在干什么呀？"

在长达一年的分分合合中，我们在床上缠缠绵绵地度过了几个下午和夜晚。我虽然想像以前一样，邀他一起跟我回公寓，但这次，我不忍也不敢再次逾界了。我回道："我们在道别呀。"

"再见。"他说

"再见。"我回答。

我俩紧紧地依偎在一起，脸贴着脸，我的双手用力地攥着他的大衣衣襟。我的身体一侧是一幢沉默不语的建筑，另一侧是如睡意正酣的巨兽一般灰蒙蒙的天空和白皑皑的街道。我俩被夹在这两个世界之间，被孤立在了一条隧道之中。雪花在保罗的发间融化，我想伸手去触摸那雪片，但还是控制住了自己。我俩就这样站在那里，沉默不语地凝眸对望，仿佛这是我俩的最后一次见面。

时间缓缓地流逝，他终于开了口："谢莉尔·斯特雷德。"自他口中说出我的名字，听上去是那样陌生。

我点点头，松开了紧握着他大衣的双手。

林中唯一一个女孩

“谢莉尔·斯特雷德？”肯尼迪草原百货商店的女营业员面无表情地问。我鸡啄米似的使劲儿点头，她一言不发，转身消失在后屋里。

我环顾四周，沉醉在这满眼的包装好的食品和饮料之中，一边对接下来几小时内我将要吃到的食物垂涎欲滴，一边为能把背包从背上卸下倚放在店门口而感到轻松。

我到了。这是我旅途中的第一站，能来到这儿简直是个奇迹。我本以为可能会在店里碰到格雷格、马特和艾伯特，但却遍寻不到他们的踪影。根据旅行手册中的信息，扎营地点在前方3英里处，我估计能在那里遇到他们，也许还能见到道格和汤姆。多亏了我的努力，才没有让这两个人赶超我。肯尼迪草原位于海拔6 200英尺的克恩河南支流旁，是一块遍布松树和野草的风景秀丽的辽阔草地。这里并不是个城镇，只是个方圆几英里的村落。这里的主要设施有一家百货商店、一家叫格朗皮的餐馆，以及一块简陋的野营地。

“给你。”女营业员拿着我的箱子回来了，她把箱子搁在柜台上，“这是我们这儿唯一一个标着女性名字的箱子，所以我就知道是你。”她把箱子隔着柜台递给我，然后说，“这个也是你的。”

她的手中拿着一张明信片，我接过来，上面的潦草字迹很熟悉：“但愿你能坚持到这里。我希望有朝一日能戒掉毒瘾，再做你的男朋友。我爱你。乔。”明信片的背面是俄勒冈海滩上的西尔维亚海滩酒店的图片，这是我们曾经住过的地方。我呆呆地看着这张明信片，只觉得酸甜苦辣一齐涌上心头：我为能在这里看到熟人的字句而感激，对乔产生了几分怀念，又因只收到一张明信片而感到失望。虽然知道自己的想法没有道理，但仍为写明信片的人不是保罗而心碎。

我买了两瓶斯纳普（Snapple）柠檬汁、一根超大号花生酱巧克力棒、一包玉米片，然后走出店门，坐在门口的台阶上，一边大嚼着刚买的食品，一边一遍又一遍地读着那张明信片。过了一会儿，我发现门廊的一角放着一只箱子，里面塞满了袋装食品，多是背包客旅行时吃的东西。箱子上有一张手写的字条：

太平洋屋脊步道徒步旅行者免费拿取！

把不要的东西留下！

把需要的东西带上！

箱子的后面靠着一根滑雪杖，真是得来全不费功夫啊！这根滑雪杖是给小女孩用的，白色的杖身，口香糖粉色的尼龙带子。我握着滑雪杖试着走了几步，高度正好合适。有了这根滑雪杖，我不仅能在积雪上如履平地，也可以安然走过必然横挡在前方的河流浅滩和石崩路段了。

一个小时后，我拿着滑雪杖来到野营地旁的沙土路，边走边找格雷格、马特和艾伯特。这是一个6月的周日下午，但营地里一片荒凉。我走过一个正在摆弄钓具的男人，又走过一对儿拿着啤酒冷藏箱和手提式录音机的情侣。最后我来到一片扎营处，看到一个满头灰发的男人赤裸着上身坐在野餐桌旁，鼓鼓的大肚子被太阳晒得黝黑。看到我，他把目光从手中的书本上移开。

"你就是那个背着个庞然大物的谢莉尔·斯特雷德吧？久仰大名啦。"他对我说道。

我冲他笑着默认。

"我叫埃德。"他走过来，和我握了握手，"你的朋友也在这儿呢。他们刚刚搭车去商店了，你肯定是在来的路上和他们走岔了。他们让我留意你，你要是愿意的话就直接在这儿扎营吧。”他指了指身边的几处帐篷，“我们正在打赌呢，赌你和从东边来的那两个小伙子谁先到。”

“谁赌赢了？”我问道。

埃德思忖了片刻：“没人赌赢。”说完后，他爽朗地大笑起来，“谁都没有赌你会先到。”

我把“怪兽”的重量压在野餐桌上，卸下来后就直接把它留在了桌子上。这样，到再需要背的时候，我就不用在地上哼哧哼哧地像举重一样把它背起来了。

“欢迎光临寒舍。”埃德说着，指了指一辆野营用的活动房车，车顶上的油布从一侧延伸出去，下面是一个临时搭建的厨房，“你饿不饿？”

野营地没有淋浴的场所，于是我便趁着埃德为我做午饭的时候走到河边。我穿着衣服走进河里，尽量把身上清洗干净。走过那么多干燥的路之后，河水的触感让我一时无法适应。克恩河南支流可不是一般的河流，它水流湍急，冰冷刺骨，这便是山上厚厚积雪的最好明证。水流的速度太急，我连刚没过脚踝的地方也不敢久站，于是便顺着河岸一直走，找到一处打着漩儿的浅水洼，蹚着水走了进去。我的双脚在凉水中冻得生疼，不一会儿便失去了知觉。我蹲下身来，把脏兮兮的头发在水中打湿，然后用手捧着水，撩开衣服泼在身上。我因为刚刚摄取的糖分和到达目的地的喜悦而兴奋，急切地渴盼着接下来的几天里将要与别人进行的谈话。

洗完澡后，我拖着湿冷的身体沿着河岸往回走，走过一片开阔的草地，我远远地看到了埃德。我向他走去，见他从临时厨房走向野餐桌，手里拿着食物、番茄酱、芥末酱和罐装可乐。虽然只与他有过几分钟的交流，但我像对待自己生命中出现的其他男人一样，对他也生出了一种亲近感，仿佛我已经可以完完全全相信他。我与他面对面坐下，边吃饭边听他做自我介绍。他50岁，是个业余诗人，每年定期流浪乞讨，离过婚，没有孩子。我努力地和着他慢悠悠的节拍吃饭，本想等他吃一口自己再吃一口，就像几天前努力地跟着格雷格的步伐走路一样，但我做不到。我像一只饿狼，眨眼之间便风卷残云地消灭了两个热狗、一盘堆得像小山一样的烤豆子以及一大盘薯条。吃完之后，我坐在原处，意犹未尽。而埃德却吃得悠然自得，不时地放下刀叉，从笔记本中为我朗读他昨天刚写好的诗句。他说他一年的大部分时间都住在圣迭戈，但每到夏天，他都会在肯尼迪草原安营，接待沿途路过的徒步者。用太平洋屋脊步道徒步者的“行话”来说，他就是所谓的“步道天使”。但当时我对这个称号尚不了解，甚至不知道我们这些徒步者竟有自己专属的行话。

看到几个人从商店里回来，埃德冲他们大声喊道：“快看啊，老兄，咱们都赌输了。”

“我可没输。”格雷格一边反对一边来到我近前捏捏我的肩膀，“我可是把钱押在你身上的，谢莉尔。”其他几个人对他的话表示质疑，但他仍然坚持。

我们围坐在野餐桌旁闲聊旅途上的见闻，过了一会儿，大家各自散去午睡了。埃德回到了他的房车里，格雷格、艾伯特和马特各自回到了自己的帐篷中。而我正在兴头上，睡意皆无，于是便留在原地，翻看着几周前装好的箱子中的物品。箱子中的物品有一股弥漫在我公寓里的印度香薰的气味，那是一个遥远世界的气味，是属于那个我曾经居住过如今却恍如隔世的世界。拉链包和食品包装袋都没损坏，仍然亮闪闪的，干净的T恤衫上残留着一股薰衣草的芬芳，那是我在明尼阿波利斯的超市购买的洗衣液的味道。弗兰纳里·奥康纳的《奥康纳短篇小说全集》

那图案花哨的封面也完好无损，没有一个折角。

但是福克纳的《我弥留之际》——或者说，装在我背包中的余下的为数不多的书页——已经面目全非了。昨天晚上，我把书的封面和已读过的书页全部撕下来，扔进了火中。我在炉子下放了一把铝制的小平底锅，以防炉子的火星溅出来。看着福克纳的名字在火焰中渐渐消失，颇有点儿亵渎圣物之感。我从没有想过自己会烧书，但我实在太需要减轻背包的重量了。《太平洋屋脊步道第一辑：加利福尼亚州》上有关我走过的路途的部分，也同样遭此厄运。

烧书固然让我痛心，却是迫不得已。在踏上太平洋屋脊步道之前，我就一直是个书迷；在步道上，书籍对我而言更是有了新的意义。在我的现实世界变得太孤寂、太残酷或让我忍无可忍时，书便为我创造了一方让我沉醉忘忧的净土。晚上扎营的时候，我迫不及待地赶着完成扎帐篷、过滤饮用水和做晚饭的任务，为的就是赶快钻进帐篷中，摆上盛着热菜的锅，坐在椅子上独享这一段悠闲时光。我一手拿着勺子吃饭，一手则捧着一本书，如果天色已晚，便打开头灯来阅读。在旅途的第一周，我常常因为身体疲惫，读完一两页便昏昏入睡了。但随着体能的增强，我每天的阅读量也在逐日增加，希望在书本中忘却旅途的枯燥和单调。到了早晨，我就会把前一晚读过的内容烧掉。

我正手捧着完好无缺的《奥康纳短篇小说全集》时，艾伯特从他的帐篷中走了出来。他对我说："看来你就算扔点儿行李也能照样撑下去，我帮你精减点东西吧？"

我苦笑着回答说："太好了，正是时候。"

"好的，你按照我说的去做，先把接下来一段路上要用的东西装进包里去，其他的事一会儿再说。"说完，他拿着一截牙刷刷头，朝着河边走去。不用说，他一定是为了减轻行李重量把牙刷柄砍掉了。

我开始动手打包，把新收到的东西和旧行李混在一起，心情与硬着头皮参加一场必然挂科的考试无异。我整理完毕后，艾伯特从河边走了回来，把我背包里的东西取了出来。他把东西分成两堆，一堆是我要装回包里的东西，另一堆则放进了我已经清空的装备补给箱。我可以选择把这些东西寄回家，也可以留在肯尼迪草原百货商店门口的纸箱子里，供其他的徒步旅行者使用。我至今一次都没有用过的折叠锯、迷你双筒望远镜以及相机的超大功率备用闪光灯，都被扔到了箱子里。我接着往下看，被艾伯特“降级”的东西还有被我高估了除臭能力的除臭剂、我本想拿着以备剃腿毛和腋毛时用的一次性剃毛刀以及被我塞进急救箱里的一大打安全套。

艾伯特拎着那一打安全套问我：“你真需要这种东西吗？”只见这位名副其实的老牌雄鹰童子军队员正颜厉色地站在那里，手指上的结婚戒指在阳光下闪闪发亮。虽然他亲手砍断了自己的牙刷，但他的背包里一定安安稳稳地放着一本口袋大小的《圣经》。他以军人的姿态冷眼看着我，那一打安全套的白色塑料包装在他的手中渐渐展开，发出“噼噼啪啪”的声音。

“不需要。”我一边回答，一边恨不得找个地缝儿钻下去。做爱这种事对现在的我来说，就如外太空般遥远。然而在家打包时，我完全不知道太平洋屋脊步道会对我的身体产生多么大的影响，还自以为带上安全套以备不时之需是明智之举呢。自从离开里奇克雷斯特的旅馆后，我就一次镜子也没有照过，等大家都去睡觉后，我抓紧机会对着埃德房车侧边的镜子照了照自己的脸。虽然刚刚在河里洗了一下，但我的脸仍然脏兮兮的，皮肤被阳光晒得黝黑。我的身体消瘦了一些，亚麻色的头发混着汗渍、河水以及灰尘故而变浅了一些。

我看上去并不像一个需要带一打安全套的女人。

但艾伯特并不会为我是否漂亮、是否会和别人上床这种事情费心思。他继续在我的包里一通翻找，先是厉声向我提问，然后再把那些我本以为不可或缺的东西扔进“废物”堆里去。每当他拿起一样东西问我是否可以扔掉时，我几乎次次都点头表示同意。但我保住了《奥康纳短篇小说全集》以及我至爱的那本崭新的《共同语言之梦》，也留下了记载着我整个夏天的点点滴滴的日记本。趁着艾伯特没注意，我从被他扔在一旁的那一打安全套中扯下了一只，偷偷塞进了短裤的后袋。

“你为什么到这儿来？”艾伯特的收拾工作告一段落，坐在野餐桌旁的长椅上，宽大的手掌于胸前交叠在一起。

我问：“你是说我为什么来太平洋屋脊步道徒步旅行吗？”

他点点头，看着我把我们说好可以重新放回背包里去的一堆东西推到一边。我还没来得及开口回答，他却先张了口：“我先说说我的原因吧。来这儿徒步旅行是我毕生的一个梦想，听说这条步道后，我就自己琢磨：‘在去上帝那儿报到之前，我得试试看。’”他用手指在桌子上轻轻地叩着，“小姑娘，你的原因呢？我有个理论，绝大多数人做事情都有自己的原因。没有动机，人们是不会往这儿跑的。”

“我不太清楚……”我有些犹豫不决。无论眼前这位50多岁、信仰上帝的雄鹰童子军队员笑得多么甜，也无论他忽闪的眼睛有多么和善，我还是不想把我为何要在荒野中跋涉整整三个月的真正原因和盘托出。将我逼上这条步道的原因在他看来未免显得有点儿大逆不道，而在我自己听来也有些故弄玄虚之嫌。而我俩估计能在一点上意见趋同：我这次旅行的决定做得鲁莽欠妥。

于是，我回话说：“这么说吧，我觉得来这里挺好玩儿的。”

“你觉得这儿好玩？”他质疑道，我俩都笑了。

我转身靠向“怪兽”，把胳膊从背包带里穿过去：“好了，来看看包轻了多少吧。”说完，我把带扣扣上，将包从桌子上扛了起来。背包虽然被我新放进去的冰镐和11天量的食物装得满满的，但仍变得轻巧了许多。吃惊之余，我朝艾伯特一笑，说：“谢谢你。”

作为回答，他咯咯地笑着，摇了摇头。

我乐不可支，背着包在围绕野营地的沙土路上试着走了走。由于我是独自一人上的路，因而不能像结伴而行的人那样分摊行李，而且我也不具备格雷格那样超强的自信和能力，因而我的背包仍是徒步者之中最大的一个。但与被艾伯特精减之前相比，“怪兽”已经轻盈了许多。我简直身轻如燕、要一跃而起了。在沙土路上走了一会儿，我真的停下脚步，雀跃起来。

虽然我的双脚只离地1英尺，但我终于能跳起来了。

“谢莉尔？”正在这时，有人冲我喊了一声。我抬眼，看见一个背着包的英俊少年朝我走过来。

“道格？”我问道，没想到还真猜中了。他冲着我挥了挥手臂，朗声大笑起来。然后，他走到我近前，给了我一个大大的拥抱。

“我们在登记簿上看到你的名字，一直努力想赶上你呢。”

我回答说：“这不是赶上了吗。”他的俊朗和热情让我有些意外，说话都有点儿结巴了。“我们都在这一带扎营了，”我用手指指身后，“我们一帮人都在那边呢，你朋友呢？”

“他马上就来了。”道格说完，无缘无故地笑了起来。他让我想起了我遇见过的那些阳光大男孩儿，英俊的脸庞，魅力十足的个性。他们清楚自己鹤立鸡群，自信这世界属于他们，也坚信自己在这世上定有安全的立身之所。他们春风得意，没有一丝顾虑。站在道格的身旁，我觉得他随时都有可能伸手握住我的手，带我一起从悬崖上跳伞而下。我们在风中轻轻飘荡，笑声响彻云霄……

路上出现了一个身影，道格喊道：“汤姆！”然后我们一起朝他走去。还没走到近前，我就发现汤姆和道格在外貌和性格上截然相反：瘦骨嶙峋、皮肤苍白，还戴着一副眼镜。我们越走越近，他的脸上浮现出微笑，但这笑显得小心拘谨，还微微带着点儿狐疑。

待我们走近，汤姆和我握了握手，说：“你好！”

我们一起往埃德的营地走去，路上虽只有短短的几分钟，但我们还是交换着信息，互道着自己的身世。汤姆那年24岁，道格21岁。“新英格兰贵族”，母亲总是这样称呼他们这样的人——那些家境殷实，来自俄亥俄以东、华盛顿特区以北的人。无须和他们多说，我就对他俩有了大致了解，不出几天，我就能把他们的情况全部掌握。他们的父母不是医生市长就是财团大亨，两人一定是名校出身，不用说，楠塔基特岛和缅因州海岸边上的私人岛屿就是他们的度假地，而他们的春假也许就是在韦尔这种地方悠然度过的。然而，这一切都只是我的臆断，他们的人生于我，就像我的人生于他们一样，仍是一口深不见底的井。但说不出为什么，我觉得他们就像我特别亲近的朋友。他们不是什么器械使用高手，不是什么背包旅行达人，也不是太平洋屋脊步道的万事通；他们并没有从墨西哥一路徒步至此的经验，也没有用十年时间将这次旅行准备得万无一失。更妙的是，现在这两人经过长途跋涉已经跟我一样快要散架了。当然，由于他们是结伴同行，两人并没有尝过几天不见一人的寂寥，他们的背包看上去也大小适中，估计没带什么折叠锯之类的累赘。但自从我与道格对视的那一刻起，我就看出，虽然他表面镇定自若，但还是被步道磨去了些锐气。而当汤姆伸手跟我握手时，那张脸上分明写着：“我得赶紧把这双该死的靴子脱下来！”

过了一会儿，汤姆果真把靴子脱了下来。我们先回到了营地，在埃德的野餐桌旁坐下，大家聚拢过来做自我介绍。我看着汤姆小心翼翼地把他脏兮兮的袜子脱下来。他的脚和我的很像：皮肤泛着鱼肚皮的惨白色，上面星星点点的，满是血迹和化脓的伤口，脚面上挂着一片片脱落下来的皮。我卸下背包，拉开一个包的拉链，取出我的急救箱。

“你用过这个东西吗？”我一边问汤姆，一边递给他一条第二代疤痕修复贴。幸好我的装备补给箱里还有备用的。“这东西救了我的命呢。”我解释道，“说实话，没了这东西我都不知道自己还能不能走下去。”

汤姆只是绝望地抬起头看着我点点头，并没有张口。我把几贴修复贴放在椅子上。

我对他说：“如果你愿意的话，这些都给你。”看到修复贴那蓝色的半透明包装，我想起了短裤兜里揣着的安全套。不知道汤姆和道格有没有带安全套，也不知道携带安全套到底是不是很傻。而现在，有了汤姆和道格的出现，口袋里的安全套仿佛显得不那么荒谬了。

“我们打算6点一起去格朗皮餐馆。”埃德一边说一边看看手表，“还有几个小时的时间。我一会儿开车把你们都送过去。”他看了看汤姆和道格，“现在还有点儿时间，我很乐意给你们两个小伙子弄点儿吃的。”

几个人围着野餐桌坐下，一边吃着埃德做的薯条和已经变凉的烤豆子，一边讨论着选择自己背包的原因以及每款包的优缺点。有人拿出了一副扑克牌，几个人便玩了起来。格雷格靠着我坐在椅子的边上，翻阅着他的旅行手册。我站在自己的背包旁，仍在为背包的转变而唏嘘惊叹。那曾经鼓鼓囊囊的背包如今竟被腾出了空隙，真是不可思议。

“你可以算得上是个贾丁党了，”艾伯特盯着我的背包，打趣地对我说，“你可能没听说过，贾丁党指的就是雷·贾丁的追随者，他们对背包的重量把关非常严格。”

格雷格在一旁插嘴道："贾丁就是我告诉过你的那个人。"

我故作严肃地点点头，不想让别人察觉出我的无知："我去收拾收拾，准备去吃晚饭。"说完，便往野营地的边缘走去。我扎好帐篷，爬了进去，然后把睡袋铺开，在上面躺下来。我盯着头顶的绿色尼龙布，耳边传来几个人的交谈声，偶尔还能听到他们朗声大笑。我愁容满面地琢磨：就要和六个男士一起去餐馆了，但我除了身上穿的衣服外，没有什么可换的行头。我的身上只有一件运动胸罩，外套一件T恤，加上一条短裤，连内裤都没有穿。我想起了装备补给箱里的那件干净T恤，于是坐起来换上。脱下来的T恤是我自从到了莫哈维就一直穿在身上的，整个背部都被汗水浸泡成了黄褐色。我把T恤揉成一团，放在帐篷的一角，准备一会儿扔在百货商店那里。剩下的全是御寒衣物，我想起来还有一条几天前因为太热而摘下来的项链，便把它从放驾照和现金的自封袋里拿出来戴在脖子上。这条项链的吊坠是母亲的一只绿松石银质耳环，另一只耳环被我弄丢了。这耳环是母亲的遗物，饱含深意，正因如此，我才把这条项链随身带着。但现在，我之所以庆幸有这条项链在身边，完全是为了扮靓。我用手指和小梳子在头发上鼓捣，想弄一个好看的发型出来，但最后还是放弃了，干脆直接把头发别到了耳后。

我知道，就算我不修边幅、素面朝天也没有什么大碍。虽然有些言过其实，但像埃德说的一样，我终究是一堆男人之中唯一的女性。我觉得，为了不让这些男人有什么非分之想，我必须尽己所能地融进他们中去，把自己也变成个男人。

我这辈子从没有和男人称兄道弟过。几个人还在外面打牌，我则坐在帐篷中想，这真不是件容易的事。归根结底，我这一辈子都是女性角色，我熟悉也离不开女性的阴柔赋予我的力量。想到要把这些女性的特权束之高阁，我不禁心生感慨。想和男人打成一片，我就不能在男人堆里扮演那个我熟悉的角色了。初尝这个角色的滋味时我只有11岁，当成年男人们转头看我、对我吹口哨或压低声音对我说“嘿，漂亮小妞”时，我便觉得一股力量油然而生，刺得身上痒痒的。中学时，我继续扮演这个角色，为了窈窕的身姿，我不好好吃饭，还故作一副天真烂漫的样子，去博男生的喜爱。成年之后，我用不同的假面为这个角色增添色彩：纯朴少女、朋克女孩、牛仔姑娘、聒噪女生、野蛮女友……每双高跟靴子、每条超短裙、每款夸张的发型后面，都藏着一个机关暗道，让我离那个本真的自我越来越远。

现在，我只有一个角色可以演了。在太平洋屋脊步道上，我别无选择，只得全心全意地投入这个角色中，把我那邋遢的面庞暴露给“全世界”。而我所谓的“全世界”，由六个男人组成。

“谢莉尔——”道格在帐篷外几英尺外轻声喊道，“你在吗？”

“在。”我回答道。

“我们要去河边玩，你也来吧。”

“好呀。”我回答道，不由得心里美滋滋的。我坐起身来，裤兜里的安全套发出刺啦一声，我把它掏出来，塞回急救箱里，然后从帐篷里爬出来，往河边走去。

道格、汤姆和格雷格正在我几小时前洗澡的浅池里蹚水。远处，湍急的河水拍打着与我的帐篷一般大小的巨石。我心想，拿着那把还不会使用的冰镐，拄着那机缘巧合来到我身边的带着可爱的粉红带子的白色滑雪杖，我不久就要面对山上的积雪了。前方等待我的究竟是什么，我还未来得及好好思考，我只是边听埃德的讲话边附和着点点头罢了。埃德告诉我，他在这里扎营之前的三周里，绝大多数途经肯尼迪草原的徒步者都选择暂时离开步道，因为这前所未有的积雪让前方四五百英里的步道几乎无法通行。这些人乘车，往北走到海拔较低的地带后，再重新踏上步道。有的人准备到夏末再返回来重走这段路程，有的人干脆跳过了这一段。像格雷格说的，还有人选择了放弃，准备等到雪情不那么严重的年份再来挑战。而还有少数人毅然决然地选择了挑战积雪，继续前进。

幸亏我把那双便宜的凉鞋带来了。我穿上凉鞋，小心地踩着河边的石子，向他们几人走了过去。河水冰冷刺骨。

“我有个东西要送给你。”我走到道格的近前，他对我说。他向我伸出一只手，手里是一根大约1英尺长的黑色羽毛，在阳光下，羽毛闪着幽蓝的光泽。

“为什么要送我？”我从他手中接过羽毛。

“给你带来好运啊。”他边说边摸了摸我的胳膊。

他把手收了回去，而我被他触过的地方感到火辣辣的。我能感到，这过去的14天里自己是多么缺少爱抚，又是多么孤苦伶仃。

我手拿着羽毛，提高了嗓门，好压过汩汩的流水声：“我考虑了一下积雪的问题，不是有人选择绕过积雪带不走吗？但他们来的时候是一两周之前，现在积雪肯定已经融化了不少，所以咱们说不定可以试一试。”我先看了看格雷格，又把目光投向我正在轻轻抚摩的黑色羽毛。

“6月1日大角高原上的积雪深度是上一年同一天的两倍多。”格雷格说着，把一块石头扔了出去，“一周的时间不会让积雪深度有什么大的变化。”

我点点头，好像我知道大角高原的位置，好像我理解积雪深度为去年同期的两倍意味着什么。仅仅置身于这场谈话之中，那种冒牌徒步者的感觉便又一次油然而生。我就像站在运动员中间的吉祥物似的，仿佛他们都是正牌的太平洋屋脊步道徒步者，而我只是个凑热闹的。我经验匮乏，雷·贾丁的大作一页也没有拜读过，我的行进速度慢得可笑，而且不知头脑中哪根弦没有搭对，竟然郑重其事地带了一把折叠锯上路。不知怎的，所有这一切都让我感到，自己不是从蒂哈查皮道口一步步走到肯尼迪草原的，而是被谁捎带过来的。

但我的确是一步一个脚印地自己走过来的。我不想放弃去塞拉高地一饱眼福的机会，这是整条步道上我最为期待的路段。它的壮美让《太平洋屋脊步道第一辑：加利福尼亚州》的四位作者赞叹有加，也因约翰·缪尔在百年前写成的著作而名垂千古。在书中，约翰·缪尔将这一地带美其名曰“光之山脉”。在我看来，塞拉高地及其13 000~14 000英尺高的顶峰，外加高地上澄澈的湖水和纵深的峡谷，全都是太平洋屋脊步道在加利福尼亚境内的极致景色。再说，如果绕过了这个地段，我到达阿什兰的时间就会比原计划早一个月，那么我的整个计划也就被打乱了。

“只要有可能，我就想走走试试看。”我边说，边兴奋地挥着那根羽毛。我的双脚已经在水中冻得失去知觉，没有了痛感。

道格说：“嗯，从这里到下一个道口还有大约40英里的路。也就是说，在到达气候恶劣的地带之前，我们还可以放松地走走玩玩。在道口那儿有一条步道和太平洋屋脊步道相交，顺着步道就可以走到一个野营地。我们可以先走到那儿，然后再视情况而定。先看看积雪的情况，如果情况不妙，我们总还有条退路。”

“你怎么看，格雷格？”我问道。我决意跟着格雷格的决定走。

格雷格点点头：“我觉得道格说得不错。”

“那我也跟你们一起走，”我说道，“我不会拖后腿的，我有冰镐呢！”

格雷格看看我：“你知道怎么用冰镐吗？”

第二天上午，格雷格给我上了堂冰镐课。

"这是镐柄。"格雷格说着，手顺着冰镐的镐身往上滑。"这是镐尖，"他边说边用一根手指轻轻触了一下冰镐的尖端，"镐柄的另一头叫镐柄末端。"

镐柄？镐尖？镐柄末端？我像个上性教育课的初中生一样，想假装镇定，但还是忍俊不禁。

"怎么啦？"格雷格手握着冰镐问我，但我只是摇了摇头。"冰镐上有两处刀锋，"他继续说，"比较钝的一个叫铲头，用来在冰雪中砍劈台阶；另一个叫冰镐尖，如果从山上滑下，镐尖就是你的救命稻草。"听他的语调，他好像觉得我已经对这些知识了然于心了，好像他只是在上路前领着我复习一遍。

"明白了。镐柄，镐头，镐柄末端，镐尖，铲子头。"我重复道。

"铲头！"他纠正道，"没有'子'字。"我们正站在河边的一处陡坡上，这是我们能找到的和冰坡最相近的地方。"好比你在坡上摔倒了，"为了做示范，格雷格故意从坡上滑了下来，往下滑的过程中，他把冰镐尖插进了泥土中，"你就得一只手握着镐柄，一只手抓紧镐头，像这样尽量使劲地把冰镐尖插进土里。把自己固定住之后，你就要开始寻找立足点了。"

我看着他问："要是找不到立足的地方怎么办？"

"嗯，那你就好好抓紧这个地方。"他边回答，边换了一下双手在冰镐上抓的位置。

"那我要是坚持不了那么长时间怎么办？我是说，我背上肯定有背包啊什么的，实话说吧，我连一个引体向上都做不了。"

"那你也得坚持抓紧。"他不动声色地回答道，"除非你想顺着山坡掉下去。"

我反复练习，一次又一次地让自己摔在泥泞的斜坡上，假装自己是在冰上滑倒的，然后再一次又一次地把冰镐插进泥土中。格雷格则在一旁看着，不时地批评和纠正我的手法。

道格和汤姆坐在不远处，对这边发生的事显出一副不在意的样子。大家为艾伯特和马特在埃德房车旁的树荫下铺了一张油布，他俩躺在上面，除了一小时跑几趟厕所之外几乎没有气力多动一下。前一天晚上，两人突然感到不适，大家都觉得两人可能是染上了贾第鞭毛虫病。贾第鞭毛虫是一种水生寄生虫，能导致严重的腹泻和恶心症状，需要用处方药治疗，一般而言需要患者至少卧床休息一周的时间。正因如此，这里的徒步者才对饮水过滤器和水源洁净问题丝毫不敢怠慢，因为大家都怕一步失误，全盘皆输。我不知道艾伯特和马特是在哪儿染上的病，只是希望自己能躲过这一劫。傍晚时分，两人仍在油布上脸色惨白、绵软无力地躺着，大家围了过去，劝他们赶紧去里奇克雷斯特的诊所看病。两人病得太重，只得无奈地同意了。我们帮他俩把东西打包好，又把包放在了埃德的卡车后面。

临出发前，我趁周围只剩下我和艾伯特两人的时候对他说："谢谢你帮我把背包减轻了那么多。"他躺在油布上，虚弱地看看我。我继续说道，"我自己肯定做不来的。"

他微微对我笑了一下，点了点头。

"对了，"我继续说，"我想告诉你一件事。你问过我为什么想来太平洋屋脊步道徒步旅行，因为我离婚了。我本来有一段婚姻，但是前不久刚刚离婚了。另外，四年前我的母亲去世了。她只有45岁，但是她得了癌症，不久就病逝了。这对我打击特别大，我的生活也从此变得一团糟。所以我才……"艾伯特睁大双眼看着我，我继续说下去，"我觉得这里能让我重新找到生活的正轨。"说到这里，我自觉词穷，于是无奈地把两手攥在了一起。没想到，我竟一下把这么多秘密抖了出来。

“嗯，你这不是已经找到自己要走的路了吗？”艾伯特边说边坐起身来，虽然反胃感还未消失，但他的脸上微微泛着些光彩。他站起来，慢慢走到埃德的卡车旁，然后上车坐在他儿子的身边。我吃力地爬上车的后座，坐在他俩的背包和我准备扔掉的那箱物品旁，搭车去途经的百货商店。到了商店，埃德停下车，我带着箱子跳下车，一边大喊着“祝你们好运”，一边向艾伯特和马特挥手告别。

看着卡车徐徐走远，我的心头泛起几分感慨。虽然几个小时后就能再见到埃德，但我也许再也见不到艾伯特和马特了。明天我就要跟道格和汤姆一起去塞拉高地了，而明早我就要和埃德和格雷格道别。格雷格决定在肯尼迪草原多待一天，虽然他很可能会赶超我们，但估计赶上我们时也只是见一面，然后，他也就渐渐成了我生命中的另一名过客。

我走到百货商店的走廊上，把折叠锯、相机的高端闪光灯以及迷你双筒望远镜从箱子里拿出来，把剩下的东西放在走廊的箱子里。我把这三样东西装在我的装备补给箱里，准备寄给波特兰的丽莎。在用从埃德那里借来的胶条封箱时，我总有一种少了什么的感觉。

寄出箱子后，我顺着道路往野营地的方向走去，半路上我突然意识到：那一大打安全套不知去了哪里。

一大打的安全套，竟然一只也没有了。

03

光之山脉

RANGE OF LIGHT

PART THREE

我们置身于山中，山也在我们心中……

——约翰·缪尔，《山间夏日》

如果你的胆量不允许你去闯……
那么请跃过胆量这道峰……

——艾米丽·迪金森

乌鸦学

肯尼迪草原被称为塞拉高地的门户，第二天清晨，我走过了塞拉高地的“大门”。我和道格、汤姆一起走了15英里，然后我停下脚步，告诉他们我要从背包里取些东西，让他们先走。我们相互拥抱，祝彼此好运，这究竟是永远的诀别还是15分钟的短暂分离呢？我们都不知道。我一边目送着他们远去的身影，一边靠在一块巨石上，好减轻“怪兽”的重量。

看着他们远去，我不觉有些失落。但当他俩的身影消失在浓密的树林间时，我不禁又感到一丝宽慰。我其实并不需要从包里取任何东西，只是想一个人静一静。我一直觉得“独处”不是一种状态，而更像一个场所，仿佛是一个允许我回归自我的房间。但太平洋屋脊步道带给我的深入骨髓的寂寥，却让我的这种认识有了转变。独处不再是一个房间了，而成了我的整个世界。现在的我，正置身于这世界中，用一种全新的方式活着。如此居无定所地活着，头上连一方遮风挡雨的屋顶也没有，让这个世界既扩大了许多，也缩小了不少。在此之前，我并没有真正理解这个世界的广袤，在我用双脚一步步地丈量出每英里土地前，我连1英里到底是多长的距离都没有概念。但与此同时，我也对步道产生了难以名状的亲切感。那天清晨，路边的矮松和猴面花，以及我越过的清浅小溪，全都给我一种似曾相识的亲切感，但其实我与它们只是初次相识。

在清晨的凉气中，我和着新到手的白色滑雪杖在地上敲击的声音向前迈着步，“怪兽”虽然在艾伯特的帮助下轻巧了不少，但仍然沉得离谱，在背上随着我的脚步一起一落。我现在经过的地方已没有之前那样干旱，因而不必背上好几个水瓶了。早晨出发时，我以为旅行会因此变得容易许多，以为我会因背包减轻而获得全新的体验。然而只过了半个小时，我便觉得腰酸背痛的感觉又卷土重来了，于是不得不停下来休息。但在腰酸背痛的同时，我也隐隐感到自己的身体在一点点变强——格雷格果然没有说错。

这是旅途第三周的第一天，是6月的最后一周，算是正式步入夏季了。但沿着南塞拉荒野（South Sierra Wilderness）向上爬时，我却感觉自己正置身于一个截然不同的季节和国度。从肯尼迪草原到步道道口之间只有50英里的距离，但我却要从海拔6 100英尺的地方一直爬到11 000英尺的高度。在来到塞拉高地的那个炎炎午后，我就已经感觉到了空气中弥漫的一丝袭人的凉意，而夜幕降临时，这股凉意必定会将我紧紧包围。毋庸置疑，我已经踏上了塞拉高地，已经置身于缪尔称奇道绝的光之山脉。我走过枝叶茂密的参天大树，如盖的浓荫把下方的低矮植物遮得严严实实；我走过绿草如茵、野花盛放的草地；还借着滑雪杖的支撑，踏着摇晃不稳的石块，吃力地走过融化的雪水汇成的溪流。照我步行的速度，内华达山显得是那么不可逾越，脚下的路仿佛永远也走不完。绕过弯道，瞥见前方白皑皑的山峰时，我就会对自己的能力心生怀疑；想到前方的迢迢长路时，我就会悄悄地害怕自己是否永远也到不了目的地。

道格和汤姆的脚印时断时续地出现在时而泥泞、时而尘土飞扬的步道上。下午三四点钟的时候，我赶上了坐在溪边的两个人。看着我朝他们一步步走近，两人的脸上显现出惊诧的神情。我靠着他俩坐下，一边抽水一边和他们闲聊。

临上路前，汤姆对我说：“如果你能赶上我们，那咱们晚上就在一起扎营吧。”

“我已经赶上你们了啊。”我说完，大家都笑了起来。

当天晚上，我信步走到了两人扎营的一小块空地上。吃完晚饭后，我们裹好厚厚的衣服在地上坐了下来，一起喝他们从肯尼迪草原带来的两瓶啤酒。我一边和他们喝酒，一边琢磨着拿走我几周前在波特兰买的安全套的人，究竟是他们中的哪个。拿安全套的人应该就在他俩之间，要不还会有谁呢？

第二天，我一个人在路上行进时，被一条覆着积雪的陡峭斜坡挡住了去路。这一长条的积雪就像石崩，把步道盖得严严实实的，但比石崩还要骇人，因为沿坡滑下的不是石块，而是一条冰河。如果在穿越积雪时不小心跌倒，我可能就要顺着山坡滑下去摔在山涧的巨石上，或者直接坠入万丈深渊。谁知道这深渊里到底藏着什么呢？站在我的角度，眼底只有茫茫一片大雾。但如果不试着爬过去，我就唯有退回肯尼迪草原了。其实，回去也未必是件坏事。但我仍然下定决心试一试。

顾不了那么多了。我拿出冰镐，细细观察了一下前方的路。说是观察，其实只是在原地站了几分钟，为自己鼓了鼓劲儿。我看到道格和汤姆在积雪上留下的一连串凿开的小坑，很显然，他俩已经顺利越过了这个障碍。我用格雷格教我的方法握着冰镐，脚踩进道格和汤姆留下的一个小坑里。这小坑为我提供了一些方便，但也为我徒增了不少麻烦。我的确不必费功夫自己凿坑了，但两人凿坑的位置让我走起来很别扭，加之冰面湿滑，而且有的小坑较深，把我的靴子夹在了里面，害得我几次失衡跌倒。我的冰镐又大又笨重，与其说有什么用，不如说更像一种负担。我在脑子里重复着“制动”这个词，默默提醒自己一旦从坡上滑下去，就马上用冰镐制动。这里的雪与明尼苏达的雪不同，有些地方形成的不是积雪，而是冰，其厚实程度让我不禁联想到了冰箱里那层结结实实的冻冰。不过有些地方的冰并没有看上去那么“顽固不化”，终归还是让我凿动了。

我终于走到了积雪的另一边，双脚重新踏上了泥泞的步道，一边瑟瑟发抖，一边暗自庆幸着。直到这时，我才朝下看了看山下的巨石堆。我知道，刚才的那一关只是迎接前方挑战前的一点“开胃菜”罢了。如果决意不从步道道口下步道绕过积雪带的话，我马上就会到达森林管理员道口，也就是海拔足有13 160英尺高的太平洋屋脊步道上的最高点。如果能在过道口时不从山坡上滑下去，我就有几周时间要在铺天盖地的冰雪世界中前进了。那儿的雪可要比我刚刚越过的积雪难对付多了。但即使是刚才那短暂的尝试，也让我对前方的艰险有了更清楚的认识。除了绕道而行，我别无选择。我连在正常条件下攀登步道的能力都不具备，更何况是在积雪深度为去年两三倍的年份呢？去年的降雪量是1983年以来最大的一次，如此严重的降雪，未来十几年可能都不会再出现。

另外，积雪并不是我唯一要担心的问题，由积雪引出的一系列问题也需要我考虑：我不仅需要只身一人渡过危险重重的高原河流，还可能因为严寒而体温过低。另外，由于步道被积雪覆盖，在很长一段路途上，我只能单靠地图和指南针来认路。加之我偏偏又是一人上路，因而更加大了危险和困难。我不仅没有必要的工具，也没有必要的知识和经验。而且因为无人相助，所以我连一点犯错的余地也没有。如果我像绝大多数太平洋屋脊步道徒步者一样知难而退，塞拉高地的壮美我便无福欣赏了，但如果我坚持走下去，估计连性命也难保了。

“我准备在道口下步道。”吃晚餐的时候，我向道格和汤姆宣布了我的决定。这是我在旅途中第二次在一天内完成15英里的路程。一个人走了一整天后，我在道格和汤姆扎营的地方又一次和他们两人相遇了：“我决定先去塞拉城，然后从那儿重新上步道。”

“我俩准备继续往前走。”道格说。

汤姆接过话茬儿：“我们两个商量过了，你应该和我们一起走。”

“和你们一起走？”我从羊毛绒帽的阴影下直直地盯着他俩。我已经把带来的衣服全部穿在了身上，气温已经差不多降到了冰点以下，周围的树荫下，是零星散布的一片片积雪。

道格说：“你一个人走太危险了。”

汤姆道：“就连我们也不敢单独行动呢。”

“无论是结伴还是单独行动，都是有危险的。”我说道。

汤姆说：“我们还是想试试看。”

“谢谢你们，”我说道，“你们能邀请我，我很感动。但是我不能和你们一起走。”

“为什么不能？”道格问。

“因为我必须单独完成这次旅行。”

大家都沉默不语了，各自用戴着手套的双手捧着盛满了米饭、豆子或面条的锅，默默地吃着自己的晚饭。拒绝两人的邀请时，我的心里也很难受，因为这意味着我得绕开塞拉高地而行了。另外，虽然我口口声声地说自己想独自完成这次旅行，但其实内心里还是从两人的陪伴中寻到了慰藉。晚上有了汤姆和道格在身边，即使伸手不见五指的帐篷外传来树枝断裂的声音，或者有仿佛昭示着噩运的邪风呼啸而来，我也不必安慰自己“我不害怕”了。然而，这并不是我此行的目的。我意识到，我之所以来到这里，就是为了坚定地直视自己的恐惧感，或者说直视别人对我和我对自己亲手犯下的那些错误。如果跟在别人的屁股后面，我又怎能实现自己的目标呢？

吃晚饭时，我躺在帐篷里，把弗兰纳里·奥康纳的《奥康纳短篇小说全集》放在胸前，累得连把书举起来的劲儿都没有了。我浑身发冷，而且这里是高海拔地区，空气也很稀薄。我被一天的步行折腾得精疲力竭，但即便如此，却仍然睡不踏实。我在半睡半醒中想，如果绕过塞拉高地，我的整个行程几乎就被打乱了。我所有的计划以及按照整个夏天的行程而分装好的每一餐饭和每一只箱子，就都白费功夫了。如果我决定跳过原本计划一步步走过的450英里路程，那么我到达阿什兰的时间也要相应地从9月中旬提前到8月上旬了。

“道格？”我向黑暗中喊道。道格的帐篷离我的只有一臂之遥。

“怎么啦？”

“我在想，我如果绕开积雪带的话，可以在俄勒冈全境徒步旅行。”我侧卧着把脸朝向道格帐篷的方向，心中有些希望此时他正在我的帐篷中靠着我躺着。我渴望有个人能够躺在我的身边，我在莫哈维的旅馆里也曾有过渴望有个伴儿的空虚和饥渴。我渴望的，不是一个可以去爱的人，而只是一个可以紧贴着我的身体的人。我接着问：“你知不知道俄勒冈境内的步道有多长？”

“大概有500英里吧。”道格回答道。

“太好了。”听到这个消息，我的心跳也跟着加速了。不过多时，我便闭上双眼，进入了梦乡。

第二天下午，我向步道道口进发，准备从那儿下步道。到达道口之前，格雷格赶上了我。

我不甘心地告诉他，我准备绕开积雪带。

“我也是。”他回答道。

“是吗？”我松了一口气，心里不禁高兴起来。

“顶上几乎大雪封山了。”他回答道。然后，我俩把视线转向了四周崩塌下来的巨石堆中被风吹得枝干歪斜的狐尾松。在万里无云的晴空下，树木和山脊的轮廓清晰可见，仿佛离天空只有咫尺之遥。那是号称美国本土最高峰的惠特尼山（Mount Whitney），巍然屹立在步道的不远处，似乎触手可及。

我和格雷格一起从步道道口下山，走了2英里后，来到了马蹄铁草原（Horsehoe Meadows）的一处野餐营地。我们在这里与道格和汤姆碰面，然后一起打车往孤松镇（Lone Pine）出发。孤松镇本来并不在我的行程中，有一些太平洋屋脊步道的徒步者选择把装备补给箱寄到这个镇上，但我原本的计划是一口气顺着步道往北再走80英里，尽快到达独立镇（the town of Independence）。我的背包里还存有几天的食物，但是一到孤松镇，我就马上到食品杂货店把食品储备补得足足的——如果绕道，我就得走过塞拉城到贝尔登镇（Belden Town）之间的90英里路程，因而我必须为这段路备足食物。之后，我找到一部付费电话，拨通了丽莎的号码，在她的留言机上留了言，用最快的速度把我的最新计划告诉了她，让她尽快把我标有贝尔登镇的那只箱子寄出来，还嘱咐她在得到我的通知之前先不要动其他的补给箱。

挂上电话，我心如乱麻，闷闷不乐。来到镇上，我的心情并没有我想象中的那么积极。我沿着镇上的大街走着，在路上碰到了大家。

道格与我四目相视：“我们要返回步道上了。”我拥抱了道格和汤姆，胸口感觉堵堵的。我对两人都挺舍不得，而除了离愁之外，我对两人的前途也有些放心不下。

“你们两个确定要顶着积雪上路吗？”我问道。

“你确定你不来吗？”汤姆反问我。

道格指着他在肯尼迪草原送给我的那根黑色的羽毛说：“你还带着你的幸运符呢。”这根羽毛被我插在“怪兽”的支架上，从我的右肩上方伸出来。

“好让我不要忘了你呗。”我说完，大家都笑了。

两个人离开后，我和格雷格一起走到了兼做大巴车站的便利商店。一路上，我们经过一家酒吧，标牌上写着“老西部酒吧”，还经过一个商店，橱窗里摆着骑在斗牛背上的牛仔的带框画。

“你有没有看过亨弗莱·鲍嘉演的《夜困摩天岭》？”格雷格问道。

我摇了摇头。

“那部片子是在这儿取的景。好多西部片都是在这儿拍的呢。”

我点点头，并未感到惊奇，因为这儿的景色的确和好莱坞的影棚没什么两样。这里的土地一马平川，只有鼠尾草，没有树木，单调的景致就这样一直延伸几英里。两边，内华达山那积雪的山峰高耸入云，看上去如梦似幻。

我们走向便利店。“我们要坐的车在那儿。”格雷格指着店门口停车场的一辆灰狗大巴对我说。

但是他错了。我们打听到，这里没有直达塞拉城的大巴。我们得在当晚搭七个小时的巴士到内华达的里诺市（Reno），然后再坐一个小时的车去加州的特拉基镇（Truckee）。到了那儿以后，我们得搭顺风车走完剩下的70英里路程，然后才能到达塞拉城。我们买了两张单程车票，又买了一大堆零食，然后坐在便利店停车场边温暖的人行道上等巴士来。我们一边聊天，一边消灭了几大包薯片和几罐汽水。我们聊太平洋屋脊步道，聊背包客的装备，聊今年破了纪录的积雪量，聊雷·贾丁的“一切从轻”打包理论，聊他和他的“粉丝”徒步旅行的方式——当然，不排除他们对贾丁的理论和方法有曲解之处。然后，我们的话锋转到了自己的身上。我询问了他在塔科马城的工作和生活：他不养宠物，没有孩子，有一个相恋一年、也酷爱背包旅行的女友。不难看出，他把自己的生活安排得井井有条，考虑得面面俱到。如此缺乏刺激的生活，在我看来是不可想象的。不知我的生活在他的眼里是什么样子。

到里诺的巴士终于来了，车上的乘客很少，我跟着格雷格走到车的中部，隔着过道坐下。

巴士驶上了高速，格雷格对我说："我要睡一会儿。"

"我也是。"我口是心非地回答。即使是在疲劳时，我也没法在开动的车上睡着，何况现在我并不累，反倒因回到了现实世界而乐不可支。在认识我超过一年的人之中，没有一个人知道我现在身在何处。我正在去里诺的路上，我想着，连自己都觉得不可思议。我从没有去过里诺，而对于穿着这身行头、邋遢得像只流浪狗、头发像粗麻布一样打着结的我来说，里诺仿佛是世界上我最不可能去的地方了。我把所有的钱从口袋里掏出来，借着头灯的灯光数了数钞票和硬币：一共是44美元75美分。看着这少得可怜的家当，我的心不禁一沉。我的花费比原计划超出太多了，我本来并不打算在里奇克雷斯特和孤松镇停脚的，去特拉基的车票也是计划外的开支。我得等到一周后到达贝尔登镇才能从装备补给箱里拿到钱，而那也只是区区20美元。我本来跟格雷格说好，准备到了塞拉城后在旅馆里歇息一夜，减轻一下旅行的劳顿。但我有种不祥的预感：我可能只能在帐篷里打打地铺凑合了。

再急也无济于事。我没有带信用卡，因此除了用手中的钱勉强应付，我别无选择。我恨自己为什么不往箱子里多装些钱，但马上就意识到，自己已经把所有的钱都装到箱子里了。我把从冬天到春天得到的小费全都攒了起来，还变卖了不少家当。补给箱里所有的食物以及我摆在莫哈维旅馆床上的所有装备，都是用这些钱买的。我给丽莎寄了一张支票，支付了所有装备补给箱的邮寄费，又写了一张支票，用来支付没能给我一纸文凭却要我一直到43岁才能还清的学生贷款的4个月的还款。剩下的钱，留作我在步道上的各项开销。

我把钱塞进口袋里，关上头灯，然后透过窗户向西边望去，心中泛起一丝伤感。我有些怀念过去，但不知自己是在怀念从前的生活还是在怀念步道。在月光和天幕的映衬下，内华达山的轮廓隐约可见。它看上去还是那堵高耸入云的墙，和几年前我跟保罗驾车时看到的别无二致，只是这次，它仿佛不再不可逾越了。我能想象自己站在山上，被山环绕着，和山融为一体。我尝过了用双脚一步一步走过这高山的感觉，离开塞拉城之后，我马上又能重新回到这座山的怀抱中了。我选择了绕过塞拉高地，也就意味着我无缘一睹红杉国家公园（Sequoia National Park）、国王峡谷国家公园（Kings Canyon National Park）、约塞米蒂国家公园（Yosemite National Parks）、图奥勒米草原（Tuolumne Meadows）、约翰·缪尔荒野（John Muir Wilderness）和孤寂荒野（Desolation Wilderness）以及沿途的诸多美景了。但在绕过这些景点后，我仍可以在内华达山上徒步900英里，然后从那里上喀斯喀特山脉。

巴士开到里诺时已是凌晨4点，一路上我一分钟也没有合眼。离下一班开往特拉基镇的巴士出发还有一个小时的时间，我和格雷格便背着背包，睡眼惺忪地在紧挨着车站的小赌场里闲逛着打发时间。我虽然疲倦，却又兴奋难抑，手中拿着一次性塑料杯，一口口啜饮着立顿红茶。格雷格玩了一会儿21点，赢了3美元。我从口袋里摸出三枚25美分的硬币，一股脑儿地投进了老虎机，把钱输了个精光。

格雷格不形于色地对我笑笑，仿佛在说："看吧，我早就料到了。"好像他能预测出我必输无疑似的。

"喂，运气这种事儿可是说不好的。"我抗议道，"我几年前路过拉斯韦加斯的时候，往老虎机里丢了个5分钱的硬币，一下子赢了60美元呢。"

他看上去一副不以为然的样子。

我走进女洗手间，墙上的一排水槽上安着一面荧光照明的镜子。我正对着镜子刷牙的时候，一位女士指指我背包上的羽毛对我说："我喜欢你的羽毛。"

"谢谢你。"说完，我从镜子里和她对视了一下。她皮肤白皙，棕色眼睛，背后垂着一条长辫子，穿着一件手工扎染的T恤和打着补丁的牛仔毛边短裤，脚蹬一双勃肯牌凉鞋。我一边从嘴角喷着牙膏一边说："这是我的朋友送我的。"上次和女人对话，已恍若隔世。

"肯定是乌鸦的羽毛。"她一边说一边伸手轻轻抚摩了一下，神神秘秘地对我补充道，"不是渡鸦就是乌鸦，是宇宙虚无的象征。"

"宇宙虚无？"我顿感大失所望。

"这不是什么坏事啊。"她回答说，"宇宙虚无是万物生发的地方，是万物的开端。想想看，黑洞吸收能量，然后再把能量以一种有生命的新形式重新释放出去。"她停顿了一下，意味深长地看着我的双眼，神秘兮兮的语调稍微缓了一些，"我的前男友是个鸟类学家，专门研究乌鸦学。他的毕业论文写的是渡鸦，因为我是英语文学硕士，所以无奈地把他的烂稿子读了差不多10遍，从里边学到了一堆没用的知识。"她照照镜子，把头发往后抹了抹说，"你是不是要去参加'彩虹聚会'？"

"不是的，我……"

"你也一起来吧，这个聚会可棒了，今年在沙斯塔三一国家森林（Shasta-Trinity National Forest）举办，就在蛤蟆湖湖边。"

"去年聚会是在怀俄明州举办的，我参加了。"我回答道。

"对——对——"她说"对"的时候，和不少人一样喜欢拖着长音，"祝你徒步旅行愉快啊。"她一边说，一边伸手捏了一下我的胳膊，然后向我和我的羽毛翘了翘大拇指，兴奋地大吼了一声，"乌鸦学！”说完，她朝门外走去。

我和格雷格8点就到了特拉基，而直到11点，我俩仍没打到一辆去塞拉城的车，只得站在灼人的公路旁干等。

一辆大众巴士从身边呼啸而过，我朝着车屁股大喊一声：“喂——”在过去的几个小时里，已经至少有六辆大众巴士对我们视而不见地开走了。连开大众巴士的人都不伸手相助一下，我难抑胸中的怨气，对格雷格说：“可恶的嬉皮士！”

格雷格道：“我还以为你也是嬉皮士呢。”

“是吧，只能算是吧。”我坐在路肩的碎石上，重系了一下靴子的鞋带，但系完后却站不起来了。原来，我已经有一天半没有合眼，早就累得头昏眼花了。

“要不你往前走点儿，然后自己招手搭车吧。”格雷格说，“要是你独自一人的话，早就搭上车了。我能理解。”

“不。”我虽然这么说，但心里明白他的意思：一个单身女性要比一男一女看上去可靠许多。单身女性比较容易博取他人的帮助——当然，不排除那些图谋不轨的人。但不管怎么说，格雷格毕竟是我的同伴。因此，我俩又一起等了一个小时。终于，一辆汽车停了下来，我们手脚并用地爬上车，往塞拉城赶去。塞拉城位于海拔4 200英尺的山上，城中景致宜人，分布着少量的木质建筑。这座城市的南边是尤巴河北支流，城的北边，布特山那棕土色的峰尖笔直地插入蔚蓝的晴空之中。

我们在城市中心的便利店下了车。店门口游人如织，这些人多是赶在国庆节前出游的游客。人们坐在刷着彩漆的门廊上，吃着手中的冰激凌。

“你吃不吃蛋筒冰激凌？”格雷格掏出几美元，问道。

“不用了，一会儿再说吧。”我压低了声音，想要掩盖住自己的渴望。我当然想吃蛋筒冰激凌，我只是怕交不起旅馆的房费，因而舍不得买。走进人头攒动的商店，我尽量不让自己的眼睛往食品那边看，只是站在收银台旁边，一边等着格雷格，一边翻看观光手册。

格雷格买完东西走了过来，我一边拿着亮光纸印刷的小册子扇风，一边对他说：“1852年布特山上的积雪崩塌，把这整个城市都给埋了。”格雷格一面好像早有耳闻似的点点头，一面舔着他的蛋筒冰激凌。看着他的吃相，我的心中挺不是滋味，于是把脸转到了一边，说：“希望你别介意，我得找个便宜点儿的旅馆住，我是指今天晚上。”其实对我来说，找个免费的扎营处才是正道，但我已是又困又累，实在不想再在外露营了。上一次睡觉，还是我在塞拉高地时的事情。

“这里怎么样？”格雷格边说边指了指对面的一栋木制小楼。

小楼的楼下是酒吧兼饭店，楼上是带公共卫生间的出租房。虽然才刚到一点半，但酒吧里的女工作人员还是让我们提前入住。交完房费后，我只剩下了13美元。

我们来到各自的房间，在相邻的两扇门前站定。格雷格问：“今晚要不要一起去楼下吃饭？”

“好吧。”我的脸微微有些红晕。我虽然对他没有兴趣，但还是不由自主地希望他能对我感兴趣——这很荒唐，这一点我自己也清楚。我的安全套说不定就是他拿的，想到这里，我的全身似有兴奋的电流通过。

我们好像是目前为止整层仅有的住户。格雷格指了指走廊尽头供整层使用的卫生间，说：“你要是需要的话，可以先进去。”

“谢啦。”说完，我打开自己的房门走了进去。屋里的一堵墙边靠着一台老旧的木制古董梳妆台，台上带着一面圆形的镜子。另一堵墙边摆着一个双人床，床边是一台摇摇晃晃的床头柜和一把椅子。天花板的正中，垂下来一只没有灯罩的灯泡。我把“怪兽”放下，坐在了床上。床发出了刺耳的咯吱声，随着我的体重往下一沉，不安稳地摇晃着。只是坐在床上，我就几乎要因这舒适的快感而飘飘欲仙了，真好像从炼狱之火中解脱出来一般。我用来兼做睡床用的野营椅上没有软垫，步道徒步的途中，我虽然每夜都能熟睡，但这不是因为床很舒服，而是因为我累得顾不上挑剔了。

我虽然困乏，但四肢满是泥土，浑身恶臭，这副模样上床简直是天理难容。自从两周前在里奇克雷斯特的旅馆里住过一夜，我再也没正经洗过澡。我穿过走廊来到卫生间，发现里面没有淋浴，只有一只大大的瓷质四爪浴缸，以及一个堆着许多毛巾的架子。我取下一条毛巾，嗅了嗅毛巾上那沁人心脾的香皂的芬芳，然后宽衣解带，站在全身镜前打量着自己。

我被自己的样子惊呆了。

与其说我像一个在野外背包旅行了三周的女人，还不如说我是一场离奇的暴力事件的受害者。我的四肢、后背和臀部布满了颜色由黄渐黑的累累伤痕，好像有谁用棍子把我狠狠揍了一顿似的。我的髋部和双肩上满是水疱和红疹，被背包磨破的地方鼓着肿包，留着深色的血痂。在瘀青、伤口和泥土之下，新长出的肌肉若隐若现，身体上不久前还松垮的部分，如今已经变得紧致结实。

我把浴缸蓄满水，然后用搓澡布和肥皂搓洗全身。不到几分钟的时间，缸里的水被我全身洗下的泥土和血染成了黑色。我把水放掉，又重新接了一缸。

泡在第二遍水中，我把身体往后靠在缸壁上，心中涌起一股前所未有的感激之情。过了一会儿，我仔细地检查了一下我的双脚，只见脚上满是水疱和伤口，几个脚趾的指甲已经完全变黑了。我摸了摸一个指甲，发现这指甲已经几乎与脚趾完全脱离了。最近几天，这个脚趾一直让我疼痛难忍，越肿越大，好像要把我的指甲从上面顶下来似的。但现在，剧痛已经基本消失。我拔了拔那片指甲，随着钻心一痛，指甲掉了下来。指甲原来生长的地方，是一层不像指甲也不像皮肤的东西，呈半透明状，还带有些光泽，好像一小片保鲜膜似的。

吃晚餐时，我对格雷格说："我掉了一个脚指甲。"

"你的脚指甲掉啦？"格雷格问道。

我嘟嘟囔囔地说："只掉了一个。"我意识到其他的脚指甲也有脱落的危险，更觉得自己又蠢又可笑了。

服务生端着两盘意面和一篮子蒜蓉面包朝我们走来。格雷格对我说："可能是因为你的靴子太小了。"

吃晚餐之前，我跟着格雷格一起去了洗衣店，又花去了50美分，所以我更需要在点餐时节省一些了。但自从我俩在桌旁坐下，我就不由自主地点了和格雷格一样的菜品，既点了餐前的朗姆可乐，又对蒜蓉面包来者不拒。吃饭时我极力掩饰，不想让格雷格看出我脑子里正在一个劲儿地计算着餐费。格雷格已经知道我这次旅行的准备有多么仓促了，我不想再在他面前露怯了。

但我就是个名副其实的大蠢瓜。等到我俩拿到账单、加上小费，然后AA制各自付了钱之后，我只剩下65美分了。

饭后我回到房间里，打开我的《太平洋屋脊步道旅行手册》，想读一读下一段路程的情况。下一站是贝尔登镇，到了那儿，我就能领到我那装着20美元现金的装备补给箱了。靠着65美分支撑到贝尔登镇应该没问题，对吧？再怎么说，我也是刚从荒野里摸爬滚打出来的，况且我也没有其他花钱的地方了。我虽然找到了让自己宽心的理由，但仍然心慌意乱。我给丽莎写了一封信，让她用我寄给她的那一点钱去买一本《俄勒冈境内的太平洋屋脊步道旅行手册》寄给我，还把她需要在加州余下的路途中寄给我的箱子重新排了序。我再三检查了补给箱的邮寄清单，把里程和日期地点一一对照，确保万无一失。

关上灯，我躺在咯吱作响的床上准备睡觉。我听到隔壁房间的格雷格也在吱呀作响的床上辗转着，感到他是如此近在咫尺又远在天涯。听着他的响动，我一时间孤独难抑，几乎要痛苦地哀号出来。这扰人的孤寂从何而来，我自己也说不清楚。我并不想和格雷格有什么瓜葛，但同时，我又想占有他的全部。如果我起身去敲他的门，他会是何反应呢？如果他开门让我进屋，我又会做出什么来呢？

我知道自己会做出什么来，这已不是我的第一次了。

“我对待性，挺像个男人的。”一年前，我曾这样告诉一个与我有几面之缘的心理治疗师。他叫文斯，在明尼阿波利斯的市中心一家社区诊所工作。在这个诊所，像我这样的病人只用花上10美元，就能接受像他一样的医生的治疗。

“男人是怎么对待性的？”他问道。

“不带什么感情，”我回答说，“或者说，很多男人都是如此。我也是这样，在性上不投入什么感情。”我看了看文斯，他40岁的样子，深色的头发从中间分开，两鬓的头发就像脸两旁的两只小小的黑色翅膀。我对他没什么兴趣，但如果他站起身吻我，我也会回吻他。我什么都做得出来。

但他并没有起身，只是缄口不言地点点头，那沉默之中既有怀疑也有相信。终于，他开口问道：“有谁在感情上抛弃你了？”

“我不知道。”我一边说一边别扭地笑笑。我的目光没有落在他的身上，而是盯着他身后挂着的一张带框的海报。海报的背景是黑色的，上面有一个白色的旋涡，想必是银河吧。正对着旋涡的正中有一个箭头，箭头上方写着“你在这里”。这是一幅在T恤和海报上随处可见的画，我一直不太喜欢，不知道这画的基调是喜还是忧，也不知道它到底意味着我们的生命是重如泰山还是轻若鸿毛。

“如果你指的是我的感情生活，我可以告诉你，”我说，“从没有人跟我提过分手，每次分开都是我提出来的。”我的脸霎时火辣辣的，我发现此时自己的双臂交叠在一起，双腿也相互缠绕在一起。这是瑜伽中的鹰式，是个特别拧巴的姿势。我试着放松下来用正常的姿势坐正，但还是浑身紧紧的。我不大情愿地和他交换了一下目光，强装笑脸地问，“我是不是该把我父亲的事儿说出来了？”

母亲一直是我生命的重心。但与文斯一同坐在这间屋里， 提到父亲，我顿时感到心里堵得慌。十几岁时，我把“我恨他”挂在嘴边，但现在，我连自己也说不清对他究竟是什么感情。他就像我脑中播放的一段家庭录像，录像的旁白断断续续、模糊不清。录像中既有戏剧性的“大场面”，也有被打乱顺序、让人摸不着头脑的场景，这可能是因为我对他的大部分印象都是我7岁之前发生的事情吧。我记得父亲曾怒不可遏地把装满食物的盘子摔在墙上，还记得他骑在母亲的胸口掐她的脖子、把她的头往墙上撞的场景。5岁时的一个深夜，他把我和姐姐从床上抱起来，问我们愿不愿意和他一起永远离开这个家，而母亲则站在一旁，身上淌着血，把熟睡中的弟弟紧抱在胸前求他停下来。我和姐姐没有回答，只是一个劲儿地哭着。他双膝跪在地上，用额头抵着地板，撕心裂肺地大喊着。那绝望，让我以为世界末日就要到了。

有一次，父亲大发雷霆，扬言要把母亲和她的孩子剥光衣服扔到大街上，好像我们几个孩子不是他的亲骨肉似的。那是一个冬日，当时我们住在明尼苏达，我还在把任何话都完全当真的年纪，所以认为他定会说到做到。我的脑海中浮现出我们四个人赤裸着身体、一边尖叫一边在冰冷的雪地上奔跑的场景。我们搬到宾夕法尼亚州后，母亲因为要去上班，所以让父亲在家里照看过我们几次。他看管得不耐烦后，就命令利夫、卡伦和我到后院去，把我们关在房子外面。我和姐姐站在外面，握着刚开始蹒跚学步的弟弟黏糊糊的小手。我们在草地上一边走一边哭，等到把伤心事儿忘到九霄云外后，就玩一会儿过家家或者扮演一会儿马术比赛的主持人。玩厌了之后，我们就走回房后，一面敲后门一面气愤地大叫。我清晰地记得那扇后门以及通向后门的三阶混凝土台阶，我站在台阶顶上踮起脚尖往窗户里张望的情景，也深深地印在我的脑海中。

我脑中的录像没有多少愉快的记忆，不足以组成影像。愉快的记忆像是一首诗，也只是一首短诗。我记得，父亲酷爱约翰尼·卡什和艾弗利兄弟二重唱，记得他从工作的杂货店里给我们带回家的巧克力棒，记得他怀揣的那些远大理想，以及他对那些遥不可及的理想赤裸裸的热盼，让年幼无知的我也不禁跟着他一同感伤。他爱唱查理·里奇的一首歌《喂，你有没有见过这世上最美的女孩儿？》，他说这歌唱的就是我、姐姐和母亲，说我们是这世上最美的女孩儿。但这段回忆也被溅上了污点，因为他只有在想把母亲哄回来时才会说这样的话。他说一切都会好起来的，他向母亲发誓，说自己绝不再重蹈覆辙了。

但他却一次又一次地重走老路。他是个花言巧语的骗子，是个践踏人心的畜生。

母亲一次次地出走，又一次次地重回他的身边。我们从来不走远，因为我们无处投奔。亲戚不在身边，母亲也不愿家丑外扬。美国第一家为受虐妇女开设的庇护所直到1974年才投入使用，而母亲直到那一年才下决心与父亲一了百了。在此之前，母亲只能带着我们连夜开着车在路上跑，我和姐姐睡在后座，看着仪表盘上幽幽的绿光，睡一会儿醒一会儿。利夫则和母亲一起坐在车的前排。

早晨，我们又回到了家里。父亲的酒醒了，一边做炒鸡蛋，一边又哼起了查理·里奇的那首歌。

我5岁时，我们全家从宾夕法尼亚搬到了明尼苏达。一年后，当母亲终于决意与父亲断绝关系时，我边哭边恳求她不要这么做。在我看来，离婚是天底下最糟糕的事情。不论怎么说，我还是爱父亲的。我也知道，母亲一旦和他离婚，我就会失去他。事实果然如此，他俩一刀两断之后，我们姐弟三人和母亲留在明尼苏达，父亲则回到了宾夕法尼亚，只是偶尔与我们有点联系。每年我们都会收到一两封寄给卡伦、利夫和我的信，我们欢天喜地地把信拆开，但信上却满是对母亲的谩骂，说她是个荡妇，是个靠政府救济过日子的婊子。父亲发誓说他终有一天会找到我们，让我们把欠他的债还清。

“但父亲并没有报复我们。他俩离婚后，我意识到父亲不在身边虽然很不幸，但其实却是件好事，因为从那以后我们家再也不会发生家暴了。想想看，抚养我的人如果是父亲，那我的生活真不知会是什么样呢。”第二次也是最后一次接受文斯的心理辅导时，我这样告诉他。又一次见到文斯时，他解释说他要离职了，还给了我另一位心理治疗师的名字和电话。

文斯反驳道：“想想看，你要是像正常人一样有一个爱你的慈父，那你的生活又会是什么样呢？”

我苦思冥想，却一无所获。我不能把父爱简单地列成一张清单，也从中体会不到爱、安全感、信赖感或归属感。父亲并没能给我们应有的父爱，他就像文斯背后那张写着“你在这里”的海报上的白色旋涡一样，蕴含着万千细节，却令人捉摸不透。而我从未从这白色的旋涡中得到些什么，因而恐怕也无法在其中找到属于自己的立足之地了。

文斯又问：“你的继父呢？”说完，他低头看着腿上放着的记事本，读着自己在上面写的笔记。那笔记十有八九是关于我的。

“你说艾迪呀，他也离我而去了。”我轻描淡写地回答道，一副完全不以为意的样子，仿佛这是件可乐的事情。“这事儿说来话长了，”写着“你在这里”的海报旁边挂着一只时钟，我面对着钟说，“时间快到了。”

“这下课铃打得多及时啊。”文斯说完，我俩都笑了。

塞拉城昏暗的灯光透过窗棂洒进屋里，“怪兽”的轮廓影影绰绰，道格送我的羽毛就插在“怪兽”的支架上。我想起了乌鸦学，不知这羽毛真的是虚无的象征，抑或只是一件我一路带在身上的普通物件。我既是个信仰者，也是个怀疑者，既想要找一个心灵的依托，又对这所谓的依托半信半疑。我不知道该信仰什么，不知道这信仰到底是否存在，甚至对这扑朔迷离的“信仰”一词的含义也是一知半解。在我看来，万事万物都是虚实难辨的。母亲在她弥留于世的最后一周，曾躺在医院的病床上对我说：“你是个爱探索的人，和我一样。”但我并不知道母亲想要探索的是什么，她知道自己想要什么吗？这个问题我从未问过母亲，即便她亲口告诉我，我也会将信将疑地逼着她从精神层面上解释清楚，非要让她拿出可以说明问题的证据不可。但即便是证据充足的事情，其实也不能让我信服。母亲离开后，每个人都劝我：“你该找个心理治疗师看看。”在徒步旅行前那段最黑暗的日子里，我终于听从了众人的劝告。但我并没有把这太当真，我没有联系文斯推荐给我的另一位心理治疗师。我的问题是心理治疗师无力化解的，一个坐在四壁之中的人，又怎能抚平我的创伤呢？

我从床上起身，在赤裸的身体上裹了一块毛巾，赤着脚走到了走廊上。我经过格雷格的房门，走到了浴室里，把身后的门关上，拧开水龙头，钻进了浴缸。热腾腾的水仿佛充满了魔力，哗哗的水声如雷鸣般充斥着整个房间。我关上水，被一片前所未有的寂静吞噬其中。我把背靠在坡度正合适的浴缸壁上，双眼盯着墙。突然，我听到外头有人敲门。

“谁呀？”我喊道，但门外的人没有应声。我听到脚步声在走廊上越走越远，又喊了一声：“里面有人。”但这不是明摆着的事吗？浴室里的确有人，这个人就是我，是我在这里。我生出了一种许久没有过的感觉，我觉得我身体中住着的那个自己，在深不可测的银河系中占据了我的位子。

虽然我浑身已经很干净了，但我还是从浴缸旁的架子上取下一条毛巾，在身上搓了起来。我把脸、脖子、喉咙、胸口、肚子、后背、臀部、双臂、双腿和双脚全部搓了个遍。

“你们出生后，我做的第一件事就是把你们浑身上下亲了个遍。”母亲曾经这样对我们姐弟几个说，“我数着你们的每根手指、每根脚趾、每根睫毛，还用手勾勒出你们的手的轮廓。”

这些事情虽然我自己不记得，但母亲的话却永世无法磨灭。这些话和父亲威胁说要把我从窗户扔出去一样，深深烙在我的心里，甚至印得更深。

我靠着浴缸壁闭上了双眼，把头慢慢沉入水中。小时候我也曾这样做过，那时的感觉又一次回到了我的身体里，仿佛一沉入这水中，这浴室中的现实世界便消失不见，变成了一个陌生而神秘的异界。在这里，现实的声音和触感都变得模糊不清，既遥远又缥缈，而平时很少听到的声音和很少感到的触觉，却悄然出现。

我只是刚刚上路而已。虽然只在步道上待了三周，但我的一切仿佛都有了焕然一新的感觉。我躺在水中，尽量把气憋得长一些。我独自一人置身于这新的世界中，而周围的现实世界则在我身边滚滚向前。

永不迷失

我已经成功绕过了积雪，脱离险境。我盘算着：绕过了积雪，加州剩下的路途必定会一帆风顺。然后，我就可以穿过俄勒冈州到达华盛顿州了。我新定的目的地是一架横跨哥伦比亚河的大桥，也是两个州的州界，这座桥便是“众神之桥”。要到达这座桥，我需要在步道上行进1 000英里，虽然我至今只走了大约170英里的路程，但我的脚力已一日强过一日了。

早上，我和格雷格出了塞拉城，沿着路肩走了1.5英里，到达了公路和步道的交叉点。我们一起沿着步道走了几分钟，然后停下来相互道别。

“这山被称作‘痛苦之山’，”我指着沿着步道生长的低矮的绿色灌木的方向对格雷格说，“起码我的旅行手册上是这么说的。真希望它不要山如其名。”

格雷格回答说：“我想它可能是名副其实吧。”格雷格果真说对了，在眼前大约13英里的路途中，步道的海拔将会骤升3 000英尺之多。我已经为这一天做好了准备，“怪兽”的肚子里此时囤了足够一周吃的食物。格雷格用他棕色的眼睛看着我的双眼说，“祝你好运。”

“也祝你好运。”我把他揽过来，给了他一个紧紧的拥抱。

“要坚持住哦，谢莉尔。”说完，格雷格转身离去。

“你也是。”我在他的背后冲着他喊道，好像他还需要我的提醒似的。

不到10分钟，格雷格就从我的视线中消失了。

怀着激动的心情再次踏上步道时，我已经比下步道的时候北移了

450英里。塞拉高地上那被雪覆盖的山峰和高耸的花岗岩峭壁早已不见了踪影，但这步道对我来说依然熟悉，颇有似曾相识之感。我虽看过了连绵无尽的群山和大漠景致，但最熟悉的还是那两英尺宽的步道。我的双眼已经习惯了紧盯着步道，看看有没有树桩、树杈或石头，抑或警惕着有没有蛇出没。这步道有时泥泞黏脚，有时尘土飞扬，有时覆满了石块，有时铺撒着石砾，有时又落满层层松针。步道的颜色有时是黑色的，有时是灰色或棕色的，有时还会发出如奶油硬糖一般的浅黄色。但这里终究是太平洋屋脊步道，此处就是我的归宿。

我走过一片松树、橡树和北美翠柏混生的树林，在一小片道格拉斯雪松从中沿着“之”字形的步道往上攀登。这个早晨的阳光十分明媚，但我在往上爬的途中竟一个人影也没有碰到。但是，我依然隐隐有种格雷格就在身边的感觉。而每往前走1英里，我脑海中他那一如既往神速前进的身影与我的距离越拉越大，他的存在感也一点点变淡了。穿过郁郁葱葱的树林，我来到一道没有树荫遮挡的山脊上。脚下，是延绵数英里的峡谷。峡谷的上方，耸立着岩石嶙峋的孤峰。中午时分，我已经爬到了海拔7 000英尺的地带，虽然接连数天没有降雨，但步道却变得泥泞起来。转过一道弯后，我终于看到了一片积雪。之所以说是一片积雪，是因为我觉得这积雪总有个尽头。我站在积雪的边缘寻找格雷格留下的足迹，但却遍寻不到。这积雪不在坡道上，而是覆盖在一片稀疏的树林中平坦的地面上。这自然是件好事，因为我的冰镐已经不在身上了。早晨和格雷格出塞拉城时，我把冰镐留在了市邮局供徒步者免费拿取的杂物箱里。虽然冰镐价值不菲，但我没有余钱把它寄给丽莎，加之我觉得在今后的路上肯定用不着它了，因此也不想把它带在身上。如此这般，我只得忍痛割爱。

我把登山杖戳进雪中，踏上了湿滑的雪地，走走停停地往前挪步。

我时而从冰面上溜过，时而一脚踏进没过小腿的积雪中。没走多久，积雪便从脚踝处钻进靴子里，我的小腿被雪冻得生疼，仿佛有人正用一把钝刀剜我的肉一般。

步道被这积雪盖得严严实实的。寻不到步道的踪迹，这才是最令我担心的问题。我手拿从旅行手册上撕下来的书页，不时地停下来一字一句地读着上面的内容。我宽慰自己：幸亏路线还算一目了然。然而一个小时后我又停下了脚步，一股恐惧感霎时间涌上了心头：我到底在不在步道上呢？我在周围的树木上偶尔会看见用钉子固定的菱形小铁牌，那便是步道的标志。而从刚才起，我却连一个标志也没有看到。但我也无须为此乱了阵脚，因为根据经验，太平洋屋脊步道的标志并不一定百分之百可靠。在有些地段，每隔几英里就能看到这些标志牌，而有时，我连走数日也不会碰到一个。

我从短裤兜里掏出这个地区的地形图，谁料却带出来一枚5分硬币。我顶着背包的重量，摇摇晃晃地弯腰去捡落入雪中的硬币。但手指触到硬币时，它却越陷越深，没了踪影。我在雪中吃力地摸索了一阵，但只是枉费功夫。

现在，我只剩下60美分了。

我想起了拉斯韦加斯的那枚5分硬币，我把那枚硬币塞进投币口，一下子就赢回了60美元。想到这里，我不禁哑然失笑。我觉得，这两枚5分硬币之间隐隐有什么联系，但这只是我站在雪地中毫无根据的突发奇想罢了，个中缘由我也说不清楚。或许，遗失这枚硬币与代表着虚无的黑色羽毛一样，都是吉运的征兆吧。或许，我并没有如自己想象的那样身陷困境。或许，在下一个转角处，我就能重见天日了。

我身上只穿着短裤和被汗浸湿的T恤，站在雪地上瑟瑟发抖。但在弄清楚自己所处的位置之前，我还不能贸然前进。我打开旅行手册，读着上面有关这一地带的内容："顺着步道，你会看到一条两旁生长着灌木、沿坡而上的道路。"这句话可能说的就是我刚刚经过的那个地方，"沿着路一直走，坡度渐趋平缓，你会看到一片开阔空地……"我缓缓地转了一圈，环视了一下四周：这里是不是书中说的那片空地呢？答案看起来似乎显而易见，但其实不然，因为我身边的一切，此时都被白雪覆盖着。

我的指南针在背包上的一条绳子上挂着，紧挨着那只世界上最响亮的口哨，我伸手把它够了过来。在步道上挨过了艰难的第一周后，我曾经使用过一次这个指南针，但从那之后就把它抛在了脑后。我拿着指南针与地图对比了一番，千方百计地想要推测出我所处的位置。我踏着雪，没有把握地向前小步挪着，时而从冰面上溜过，时而一脚陷入雪里。每前进一步，我的小腿和膝盖都因与雪摩擦而越发疼痛。一小时后，我在一棵满是积雪的树上看到了标着"太平洋屋脊步道"的菱形铁牌，终于长舒了一口气。虽然不知道自己的具体位置，但我知道，我在步道上。

傍晚时分，我走到一条山脊线上。放眼眺望，是一片被雪覆盖的盆地。

"格雷格！"我大喊道，想看看他是否在附近。我一整天都没有寻到他的踪迹，但我一直企盼着他能出现。希望这积雪能让他的脚步慢下来，好让我赶上他，和他在雪中做个伴儿。我隐约听到一声呼喊，应声望去，在积雪盆地另一侧的山脊上，有三个滑雪者。我脚下的山脊和他们所在的山脊相邻。我虽能听到他们的声音，但却听不清具体说的什么。三个人冲着我使劲挥了挥手臂，我也向他们挥手。我们之间隔着一段距离，加之三个人身上都穿着厚厚的滑雪服，因而我无法判断出对方是男是女。

“这是什么地方？”我隔着中间大片的积雪冲他们喊道。

“什么？”三个人的声音模糊得根本听不清楚。

我一次又一次地重复刚才的话：“这是什么地方？这是什么地方？……”喉咙都喊得沙哑了。我虽然对自己身在何处大致心里有数，但还是想听听他们的说法，好让我吃颗定心丸。我一遍又一遍地询问，但他们还是听不清楚，因此我使出吃奶的劲儿试了最后一次，用力过猛，差一点把自己从山脊上甩了出去：“这是什么地方？”

他们一时间没有回话，看来这次终于听清楚了。然后，三个人异口同声地喊道：“加利福尼亚！”

看到他们前仰后合的样子，我知道他们在笑话我。

“多谢啦！”我带着讽刺地回答，但声音却在风中飘散了。

他们又冲着我喊了些什么，但我没能听清。他们几次三番地重复，但声音仍是含混不清。最后，他们把问题一字一字地拆开喊，我终于听清楚了。

“你——迷——路——了——吗？”

我迟疑了片刻。如果我回答说是，那么他们肯定会设法营救我，那我就得跟这荒凉的步道诀别了。

我大声应道：“没有！”我才没迷路呢。

我只是“前不见古人，后不见来者”罢了。

我环视了一下四周的树木，看见渐渐变暗的阳光从树枝之间斜射下来。夜幕就要降临了，我必须找个扎营之所。看来，我只得在雪中扎营、在雪中醒来，然后继续在雪中上路了。我花了那么多心思想避开积雪，可到头来还是没能逃出雪的掌心。

我继续前进，终于找到了一处勉强能扎营的地点。说是勉强，其实也只是一棵树下的一小片冻成冰的积雪罢了。但我又有什么选择余地呢？我把所有的衣服都穿在身上，外面再罩上一层雨衣，然后钻进了睡袋。我把水瓶塞在身边，以防里面的水冻结成冰。虽然冷，但我还能勉强支撑。

一早醒来，帐篷壁上满是雾气，是我夜晚哈出的气液化而成的。我静静地睁着眼躺了一会儿，迟迟不愿起身面对外面的雪。帐篷外鸟声啼啭，我虽不知道这些鸟的名称，但却早已熟悉了它们的鸣叫声。我坐起身来，拉开帐篷门的拉链，探头向外看着几只鸟儿在树与树之间穿梭着，它们外貌朴实，但却身姿绰约。对我的存在，它们丝毫不以为意。

我拿出水瓶，往锅里倒了些水，加入豆奶，搅拌后又放入一些即食燕麦片，然后坐在帐篷的门帘前，一边吃一边祈祷着我此时还在步道上。我站起身来，用一捧雪刷了刷锅，然后环视了一下四周。我的身边满是从冰冻的积雪中露出来的石块和树木，我惊叹于这广袤无垠的荒凉美景，但心中还是有些不安。是该继续前进还是转身回头呢？其实我心中早就有了答案，这答案已经深深烙在了我的身体之中：我当然要选择前进。历经艰辛到达此地，我又怎能半途而废呢？往回走自然是比较理智的选择，因为我可以循着来时的路回到塞拉城，然后从那里搭车再往北多走一些，绕开积雪带。这么做是安全之选，也合乎情理。或许返回才是正确的选择吧，但是我决心已下，绝不回头。

我赶了一整天的路，时而跌跌撞撞，时而在冰上滑行，时而步履艰难地向前挪移。由于把维持平衡的登山杖握得太紧，我的一只手上磨出了水疱。我换了另一只手去握登山杖，那只手也遭遇了同样的命运。每来到一个弯道，每越过一处山脊，每跨过一片草地，我都盼着前方不再有积雪。但好景不长，虽然积雪偶尔会有消融之势，但不出多久又会卷土重来。我盯着裸露出来的土地，在心中暗想：这到底是不是太平洋屋脊步道？但我无从考据，只能等待时间给我答案。

我挥汗如雨地一路前行，四周寒气侵肌裂骨，虽然我没穿多少衣服，但我的后背与背包接触的地方却湿了一大片。而只要停下脚步，不出几分钟，我那湿漉漉的衣服便会变得冰凉，我也随之瑟瑟发抖。我的肌肉终于开始适应了这种长距离徒步旅行带来的挑战，但除了在背包的重压下挺直腰杆外，新的挑战便会接踵而至。如果脚下的路有坡度，那么我每走一步都得在雪中踏出我下脚的小洞，以找到立足点。不这么做，我要么会顺着山坡滚落下去，摔到山下的石头、灌木和树木上，要么就直接落入万丈深渊、粉身碎骨了。因此，我丝毫不敢怠慢，每走一步之前都要在积雪中踏出小洞。我想起格雷格曾在肯尼迪草原教过我如何用冰镐凿出下脚的小洞，在心中近乎疯狂地想念我的冰镐，一次次地勾勒着那遭人遗弃的冰镐在塞拉城的杂物箱中静静躺着的样子。我用力地踩入雪中，死命地紧攥着登山杖，双脚磨出了新的水疱，旅途刚刚开始时磨出水疱的地方愈加严重了。臀部和双肩上的伤口由于“怪兽”的磨蹭，仍然没有愈合。

我像个步道忏悔者一般继续前行，但进度却慢得让人抓狂。平日里，我大致一小时能走2英里，但在雪中徒步却完全不同：我不仅速度慢了许多，而且对前进的方向也没有把握。我本打算花六天时间到达贝尔登镇，但我在准备六天的食物时，对将要遇到的挑战还毫不知情。在如此恶劣的环境下度过六天，简直无异于一项不可能的任务。这不仅因为在积雪中前进是对体能的一大考验，还因为我每跨出一步都需要经过精心计算，好让自己不偏离步道。我手拿着地图和指南针，绞尽脑汁地回忆着早已被我烧掉的《永不迷失》中的内容。书中介绍了三点测量法、两点相交法、托架法等一系列技巧，即便在手中有书的时候，这些技巧也把我扰得云里雾里，而现在我更是两眼一抹黑了。我从小就对数学不大开窍，脑子里怎么也装不下那些公式和数字。数学一直是一门让我摸不着门道的学科，在我看来，这世界并不是一张图表，也不是一道公式或等式，而是一个故事。因此，我大多依靠旅行手册上的叙述性文字作指导，几次三番地阅读这些文字，用文字和我手中的地图作对照，试着推测出每个词语和每段文字的细节和意图。这真像是在解答一道标准化考试的问题一样：如果谢莉尔沿着山脊以每小时1.5英里的速度向北前行，她在一处鞍状山脊上看到东边有两处矩形的湖泊，并从此向西前进，那么，她现在是否正站在7503号山峰的南侧呢？

我不停地猜测着，时而潜心研读，时而驻足观察，时而估算计数，然后才小心翼翼地相信自己做出的判断。幸好，这段步道上有不少助我识路的记号，但与此同时，一些常常出现在眼前的山峦峭壁和池塘湖泊却为寻路平添了几分难度。我心中的感觉一如刚从内华达山南边的起点踏上步道时，仿佛我正立于世界之巅，俯瞰着这世间万物。我走过一条条山脊，当看到阳光将积雪融化后裸露出的一片片土地时，心中的巨石仿佛一下子轻了不少。当眼前出现与地图上的图画和旅行手册上的描述相符的水域或岩层时，我因狂喜而浑身颤抖起来。那时候，我心里踏实，浑身充满了力量。但没过多久，当我不得不驻足重新判断周围的环境时，我又开始对当初选择继续前进的决定后悔不已。我走过看似一小时前刚刚见过的树木，心里也因为害怕故地重游而打起鼓来。我抬眼远望连绵的山峦，却发现这山与我之前见过的似曾相识。我在地上四下寻找足迹，希望能找到证明这里除了我以外还有活人走过的蛛丝马迹，但却劳而无功。我看到的，只有动物留下的足印。其中，有兔子留下的浅浅的呈“之”字形前进的印记，也有或许是豪猪或浣熊在跑跳时留下的足迹。起风时，树叶拍打的簌簌声仿佛为空气注入了活力，而有时，皑皑的白雪却又将天地万物笼罩在无边无际的静谧之中。除了我以外，万物仿佛都是虚无缥缈的。头顶的那一抹穹窿，无须为它身在何处而劳神操心。

虽然明知不会有人应声，但我仍然会不时地大喊一声：“有人吗？”我需要听到点儿人声，即使这声音只是我自己的也行。我相信我的声音是我的保护神，福佑我不在这冰天雪地的荒野中永远地迷失。

走在路上，我脑中的串烧歌曲电台又炸开了锅。保罗的声音偶尔会盖过电台的声音，告诉我独自一人在这天寒地冻中跋涉是多么愚蠢。如果我再也回不去了，他一定会帮我把后事打理得妥妥帖帖。虽然我俩已经离婚，但他仍是我最亲的亲人，抑或说，他至少是个能井然有序地帮我料理后事的人。去年秋天我俩从波特兰开车到明尼阿波利斯时，他把我狠狠地批了一顿。那时，他刚刚把我从海洛因和乔的“魔掌”中解救出来：“你知道吗，那东西说不定会要了你的命！”他的口吻中满是憎恶，好像他真有点儿巴不得我已经死了，这样，我的死就能证明他是正确的了，“你每吸一次毒，就像是在玩俄罗斯轮盘，和举着手枪抵在头上拿命赌有什么区别？你又不知道哪次扣动扳机的时候子弹会真射出来。”

我理屈词穷，无以辩驳。保罗是对的，只是当时我还没有意识到。

顺着一条路剖析自己——但愿它是太平洋屋脊步道——与吸食海洛因，是完全不一样的。逼着自己踏入这茫茫雪原，带给我前所未有的醍醐灌顶的感觉。我虽然对前进的路没有把握，但却始终坚信这样的选择是正确的，仿佛单单为了前进而做出的努力就已经被赋予了某种意义。仿佛单纯地置身于这圣洁的荒蛮之美中，就意味着我也可以如此圣洁无瑕，无论我曾遗失过什么，无论别人曾从我这里掠夺过什么，无论我对别人做了什么不光彩的事，也无论别人为我抹过什么污点。虽然我对许多事情都抱着将信将疑的态度，但对这一点，我却深信不疑：我，是这纯净荒野的一部分。

带着既忧郁又兴奋的复杂心情，我在沁凉的空气中向前迈着步。阳光透过树杈熠熠闪烁着，虽然我戴着太阳镜，但雪地反射的阳光还是非常刺眼。周围仍满是积雪，但我发现这雪每分每秒都在我的四周悄然消融，渐渐变得少起来。积雪的消融，竟如一窝嗡嗡作响的蜜蜂一般充满了生机。积雪融化的声音偶尔像汩汩的水声，仿佛一弯埋在积雪之下的小溪正在潺潺流动。有时，融化的积雪会从树枝上大片大片地倾泻而下。

离开塞拉城的第三天，我坐在帐篷敞开的门旁弯着腰处理脚上的水疱，突然意识到前一天是国庆节。我在脑中栩栩如生地勾勒着我的好友以及万千美国人民在少了我的国庆日里欢庆的情景，不禁感到自己与他们越发疏远了。毫无疑问，他们一定又是开派对又是办游行的，把皮肤晒得红红的，还铁定开了焰火大会，但我却形影相吊地待在这冰天雪地中。突然之间，我仿佛从空中看到了自己的身影，在这白雪和绿树组成的世界中，我渺小得犹如沧海一粟，和林中每只不知名的鸟儿一样微不足道。在这荒野中，7月4日（美国国庆日）和12月10日又有什么区别呢？对于所谓的日期，群山丝毫不以为意。

第二天早晨，我在雪地中走了几个小时后，来到一片开阔的空地。地上有一棵倒下的大树，树干上既没有积雪也没有树枝。我把背包取下，爬到了粗糙的树干上，然后从包里取出几条牛肉干，坐在树上边吃边痛快地往嘴里灌水。不一会儿，一团火红色的东西从我的右手边闪电一般蹿了出来，原来是一只狐狸。它的爪子无声地落在雪地上，双眼直勾勾地凝视着前方，连看也没有看我一眼。虽然我坐的位置十分显眼，但它仿佛对我的存在毫无觉察。狐狸在我正前方大约10英尺的地方停了下来，转过头来平静地朝着我的方向看了看。它用鼻子嗅了嗅，并没有与我的目光相会。从外表看，它兼备猫科和犬科动物的特征，小巧的面庞轮廓分明，身体灵活而机敏。

我的心怦怦直跳，虽然想赶紧爬起来跳到树后躲起来，但还是抑制住了冲动，只是一动不动地静坐在原处。我不知狐狸下一步会做什么，虽然觉得它不至于伤害我，但心中仍不免有些担心。这只狐狸虽然不过及膝高，但无可辩驳，它是这儿的强者。它身形矫健，身上每一根毛发都在彰显着它的优势。只需一眨眼的工夫，它就能把我治得服服帖帖。这是它的地盘，在这儿，它是毋庸置疑的老大。

我用最轻柔的声音叫了一声："狐狸。"仿佛只要叫出了它的名字，我就既能对它有所防备，又能拉近与它的距离。它抬起骨骼分明的火红脑袋，一动不动地打量了我几秒钟，然后毫无戒备地转身离开了。它走过空地，渐渐消失在了林海之中。

"回来呀。"我轻声呼唤着。突然，我提高声音大喊道，"妈妈！妈妈！妈妈！"这个词毫无征兆地就从我口中溜了出来。

然后，这喊声戛然而止，我陷入孤寂，精疲力竭。

第二天早晨，我走到了一条公路上。我曾在前几天穿越过被积雪覆盖、比这条路要狭窄和坑洼的越野车道，但一直没见到如此宽广和笔直的公路。看到这路，我惊得差点双膝跪地。白雪皑皑的山峰诚然壮美，但公路毕竟和我来自"同一国度"。如果这就是我所想的那条路，那么能到达此地就不得不说是一次胜利。这意味着，我的确是沿着太平洋屋脊步道前进的，也意味着无论沿着公路的哪个方向走，我不出几英里就能见到城镇了。我终于能够看到我所熟悉的7月初的景致了。我卸下背包，在坑坑洼洼的雪地上坐下，思索着下一步的行动。如果我所在的地方与我的估计相符，那么就是说，自从离开塞拉城后，我已经在四天里走了43英里。但是由于我不大会用地图和指南针，所以我的实际脚程可能比这还要多。我离贝尔登镇还有55英里，途中的路大多被雪掩盖，而我身上只有供几天吃的食物了，肯定不够维持路上的需求。因而我放弃了贝尔登镇，沿路朝一个名叫昆西的小镇的方向走去。

这条路和我前些天走过的寂静无声而满是积雪的荒野很像，不同的是，现在我不必再每过几分钟就停下来辨认方向了。我沿着道路朝前走着，脚下的积雪渐渐变成了泥路。旅行手册上并没有提及到昆西的具体距离，只是说“需要走一整天才能到”。于是我加快了脚步，祈盼能在傍晚前到达。但是，口袋里只有60美分，我在那里又能做些什么呢？

上午11点，我转过一个弯道，看到一辆绿色的越野车停在路边。

“你好。”比起在冰天雪地的荒野中喊出这个词时，现在我警惕了许多。没有人应声。我朝越野车近前走去，往里看了看，车的前座上搭着一件带帽子的毛衣，仪表盘上放着一只硬纸咖啡杯。除此之外，车里还有些杂物。看到这里，我激动万分地忆起了自己曾经的生活。我沿着公路继续走了半个小时，突然听到身后传来汽车朝我开近的声音，我转头向后看。

正是那辆越野车。不一会儿，车子在我身旁停下，开车的是一个男人，副驾驶座上坐着一个女人。

女人摇下车窗对我说：“我们往帕克湖度假屋（Packer Lake Lodge）走，要不要搭车？”听到她的话，我不禁心里一沉，但还是向她道了谢，在车的后座坐了下来。几天前我曾在旅行手册上读到过帕克湖度假屋，从塞拉城走小路只需一天就能走到，但由于我决心留在步道上，所以没有打算在那里停脚。坐在车上，前些天朝北行进的一幕幕如电影般在脑海中重现。我历尽千辛万苦才走完的那些路，竟要被这不足半小时的车程一笔勾销了。但无可争辩，坐在车中的感觉的确像入了天堂一般美妙。我在雾蒙蒙的车窗上擦出一小块，看着窗外的树木倏忽而过。车子沿着弯道前进，最高时速虽估计只有20英里，但在我看来还是快得离谱。窗外的景致渐渐变得抽象起来，这景致中不再包含我，只是远远地、静静地待在路两旁。

我想起了那只狐狸。不知它会不会回到那棵倒下的大树边，不知它会不会想起我。它消失在林中之后，我不禁呼唤起母亲来。那呼唤声戛然而止后的寂静在脑中萦绕，那骚动之后的寂静是如此摄人心魂，仿佛将天地万物都吞噬其中：鸟儿的啼鸣声，树枝发出的嘎吱声，消融的积雪，积雪下的涓涓流水，熠熠夺目的太阳，威仪自若的天空，枪膛里没有子弹的手枪，还有我的母亲。当然还有我的母亲，她已经永远地离我而去。

光之山脉

看到帕克湖度假屋，我一下子兴奋起来。这里有一家餐馆，一家卖食物的餐馆。我的嗅觉就像德国牧羊犬一般敏锐，一下车，饭菜的香气便扑鼻而来。我向开车送我的两个人道了谢，虽然囊中羞涩，但我还是朝餐馆走了过去。我把“怪兽”放在门廊上，然后开门走了进去。餐馆里人头攒动，其中以游客居多。餐馆的四周有不少小木屋，游客们多在这些木屋里暂住。我朝柜台走去，毫不掩饰地对着客人盘中的食物垂涎三尺，但似乎没有人注意到我。只见盘子中摆着四周点缀着培根的薄煎饼、分量足足的炒蛋，还有最让我心痒的附带松脆薯条的干酪三明治。此情此景，简直是对我活生生的折磨。

我问收银的女人：“你知道北边的积雪量有多大吗？”她的眼睛正紧盯着端着咖啡壶四处走动的服务员，很显然，她是这里的头儿。我与她虽是初次见面，但我已经有在她这样的人手下工作的丰富经验了。我突然心血来潮：我可以求她让我在这儿工作一个夏天，放弃徒步旅行的计划。

她回答说：“从这儿往山上的雪情基本上都很严重。今年所有的全程徒步者都绕开步道，沿着金湖高速走了。”

“金湖高速？”我顿时慌了手脚，继续问，“前几天有没有一个叫格雷格的男人来过？他40岁左右，头发和胡子都是棕色的。”

对方摇了摇头，但一旁的服务员说，她曾和一位与我的描述相符的徒步者聊过几句，但她不知道对方的姓名。

那个老板娘样子的女人说：“你要是想在这儿吃饭的话，可以找个位子坐一下。”

柜台上放着菜单，我顺手拿起来翻了翻。“你们这儿有没有60美分以下的东西？”我用开玩笑的语气问她，声音小得几乎要被淹没在嘈杂声中了。

“咖啡是75美分一杯，续杯免费。”她回答道。

“其实吧，我的包里还有午饭呢。”说完，我朝门外走去。两旁餐桌上盘中的残羹剩饭，可能只有熊、浣熊和我才心甘情愿下咽吧。我出门来到门廊上，在“怪兽”旁边坐下，从口袋里掏出那60美分。我凝眸盯着掌中几枚银色的硬币，仿佛只要盯得够久，这些硬币就会自动繁殖似的。我想起在贝尔登镇等待我去领的那只装着20美元钞票的箱子。我的确很饿，背包里也的确装着午餐，这都是不争的事实，但此时我已是忧心如焚，早已茶饭无心了。我翻了翻手中的旅行手册，想重新计划一下。

“我刚才在里面听到你在聊太平洋屋脊步道的事儿。”一个女人对我说。她中年模样，身材瘦削，金黄的头发泛着奶白色，剪着时髦的短发，双耳上戴着两只钻石耳钉。

“我要在步道上徒步旅行几个月。”我回话说。

“好棒啊。”她笑了，“我一直觉得有胆量这么做的人挺不可思议的。我知道步道就在那边。”她边说边朝西边摆了摆头，“但是我从来也没上去过。”她朝我靠了靠，我本以为她会给我一个拥抱，但她只是拍了拍我的胳膊，“你不是一个人吧？”我点点头，她哈哈大笑，然后把一只手放在胸前说，“老天哪，你妈妈对你这个决定是怎么看的？”

“她去世了。”我回答说。要是在平日里，我通常会加点儿抱歉的语气，好让这话听上去不那么突兀。但现在我既心烦意乱又饥肠辘辘，早已没气力顾这些了。

“天哪，真是不幸啊！”她的太阳镜挂在一条闪闪发亮的粉珠链上，垂在她的胸前。她伸手抓起眼镜，架在鼻子上。她说她叫克里斯汀，和丈夫以及一对十几岁的女儿住在附近的一间小木屋里。“你想不想跟我一起回去洗个澡？”她向我提议。

克里斯汀的丈夫杰夫在我洗澡的时候为我准备了一份三明治。我从浴室里走出来时，这三明治就摆在盘中，从对角线处一切为二，旁边搭配着墨西哥蓝玉米片和一条腌黄瓜。

“如果你想往里添肉，请不要客气。”杰夫坐在桌子对面，把一盘冷切肉片推给我。他是个英俊的男人，微微有些发胖，深色的头发泛着波浪卷，两鬓的头发有些灰白。从餐馆回小木屋的路程并不长，路上，克里斯汀告诉我杰夫是个律师，他们住在旧金山，每年7月的第一周都要来这里度假。

“那就再添几片肉吧，谢谢啦！”说完，我装出一副满不在乎的样子，伸手去拿火鸡肉。

“先告诉你一声，这肉是有机肉。”克里斯汀说，“这些动物都是人工饲养的。我们在这些方面非常注意。你忘记拿奶酪了。”她责备了杰夫一句，然后就去冰箱取奶酪，“谢莉尔，想不想在三明治上加点儿莳萝哈瓦迪干酪？”

“不用了，谢谢你了。”我礼让了一下，但她还是给我切了一些，端到了面前。我风卷残云般地把奶酪一扫而空，她二话不说，又在案板上帮我多切了一些。她把手伸到玉米片的包装袋里，抓了一把添到我的盘子里，然后又打开一罐生啤，摆在我的面前。即使她把整个冰箱的东西全都掏给我，我也照样能吃个精光。她为我的盘子里添了几次食物，我都只用“谢谢”表示感激。

在厨房的另一头，有一扇推拉式玻璃门。透过门，我看到杰夫和克里斯汀的一双女儿正坐在露台的沙滩椅上，戴着耳机，两人手中分别翻着《十七岁》和《人物》杂志。

“她俩多大了？”我冲她俩的方向点点头，问道。

“一个16，一个快要18了。”克里斯汀回答道，“一个要上高二了，另一个该上高三了。”

两个姑娘发现我们正在看她们，于是抬眼往这边看了看。我朝她俩挥挥手，她俩羞怯地冲我招招手，然后又继续低头看杂志。

“如果她俩有勇气做你现在做的事就好了，真希望她俩能像你一样又坚强又勇敢。”克里斯汀继续说，“但是说起来，还是不要这么大胆比较好。如果她俩有谁敢像你一样出来闯，我真不知道得多担心呢。你自己一个人在外，不害怕吗？”

“有时候也害怕，”我回答说，“但是没有你想象的那么严重。”我身上的衬衣脏兮兮的，湿漉漉的头发往衬衣的双肩处滴着水。我知道自己的衣服臭不可闻，但衣服之下的身体却有一种前所未有的洁净感。在冰天雪地中挥汗如雨地行走了数天之后，这次沐浴简直可以算得上一次神圣的体验，让我在热水和香皂的洗礼中得到了净化。我发现桌子的另一头散放着几本书：诺曼·拉什的《交融》、简·斯迈利的《一千英亩》以及安妮·普罗克斯的《航运新闻》。这些书我都读过，而且都很喜欢。看到这些书的封面，就好似看到了老友的面庞一般，让我有种家的感觉。我冒傻气地胡思乱想着：说不定杰夫和克里斯汀会同意收留我，要真是这样，我就可以成为他们的另一个女儿，也可以一边读着杂志一边在露台上晒日光浴了。只要他们提出来，我一定会满口答应。

“你喜欢读书吗？”克里斯汀问道，“我们来这儿就是为了读读书的。读书是我们的消遣方式。”

“读书是我一日终了后给自己的奖励。”我回答道，“我现在随身带着的书是弗兰纳里·奥康纳的《奥康纳短篇小说全集》。”这本书还完好无损地待在我的包里，这次我并没有一路走一路烧书，因为我知道，有了积雪的阻碍，加上我对行程的更改，领到下一个装备补给箱不知要拖到何时了。我已经把书从头到尾通读了一遍，前一晚，我从第一页开始读第二遍。

杰夫站起身，拿起那本《交融》对我说："这些书你可以随便拿，反正我们都已经看完了。如果你对这几本书不感兴趣，可以试试看这本。"说完，他走进厨房另一头的卧室，不一会儿便拿着一本詹姆斯·米切纳的厚厚的平装书走了出来，把书放在已被我吃得干干净净的盘子旁边。

我看了看那本书，书名叫《一本小说》。我对这本书并没有耳闻，但詹姆斯·米切纳一直都是母亲最推崇的作者。直到离家上大学之前，我一直不觉得喜欢这位作者有什么不妥。在大学里，一位教授曾经问过我喜欢读什么书，听到我的回答后，他不屑一顾地告诉我，如果我真心想当一名作家，就不应在米切纳之流的作家身上耗费精力。他说，米切纳只是个娱乐大众的人罢了。我觉得自己真是愚蠢透顶，当十几岁的我沉浸于他的《波兰》《流浪者》《空间》《沙扬娜拉》之中时，还曾为自己的不随大溜、标新立异而沾沾自喜呢。而大一刚开学的一个月，我就遭了当头一棒：原来，我对所谓伟大的作者的了解是如此浅薄。

一年后，有人在圣诞节送给母亲一本米切纳的《得克萨斯》，而我却嗤之以鼻："你知道吗，那本书从严格意义上来说算不上真正的书。"

"真正的书？"母亲看着我，觉得有些不解又有些好笑。

"我的意思是指正经的书，就是那种值得你花时间去读的真正的文学作品。"我解释道。

"哦，不过告诉你吧，我的时间本来就不怎么值钱。反正我一直都是靠最低标准工资生活的，而且遭人白白剥削劳力的事儿又不是没做过。”母亲轻声笑了笑，用手拍拍我的胳膊，用她一如既往的方式躲过了我的指责。

母亲去世后，艾迪又娶了一个女人。那个女人搬进家里后，我把自己所有想要的书都从母亲的书架上拿了下来。我拿的书里，有20世纪80年代初我们刚搬到农场上居住时母亲带来的书：《有机栽培百科全书》《双人瑜伽》《北方野花鉴》《用床罩做衣服》《扬琴乐谱》《面包烘焙入门》《用植物治病》，以及《我总是要查查“糟糕”这个词》。还有母亲在我学会识字之前曾一章一章读给我听的书：未删节版的《小鹿斑比》《黑骏马》以及《大森林中的小房子》。除此之外，还有她在去世前几年的大学生涯中购得的书：波拉·甘·艾伦的《圣杯》、汤婷婷的《女战士》、切利·莫拉格和格洛里亚·安泽尔杜尔合著的《吾背是座桥》、赫尔曼·梅尔维尔的《白鲸记》、马克·吐温的《哈克贝利·费恩历险记》以及沃尔特·惠特曼的《草叶集》。但母亲至爱的詹姆斯·米切纳的书籍，我却没有带走。

“谢谢你。”我手拿着《一本小说》对杰夫说，“如果你愿意，我可以拿这本弗兰纳里·奥康纳的书和你换，这本书也挺不错的。”如果他不要这本书，我准备当天晚上就在树林里把这书烧掉，但我并没有提这一点。

“太好了。”他笑着回答道，“我觉得换你的那本书，我真是赚到了。”

吃完午饭后，克里斯汀开车把我送到了昆西的护林员小站。我找到一位护林员询问，可他对太平洋屋脊步道的情况知之甚少，因为步道上仍存有积雪，因此他今年还没上去过。

听说我是从步道上下来的，他大吃了一惊。我回到克里斯汀的车子里，打开旅行手册查找自己所在的位置。从我们所在的位置往西走

14英里，便是公路与步道的交叉口，从那里回步道估计算是最明智的选择了。

“那几个女孩子可能知道路。”克里斯汀朝着停车场另一侧的加油站指了指。那儿站着两个女孩，两人身旁有一辆货车，车的侧身喷涂着一个野营地的名字。

我向她们做了自我介绍，几分钟后，我与克里斯汀拥抱道别，然后爬进了那辆货车的后座。这两个姑娘都是在夏令营做暑期工的大学生，她们的目的地恰好就在步道和公路交叉口往后走一点的地方。两人表示很乐意载我一程，但是我得在她们忙公事的时候等她们一下。两人在食品店购物时，我便在停车场坐在货车的阴凉中读《一本小说》。空气又湿又热，与当天清晨积雪带的夏日完全是截然不同的感觉。我读着手中的书，感觉母亲仿佛就在身边，那感觉如此强烈、如此真切，让我几乎无心读下去。我为什么要对她对米切纳的喜爱不屑一顾呢？其实，我自己也很喜欢米切纳呀。不到15岁时，我就把他的《流浪者》反复读了不下四遍。令我追悔莫及的事情太多太多了，这也算是在我这个年纪失去母爱的一个弊端吧。回想起这些小事，我至今仍隐隐作痛。我用不以为然的白眼回应她的关爱，还厌恶地躲避开她的爱抚。我曾对她说：“你看，21岁的我要比你21岁的时候明智多了，是不是特别不可思议？”年少时的傲慢轻狂，让我现在想想就反胃。我曾是个多么狂妄自大的白痴啊！而母亲，就是在那段时间离开了人世。不可否认，我是个孝顺的女儿，毋庸赘言，我也在她需要我的时候尽了一份孝心。但我还可以做得更好，可以像我逼她称赞我的那样成为一个名副其实的“世上最好的女儿”。

我把《一本小说》合上，浑身无力地瘫坐在地上，被这无尽的悔恨吞噬。两个女孩子从店里推着手推车回来了，我们一起把推车里的袋子放上货车。两人比我要小四五岁的样子，头发和脸庞打理得干干净净、光彩照人。两人都穿着运动短裤和背心，手腕和脚踝上系着用纱线编成的五彩饰品。

“我俩刚刚还在说呢，你一个人徒步旅行挺危险的。”我们把袋子搬上车后，一个女孩对我说。

另一个女孩发话了：“你的父母对你这么做是怎么看的呢？”

“他们没什么意见。我是说，我没有父母。我妈妈去世了，我没有父亲。嗯……严格上来说我是有父亲的，只是他和我已经没有什么关系了。”我不想看到她俩阳光的脸上掠过难堪的表情，于是爬进车里，把《一本小说》塞进了背包里。

“天哪！”一个女孩道。

“哎呀……”另一个女孩说。

“不过也有好处，至少我可以自由自在地想做什么就做什么。”

“哎呀……”

“天哪！”

两个女孩像有默契一般变换了一下感叹词。

两个人坐进驾驶室，开动了车子。我透过窗户，一边看着外面直插云霄的树木向后闪过，一边想起了艾迪。刚刚那个女孩问起我父母的时候我没有提到艾迪，心里不免有些歉疚感。艾迪已经成为过去，可是，我仍然爱着他。其实，自从10岁时初次见他的那个夜晚，我就爱上了他。他和母亲在与父亲离婚后谈过的其他男朋友不同，那些男朋友只待了几周就离开了。我不久就意识到，和母亲沾上关系也就意味着要和卡伦、利夫和我扯上关系，他们就是因为害怕我们这些累赘而临阵脱逃的。但艾迪爱我们全家，从一开始就是如此。虽然他的本职是木匠，但初识我们时，他在一家汽车配件厂工作。他有着含情脉脉的蓝眼睛和德国人轮廓分明的鼻子，他把棕色的头发扎成马尾辫，一直垂到后背上。

第一次见他时，我们还住在“林荫洋房”公寓里。一天晚上，他来我家一起吃晚餐。“林荫洋房”是父母离婚后我们居住的第三个寓所了，这些寓所都很相似，都在距离明尼阿波利斯一小时车程的一个名叫查斯卡的小镇上，彼此相隔不到半英里。母亲每找到一处更便宜的住处，我们就会举家搬迁。艾迪到我们家时，母亲还在做晚餐，于是他就在公寓楼外的一小片草坪上带着我、卡伦和利夫一起玩耍。他和我们追逐嬉戏，抓住我们后，他把我们头朝下提起来，看看我们的口袋里会不会有硬币掉出来。如果有硬币掉下，他便会从草地上拾起硬币，然后拔腿就跑。我们几个人则在他身后一边尖叫一边追赶，沉浸在这由于缺少正常的父爱而从未享受过的狂喜之中。他会胳肢我们，也会在我们表演舞蹈和侧手翻时在一旁观看，他教给我们滑稽的歌曲和让人看得晕头转向的牛仔舞舞步，他把我们的耳朵和鼻子“偷”走，然后把大拇指夹在手中，骗我们说那就是我们的耳朵、鼻子，最后，又在我们的欢笑声中“物归原主”。母亲唤我们回家吃饭时，我已经被他迷得神魂颠倒、茶饭不思了。

我们的公寓里没有餐厅，只有两个卧室、一个卫生间和一个起居室。起居室的一个角落里有个凹室，里面放着案台、炉灶、冰箱和一个橱柜。起居室的正中摆着一张大大的木制圆桌，桌腿被砍断了，因而桌子只有膝盖高低，这是母亲花10美元从这间公寓的前一家住户那儿买来的。我们围着桌子，在地板上坐下吃饭。我们称自己是中国人，但我们当时没搞清楚，实际上这样围着矮桌席地而坐吃饭的是日本人。“林荫洋房”里不允许饲养宠物，但我们还是养了一只叫“凯茨”的狗，以及一只在公寓里自由地飞来飞去的金丝雀。

这是一只很有规矩的金丝雀，喜欢栖在屋子一角的一个铺着报纸的沙盆里。这到底是母亲培养有方还是本性使然，我不得而知。我们在桌旁刚坐下几分钟，金丝雀便落在了艾迪的头上。通常，它喜欢在我们的头上停留片刻，然后便会飞开。但落在艾迪的头上之后，它却迟迟不肯飞走。我们窃窃笑了起来，艾迪转向我们，装出一副丈二和尚摸不着头脑的样子，问我们在笑什么。

“你头上有只金丝雀。”我们告诉他。

“什么？”他装出一副不可思议的样子，在屋里四处张望。

“你头上有只金丝雀！”我们提高了嗓门。

“在哪儿？”他问道。

“你头上有只金丝雀！”我们又喊了一遍，被逗得前仰后合。

艾迪的头上有一只金丝雀，那只金丝雀奇迹般地在他的头上待到了晚餐结束。晚餐结束后，金丝雀在他的头上舒舒服服地卧下来，进入了梦乡。

而艾迪也就这样在我家安定了下来。

至少在母亲离世之前，艾迪是与我一心的。我和艾迪的关系从未像在母亲刚被查出患病时那样亲过，母亲病后的几周里，我俩简直变成了并肩作战的战友：我俩是医院里的黄金双人搭档，在治疗的问题上相互商量，在得知母亲大限将至时一起流泪，在她离世之后一起与葬礼负责人会面。但在那之后不久，艾迪却和我们姐弟三人渐行渐远。他表现得像个友人，而不像个父亲。不出多时，他与另一个女人坠入爱河，那个女人很快就带着自己的孩子搬进了我家。母亲一周年忌日时，卡伦、利夫和我已经几乎无依无靠了。母亲的大部分遗物，已被我装在箱子里收藏起来。艾迪说他仍然爱我们，但人生还要继续。他说他仍是我们的父亲，但却不履行父亲的职责。我虽然挣扎着想要挽回，但最终还是无奈地接受了家庭四分五裂的事实。

就像母亲说的一样，强扭的瓜不甜。

两个女孩把车子在高速公路上停下。此时，透过路两旁树木射下的落日余晖已几乎尽失光芒。我向她俩道了谢，两个人开车离去。我四周环视了一下，发现自己正站在一张标着“白马野营地”的林区标牌旁边。下车时，两个女孩告诉我，太平洋屋脊步道就在标牌后不远处。一路上，我懒得查看地图，这些天我的弦一直绷得紧紧的，已经没有三番五次地查看地图的劲头了。两个女孩对路很熟，这也让我安下心来，单纯地享受着这车程。她们说，我可以从野营地沿一条小道走一阵，不出多久就能到达太平洋屋脊步道。我一边在野营地旁的路上走着，一边读着从旅行手册上撕下来的崭新的书页。在昏暗的暮光之中，我不得不瞪大眼睛，才勉强看清了书页上的文字。看到“白马野营地”几个字后，我如释重负，心兴奋地怦怦直跳。但在我发现我距离太平洋屋脊步道足有两英里的路程时，心跳马上又缓了下来。那两个女孩说的“不远处”，对于开着车的她们和靠双脚走路的我而言，完全是无法相比的两个概念。

我扭头看了看四周，周围有几处饮水点，几间棕色的室外厕所，以及一块大大的招牌。牌子上写着，如果有居住的需要，来人必须把钱装入信封，然后把信封从投递口丢进一只大木箱中。除了几辆野营车和稀稀拉拉的几只帐篷外，野营地空空荡荡，有些瘆人。我又沿路走了一圈，盘算着下一步该怎么办。我身上的钱不够野营地的居住费，但天色已迟，往树林里走太危险了。我在野营地的最边缘处看到了一个扎营点，这是离刚才那块介绍如何付款的招牌最远的扎营点，谁会发现我呢?

我支起帐篷，做好了晚餐，然后借着头灯的灯光在野餐桌上舒舒服服地饱餐了一顿，又在厕所舒适地方便了一下。之后，我钻进帐篷，打开了《一本小说》。谁知只读了大概三页，一道强光便射入了我的帐篷。我拉开门上的拉链，走出帐篷。在一辆皮卡货车的头灯发出的刺眼强光中，站着一对老夫妇。

“你好。”我试探着打招呼。

“在这地方扎营是要付钱的。”老妇人冲我吼道。

“要付钱？”我装出一副毫不知情的样子吃惊地问，“我还以为只有开车的人才需要付钱呢。我是走路来的，身上只带着一个背包而已。”两个人默默地听着，沟壑纵横的脸上显出愤愤不平的神情。我接着说，“我明天一早就走了，最晚6点。”

“要在这里住，你就得付钱。”老妇人重复了一遍。

“一晚上12美元。”老汉吁吁带喘地补充道。

“事情是这样的，”我辩解说，“我身上刚好没带钱。我正在长途旅行呢，在太平洋屋脊步道上徒步旅行，你们听说过这条步道吗？山上都是积雪，今年的积雪量都破纪录了。我从步道上下来，没打算要来这里，要不是让我搭车的两个姑娘让我下错了地方，并且它……”

“小姐，不管你怎么解释，钱终归还是要付的。”老汉的声音如洪钟一般出奇地响亮，惊得我哑口无言。

“要是不付钱，你就必须打包走人了。”老妇人说道。她身穿一件运动衫，胸前的图案是一棵大树，树洞中，两只浣熊宝宝羞答答地向外张望着。

“这里又没有人！再说这可是大半夜啊！就算我在这儿过一夜，也没有碍谁的事……”

“规矩就是规矩。”老汉喘着粗气说完，转身回到卡车上，不再和我费什么口舌了。

“姑娘，不好意思，但是我们是营地的负责人，让每个人都遵守规矩是我们的职责。”老妇人说完，脸上掠过一丝抱歉的神情，但马上又抿了抿嘴补充道，“我们可不想打电话叫警察。”

我垂下双眼，看着她衣服上的两只浣熊，轻声回话说：“我只是……不觉得我会妨碍到谁。你看，就算我走了，也不会有人在这儿扎营的。”这是一个女人对另一个女人最后的请求了。

“我们又没有非要让你走人。”她咆哮着，就像在叱责一只狂吠不止的狗似的，“我们只是要你交钱。”

“我没钱。”

“走过洗手间，有一条小道正好通到太平洋屋脊步道上，”老妇人说完，往身后指了指，“或者你也可以顺着公路走上1英里。我觉得你走公路会少绕点儿路，你把东西收拾一下吧，我们把车灯给你开着。”说完，她回到车里在她老伴儿身旁坐下。在车灯后的两人的脸，此时已变得模糊不清。

我转身走向帐篷，难掩胸中的愤懑。如此薄情的待遇，我在旅途中还是头一回遇到。我爬进帐篷里，打开头灯，颤抖着双手把取出来的东西一股脑儿地塞回包里，早已顾不上什么条理了。我不知道该怎么办，此时天已经完全黑了下来，一轮半月正悬在空中。要说有什么能比在黑暗中独自一人在陌生的步道上行走更让人害怕的话，那就当数在黑暗中独自一人在陌生的公路上行走了。我背上“怪兽”，朝车里的两人挥了挥手。他俩是否也朝我挥了手，我没看清。

我手拿着头灯往前走着，头灯的电池电力不足，几乎连眼前一步的路都照不亮。我顺着路走到卫生间，在卫生间后看到了老妇人刚刚告诉我的小道，试探着在上面走了几步。树林对我而言早已不再陌生，我能够从容自若地置身其中，即便是夜里也能安之若素。但在树林中两眼一抹黑地行走可就完全是两码事了，由于这里伸手不见五指，我说不定会碰上什么夜行动物，也可能被植物的根茎绊倒，或者因转错一个弯道而误入歧途。我蹑手蹑脚地、小心翼翼地走着，就像我在旅行的头一天时时提防着会有响尾蛇向我猛扑过来一样。

过了一会儿，我隐隐辨出了周围景物的大致轮廓。我置身于一片高耸的松树和云杉林中，树干笔直地插入云霄，在我的头顶上聚成一片枝繁叶茂的伞盖。我听到左手边有一股清泉的潺潺流水声，还听到了干枯的松针铺成的松软地毯在脚下发出的嘎吱声。我从未如此聚精会神地走过路，我对自己的身体和脚下步道的知觉是如此敏锐，仿佛是在裸身赤足地行走一般。儿时学习骑马的情景浮上心头，那时，母亲用她的一匹名叫“小姐”的马来教我。她让我骑在马鞍上，自己则站在一旁，手中握着一条连着马缰绳的绳子。刚开始学习的时候，我紧抓着马鬃不放，连马走动时都会战战兢兢的。但最终，我渐渐放松下来。母亲好说歹说地劝我闭上眼睛，去感受胯下马匹的动作以及我的身体同马一起运动时的感觉。之后，我不仅闭上了双眼，还把双手大大地张开，将整个身体都交付给了“小姐”，骑着它转了一圈又一圈。

我顺着步道走了20分钟，来到一处林间空地。我放下背包，趴在地上借着头灯的光亮寻找一处扎营过夜的地方。我扎好帐篷爬进去，然后钻入睡袋里，把拉链拉好。但是，被“扫地出门”的经历和深夜里的长途跋涉都让我精神头十足，困意全无。

我翻开《一本小说》，但无奈头灯的灯光忽明忽暗，我只得把书搁在了一边，躺在黑黢黢的帐篷中。我用双手抚摩着双臂，给了自己一个拥抱。我的右手触到了文身，隐隐摸到了那匹马的轮廓。为我的文身上色的女人告诉我，这文身会在我的皮肤上凸起来几周的时间。然而几个月过去了，凸起的地方还没恢复原样，仿佛这匹马不是文的，而是凸印上去的。这匹马并不是普通的马，而是“小姐”。在梅奥医院被医生告知时日无多时，母亲曾问医生她还能不能再骑马，她话中提到的，就是这匹马。“小姐”并不是马的真名，而是我们给它取的爱称。这是一匹受过美国骑乘马认证的马匹，在美国种马协会颁发的证书上，它那用烫金花体字印着的名字是那么抢眼：斯通沃尔·海兰德·南希。它的父亲名叫“斯通沃尔明星”，母亲叫作“马克金皇后”。买下“小姐”的疯狂决定，是母亲在终于与父亲一了百了后的那个严冬做出的。她在做招待的餐厅碰到了一对夫妇，他俩想要把自家一匹12岁的纯种母马贱价卖掉。虽然这所谓的“贱价”对于母亲而言仍是一笔不菲的开支，但她还是去看了马，并同意在接下来的六七个月里分期支付给这对夫妇300美元。之后，她又与一对在附近拥有一处马厩的夫妇达成了协议：她出劳力，作为回报，“小姐”可以住在马厩里。

“它可真是个绝色美人啊。”母亲每每提到“小姐”时都会这么说。“小姐”的确是个尤物，身材精瘦，四肢修长，姿态挺拔，活像女王一般雍容高贵。它的前额上有一簇呈星星状的白毛，除此之外，浑身的毛色都如我在雪中见到的那只狐狸一样呈漂亮的栗红色。

我6岁时，母亲把“小姐”买回了家。当时，我们一起住在“巴巴利小丘”公寓的地下室。那是母亲和父亲决裂后不久，我们的钱拿来基本度日都捉襟见肘，但母亲买马的决心不容动摇。虽然尚且年幼，但直觉告诉我，是“小姐”救了母亲的命。它不仅给了母亲离开父亲的动力，更支撑着她面对接下来的生活。马是母亲的信仰，当年幼的她在周日被逼着穿上正装去做弥撒时，她的心里真正渴望的，是能和马匹待在一起。从她口中说出的有关马的故事，与她讲述自己在天主教家庭中的成长经历形成了鲜明的对比。为了骑马，她什么都肯做。她用耙清理过马厩，擦洗过鞍辔，拖运过草料，也铺撒过麦秆。只要是能到手的工作，她都来者不拒地接手，为的就是在附近的马厩里多待一待，骑一骑别人的马。

我偶尔会想象一下母亲曾经的牛仔生活，这些场景是一帧一帧的定格画面，像一张张书页般清晰呈现：她与外祖父在新墨西哥州的乡下彻夜骑马的情景，以及她与闺密们一起苦练马术、共同表演的情景……16岁的时候，母亲得到了一匹属于自己的马。这是匹巴洛米诺马，名叫“伙计”。她骑着“伙计”，在科罗拉多参加了各种各样的马术表演和马术比赛。直到离世时，她还保留着参加活动时得到的缎带。我把这些缎带装进箱子中，存放在丽莎在波特兰家中的地下室里。黄色的缎带是她在绕桶赛上获得第三名时颁发的，粉红色的缎带是漫步、快跑、慢跑比赛第五名的奖励，绿色的缎带是获得选手参与奖时发的。还有一条蓝色的缎带，是奖励她在一条满是逼仄的转角、泥坑、大笑的小丑和震耳的号声的赛道上，一面稳稳当当地骑着“伙计”完成了所有的步法，一面手握一只银勺托着鸡蛋坚持了最长的时间。

在“小姐”刚成为我家的一员时居住的马厩里，母亲重拾了她儿时的活计：她擦洗马厩，铺撒草料，用独轮车拉着东西进进出出。她常常把卡伦、利夫和我带在身边，趁她干活儿的空当，我们三人就在畜棚里嬉戏。活儿干完后，我们便看着母亲骑着“小姐”在骑马场上遛圈，等她骑完后，我们三人便轮流骑马玩。搬到明尼苏达州北部的农场上住时，我们家又添了第二匹马。这是一匹名叫罗杰的阉割过的混种马，我对这匹马一见倾心，而它的主人也恰巧愿意用很低的价钱把它出手，就这样，母亲把它买了下来。我们借来一辆拖车，把两匹马运到了我们的农场上，又从40英亩的农场隔出四分之一，用作它俩的牧场。

母亲离世差不多三年后的一个12月初，我回家探望艾迪。看到“小姐”孱弱枯槁的模样，我就像遭了当头一棒。它已经31岁了，在马中算是高龄了，即便通过精心护理能让它恢复健康，家中也没人有这个时间和精力。艾迪和他的女朋友时而在我长大的那幢房子里住，时而住在双城外一个小镇里的一辆房车里。母亲去世时留下的两条狗、两只猫和四只母鸡死的死，送人的送人。留下来的，只有罗杰和“小姐”这两匹马了。艾迪常常找一位邻居负责照顾它们，但邻居所谓的照顾只是敷衍了事罢了。

回老家的那个12月初，我和艾迪探讨了一下“小姐”的问题。刚开始，艾迪的怨气很重，抱怨说凭什么要让他来承担照顾两匹马的重担。他是我母亲生前的丈夫，这个理由还不足以让他照顾母亲的马吗？但我不想和他争执，于是我只谈“小姐”的事，坚持要和他一起找出一个解决的办法来。过了一会儿，他的语气缓和了下来。我们最终达成协议，决定是时候让“小姐”离开人世了。它已垂垂老矣，不仅身体瘦削，眼中曾经的光彩也暗淡了。我告诉艾迪，我已经咨询了兽医，我们可以让他来家中给“小姐”注射安乐死，或者，我们也可以选择自己亲手把它射杀。

艾迪觉得我们应该选择后者。我俩都是囊空如洗，再加上射杀是世代流传下来的老方法，因此，虽然看似难以接受，但我们都觉得后者是比较人道的方法：让“小姐”在自己信赖和熟悉的人手中死去，要好过让它死在陌生人的手中。保罗和我要在几周后回家过圣诞节，艾迪说他会在此之前把事情办妥。我和保罗回家并不是为了举家团圆，到了圣诞节，家里只有我们两个人而已。艾迪要在女友的家中和她的孩子们一起过节，卡伦和利夫也各有各的打算：利夫计划在圣保罗和女朋友及她的家人一起团聚；而卡伦在年初遇到了一个男人，两人几周后便闪婚了，那年的圣诞节，她准备和丈夫一起度过。

几周后圣诞节前的下午，我和保罗开车回了家。车子在车道上停下，我的心中回肠九转。罗杰孤零零地站在牧场上的情景，我已在脑中重复了千万次，但当我下车后，却发现“小姐”竟然还在。它站在马厩中，浑身冻得瑟瑟发抖，身体形销骨立，真是令人痛心的一幕。天气已进入严冬，最低气温破纪录地降到了零下25华氏度，加上寒风凛冽，更是让人感到寒冷难耐。

我没有打电话问艾迪为何没有遵守我俩的协议，而是给住在亚拉巴马的外祖父打电话，和他聊了一个小时有关“小姐”的情况。做了一辈子骑手的他向我问了一连串的问题，谈话终了时，他很肯定地告诉我，“小姐”非离开人世不可了。我表示先睡一夜再决定，第二天刚刚破晓，电话铃便响了起来。

打电话的人是外祖父，他不是祝我圣诞快乐的，而是催促我及早动手的。他坚持说，让“小姐”自然死亡是残酷冷血的选择，我心中明白，他的话是对的。我也明白，了结“小姐”生命的任务落在了我的头上。我没有钱请兽医给它进行注射，即使我筹到了这笔钱，兽医估计也不会在圣诞节赶过来。外祖父为我详尽地解释了射杀马的方法，我说我下不了手，他安慰我，说这是经年传下的方法。另外，我也不知道该如何处理“小姐”的尸体，土地已被冻得板结了，我们没法埋葬尸体。

“把尸体丢在那儿别管了，”外祖父告诉我，“鬣狗会把尸体拖走的。”

“我该怎么办？”放下电话后，我向保罗求救。当时我们并不知道，那是我俩一起度过的最后一个圣诞节了。几个月之后，我把自己出轨的事情向他和盘托出，他从家里搬了出去。下一个圣诞节来临时，我俩已经把离婚摆上了桌面。

“做你认为对的事情。”保罗告诉我。那是圣诞节的清晨，我俩坐在餐桌旁，桌上的每一道裂缝和每一条纹理都是如此熟悉。但与此同时，我却感觉自己离家很远，仿佛正在一大片浮冰上，孤零零地漂荡着。

“我不知道什么才是对的。”话虽如此，我的心中其实早已有了数。我清清楚楚地明白我该做的事情。这种“两害相权取其轻”的两难窘境我早已司空见惯，但我没法亲手了结“小姐”的生命，只有求弟弟帮忙。去年冬天，利夫曾教过我和保罗射击，但我俩的技术都不熟练。利夫虽然不热衷于打猎，但他起码有足够的经验。我打电话找到他，他同意当天晚上开车回家来。

第二天清晨，我们讨论了具体流程。我把外祖父告诉我的话一字一句地转达给了他。

“明白了。”他说，“把它牵出来吧。”

屋外阳光明媚，天空泛着宝石般的湛蓝。11点，气温升至零下17华氏度，我们裹上了厚实的衣服。屋外的严寒把树木都冻裂了。昨天晚上在床上辗转反侧时，我听到了树木冻裂开来的巨响。

我把“小姐”的笼头取下来，一边在它耳边轻声对它述说着我对它的爱，一边把它领出了马厩。保罗在身后把马厩的门关上，不让罗杰跟着过来。我带着“小姐”走过冰冻的积雪，扭过头来，最后一次凝视着它行走的身姿。它的步态仍然优雅矫健，像从前一样跨着贵族般的步子。那无法用言语形容的步子，曾让母亲叹赏不已。

我把它领到昨晚和保罗挑好的桦树边，把它用缰绳拴在树上。这棵桦树长在牧场的边缘，树后的林子层层密密，加之这里离房子有一定的距离，因而鬣狗应该会在当晚把它的尸体叼走。我对它低语了几句，用手抚过它栗色的皮毛，低声细语地表达着我的歉疚，恳请它能够理解和宽恕我的决定。

我抬眼时，弟弟已经手持来复枪站在一旁了。

保罗抓着我的胳膊，带着我一起跌跌撞撞地在雪中走到利夫的身后。我们离“小姐”只有几步的距离，它的呵气就如轻柔的云雾。积雪冰冻的表面支撑着我们三个人的体重，然后突然坍塌下去，我们便跟着陷入及膝深的积雪中。

“射它两眼的正中。”我把外祖父的话对利夫又重复了一遍。外祖父打包票说，如果照他的话去做，我们一枪就能让“小姐”毙命。

利夫蹲了下来，单膝跪在地上。“小姐”腾跳了一下，在冰上蹭了蹭马蹄，然后低下头看着我们。我倒吸了一口气，利夫扣动了扳机。子弹射中了“小姐”两眼正中的那颗白星，不偏不倚。它猛抽了一下，把皮革制的笼头顶得七零八落地从脸上掉了下来。然后，它一动不动地站在那里，满脸惊愕地看着我们。

“再开一枪！”我大口喘着气喊道。利夫又开了枪，连续朝它的头部射了三发子弹。它踉跄了几步，抽搐着身体。虽然缰绳已被挣断，但它既没有倒下，也没有逃跑。它瞪着我们，不敢相信我们会对它下如此毒手，它的脸上满是没有流血的枪口。我立即意识到我们的决定是错误的，了结它的生命或许没有错，但决定自己动手杀它真的是大错特错了。我应该坚持让艾迪动手，或者花钱雇个兽医来家里。射杀动物与我的想象偏差太大了，什么一枪毙命，根本没有这样的事儿。

“开枪！开枪呀！”我大声哀号。这样的号叫，我还是第一次听到自己发出。

“我没有子弹了！”利夫大喊。

“小姐！”我撕心裂肺地尖叫着。保罗紧抓住我的双肩，想要把我按住，但我用力把他的双手推开。我喘着粗气，不住地抽泣着，仿佛有谁正在往死里揍我似的。

“小姐”颤巍巍地迈了一步，前膝跪地瘫软下来。它的身体像一艘巨大的沉船没入海中一般向前倾斜着，让人不忍直视。它的头摆了一摆，然后发出了一声低沉的呻吟。霎时间，鲜血从它柔软的鼻孔中倾泻而出，这如柱而发烫的鲜血喷入雪中，发出滋滋的声响。它一阵阵地咳嗽着，大股大股的鲜血随之喷涌而出，它的后腿在身下令人揪心地缓缓蜷了起来。它就这样停在那里，使尽全力保持着这怪异的站姿。终于，它侧身倒在了雪中，在地上踢腾摆动着四肢，扭曲着脖子，挣扎着想要重新站起来。

“小姐！”我哭号着，“小姐！”

利夫抓住我喊道：“往别处看。”我俩把脸转向了一边。

“往别处看！”他向保罗喝道。保罗顺从地扭过了头。

“让它瞑目吧！”利夫祈祷着，脸上已是涕泪横流，“让它瞑目吧！让它瞑目吧！让它瞑目吧！”

我把头转过来时，“小姐”终于把头沉在了地上，但它的身体仍有起伏，四肢仍然抽动着。我们踉踉跄跄地向它靠近，又一次踏穿了冰面，在及膝的雪中吃力地挪动着。只见它大口大口地喘着气，终于，它长叹了一口气，身体一动也不动了。

母亲的马，我们的“小姐”，斯通沃尔·海兰德·南希，就这样从世界上消失了。

整个过程到底持续了5分钟还是一小时，我并不知道。我的帽子和手套掉在了地上，但我却没有力气去捡。我的睫毛上结了冰，被风刮到我涕泪交垂的脸上的发丝也已结成冰柱，随着我的动作而叮当作响。我呆滞地把发丝撩开，对酷寒早已失去了知觉。我跪在“小姐”的腹前，最后一次用手抚摩着它血迹斑斑的躯体。它的身上还有余温，而我没能赶得及在临终时陪在身旁的母亲躺在病床上的躯体，也带着同样的余温。我把目光投向了利夫，不知他的心头是否也泛起了同样的回忆。我爬到它的头旁，抚着它那如天鹅绒般柔软的冰凉的耳朵，又把手放在它前额的白星上那黑洞洞的弹孔上。它的鲜血在周围的雪中浇注出来的深洞，现在已经开始冻结了。

我和保罗看着利夫拿出刀子，从“小姐”身上割下几缕火红的鬃毛和尾毛，把其中一绺递给我。

“妈妈现在可以放心地到另一边去了。”他盯着我的双眼，仿佛世界上只剩下我们两个人，“印度人有一种信仰，伟大的战士们死后，人们必须把他们的战马也杀死，这样他们才能跨过河到另一个世界去。这是一种对已经作古的人表示敬意的方法。也许妈妈现在就能骑着马到另一个世界去了吧。”

我脑海中浮现出母亲骑在“小姐”健美的后背上跨过一条壮美的大河的情景，差不多三年了，她终于可以瞑目，可以离开我们了。我多希望这是真的啊，如果我能许一个愿，这就是我想要实现的愿望。我不奢望母亲能够骑着“小姐”回到我的身边——当然，真要这样该有多好啊——我只求她能骑着“小姐”去往另一方净土。这样一来，我便不必再背负刽子手的自责，只要舔舐自己的伤口、挺过这最难熬的一关就行了。

在白马野营地外的树林中，我终于进入了梦乡。梦中，我看到了雪，这雪并不是我和弟弟杀死“小姐”时看到的雪，而是我刚才在上山途中遇到的雪。对这积雪的回忆要比真正置身其中的体验更加令人畏惧。整整一夜，那些可能发生但没有发生的危险在梦中搅扰着我。我梦到自己一个脚下不稳，顺着身边一道陡坡滑了下去，跌下峭壁，摔在了山下的岩石上；我还梦见自己走啊走啊，却怎么也找不到来时的那条越野车道，像只无头苍蝇一般四处徘徊，饿得前胸贴后背。

第二天清晨，我一边吃早餐一边翻看着旅行手册。如果我按照原计划往山上的步道走，那么我铁定会遇到更多的积雪。想到这儿，我心中不禁打起鼓来。我仔细盯着地图，突然发现这不是唯一可行的方案。我可以走回白马野营地，然后往西走到巴克斯湖。从那儿，我可以沿着一条北向的越野车道走，然后在一个叫斯里莱克斯的地方爬上太平洋屋脊步道。直接走太平洋屋脊步道和这条路线的路程差不多都是25英里，但后者的海拔较低，所以沿途可能没有积雪。我把东西收拾好，顺着昨夜上山的步道原路返回，以目空一切的姿态从白马野营地大摇大摆地走过。

我朝西向巴克斯湖走了一个上午，然后向北走了一段距离，又沿着湖岸向西前进，终于来到通往太平洋屋脊步道的那条坑洼不平的越野车道上。我想起了在贝尔登镇等我去取的装备补给箱，让我魂牵梦萦的并不是箱子，而是箱子中那张20美元的钞票，或者说，是那张钞票可以换来的食物和饮料。我做了整整半个小时的白日梦，时而欣喜若狂、时而饱受煎熬地幻想着蛋糕、奶酪汉堡、巧克力、香蕉、苹果、蔬菜沙拉，而最让我神魂颠倒的，要数斯纳普柠檬汁了。个中缘由我百思不得其解，在踏上太平洋屋脊步道之前，我只喝过几次斯纳普的软饮，这饮料的确不错，但也没什么特别之处。我从没有把这饮料奉为自己的至爱，但现在，它却在我的脑中挥之不去：我不在乎喝到的是粉色的还是橙色的那款，只是每天都忍不住想象着手握斯纳普、把它送到嘴边的情景。有的时候，为了不致患上妄想症，我不得不硬逼着自己停止这个念头。

通往斯里莱克斯的道路上的积雪刚刚消融不久，路上绽开了一道道裂缝，融化的雪水沿着路两边宽宽的沟渠流下去。沿着一个人影也没有的路，我走到了一片浓荫蔽日的树林中。下午，我的肚子出现了一股似曾相识的不适感，我意识到，自己来月经了。这是我上路后第一次来月经，我几乎已经忘记了自己还有月经来潮的功能。开始徒步旅行后，我对自己的身体有了一种全新的认识，但从前对身体的知觉却随之渐渐迟钝了。我失掉了对体重细微变化的敏锐感知，也不再讲究发型是好是坏。由于不停折磨着身体的剧痛，我对体内发生的微妙变化全然不觉。我的双脚、双肩以及后背上部的肌肉时而麻木、时而火辣辣地作痛，让我不得不每小时都停脚活动几次，以求把这折磨减轻片刻。我卸下背包，在急救箱里翻了一阵，找出一大块边缘参差不齐的天然海绵。这块海绵是我在上路之前装在一只小自封袋里带来的，在此之前，我只是试验性地用过几次。在明尼阿波利斯打包时，我觉得在步道上用海绵处理月经不失为明智的决定。但现在，手拿海绵我却有些不知所措。我用水瓶里的水洗了洗手，然后把海绵浸湿，再把水挤出来。我脱下短裤在路上蹲下身来，尽可能深地把海绵推进阴道里，一直抵到了子宫颈上。

我穿上短裤，听到一辆重型车朝我驶近的声音。不一会儿，一辆带超大驾驶室和超大号轮胎的红色皮卡车转过弯道向我靠近，看到我后，司机吃了一惊，匆忙刹车。我虽然也被他吓了一跳，但同时也暗自庆幸没有让他看到我赤裸着下身蹲在路边的窘态。我朝卡车紧张地招招手，卡车在我身边停了下来。

“您好！”司机说着，从打开的窗户中伸出一只手。我和他握了握手，突然意识到自己的手刚在阴道里转悠过。卡车里还坐着两个男人，一个人坐在副驾驶座位上，另一个在后座上和两个小男孩儿坐在一起。两个人看上去都是30多岁的样子，两个男孩子有8岁。

“你是要去斯里莱克斯吗？”开车的男人问我。

“是的。”

他是个面部轮廓分明的俊朗男人，身边坐着的男人和车后的两个男孩儿也是类似的长相。后座的男子是拉美人，蓄着长发，大腹便便。

“我们正要去那儿钓鱼呢。我们很想载你一程，但是车后已经堆满了。”他说着，向卡车的车斗指了指。果然，车斗被一辆露营车占得满满的。

“没关系，我喜欢走路。”

“好吧，我们今晚要喝夏威夷螺丝刀，欢迎你也来参加。”

“谢谢你。”说完，我目送着几个人开车离去。

几个人走后，我整整一个下午一直在想着夏威夷螺丝刀。我并不知道这是种什么样的鸡尾酒，但在我看来，它和斯纳普柠檬汁一样充满了诱惑。我走到道路的最高处，在斯里莱克斯西侧的湖岸上看到了那辆红色皮卡车和几个人的营地。远处，便是太平洋屋脊步道了。我顺着一条狭窄的小径沿着湖岸向东走了一段距离，从遍布湖边的大块卵石中找到了一处僻静的地点，在这里扎起了帐篷。然后，我一头钻进林中，把海绵中的血挤出来，又塞回原处。之后，我走下湖中取水，用饮水过滤器滤干净，又用湖水把手和脸洗净。我本想下湖洗个澡，但湖水如冰一般刺骨，加之我早已因山中的习习凉气而直打寒战，于是只得作罢。开始旅行之前，我本以为自己会在湖泊溪流中随心所欲地沐浴，但当真上了步道之后，我却几乎没在水中畅快地洗过澡。一天终了之时，我往往不是精疲力竭、浑身作痛，就是浑身出冷汗像发烧似的瑟瑟发抖。因此，我大多只是往脸上撩点儿水，然后脱下被汗浸透的T恤和短裤，穿上羊毛衫和裤袜，凑合着过夜。

我脱下靴子，把胶带和疤痕修复贴从脚上揭下来，然后把双脚浸在冰凉的水中。我揉搓双脚时，一片发黑的指甲随着我的手掉了下来。这是我在步道上失掉的第二片指甲了。这片澄澈的湖泊水波不兴，湖边生长着参天的树木，卵石之中点缀着葱翠的灌木。我在泥土中看到了一只浅绿色的蜥蜴，它先是纹丝不动地停了片刻，然后闪电一般地爬走了。几个人扎营的地点在湖岸边离我不远的地方，但他们还没有看到我。在去赴约之前，我刷了刷牙，涂上润唇膏，又用梳子在头上划拉了几下。

“她来了！”看到我朝他们走近，刚才坐在副驾驶座上的男人叫了一声，“赶早不如赶巧。”

他递给我一只装满黄色液体的红色塑料杯，估计这就是所谓的夏威夷螺丝刀吧。这鸡尾酒是由伏特加和菠萝汁加冰块混成的，我啜饮了一口，差点儿昏厥过去——不是因为被酒精冲昏了头，而是因为尝到了这糖水加酒精的琼浆玉露而陶醉了。

两个白人男子都是消防员。拉美男子是木工，利用业余时间作画。他本名叫弗朗西斯科，但大家都叫他帕科。他是其中一个白人的表亲，从墨西哥城回萨克拉门托（Sacramento）探亲。三个人小时候是在萨克拉门托的一条巷子里一起长大的发小，两个消防员现在还住在那里，而帕科在十年前去墨西哥城探望曾祖母时爱上了当地的一个墨西哥姑娘，于是在那里定居了下来。篝火圈中的原木还没有点燃，我们围着火圈坐了下来。消防员的一双儿子正在玩打仗游戏，在我们的身边跑来跳去。他俩时而尖声叫喊，时而大口喘着粗气，以大卵石作掩护，用塑料枪相互射击，发出“砰砰”的开枪声。

我向消防员说明了我的来意，把只剩下八个脚指甲的伤痕累累的双脚给他们看。“你在开玩笑吧！你在开玩笑吧！”他俩你一言我一语地惊呼着。两人一边一个劲儿地为我添酒和玉米片，一边连珠炮似的向我发问，被我的回话惊得瞠目结舌、连连摇头。

“最‘爷们儿’的其实非女人莫属。”帕科边说，边做了一碗鳄梨沙拉酱，“我们男人总以为自己才是爷们儿，但自古巾帼不让须眉啊。”他的长发从上至下扎着浅色的橡皮筋，粗粗的辫子活像一条蛇一般垂在后背上。几个人把篝火点燃，我们一起吃了他们在湖中捕到的鳟鱼，又吃了用去年冬天射杀的鹿做成的炖肉。饭后，两个消防员回到帐篷里给各自的儿子读书去了，篝火旁，只剩下我和帕科。

“你想不想和我一起抽一支？”帕科从衬衣口袋中掏出一支大麻烟

问我。他把烟点燃，吸了一口，然后把烟递给我，“原来这里就是内华达山脉啊。”说完，他望向漆黑一片的湖水，“我从小在这附近长大，却从没来过这里。”

“光之山脉，”我边说边把烟递给他，“这是约翰·缪尔给这山取的名字。我能理解他的意思，这里的光真是世间难觅的。山峦中日出日落的这种场景，我还是头一次看到。”

“这算不算是你的精神之旅？”帕科望着篝火问。

“不知道，”我回答说，“可以这么说吧。”

“那么说来，这就是你的精神之旅了。”他紧紧地盯着我说，“我有件东西要送给你。”说完，他站起身，在卡车的车斗里取来一件T恤递给我。我把T恤举起来，正面是一幅巨大的鲍勃·马利画像，他的长发四周，满是电音吉他以及前哥伦布时期诸神的侧面画像。T恤的背面是一幅被拉斯塔法里教徒奉为神灵化身的海尔·塞拉西的画像，画像的周围，是红绿以及金色的旋涡。我借着篝火的火光仔细地打量着T恤，帕科说：“这件T恤是有神喻的，我想把它送给你，因为我从你的步态看出，你的身上带着动物和天地的灵气。”

我默默地点点头，心头百感交集。虽然我已经被酒精和大麻麻痹得晕晕乎乎，但我坚信不疑，这件T恤的确是神圣之物。“谢谢你。”我对帕科说道。

回帐篷的路上，我手拿T恤驻足仰望了一会儿天上的繁星，然后钻回了帐篷中。离开了帕科，被凉气沁醒之后，我思忖着帕科所说的我与万物灵气同行的话。他是什么意思呢？我的脚步中真的带着万物灵气吗？母亲也能吗？死后的她到哪里去了呢？“小姐”到哪里去了呢？他们真的一起跨过大河，到另一个世界去了吗？理智告诉我，死亡就是死亡。尽管，他们一次又一次地出现在我的梦中。有关“小姐”的梦和有关母亲的梦截然相反，在梦中，母亲总是逼着我把她一次又一次地杀死，而梦到“小姐”时，我不用对谁下毒手。它用柔软的嘴巴衔着一大束五彩斑斓的鲜花，用鼻子不住地轻轻抵着我，让我接受它的鲜花。看到它的礼物，我明白它已经原谅了我。但事实果真如此吗？梦中出现的，究竟是它的灵魂，还是只是我的潜意识导演的一出戏？

第二天早晨，我穿上帕科送我的T恤回到了太平洋屋脊步道，沿着步道继续往贝尔登镇步行。途中，拉森火山的身影时隐时现。这是一座海拔高达10 457英尺的积雪火山，屹立于我的北方大约50英里处。从贝尔登镇向北走一小段路，我就要登上这座火山了。拉森火山可谓我旅途中的一座里程碑，不仅因为它千岩万壑的壮美，还因为这是我在喀斯喀特山脉中攀登的第一座山峰。从拉森火山往北走，喀斯喀特的群山与其他山脉的几百座低矮些的山峰参差不齐地连成一排，这些，都是我在接下来的几周中要挑战的目标。在我的脑海中，这一座座山峰就像我儿时爬过的猴架，每爬过一根杆儿，都需要努力去够才能抓到下一根杆儿。从拉森火山到沙斯塔山（Mount Shasta），从麦克劳克林山（Mount Mchoughin）到蒂尔森山（Mount Thielsen），从三姐妹峰（Three Sisters）的南、中、北三座山峰到华盛顿山（Mount Washington），从三指杰克峰（Three Fingered Jack）到杰斐逊山（Mount Jefferson），最后在胡德山（Mount Hood）穿越50英里的距离，才能到达“众神之桥”。这些山峰都属于火山，海拔从8 000英尺到14 000英尺不等，它们组成了环太平洋火山带的一小部分。环太平洋火山带由一系列的火山和海沟构成，呈马蹄形沿着太平洋绵延25 000英里，以智利为起点，沿着中美和北美的西部延伸至俄罗斯和日本，又向南连接印度尼西亚和新西兰，一直蜿蜒至南极地区。

下山，下山，在内华达山上度过的最后一整天，我走的几乎都是下山路。从贝尔登镇到斯里莱克斯虽然只有7英里的距离，但步道竟在其中5英里的跨度中无情地下降了4 000英尺的高度。到达贝尔登镇之后，我的双脚已饱受折磨。这次负伤的方式是我从未遇到过的，因为下山时每走一步我的脚趾都会向前滑动，抵在靴子的前端，因而这次磨出水疱的地方转移到了脚趾尖上。我本以为这一天的行程会是小菜一碟，但到达贝尔登镇时，我却已经因剧痛而一瘸一拐、步履艰难了。我发现，这里其实并不能算是真正意义上的镇子，而是沿着铁道建成的一组布局凌乱的建筑群。这里有一家酒馆，一家兼做邮局的狭小的商店，一家小型自助洗衣店，以及一家澡堂。我在商店的门廊上脱下靴子，换上运动凉鞋，然后一跛一跛地进店去取我的箱子。不一会儿，我便拿到了那只装着20美元钞票的信封。看到这信封，我如释重负，连脚趾的疼痛都暂时忘却了。我买了两瓶斯纳普柠檬汁，回到门廊上，一口气喝了个精光。

“T恤蛮好看的啊。”一位留着灰白打卷儿短发的女士对我说，她的手中牵着一只大白狗，“这是欧丁。”她弯下身去挠了挠狗的脖子，然后直起腰，把圆圆的小眼镜在鼻子上扶正，用好奇的眼神上下打量着我，“你不会是去太平洋屋脊步道旅行的吧？”

这位女士名叫特里娜，来自科罗拉多州，50岁，是位中学英语教师，几天前刚刚开始徒步旅行。她离开贝尔登镇，朝北向太平洋屋脊步道出发，但却被道上的积雪挡住了去路，只得原路返回镇里。听到她的话，我顿时觉得心灰意冷，真不知道自己何时才能摆脱这积雪。我俩正闲聊着，另一位女徒步者朝我们走了过来。来人名叫斯泰茜，前一天刚刚上路，也是从我去往三湖（Three Lakes）的那条道走过来的。

终于在步道上遇到女同胞了！我们你一言我一语地聊着彼此的背景：特里娜酷爱利用周末时间进行背包旅行；斯泰茜是一个经验丰富的徒步旅行者，去年夏天，她和一位朋友一起从墨西哥沿着步道走到了贝尔登镇。斯泰茜和我聊着步道上我们两人都走过的沿途景点，聊到了她去年夏天在肯尼迪草原遇到过的埃德，以及她在南加州沙漠中一座小镇上的生活。她在镇上为父亲的公司管账，利用暑假进行徒步旅行。她30岁，皮肤白皙，容貌姣好，留着一头黑发，出身一个爱尔兰大家族。

特里娜提议道："我们今晚在一起露营吧，正好制订一个计划。那边的草地上有个扎营点。"顺着她手指的地方看去，果然有一处扎营点。我们走到那里，把帐篷支好。之后，特里娜和斯泰茜坐在草地上闲聊，我则把装备补给箱里的东西取出来。每拿出一样东西，我都会禁不住地凑上去闻一闻，心中涌起阵阵喜悦。做晚餐用的立顿袋装面条、脱水豆子、米饭和包装袋闪闪发亮的有机能量棒，以及用一尘不染的自封袋装好的干果和坚果……我虽然早已吃腻了这些东西，但看到它们可爱的包装，我身体中的某种东西被唤醒了。箱子里还有一件崭新的T恤，但现在我身上有那件鲍勃·马利T恤，因而暂时还不需要换。另外，箱子里还有两双崭新的羊毛袜、一本玛格丽特·德雷伯尔的《夏日鸟笼》，但我暂时没有时间读这本书，因为当天早晨我刚刚才把《一本小说》撕下一半丢进帕科升起的篝火里，还剩下一半左右没有读完。当然，箱子里还装有几份第二代疤痕修复贴，这自然是不可或缺的。

我脱下靴子，坐下来处理我惨不忍睹的双脚。突然，特里娜的狗叫了起来，我抬起头，看到一个金发蓝眼、身材瘦长的年轻男人。从他拖沓的步态，我马上就看出他也是位太平洋屋脊步道的徒步者。他自报家门，说自己名叫布伦特，虽然与他只是陌路相逢，但我马上像见到老友一样问候了他。在肯尼迪草原时，我曾对他有过耳闻。格雷格、艾伯特和马特告诉我，他是在蒙大拿州的一个小镇上长大的。有一次，他沿着步道到了南加州一个小镇的饭馆里，点了一份夹着两磅烤牛肉的三明治，六大口就全部解决掉了。听到我提起这件事，布伦特哈哈大笑起来，然后他取下背包，蹲下来检查我的双脚。

“你的靴子太小了。”他说的和格雷格在塞拉城告诉我的一模一样，我茫然地看着他，心中暗语：要真是这样我可就麻烦大了，这可是我仅有的靴子啊。

我说：“我的脚可能只是因为从三湖走下山路才磨成这样的吧。”

“我说的就是这个意思。”布伦特回答说，“如果靴子合脚的话，即使走下山路也不至于把脚搞成这个样子。靴子不就是这个功能吗？不就是协助你下山的吗？”

我想起了REI商店热心的导购们，想起了那个让我在店里一个小型木头坡道上下走动的男店员。他之所以让我这么做，就是为了确保我的脚趾不会在下坡时撞到靴尖处，且脚跟不会在上坡时抵在靴子的跟部。在店里试穿时好像并没有什么问题，但现在事实就摆在眼前，也许试穿时我没有试出靴子的问题，也许我的双脚在途中肿大了。不用说，只要穿着这双靴子，我就躲不开这炼狱般的煎熬。

但我又能怎么办呢？我身上根本没有钱买新靴子，即使有钱，这里也没有卖靴子的地方。我穿上运动凉鞋走回了商店，花1美元洗了澡。然后，我穿上一身雨衣，把换下的衣服带到只有两台洗衣机的洗衣店里清洗干净，又趁着这个空当给丽莎打了电话。听到她拿起听筒，我高兴极了。我们聊了聊她的近况，然后，我把旅途中的趣事讲给她听，之后又和她过了一遍我的行程计划。挂上电话后，我在太平洋屋脊步道徒步者登记簿上签了名，然后翻找着格雷格的名字，想看看他是何时从这里经过的。然而，他的名字不在登记簿上。真是怪事，他怎么会落在我的后面呢？

我穿着洗干净的衣服回到营地，问布伦特：“你有没有格雷格的消息？”

“他因为积雪中途放弃了。”

我瞠目结舌地看着他：“你确定吗？”

“这是两个澳大利亚人告诉我的。你见过他们吗？”

我摇了摇头。

“他们是一对新婚夫妇，来这儿度蜜月的。他们决定先放弃太平洋屋脊步道，转战阿巴拉契亚步道了。”

在决心进行太平洋屋脊步道旅行后，我才对阿巴拉契亚步道有了些许了解。与太平洋屋脊步道相比，这条步道要成熟许多，人气也要高出一大截。这两条步道都于1968年被指定为美国国家景观步道，阿巴拉契亚步道长为2 175英里，比太平洋屋脊步道要短500英里左右，步道沿着阿巴拉契亚山脉逶迤而行，南起佐治亚州，北至缅因州。

我大声问：“格雷格是不是也去阿巴拉契亚步道啦？”

“没有，他绕的道太多了，好多该看该走的地方都错过了，所以他准备明年再来一次。反正那对澳大利亚夫妇是这么告诉我的。”

“天哪。”听到这个消息，我心里很不是滋味。与格雷格相遇的那天，我正准备半途而废，从那时起，格雷格就成了我的精神支柱。他相信，如果他能做到的，我也一定能够做到。但如今，他却选择了放弃。那对澳大利亚新婚夫妇也知难而退了，虽然我与他们未曾谋面，但我的脑海中却立刻浮现出两个人的模样：他俩的皮肤是浅棕色的，身材高大，健壮的身体让我这样的人望尘莫及，严苛的户外环境对他俩而言完全不在话下。我心中有些担心布伦特也有放弃太平洋屋脊步道的想法，于是问他：“你怎么不也到阿巴拉契亚步道上去呢？”

他思忖了一会儿，说：“人太多了。”

说完，他的目光并没有从我身上移开，而是盯着我胸口那个大大的鲍勃·马利肖像，仿佛言犹未尽：“对了，你的T恤挺酷的。”

我从未踏上过阿巴拉契亚步道，但在肯尼迪草原听格雷格他们提起过。阿巴拉契亚步道和太平洋屋脊步道是一对“兄弟”，但同时也在许多方面截然相反。每年夏天，准备走完阿巴拉契亚步道全程的徒步者多达2 000人，但只有几百人坚持到最后。即便如此，这也要比每年来挑战太平洋屋脊步道的100余人多得多。阿巴拉契亚步道上的徒步者夜间多在沿着步道开设的集体住处及周边扎营；步道上的装备补给站也更加紧凑，在这些站点中，有不少都是像样的城镇，而太平洋屋脊步道上的补给站往往只是由一家邮局、一家酒馆或小杂货店构成的。我想象着那对澳大利亚新婚夫妇在阿巴拉契亚步道上的情景，他们吃着干酪汉堡，在离步道几英里的酒吧里痛饮啤酒，夜里在木制屋顶的庇护下安然入眠。他们的旅友说不定已经给两人取好了绰号，在阿巴拉契亚步道上，旅途中用代号相称的做法要比在太平洋屋脊步道上风靡得多。但我们这些太平洋屋脊步道徒步者也喜欢这样做。虽然布伦特只比我小几岁，但提到布伦特的时候，格雷格、马特和艾伯特有时会叫他“小孩儿”。人们偶尔会叫格雷格“统计员”，一是因为他是个会计，二是因为他对步道的数据和资料如数家珍。马特和艾伯特的绰号是“雄鹰童子军”，道格和汤姆是“私立学校公子哥儿”。不知我是不是也被冠了什么绰号，但觉得他们不会给我取什么好名字，觉得还是不要知道比较好。

特里娜、斯泰茜、布伦特和我在与贝尔登镇杂货店毗邻的酒馆里吃了晚饭。在付了洗澡、洗衣、斯纳普柠檬汁、小零食的钱和一些杂费之后，我还剩下大约14美元。我点了一盘田园沙拉和一碟炸薯条，这两道菜一道清爽、一道油腻，既实惠又能满足我最迫切的口腹之欲。两道菜一共是5美元，在拿到下一个补给箱之前，我得靠着这剩下的9美元过活了。下一个站点在距离我134英里的麦克阿瑟－伯尼瀑布州立公园，公园里有一家特许经营店，兼做太平洋屋脊步道徒步者的装备补给站。其他几个人小口喝着啤酒，而我只有往嘴里灌冰水的份儿。我们边吃边探讨下一段旅程的计划，根据我们搜集的信息，前方有很长一段路都被厚厚的积雪覆盖。一位帅气的服务生不经意听到了我们的谈话，走过来告诉我们，他听说拉森火山国家公园的积雪足有17英尺深，有关人员正在公路上除雪，好让公路赶在今年旅游旺季结束之前开通一小段时间。

“你要喝点儿什么？”服务生与我对视了一下，他感觉到我有些犹豫，于是补充道，“我请你。”

他端出一只玻璃杯，里面满满地盛着沁凉的灰皮诺葡萄酒。我小口地抿着酒，顿时被冲上心头的满足感搅得晕晕乎乎，就像前一晚喝到夏威夷螺丝刀时的感觉一般。结账时，我们决定明早离开贝尔登镇后先沿着几条海拔较低的越野车道走一段距离，在太平洋屋脊步道上继续前进50英里左右，然后搭便车绕过步道在拉森火山国家公园被积雪封住的路段，再从一处名叫老站（Old Station）的地方重回太平洋屋脊步道。

回到营地后，我从日记本上撕下一张纸，坐在椅子上给乔写了一封信。他的生日快要到了，刚才的酒让我想起了与他共度的日子。我想起一年前的一个夜晚，我与他一起漫步，然后在公园里一处僻静的小树林中靠着墙和他做爱的情景，想起了每每与他一起注射海洛因后那股令我眩晕的冲动，也想起了他头上的染发剂在我的枕头上留下的蓝色渍迹。我没有在信中把这些细节写下来，只是手握着钢笔坐在椅子上，静静由这些往事和我想要告诉他的旅途经历在脑中掠过。从在波特兰与他分别至今的一个月中发生了太多太多的事，而我又如何能够将这一切对他说清道明呢？去年夏天的回忆于我来说显得恍若隔世，而这个夏天发生的点滴对他而言估计也与天方夜谭无异。因此，我只是在信中向他提了一长串的问题：不知他过得怎么样，在做些什么，身旁有谁在陪伴他，也不知他是否像那张寄到肯尼迪草原的明信片中说的一样，已经脱离了毒品的泥沼。但愿如此，但愿让他戒毒的原因是他自己，而与我无关。我把信叠起来，装在特里娜给我的信封里，从草地上采摘了几朵野花，把花装在信封里压平，然后封上了封口。

“我去把这封信寄出去。”我对其他几个人说完，借着头灯的光走过草地，沿着一条沙土路来到已经打烊的商店外的邮箱前。

把信投进邮箱里，我听到一个男人的声音冲我喊道：“喂，美女。”在漆黑一片的门廊上，我只能看到一支燃着的烟头。

“你好。”我试探着回答道。

“是我啊，酒吧的服务生。”男人说着，走进昏暗的灯光中，好让我看清楚他的脸。“刚才的酒你还满意吧？”他问道。

“哦，是你啊。酒很好，谢谢你了。”

“我还在上班呢。”说完，他把烟灰在花盆中弹了弹，接着说，“但我马上就能下班了。我的房车就在那边，你不是喜欢灰皮诺葡萄酒吗？你要是想过来坐一坐的话，我可以带一整瓶回去。”

“谢谢。”我回答说，“但是明天我还得早起上路呢。”

他又吸了一口烟，烟头燃起了亮光。刚才他在酒吧里把酒端出来后，我打量了他一下，我猜他有30岁的样子，穿牛仔裤的样子挺潇洒。我该不该和他一起回去呢？

他对我说：“你还有时间考虑，现在不用作决定。”

我回答说：“我明天还得走19英里的路呢。”对他来说，这些数字估计没有什么意义。

“你可以在我那儿睡一夜。”他说，“要是愿意的话，你睡床铺，我睡沙发就行了。在地上睡了那么久，在床上睡一宿肯定很舒服。”

“我已经在那儿扎好帐篷了。”我朝草地的另一边指了指。

我六神无主地朝着营地往回走。他对我表现的兴趣既让我受宠若惊，也让我有些措手不及，一股难抑的欲望穿透了全身。回到营地时，几个女旅伴已经拉上了帐篷门，但布伦特还没有睡。他站在黑暗之中，仰头凝视着繁星。

“多美啊。”我也抬起头，和他一起仰望着星空。突然，我意识到自从踏上步道后，我还一次也没有哭过。这怎么可能呢？曾经那么爱哭的我怎么会这么久都没有掉过一次泪呢？但事实就摆在眼前，没有什么好质疑的。想到这儿，我差点儿眼泪决堤，但最终还是没有哭出来，反而哑然失笑了。

“有什么好玩儿的事情吗？”布伦特问道。

“没有什么。”我看了看手表：10点15分。“平常这个时候我正酣睡着呢。”

布伦特回话说：“我也是。”

“但今天晚上我到现在还这么亢奋。”

“可能是因为我们好不容易进了次城吧。”他说。

我俩都笑了。整整一天，我都享受着和几个女伴在一起的时光，自从上了太平洋屋脊步道之后，我很少有机会像今天一样与人聊天。但奇怪的是，让我觉得距离最近的人，却是布伦特。或许这只是因为我对他有种似曾相识的感觉吧。站在他的身旁，我发现他让我想起了我的弟弟。虽然远隔千山万水，但最让我牵肠挂肚的，非我的弟弟莫属了。

“我们该许个愿。”我对布伦特提议。

“不是要等到有流星的时候才能许愿吗？”他问我。

我说：“按惯例来说的确是的，但我们不用因循守旧啊。我想要一双不伤脚的靴子。”

这一下把布伦特激怒了，他说：“许的愿望是不能说出来的！这和吹生日蜡烛是一样的，你不能把自己的愿望告诉别人。说出来的愿望就不能成真了。你的脚要被磨惨了！”

“那可不一定！”我虽然不服气地反驳着，但想到他的确言之有理，心中不禁后悔起来。

“好了，我的愿望许好了，该你了。”他说。

我目光呆滞地望着满天星斗，但心中却不平静：“你明天几点钟上路啊？”

“天一亮我就走。”

“我也是。”话虽如此，但我并不想明天一早就和他道别。特里娜、斯泰茜和我约好在接下来的几天里结伴而行，但布伦特要比我们走得快，也就是说，他要独自上路了。

“你的愿望许好了吗？”他问道。

“我还在想呢。”

“现在许愿时机正好！”他说，“这是我们在内华达山上的最后一晚了。”

“再见了，光之山脉。”我对头顶的长空说道。

布伦特提议说：“你可以许愿要一匹马，这样你就不用为脚犯愁了。”

我在一团漆黑中看着他。他是对的，徒步者和驮畜都可以上太平洋屋脊步道，但我至今还没有在道上碰到一个骑马的旅行者。我把目光重新投向夜空，说：“我以前有过一匹马。老实说，是两匹马。”

“是吗？那你可真幸运。”他回话说，“不是人人都有属于自己的马的。”

话音落下，我们双双沉默了下来。

在这静谧之中，我许了一个愿。

04

荒野

WILD

PART FOUR

没有屋顶时，我以无畏做屋顶。

——罗伯特·平斯基，《武士之歌》

永远永远永远不要放弃。

——温斯顿·丘吉尔

流浪者

走出切斯特小镇，就有一条高速公路。我站在路边，想搭个便车。就在这时，一辆银色克莱斯勒LeBaron停了下来，上面下来一位男士。过去50个小时左右的时间里，我和斯泰茜、特里娜还有狗狗欧迪就从贝尔登镇搭了50英里的顺风车，到了一个叫斯托弗营的地方。10分钟前，我们刚刚分道扬镳。一对夫妇开着本田思域汽车想载我们，但是只能坐两个人。大家相互谦让，直到在我执意坚持，并且保证我一个人没事儿之后，她俩才坐上车。欧迪慢吞吞地跟上了车，也总算挤了进去。

那个人开着克莱斯勒向我驶来，把车停在高速公路的砾石路肩上。那一瞬间，我想搞清楚他有什么意图。虽然肚子突然有阵翻江倒海的感觉，但我还是自我安慰说，自己一定吉人天相。看他的样子，慈眉善目，年长我几岁，不似坏人。后来瞄到他的汽车保险杠，我就认定他是个好人了。因为保险杠上贴着一张绿色贴纸，上面写着“想象旋转的豆子”。

你见过哪个连环杀人犯会“想象旋转的豆子”呢？

“嗨，你好。”我友好地打了声招呼。说话的时候，我的手不自觉地抓住了绑在“怪兽”尼龙带子上的哨子。虽然这哨子看着小，但是声音很大。上次把牛吓跑之后，我就再没用过它。但从那以后，我就一直觉得这哨子跟我有了一种联系，就好像这哨子不是用带子绑在包上，而是有一根无形的线将它绑在了我身上一样。

“早上好啊。”那个男人也搭腔，主动跟我握手。但是他的棕色头发遮下来，我看不到他的眼睛。他告诉我他的名字叫吉米·卡特，一个人，车子里没地方，所以没法让我搭顺风车。我看了看，确实如此。车子里除了驾驶座，其他空间塞满了报纸、书、衣服、汽水罐儿，还有一团乱糟糟的东西，堆到了车窗的高度。他问我能不能跟我说话，说自己为一本《流浪者时报》杂志写文章，所以开着车全国跑，采访那些流浪者。

“我才不是流浪者呢。我在长途旅行好吧？”我被他逗乐了，放松了警惕。正好有货车经过，我便松开哨子，做出拦车的手势。“我在沿太平洋屋脊步道徒步旅行。”我向他解释道，瞥了他一眼，希望他能赶快上车走人。要想到达老站，我得走两条高速公路，搭两次车，反正他是帮不上什么忙了。我浑身脏兮兮的，衣服更脏，但我毕竟是个女人，还是独自一人。所以，吉米·卡特的存在会让情况复杂化，让过往的司机胡乱猜想。去塞拉城的时候，就是因为身边有格雷格，等了好久才搭到顺风车。现在这个吉米·卡特在我身边，就更不会有人停车了。

“那你上路多长时间了呢？”他边问边从厚灯芯绒裤子的后口袋里抽出一支笔和一个窄长的笔记本。他的头发乱蓬蓬的，没有洗过的样子。风吹过的时候，头发会跟着飘动，眼睛就会时不时地露出来。他说自己获得了在哪个说不清道不明方面的博士学位，貌似是意识的历史，抑或是语篇和社会的比较研究。

“我跟你说了，我不是在路上游荡的。”我边说边笑。尽管我很想很快搭上顺风车，但是我感到吉米·卡特在身边也有点意思，所以又重复一遍，“我在沿太平洋屋脊步道徒步旅行。”我还做出手势，指着路边的森林想让他有点概念。但是实际上，太平洋屋脊步道在西边，离我们站的地方还有9英里呢。

他茫然地瞪着我，显然没有理解我的话。太阳升到半空，气温已经很高了。估计到中午的时候会像喷火一样。我暗暗猜想他是否闻得到我身上的气味。我早就已经分辨不出自己身上的气味了。我倒退一步，垂下手，暂时不打算拦车了。反正他要是在这儿，我就指定坐不上车。

“这条线路是国家级的风景线。”我主动说道。但是他只是定定地看着我，神情很专注，却不动手记下来。我就跟他解释太平洋屋脊步道是什么，我在干什么。我突然发现吉米·卡特长得还挺帅，但是下一刻脑子立即又在盘算他车上有没有吃的。

“那你要是在荒野徒步旅行，到这儿来干啥？”他追问道。

我就跟他讲，是因为拉森火山国家公园那边积雪很深，只能绕道。

“那你上路多久了？”

“大概一个月了。”我说的时候看到他把这一点记了下来。我突然想到我可能多少也算流浪者了，毕竟这一路上一直在搭便车，更改线路。但是我觉得把这事儿说出来就非明智之举了。

“这一个月你有几晚是睡在室内呢？”

“三次。”我脑子飞速地转着——一晚在弗兰克和安妮特家睡的，其他两晚上分别是在里奇克雷斯特市和塞拉城的汽车旅馆里睡的。

“这就是全部家当？”他朝我的背包和滑雪杖点点头。

“是的。我的意思是，我还存了一些东西，但是暂时这就是全部家当了。”我把手放在“怪兽”上。我感觉它一直像一个朋友，特别是吉米·卡特在我身边的时候，这种感觉尤为强烈。

“你看，我就说嘛，你就是个流浪者。”他高兴地作出结论，然后问我的姓名怎么写。

我跟他讲了，然后又立刻后悔了。

“真的假的？”名字写完后，他大声喊出来，“这真是你的名字？”

“嗯。”我转过脸，假装看有没有车过来，不想让他看到我脸上的迟疑。气氛突然安静得有些可怕。这时一辆满载伐木的货车转弯，完全忽略了我的拦车手势，从我们身边呼啸而过。

“那么，”吉米·卡特等货车过去后又开腔，“我们可以这么说，你应该算是个迷途的羔羊。”

“我不这么认为，”我有些结巴，“流浪者和徒步旅行者可是完全不同的概念。”我把滑雪杖上的粉色带子绕到手腕上，然后用端部胡乱地刮手上的土。“我不是你想象中的徒步旅行者。”我辩解道，“我更像是个专业的徒步旅行者，每天走15到20英里。日复一日，爬山又下山，走的都是荒无人烟的地段，经常连续好多天都见不到人影。可能你应该以这个为素材。”

他抬起头，看着我。他的头发被吹得很凌乱，盖住了他苍白的脸。他长得很像我认识的许多人，而我也在想他看到我是不是也觉得我长得似曾相识。

“我还没见过女流浪者呢，”他自言自语道，“这太酷了。”

“我不是流浪者！”这次我更加大声地强调。

“女流浪者很难找的。”他不管我，自顾自地说。

我有些愤愤不平，争论着这是因为女性被压迫得连流浪都不行。通常想去流浪的女性都被拴在家里，照看一堆孩子。而这些孩子的爸爸都是游走在各处的流浪汉！

“哦，我明白了，看来你是个女权分子。”

“对了。”我应道。终于有件事情意见一致了，感觉很棒。

“我最喜欢的。”他嘟囔道，但是没有说清楚到底最喜欢什么，又埋头开始写。

“但这些都不重要！”我喊出声来，“因为我不是个流浪者。而且，你知道，我做的事又不犯法。很多人都在沿太平洋屋脊步道徒步旅行呢，我又不是唯一的一个。你听说过阿巴拉契亚步道吗？这个就跟那个一样，就是地理位置在西边而已。”我站在他对面，看他唰唰写个不停，貌似写的比我说的要多很多。

“我想拍张你的相片。”吉米·卡特说完就钻进车里，找出一部相机，“顺便说一句，你的T恤很酷，我也很喜欢鲍勃·马利。我也很喜欢你的手链。你知道的，很多流浪者都是越战老兵。”

我低头看着手链上刻的字——威廉·J.克罗基特。

“笑一下。”他边说边拍了一张。他说让我到时候去找秋季版的《流浪者时报》，上面会刊发他的文章，说得好像我经常读这本杂志一样。末了，他又补充，“我们的文章曾经被《哈珀斯》（*Harper's*）摘录过。”

“《哈珀斯》？”我愣了一下。

“对啊，就是那本有名的杂志……”

“我当然知道《哈珀斯》是什么，”我突然打断他，“我不想出现在《哈珀斯》上。或者说，我愿意出现在这本杂志上，但不是以这种身份。”

“我之前并不觉得你是流浪者。”说着，他转身把汽车后备箱打开。

“嗯，我当然不是。所以上《哈珀斯》不是什么好主意。所以，你甚至不应该写这篇文章，因为……”

“标准版的流浪者爱心包裹。”他打断我，硬塞给我一罐冰镇百威啤酒和一塑料袋挺重的东西。

“可我又不是流浪者。”我又争辩一次，但是底气明显不足，因为我担心他会收走这个包裹。

“谢谢你接受我的采访，”他边说边扣上后备箱，“在外面的时候要注意安全。”

“嗯，你也是。”

“我想你应该带着枪吧。至少我希望你带着。”

我耸耸肩，不愿意说是，也不愿意说不是。

“因为你从南边过来，现在要去北边。那就是说，你很快就要进入大脚城了。”

“大脚城？”

“对啊，就是大脚野人啊，你不知道吗？不骗你，从这一路向北到州境，进入俄勒冈州，你就到那个地方了。世界上大多数发现野人的报道都来自那里。”他转身看着路边的大树，就好像担心上面会突然冒出个什么东西袭击我们似的，“很多人都相信这是真的。而很多流浪人士，我的意思是，在外面游荡的人，他们都知道。我一直能从他们那里听到关于大脚野人的故事。”

“哦，我想我没事儿的，最起码到现在还是好好儿的。”我大声笑了出来，但胃部还是抽搐了一小下。沿太平洋屋脊步道徒步旅行的前几周，我就在脑海中幻想自己一路上会碰到的熊、蛇、狮子，还有陌生人，所以没什么好怕的，但唯独没想到会有浑身是毛的野人！

“不过你应该没事儿的，我不担心。很有可能他们不会招惹你，尤其当你有枪的时候。”

“对。”我附和地点点头。

“那就祝你旅行顺利。”他边说边上了车。

“也祝你顺利……找到流浪者。”我挥着手，看车子渐行渐远。

我在原地站了一会儿，即使有车经过我的时候，我也没伸手拦车。在这广袤世界里，我觉得自己无比孤独。阳光很毒，像抽打在我身上一样。我甚至能看到阳光穿过我的帽子。我心里猜想斯泰茜和特里娜在哪儿。她们俩现在应该在这儿以东12英里的地方，在下一个高速公路的交叉路口，向北然后再向西就到了老站，我们又可以再踏上太平洋屋脊步道了。我们约定好在交叉路口见面。但是现在我隐隐地后悔最开始的时候让她俩先走。这时一辆车经过，我又竖起大拇指，准备拦车。但是车子没停，我这才意识到，我手里拿着一罐啤酒呢。这给人的印象不太好。我觉得自己脑子一阵发热，便把啤酒按在额前。啤酒很凉，我突然想一饮而尽。为什么不喝呢？反正放在包里也会变热。

我重新背起包，缓慢地穿过杂草丛，沿着斜坡下到排水渠，又沿着斜坡爬上来，走进森林里。有时候，我觉得森林就像我的家，是个让我觉得很自在的世界，而原先那个有道路、城镇、乡村的世界却感觉变得陌生起来。我一直走，直到找到一块绝佳的阴凉地儿。我席地而坐，打开啤酒。实际上，我不喜欢喝啤酒。这罐百威是我喝完的第一罐啤酒，但是仍然口感很好。我猜想，这啤酒尝起来应该像喜欢喝的人才会有的感觉：清爽甘洌，味道够正！

喝完啤酒，我又打起塑料袋里面东西的主意。我把里面的东西都拿出来，摆在面前的空地上：一包口香糖；三条单独包的湿毛巾；一个纸包，里面有两片阿司匹林；六块牛奶硬糖，包着金色的透明糖纸；一盒火柴，盒上写着“感谢斯坦贝克制药公司”；真空塑料包装的Slim Jim牌香肠；仿玻璃圆柱形烟盒，里面还有一支烟；一个一次性剃须刀；一罐烘豆，罐子不高，但很粗。

我就着香肠，把剩下的啤酒喝了个精光，然后又一块块地把牛奶硬糖吃了。但是，饥饿感，这种一直挥之不去的感觉促使我打起了烘豆的主意。我用瑞士军刀一点点地把它撬开，但是懒得伸手去包里找勺子，就用刀子挑着吃了起来——还真是流浪者的吃法。

重新上路的时候，酒精让我有点眩晕。我嚼了两片口香糖，脑子清醒了一点儿。看到有车经过的时候，就又做手势拦车。几分钟之后，一辆显旧的白色福特翼虎停了下来。司机是个女的，旁边坐了一个男人，后面坐着另一个男人和一条狗。

“你去哪儿？”她问我。

“老站，或者到36号和44号高速交叉口也行。”

“正好顺路。”她下车走到车后面，打开后备箱。她40岁左右，金色鬈发，脸有点肿，满是痘印。她穿的是短裤和灰色吊带上衣，但那吊带好似从拖把上扯下来的布条。另外她还戴着一对蝴蝶形金耳环。“你背这么大个包，挺厉害啊！”她边说边笑，声音有些沙哑刺耳。

“谢谢，谢谢！”我边说边擦汗，和她一起把我的“怪兽”塞进后备箱里。我爬进汽车，跟狗和那个男人坐在一起。这是条哈士奇，蓝色的眼睛，外形很漂亮，乖乖地坐在后座前面的地板上。男人很瘦削，和那个女人大约同龄，黑发编成了小辫儿。他穿着一件黑色皮马甲，但是里面没穿T恤。头上包着像自行车运动帽那样的红色大花帕。

“嗨。”我低声打招呼的同时，四处找安全带，发现安全带夹在座位中间，抽不出来。我无意间瞟到他的文身：一只胳膊上文的是流星锤；另一只胳膊上则是一个裸女上半身，头后仰，表情不知痛苦还是享受；黝黑的胸部文的则是一个不知道什么意思的拉丁词。我最终放弃系安全带，哈士奇靠过来，贪婪地舔着我的膝盖。它的舌头软软的，给我一种很奇怪的冰凉的感觉。

“这条狗他妈的看女人的眼光还挺高，”我身边的男人突然开腔，然后又补充一句，“它叫史蒂维·雷。”哈士奇突然停了下来，闭上了嘴，抬起头用水汪汪的眼睛幽幽地看着我，就好像知道有人正在介绍自己，想要表示礼貌一样。“我叫斯拜德，你已经跟露易丝打过招呼了，你也可以叫她露露。”

“嗨！”露露透过后视镜跟我眼神对接了一下，热情地打了声招呼。

“这边坐的是我弟弟，戴维。”斯拜德边说边指了指坐在副驾驶座上的那个人。

“嗨。”我跟他打招呼。

“你呢？叫什么名字？”戴维转过身来问我。

“啊，不好意思，我叫谢莉尔。”我笑着回答，但是心里有点打鼓，不知道该不该搭这辆车。但是开弓没有回头箭，汽车已经发动了，热风钻进车里面，吹着我的头发。我逗着史蒂维，用眼角的余光去瞄斯拜德。“谢谢你们愿意让我搭车。”为了掩饰我的不安，我得说说话。

“哎，姐妹儿，这不算啥。”斯拜德说话的时候，我注意到他的中指上戴着一枚方形绿松石戒指，“我们都有徒步旅行的经历，知道是什么感觉。上周我也徒步旅行了，他妈的要是没人载我一程的话我就回不来了。所以我看到你的时候就叫露露停车。他妈的这就叫因缘，知道吧？”

“是啊。”我边说边把头发拢到耳后边。太久没洗，头发粗糙干燥得像秸秆。

“你干吗要出来旅行啊？”露露抛给我这个问题，我便把事情的来龙去脉讲了一下，从为什么选择这条线路，路上碰上了前所未有的积雪，到我一路上怎么搭车去老站。虽然说不上感兴趣，但他们都很礼貌地抽着香烟听我絮叨。

我讲完后，斯拜德说：“谢莉尔，我也给你讲个故事。我觉得这事儿就发生在你走的这条线上。我曾经读过一本关于动物的书，说有个法国科学家在20世纪三四十年代还是啥时候，让猩猩画画，那种艺术画，就像你能在博物馆还是哪儿能看到的一本正经的那种画儿。科学家就一直给猩猩看那些画儿，给它们炭笔让它们画画。有一天一只猩猩画出了个什么东西，但不是艺术画，画的是关它的笼子的铁栏杆。他妈的是他自己的笼子！这是真的是不是？我就有这种深陷牢笼的感觉，姐妹儿，我猜你也有。”

“我有。”我很真诚地回答。

“老兄，我们都有这种感觉。”戴维也侧身表示赞同。

“你知道这狗的来历吗？”斯拜德又转过来问我，“史蒂维·雷·沃恩去世那天它跟了我，所以才给它起了这个名字。”

“我超爱史蒂维·雷的。”我兴奋地说。

“你喜欢《得州暴洪》（*Texas Flood*）这张专辑吗？”戴维也兴奋地问我。

“对啊！”一想到这张专辑，我就要兴奋得晕过去了。

“我这儿就有。”他边说边抽出一张CD，放进他和露露中间的那台手提录音机里。不一会儿，沃恩电吉他的魔幻声音就飘了出来。这音乐让我如痴如醉，像食物和其他我以前都认为理所当然的东西，因为难以获得，现在都成了我快乐的源泉。树木飞快地被甩到后面，这时《深陷情网》（*Love Struck Baby*）响起，我完全出了神。

一曲终了，露露说：“我和戴维也是深陷情网，下周我俩就要结婚啦！”

“恭喜呀！”我忙不迭地说。

“美女，咱俩要不要也结婚？”斯拜德突然深情款款地问我，还用手背摩挲我裸露的大腿，但是他的戒指有点硌得慌。

“甭理他，”露露给我解围，“他就是个饥渴的老色狼。”她哈哈大笑起来，从后视镜里看了我一眼。

我暗暗想，我也是个饥渴的老色狼。狗狗史蒂维·雷有规律地舔着我的膝盖，而歌手史蒂维·雷则激情四射地演绎着《骄傲与快乐》（*Pride and Joy*）。刚刚斯拜德碰的地方现在感觉突突跳动，说来可笑，我却希望他能再做一遍刚才的动作。我注意到后视镜上挂着一张塑料卡片，上面有一个十字架，旁边是一瓶空气清新剂。卡片转过来的时候，我看到另一面是一个小男孩儿的照片。

“那是你儿子？”这首歌唱完的时候，我指着后视镜问露露。

“是我的小宝贝卢克。”她边说边伸出手去弹了一下照片。

“他也要参加婚礼吧？”我提出这个问题后，她并没有作答，只是把音乐声关小了。我心里一沉：我肯定说错话了。

“5年前他去世了，当时也就8岁吧。”她过了一会儿才又开腔。

“太抱歉了。”我身体前倾，拍了拍她的肩膀。

“他骑车的时候被卡车撞了。”她淡淡地说，声音里听不出任何情绪，“但是他很坚强，在医院又撑了一个星期。所有的医生都觉得难以置信。”

“这小子挺坚强的。”斯拜德说。

“他是挺坚强的。”露露点点头。

“就像他妈妈一样。”戴维边说边抓了一下露露的膝盖。

“真的，太抱歉了。”我觉得自己有必要再道一次歉。

“嗯，我知道。”露露安慰我，旋即又把音乐声调大。一路无语。《得州暴洪》响起，沃恩那哀怨的电吉他声让我的心一阵阵绞痛。

几分钟后，露露突然大喊：“交叉口到啦！”她把车停好，熄火后对戴维说，“你们俩带着史蒂维去撒尿吧。”

大家都下了车。我从后备箱往外搬行李的时候，他们站成一圈相互点烟。戴维和斯拜德领着史蒂维·雷进了路边的树丛，我和露露就站在汽车旁边的阴凉里，我把“怪兽”的扣环扣好。她问我有没有孩子，年纪多大，是否结婚或者曾经结过婚。

我答道：没有，26岁，没有，是。

她就说："你这么漂亮，干什么都行。像我，大家都只会想到我是个好人而已。我没有漂亮的外表。"

"才不是呢，我觉得你很漂亮。"

"真的？"她有些吃惊。

"是啊！"尽管我可能不会具体用"漂亮"这个字眼来描述她。

"你真这么想？谢谢。很高兴听你这么说。通常只有戴维才会这么想。"她低头看着我的腿，突然大声对我说，"妹妹，你的腿得刮毛了！"接着她又笑起来，笑声还是像第一次笑的时候那么沙哑。"不，"她边摇头边吐烟，"你就听我胡说八道。我觉得干自己想干的就很好。让这个社会还有他们的期望滚蛋吧！但是现在很少有女人这么做。要是越来越多的女性这么做，我们活得会更自在。"她深吸一口烟，又深深吐了出来。"无所谓了。我儿子死了以后，我还在意这一切？我儿子死了，我也死了。心死。"她夹烟的手拍拍胸膛，"我看上去没什么改变，但是里面变了。我的意思是，生活还得继续，该来的还得来。但是卢克死了，把我也带走了。我反抗过，但是没用。物是人非，我已经不是我了，我也回不到原来的我了。你明白我什么意思吧？"

"我明白。"我真诚地看着她灰褐色的眼睛说。

"我也觉得你明白，我能感觉得到。"

跟他们道别后，我穿过交叉口，向那条通向老站的高速公路走去。气温很高，能看到路面上升腾起来的热流。我到那儿的时候，看到远处三个模糊的身影。

"斯泰茜！特里娜！"我禁不住喊出声来。

她们也看到我，朝我不停挥手。欧迪也撒欢儿地朝我汪汪叫。

我们一起拦住一辆车到了老站——这其实是个小村庄，建筑物稀稀落落的，算不上城镇。特里娜去邮局把一些东西寄回家，我和斯泰茜就在空调咖啡屋里等她，喝着汽水，讨论下一步的行程。下一段路属于莫多克高原，叫“帽溪沿”，荒无人烟，因植被少和干旱而著称，是徒步旅程中的传奇路段。因为气候干热，1987年的时候，这里被一场大火烧得寸草不留。1989年出版的《太平洋屋脊步道第一辑：加利福尼亚州》一书就写明从老站到岩泉溪水之间30英里都没有稳定的水源。同年，林务局计划在两地中间处的老火警瞭望塔原址附近建一座水塔。不过书里也标明，这个信息需要进一步确认，且即便水塔建好了，也有可能因为一些破坏行为没有办法一直供水。

我一边消化这个信息，思考怎么办，一边把汽水杯里的冰块一块块吸进嘴里。我在肯尼迪草原把我的储水袋扔了，因为往北的路段大部分时候都有充足的水源。考虑到帽溪沿很干旱，我寻思着买一大桶水，然后挤进“怪兽”里。但是无论是出于体力还是财力的考虑，我都希望没有这个必要。我希望能把最后一点钱都用于在咖啡店买吃的，而不是背着这大桶水穿越30英里。所以，当特里娜从邮局带回消息，说南去的旅行者已经在攻略里写明手册上提到的水塔确实存在并且有水的时候，我几乎高兴得从椅子上跌落下来。

我们一下子都有了动力，徒步走了1英里，到达露营地点，挨着把帐篷搭好。今晚是我们在一起的最后一晚，特里娜和斯泰茜第二天得继续赶路，而我决定休整一下。一来，我又想一个人旅行了；二来，我也想歇歇脚，之前在三湖起了很多水疱，到现在还没痊愈。

第二天醒来的时候，整个露营地点只剩下我自己了。我坐在野餐桌边，把詹姆斯·A.米切纳的《一本小说》剩下的部分点着，用锅煮茶喝。批评米切纳的那名教授在一些方面有失偏颇：米切纳的文学地位虽然不及威廉·福克纳和弗兰纳里·奥康纳，但他的书还是让我完全入了迷，不仅仅是他的内容写得好，他的主题也让我心有戚戚焉。这本书讲了很多事，但是都围绕着一本小说，从小说的作者、编辑、批评人士和读者的角度来阐述。我这一生做了很多事情，也曾有过不同的生活，但是有一件事未曾改变，那就是：我是一个作家。某一天，我会写一本我自己的小说。但是到现在这个梦想也没有实现，实在汗颜。按照我十年前对生活的规划，我现在肯定已经出版第一本书了。我曾经写过几篇短篇小说，也实实在在地尝试过写小说，但是要真正完成一本小说还差得太远。过去的一年发生了太多事，让我感觉写作已经成了遥不可及的梦。但是当我徒步旅行的时候，我能感到这个梦在复苏。我的脑海里现在除了有音乐片段和广告歌曲，也能听到它的声音。为了生火，我把米切纳的书几页几页地撕开，弓着腰用露营地点的火源点燃。那天早上，就是在老站，我下定决心开始写书。反正天气炎热，我也无事可干。所以我就坐在野餐桌旁，一直写到傍晚。

抬头的时候，我看到一只花栗鼠在啃帐篷的网眼，想要进来偷东西吃。它被我赶到了树上，吱吱叫个不停，让我咬牙切齿。这个时候，露营地点又热闹起来，大多数野餐桌上摆满了清凉饮料和火炉，皮卡车和露营的人都挤在小休息区里。我把包从帐篷里拿出来，背着走了1英里，回到昨天我和特里娜与斯泰茜三人待过的咖啡厅。我买了一个汉堡，也不去管自己要不名一文了。我下一个补给箱在伯尼瀑布州立公园里，离这里大概42英里远，我两天就能走到那儿，因为现在随着行程的深入，我行进的速度也越来越快了。我曾经连着两天每天走19英里，走出了贝尔登。现在是盛夏的下午5点，天完全黑下来要到九十点钟，这个店只有我一个客人，我尽可不顾吃相地狼吞虎咽。

当我从这里离开的时候，口袋里只剩下几个硬币了。走过一个付费电话亭的时候，我又折回去，拿起听筒，摁了0，心里一阵翻腾，又害怕又兴奋。当接线员为我转接电话的时候，我把保罗的号码给了她。

电话“嘟”了三声后，他接了电话。听到他的声音，我激动地连句问候的话都说不出来。“谢莉尔！”他在那边大声喊我的名字。

“保罗！”我最终还是叫出了他的名字，然后连珠炮似地告诉他我在哪儿，上次告别之后我都经历了什么。我们谈了将近一个小时，气氛很温馨活跃，他也不断地为我加油打气。他感觉不像是我的前夫，而更像是我最好的朋友。通话结束的时候，我低头看着放在地上已经几乎空了的旅行包，禁不住将它提起来用力地抱在怀里，闭上了眼睛。

我走回营地，在野餐桌旁坐了好久。手里拿着《夏日鸟笼》这本书，心情却难以平复，一页都读不下去。我注视着金黄色的太阳慢慢落山，把天边染成粉色、橙色和最梦幻的淡紫色。我想念保罗，想念我的生活，但是我并不想回到过去。当我跟保罗坦白了我的不忠行为时，我们的生活瞬间跌入地狱。这个镜头像潮水一般向我不断袭来。我终于意识到我说这些话的后果：我们的婚姻不仅走到了尽头，而且我现在身在加州的老站，在广袤的天空下，孤零零地坐在野餐桌旁。我感觉不到悲喜荣辱，只是觉得尽管做错了很多事，但是来到这里，算是做对了。

我伸手到包里取出吉米·卡特之前给我的仿玻璃烟盒里剩下的那根香烟。我没有抽，只是打开烟盒，坐在野餐桌旁，静静地把香烟点燃。我上路也有一个多月了，虽然看起来时间很长，但是于我，旅程好像刚刚开始，因为我现在开始思考上路的原因，虽然感到心里仍有缺口，但是我第一次感觉到那缺口是那样小。

我狠狠吸了一口烟，然后又吐出来。我还记得吉米·卡特那天早上开车走了以后，那种广袤世界里无与伦比的寂寞感。可能我确实就是这个广袤世界里最寂寞的那一个吧。

可能，这样也无所谓。

走了这么远

天刚亮我就醒了，然后丝毫不差地把帐篷收起来。现在我已经能在5分钟之内把东西全部打包好。我曾经在莫哈维汽车旅馆把东西归类，要么扔掉或烧掉，要么就留下来。留下来的东西乱糟糟地摆成一大堆，但现在都归置在我的包里或者挂在包上，而且我准确地知道各种物件的位置。我的手出于本能就能摸到我要找的东西，似乎完全不用经大脑。“怪兽”现在就是我的世界，我的左膀右臂，尽管它没有生命。它的沉重和庞大仍然会让我很有挫败感，但是我已经认为它是个甜蜜的负担。一个月前，我跟现在的想法截然不同。现在我们俩不是对立的，而是已经合二为一了。

背着这么重的包也让我的外在有了新的变化。我的腿硬得像鹅卵石，肌肉有力，似乎上山下海无所不能。之前不断被包磨出血又结痂的屁股、肩膀和尾骨现在已经接受了这一切，皮肤被磨得又厚又硬，有点像树皮，又像用沸水去毛后的鸡皮。

我的脚？好吧，感觉已经无药可救了。

自从上次从三湖到贝尔登镇的时候受了重伤，两个大拇指一直没好过，而且指甲都成了死灰色。其他的脚趾则磨得通红，我有时候想，它们会不会有一天要罢工，离“脚”出走呢？从脚后跟到脚踝，全都是水疱，而且感觉永远也好不了了。但是那天早上在老站，我强迫自己不去想我的脚。能不能顺利完成旅行取决于我的信念：无论如何，都要勇往直前。我用修复贴和新的创可贴包住伤口，然后穿上袜子和靴子，一瘸一拐地走到营地的水龙头把能装64盎司水的两个水瓶都装满。今天要行进15英里，才能穿过炙热的帽溪沿。这些水得留到那时候喝。

我要走到太平洋屋脊步道和这条路的交会处。天还早，但是已经很热了。不过经过休整，我觉得自己又充满了能量，准备迎接新一天的到来。一上午，我就穿行在干涸的河床和满是乱石的溪谷中，口渴难耐的时候才停下来喝口水。到10点钟左右的时候，我走上了一条几英里宽的斜坡。陡坡上长满杂草和野花，很少有阴凉地儿。树很少，而且都因几年前的大火枯死了。树干白一道黑一道，树枝也都被烧成了块块残木。这种荒凉的美丽，默默透着苦难的力量。

碧空如洗，太阳无情地照射着大地。帽子和浑身涂抹的防晒霜都像失效了一般。我能看到几英里外的情况——拉森峰（Lassen Peak）白雪皑皑，而它北面的沙斯塔山海拔更高，积雪更多。看到沙斯塔山，我松了一口气，因为那就是目的地。穿过这座山以后，我就可以一直走到哥伦比亚河。我已经绕过了积雪，现在要沿着这条线路一直往前。我脑海中不禁浮现出自己轻松欢快地走完剩下旅程的情景。但是高温天气很快就把我拉回现实，让我明白想归想，但不可能实现。如果我要到达俄勒冈和华盛顿州界的话，背着这么大的包徒步旅行，一定困难重重。

徒步跟我以前的旅行方式完全不同。在以前浑浑噩噩的生活里，这几英里的路程对我根本没什么意义。但是现在，于我，这踏过的路是茂盛的杂草，是凝结的土块，是随风舞蹈的花儿，是自由生长的绿树；于我，这踏过的路是我踏实的呼吸声，是我的双脚迈过的每一步，是我的滑雪杖探路的敲击声。在这一切面前，我变得无比渺小。而在帽溪沿旅行的这天，这种渺小感更为强烈。天气从炎热变成炙热，到最后连风都是热的，在地表打着旋儿，把土都吹到我的鞋子上。一阵热浪吹过，我听到了一种异于风声的窸窣响声，我突然意识到这周围有一条响尾蛇，在警告我不要靠近。我慌忙往后退了一步，看到前面几步远处有一条蛇，眼睛盯着我，身体盘曲，尾巴立起，活脱脱像骂人时竖起中指。要是我刚刚再多走几步的话，就踩到它了。这已经是路上碰到的第三条响尾蛇了。我夸张地从它身边绕了个大圈，继续赶路。

中午，我找到一块狭长的阴凉地，坐下来准备吃点东西。每次午餐的时候，我都会把袜子和靴子脱掉，平躺在地上，把肿胀的双脚搭在包上休息，这次照旧。望着天空，有鹰和雕在我头顶盘旋，但是我没法放松下来，不仅仅是因为有响尾蛇。这里地面空旷，能见度很高。但是我心里总是隐隐觉得有东西就潜伏在我周围，注视着我，准备伺机而动。时不时地，我会直起身，看看周围有没有美洲狮，然后又躺下，安慰自己没什么好害怕的。但是不一会儿，我又觉得自己听到树枝断裂声，所以又会弹坐起来。

我不断地对自己说，什么都没有，我不害怕。我伸手够到了水瓶，开始喝个不停。我实在太渴了，所以把这一瓶水一饮而尽，然后还觉得不过瘾，又打开另一瓶喝起来。挂在我拉链上的温度计现在显示阴凉地儿里的温度已经达到100华氏度。

再一次上路的时候，我开始唱一些能让自己心静的歌。太阳光好像抽打在身上，火辣辣的。汗水汇聚在太阳镜四周，流进眼睛，十分刺痛，我不得不时地停下来擦汗。想想一个星期前我还把自己裹得严严实实，在雪山跋涉呢。每天早上醒来，帐篷外面都结了厚厚一层霜。但是现在那些记忆已经模糊了。那个雪白的世界像是一场梦境，就好像这五周的跋涉全是笼罩在炙人的高温下，我第二周绕道而行也全是因为这高温。我停下脚步，喝了口水。现在连水都热得烫嘴。

前面是一片平地，长满了一串红和杂乱无章的耐旱野花。一路上会有一些认不出的扎人的植物擦过我的小腿肚。我能认出的植物好像在跟我说话，用我妈妈的声音说着它们的名字。它们的名字又重新在我记忆里冒出来：田荠菜、火焰草、羽扁豆——这些白色、橙色和紫色的花在明尼苏达州也能见到。当我们驾车驶过的时候，妈妈有时会停下车，从路边的花丛里摘一捧。

我停住脚步，抬头望着天空。那些猛禽仍然在盘旋，似乎不用扇动翅膀。我下定决心：绝不打道回府。想到这里，我深吸一口气，继续前进。现在我的大脑已经什么都不想了，支撑我机械前进的，只有旅程的单调。上路的这些日子，每天这种单调都会最终占得上风，因为当时心里想的只有身体的疲惫。就好像这是某种痛苦的疗法。每次我会数着自己走了多少步，到了100，再从1开始数。每完成一组，就感觉已经完成了一件小事情。后来觉得数到100太难，于是减到50，然后减到25，最后减到了10。

1，2，3，4，5，6，7，8，9，10。

然后我停下来，弯下身，用手按一下膝盖，缓解一下背部压力。脸上的汗水会直接滴到浅黄色的土里，像是滴下的泪水。

莫多克高原与莫哈维沙漠有所不同，但是感觉并无差异。这两个地方都长满了参差不齐的植物，不适宜人类居住。小型灰褐色蜥蜴要么在我靠近时迅速消失在路边，要么就一动不动。“它们从哪儿找水呢？”为了不去想自己有多热多渴，我就去想些别的。“我现在到哪儿了？”离水箱已经只有3英里了，我还剩下8盎司水。

然后6盎司。

然后4盎司。

在看到水箱之前，我逼迫自己不去喝最后剩下的两盎司水。到了下午4点半，我终于看到水箱了：被焚烧过的火警瞭望塔赫然立在不远处！瞭望塔旁边有一个金属水箱，立在一根棍子上。一看到水箱，我就拿出水瓶把剩下的水都喝了，也庆幸再过几分钟就能喝上更多的水了。

当我靠近的时候，看见水箱旁边的木棍上贴满了东西，在风中摇曳。起初我以为是丝带，后来以为是布条，直到走近才看清是一些小纸片——用胶带贴在木棍上的留言，被风吹得哗哗响。我靠近一点想知道上面说什么，但是在我看到纸片之前就已经预感到了什么。纸片上的内容大同小异：没水。

我呆立了一会儿，吓得几乎瘫在地上。盯着水箱看了一会儿，确认确实没水。里面没水，我就没水。一口水也没有。

没水没水没水没水没水没水没水没水没水！

我狠狠地踢着土，两手抓起鼠尾草扔出去。我在生自己的气，为什么又做错事，为什么还跟刚上路时那样又傻又笨！不仅把靴子买错尺码，低估了路上的费用，还百分之百地自信能徒步穿越太平洋屋脊步道！

我从短裤口袋里抽出已经散页的旅行手册，仔仔细细地又读了一遍。现在的感觉不是上午的那种“害怕”，总是疑神疑鬼身边埋伏着什么东西。准确地说，现在的感觉是“恐慌”。而且这也不是一种感觉，而是一个事实：现在100多华氏度，我离水源还有数英里。我清楚地知道这才是我上路以来面临的最严重的情况——这比横冲直撞的野牛更具威胁性，比积雪更让人苦恼揪心。我需要水，立刻就要，现在就要！我感觉我的每一个毛孔都在要水喝。我突然想起来艾伯特在我们第一次见面的时候问我每天小便几次。从我那天早上离开老站以后，我就没小便过，也不需要。我喝的每一滴水都用来维持身体运转了。现在我觉得自己口渴难忍，甚至都吐不出唾沫。

《太平洋屋脊步道第一辑：加利福尼亚州》里说，最近的“可靠的”水源在15英里以外的岩泉湾，但是书里也说实际上有一个更近的水源，但是因水质“可疑”，强烈建议不要喝。要到水库，需要再沿线路往北走大概5英里。

除非，这个水库也干涸了。

我承认，很有可能已经干涸了，但我还是“加速”向那个方向迈进。考虑到双脚的情况和背包的重量，我所说的“加速”只是步伐快了一点点而已。我感觉自己好像从帽溪东沿俯瞰到整个世界：脚下是一条宽阔的河谷，一直延伸到远方，被南北两座树木葱郁的火山夹在中间。即便现在我有点心慌意乱，但是仍然被眼前的美景吸引住了。我是个蠢货，我承认，一个最终会因为脱水或中暑而死去的蠢货。但是至少我死的地方很漂亮——虽困难重重，却靠着自己的双脚一路走到这里，来欣赏眼前的这一切！我一边自我安慰，一边继续行进。现在口渴得有种想吐的感觉，而且体温也在升高。“会没事儿的。”我告诉自己。每次直起腰的时候我都对自己说：又近了一点儿。直到太阳快要落山，水库才出现在视野里。

我停下脚步，注视着它。所谓的水库，实际上只是个网球场大小的满是污泥的水塘而已，但是里面毕竟有水。当我深一脚浅一脚地下了斜坡，摇摇晃晃到了水库边一小块平地的时候，禁不住要高兴得笑出来。今天是我第一次徒步20英里。我把“怪兽”解开，放到平地上，然后走到泥岸边，蹲下来把双手放进水里。水是灰色的，暖暖的。手移动的时候，底部的软泥就会像水草一样漂浮上来，把水搅浑。

我拿出净水器，把这可疑的水灌进去。这净水器跟我第一次在金橡泉用的时候一样难用，用来净化这里的水则难上加难，因为水里有一半都是泥浆。等到把净水器装好水，手都累得抖起来。我找到急救箱里面的碘片，放了两粒到水里。之所以会带碘片，就是想在不得不喝这种脏水的时候有个保障。在肯尼迪草原的时候，艾伯特狠心帮我扔了很多东西，但还是没扔碘片。不过，扔东西第二天他却因为喝了脏水生病了。

我要等碘片完全溶解杀毒30分钟后才能饮用。我口渴得有些抓狂，只能给第二个水瓶装水，借以转移注意力。水装好以后，我把防水布铺在岸边的空地上，站在上面迅速脱个精光。微风吹过，似乎带着暮霭的光芒，吹得屁股上火辣辣的疼的地方渐渐凉下来。我甚至没想万一有人出现怎么办。因为一整天，我连个人影儿都没看见。再说了，即便有人来了，我又渴又累，意识涣散了，根本不会在意。

我看看表：把碘片放进水里已经27分钟了。通常到了傍晚我会饿得难受，但是现在吃东西根本不在考虑范围之内。我只想喝水。

坐在蓝色的防水布上，我一口气喝掉两瓶水。水热乎乎的，喝起来像铁和泥的混合物，但是我好像从来没有喝过这么好喝的东西。我甚至能感觉到水在我身体里流动。虽然一口气喝了64盎司的水，但还是感觉口渴。奇怪的是，我仍然不饿。就像刚上路那几天，身体累得要命只想睡觉一样，现在我的身体只想喝水。我又把两个水瓶装满，等碘片净化之后，一饮而尽。

喝饱水之后，天已经黑了，一轮明月悄悄升起来。我实在没有力气搭帐篷了，其实平时也就需要两分多钟，但是现在感觉比登天还难。实际上我也不需要帐篷。除了上路前几天下雨了，一路上就没碰上过雨天。所以我穿好衣服，把睡袋打开铺在防水布上。天太热了，只能躺着。我累得不想看书，即使睁眼看月亮都有点费劲。到水库的几小时内，我就消灭了128盎司“水质可疑”的水，但还是没有尿意。要穿越帽溪沿，我竟然蠢到只带了这么点水。“以后再也不能掉以轻心了。”我对着月亮默默发誓，然后就迷迷瞪瞪睡过去了。

大概过了两个小时，我隐隐觉得有一些冰凉的手在温柔地拍打我，感觉很是舒服。双腿、胳膊、脸、头发、双脚、脖子、手上，都能感觉到。我甚至能感觉到这些手压在我的胸膛和肚子上，隔着T恤给我一种凉凉的感觉。“嗯……”我低声抱怨着，还稍微侧了侧身。然后我突然睁开眼，脑子开始缓慢地反应：

我先是看到了月亮，意识到自己露天睡在防水布上。

然后我想起来，自己醒了是因为有一些冰凉小手一样的东西轻轻拍我，而且正在拍我！

最后，也就是最重要的一点，这些冰凉小手不是手，而是上百只小黑青蛙！

这些小小的凉凉的滑不溜秋的黑青蛙，正要从我身上跳过去！

每只青蛙也就有薯片那么大。这支皮肤滑溜溜的两栖蹼足大军，正在举家迁移呢，而我就挡在它们前进的道路中间。它们又蹦又爬又跳，活像小肉团儿，努力地从水库往一块平整地上迁移——看来它们把那儿当成自己的私人沙滩了。

我突然回过神来，一边疯狂地又蹦又爬又跳，努力地扯着包、防水布和防水布上的所有东西跳进上面的灌木丛，一边使劲拍打着头发和衣服褶里面的青蛙。在挣扎的过程中，有几只青蛙不幸被我光脚踩死。转移到安全地带以后，我站着看它们又小又黑的身子在月亮下泛着光，执着地朝目的地蹦跶。我检查了短裤口袋，防止还有漏网之“蛙”，然后又把东西都搬到一小块能支起帐篷的干净平地上。从包里抽出来帐篷，甚至都不用去看，翻转之间，就已经支好了。

第二天早上爬出帐篷的时候已经8点半了，这对我来说有点晚，相当于我之前睡到中午，而且这里的8点半感觉也很像以前喝酒到凌晨后醒来的中午。我半站着，看着周围的一切，像是宿醉刚醒。到现在我仍然没有尿意。收拾好行囊，把水瓶装满“脏水”，我又顶着大太阳向北迈进了。今天比昨天更热。上路不到一个小时，我又碰到一条响尾蛇。尽管它也摇晃尾巴给我警告了，但我还是差点踩到它。

到下午的时候，我想一鼓作气晚上到达麦克阿瑟－伯尼瀑布州立公园的愿望已经完全破灭了，因为我的双脚肿着，满是水疱，而且气温又太高。所以我就从原定路线上绕了一下，因为旅行手册上说在卡塞尔有一家杂货店。到达那里的时候已经下午3点了。我被热得有点神志不清，摘掉包后就瘫坐在商店前老式门廊的木椅上。阴凉处的大温度计上显示现在是102华氏度。我掏出所有的钱，数了数，差点要哭出来了。因为我明白我现在的钱都不够买一瓶斯纳普柠檬汁。但现在我就想喝柠檬汁。买一瓶柠檬汁，得9毛9，或者1块零5分，或者1块1毛5——我并不知道确切的价格，但我知道我浑身上下只有7毛6，肯定不够。但是我还是走进商店，能看一看也好。

“你在太平洋屋脊步道上徒步？”柜台后面的女人问我。

“嗯。”我边说边给她一个大大的微笑。

“家是哪儿的？”

“明尼苏达州。”我下意识地回答，身体往前挪，目光却在一排冰箱玻璃门后摆放得整整齐齐的冷饮上游移。有冰镇啤酒、汽水、矿泉水、果汁。但是当我走到码得整整齐齐的斯纳普柠檬汁前时，再也迈不动步。我把手放到冰箱的玻璃门上，柠檬汁触手可及——有黄色和粉色两种颜色的。但是，它们现在对我来说就像钻石，只能看，不能摸。

“要是你今天不走的话，欢迎你在商店后面的平地上露营，”那位女士很友好地对我说，“所有在太平洋屋脊步道徒步的人都能在这儿露营。”

“谢谢，我想我会的。”说话的时候，我仍然盯着那些冷饮。心里禁不住想，拿一瓶在手里也无伤大雅，我只把它顶在额头，就一会儿也好。打开冰箱门，我拿出一瓶粉色柠檬汁，冰冰的，好像要冻掉我的手一样。“多少钱？”我还是忍不住问。

“我刚才看到你在外面数硬币，”那个女人发出爽朗的笑声，“你有多少？”

我把所有的硬币一股脑儿地掏出来给她，忙不迭地感谢她，然后拿出一瓶走到外面的门廊。每吸吮一口，我的心里就狂欢一次。我两只手都握着瓶子，想要尽可能吸收瓶身的冰凉。不断有汽车在商店前停下，有人下车，进店，然后又出来，开车离开。我就这样看着他们一小时，享受着柠檬汁带来的快感。过了一会儿，一辆皮卡车停在商店前。一个男人从后座上下来，拽出身后的背包，向司机挥手致意。车一溜烟又开走了。那个男人转身，看到了我和我的包。

“嘿！”打招呼的时候，他红扑扑结实的脸庞上露出一个大大的微笑，“今天在太平洋屋脊步道徒步真是热得够呛，是不是？”

他叫雷克斯，大个儿，红发，自来熟，同性恋，38岁。不过最让我吃惊的是他是那种会给人很多熊抱的人。他走进商店，买了三瓶啤酒，一边喝一边坐到我身边，跟我聊到晚上。他现在住在凤凰城，在公司工作，但是干什么我不明白，他也解释不清。他在俄勒冈州南部的一个小镇长大。春天的时候，他从美国和墨西哥边境一路徒步到莫哈维，然后停止徒步。他停止徒步的地点，就是我上路的地方，而时间竟也差不多。他回到凤凰城，待了六周，处理完商务上的各种事宜，然后又到老站重新开始旅行。所以，他正好躲过了雪灾。

“我觉得你得买双新靴子了。”当我把脚伤给他看的时候，他竟然跟格雷格和布伦特的反应一样。

“但是我现在没法儿买新靴子了。我没钱了。”我终于能毫不羞愧地承认自己没钱了。

“你在哪儿买的？”雷克斯问我。

“REI。”

“给他们打电话。他们有满意度保证的，会给你免费换鞋。”

“真的？”

“打这个号码，1-800。”

我和雷克斯在商店后面露营的时候，这件事就一直在我脑海中盘旋。第二天，在去麦克阿瑟－伯尼瀑布州立公园的路上，这个念头让我加快了脚步。好在路程只有12英里，对我来说不算挑战。到那儿的时候，我立即从特许经营商店里取了我的补给箱，快速走到附近的公用电话前打电话，让接线员转接到REI公司。不到五分钟，听电话的女人就答应给我寄一双新靴子，大一码，用快递给我寄过来，而且不收任何费用！

“您是说真的吗？”我反复问她，当然，也没有忘记喋喋不休控诉靴子太小给我带来的麻烦。

“是真的。”她很温和地回复我。好吧，我现在要宣布：我爱死REI了，而且甚于卖给我柠檬汁的那位女士！我看着还没打开的补给箱上的公园商店的地址，然后念给她听。挂掉电话，要是我的脚没事的话，我肯定要高兴地跳起来了。我急匆匆地打开补给箱，里面有20美元。我排到一群游客的队伍后面，暗暗地希望他们不要闻到我身上的臭味儿。买了一个冰激凌甜筒后，我坐在野餐桌旁边，一边傻乐一边享用。这个时候，雷克斯走了过来。几分钟以后，特里娜和她的狗突然出现在我眼前。我们高兴地拥抱，我把她介绍给雷克斯。原来她和斯泰茜是前一天赶到的。她决定不再继续在太平洋屋脊步道徒步，而是回到科罗拉多州，然后在夏天结束前在她家附近的地方徒步旅行一下。但是斯泰茜会按照计划继续旅程。

“你要是跟她一起的话，她会高兴坏的，”然后特里娜又补充道，“她明早就走。”

“不行呀。”我有些遗憾，然后给她解释我需要在这儿等我的新靴子。

“在帽溪沿我们还担心你呢，”她又补充道，“那里没……”

“我知道。”我们一阵唏嘘，有些后怕地摇摇头。

“跟我来！”她对我和雷克斯说，“我带你们去我们露营的地方。走20分钟就到，我们赶快离开这儿。”她厌恶地指了指游客、快餐店和商店。“而且，那里也更自在一些。”

现在，每次休息完起身赶路的时候，我的脚就会更痛，而且各种各样的酸痛会卷土重来，让我不得安生。我一瘸一拐地跟在特里娜和雷克斯后面，沿着森林小路，重新回到太平洋屋脊步道的路线上。大树之间，有一小块儿空地。

“谢莉尔！”斯泰茜看到我，忍不住大声喊起来，跑过来拥抱我。

我们开始热烈地讨论帽溪沿、炎热的天气、整个行进路线和缺水，以及快餐店晚饭供应什么。我把靴子和袜子都脱下来，穿上凉鞋，把帐篷支好，然后一边跟他们交谈，一边欢快而有条不紊地把供给箱里的东西都拿出来。斯泰茜和雷克斯很快成了朋友，决定第二天一同上路。到需要走回快餐店吃晚餐的时候，我的两个拇指已经红肿得像俩水萝卜了，疼得不敢再穿袜子，所以我就趿拉着凉鞋蹒跚地走到快餐店。我们坐在野餐桌旁边，点了热狗、炸芝士青辣椒和烤干酪辣味玉米片，上面的奶酪泛着透明的橙色，从两边往下滴。这感觉像是一场盛宴和一场庆祝。我们举起装满汽水的纸杯，祝起酒来。

“为特里娜和欧迪能回家干杯！”我们欢呼着碰杯。

“为斯泰茜和雷克斯旅行干杯！”然后又是一阵欢呼。

“为谢莉尔的新靴子干杯！”最后我们喊起来。

我神情庄重地干了这杯汽水。

第二天醒来的时候，空地上只剩下我自己的帐篷了。我走到官方露营场地为宿营者设立的洗澡间里痛痛快快地洗了个澡，然后回到驻地，在营地的椅子上坐了几个小时。吃过早餐，一口气读了半本《夏日鸟笼》。下午，我步行到快餐店旁边的商店去看看我的靴子到了没有。但是柜台后的女工作人员告诉我邮包还没来。

我心里一阵怅然，趿拉着凉鞋慢悠悠地沿着一条小路去看瀑布。公园因瀑布而得名。伯尼瀑布因一年中大部分时候水量丰沛、气势磅礴而享誉加州，而眼前的景色证明其绝非浪得虚名。注视着瀑布轰鸣奔腾而下，我感觉自己要被淹没在人潮中了。游客们人手一部相机，系着腰包，穿着齐膝短裤，熙熙攘攘，好不热闹。我坐在长凳上，看着一对情侣把一整包薄荷糖全都喂给了一群不怕人的松鼠。而旁边的标志牌明明白白地写着：不要给野生动物投食。看他们这么做，我有点儿恼火。但是我也意识到，我生气不仅因为这样会让松鼠养成坏习惯，而且因为他们成双成对。看他俩相互依偎，十指紧扣，在路上相互温柔地拉扯对方，简直让人受不了。我既感到腻味，又感到妒忌。他们的存在似乎证明，我的爱情就是个悲剧。几天前，在老站给保罗打电话的时候，那种满足感很强烈。但是现在我再也没有这种感觉，这让我平静的内心再次翻腾起来。

我一瘸一拐地回到营地，仔细检查了两个备受折磨的拇指，轻轻碰一下都痛得受不了。我甚至能看到脚趾在跳动——血在规律地涌动，让脚指甲一会儿白一会儿粉。因为肿得太厉害，两个脚指甲感觉随时都会脱落。我突然想到，把它们扯下来可能会是个好主意。我捏着其中一个脚指甲，使劲一拽，然后一阵钻心的痛，指甲掉了，然后就是完全的解脱感。过了一会儿，我又如法炮制，把另一个拇指的脚指甲扯掉了。

我意识到，在脚指甲这个问题上，这是我跟太平洋屋脊步道的对决。

当前比分6比4，但双方分差越来越小。

夜幕降临，另外四个在太平洋屋脊步道的徒步客也来到营地。他们到的时候，我正点着《夏日鸟笼》剩下的几页书给小铝质平底锅加热。两对伴侣跟我一般年纪，都是从美国和墨西哥边境一路徒步过来，当然他们也绕过了内华达的积雪山区。他们两对伴侣分别出发，但在南加州碰面后开始一起旅行，一起穿越荒原，绕开雪地，就这么过了几周的“四人约会”生活。约翰和莎拉来自加拿大的艾伯塔省，上路的时候约会还不到一年；山姆和海伦已经结婚，来自缅因州。他们第二天在此处休整。我跟他们说，新靴子一到，我就重新上路。

第二天，我打好包，把靴子系在包上，穿着凉鞋走到商店，坐在附近的一张野餐桌旁，等候邮包到达。我迫不及待地想要上路，不是因为我喜欢徒步，而是因为我必须这么做。要想在大概估计的那一天拿到每一个补给箱，我就必须按行程表行进。尽管因为财力和天气原因有各种变化和绕道，我都必须按照计划，在9月中旬完成旅行。我拿出供给箱里面的新书——弗拉基米尔·纳博科夫的《洛丽塔》，坐着读了几个小时，等着我的靴子寄到。人流来了又散，有时候会有一些人注意到我的背包，围在我身边询问关于太平洋屋脊步道的问题。回答问题的时候，我感到自己对当初选择的怀疑在某一刻一度消失殆尽，甚至忘了自己曾经怎样蠢笨到家了。沐浴在身边关注的眼光里，我觉得自己不仅仅是一个背包客，还是一个自我感觉良好的女王。

“我建议你把这个写进简历里，”一个脸色红润、浑身珠光宝气的佛罗里达老妇人突然开腔，“我以前在人事部门工作。用人单位就喜欢找有这样经历的人。这表明你有个性，与众不同。”

邮递员到的时候已经是下午3点了，联合包裹公司的快递员一个小时后也来了。但是他们都没有我的靴子。我心里一沉，立即走到公共电话亭，给REI公司打电话。

接电话的是个男人，他很有礼貌地告知我，他们还没有给我邮递靴子。因为他们无法用快递给我寄到州立公园这边来，所以想用平邮，但是又因为他们不知道怎么联系我，所以就什么也没有做。“我觉得您不了解情况，”我尽量压着火，“我现在在太平洋屋脊步道徒步旅行呢。我晚上就睡在森林里，你们当然没法儿联系上我了，而我也等不了……对了，我的靴子用平邮寄过来需要多长时间？”

“大概5天。”他语气平淡，并不为我的埋怨所动。

“5天？”我反问道。我又不能发火，毕竟他们是免费给我邮寄一双新靴子，但是我仍然感到心烦意乱，甚至有些慌张。除了按照计划行进，我还需要把包里的食物留着完成下一段旅程——83英里，目的地城堡岩（Castle Crags）。如果我待在伯尼瀑布等靴子，我就得吃掉一些食物。而我现在最多只有5美元，根本没钱在公园的快餐店吃5天。我从背包里拿出旅行手册，找到城堡岩的地址。我不敢想象自己穿着小一号的靴子在烈日下行进83英里，但别无选择，只能请求REI公司把靴子寄到城堡岩去。

挂掉电话，我一下子泄了气，也没了女王的良好感觉。

我用祈求的眼神盯着靴子，就好像我能找到解决方法似的。鞋子用红色布满灰尘的鞋带儿绑在包上，现在坏坏地、冷冷地看着我。我本来计划在新靴子到了以后就把它留在太平洋屋脊步道徒步客免费物品箱里的。现在拿在手里，却不愿意穿上去。或许我应该穿着不耐磨的凉鞋先走一小段路。我也碰到一些人要替换下靴子和凉鞋，但是他们的凉鞋要比我的耐磨得多。我之前根本没想过穿凉鞋徒步，当初买的时候就是贪便宜，花了大概19.99美元在折扣店买的冒牌货，想走了一天能歇歇脚。我脱下凉鞋，捧在手心里，就好像这么近看着就会让它变得耐磨了一样。凉鞋的尼龙粘扣带上布满岩屑，末端已失去粘力，翘了起来；蓝色的鞋底现在磨得又软又薄，穿上走路的时候都能被鹅卵石和树枝硌到脚。穿着这个徒步到城堡岩现实吗？

我心里又打起了退堂鼓：或许我不应该往前走了，或许也没法走了。走这么远已经够远了。我照样可以把徒步写进简历里面。

“妈的！”我气愤不已，捡起一个石子竭尽全力、狠狠地向附近的一棵树上投去，再一个，又一个……

我又想到在这种情况下会想到的那个女人——那个女占星师。23岁的时候，我曾经让她看过我的命盘。在我离开明尼苏达州前往纽约之前，我的一个朋友给我安排了这次占卜，作为送行礼物。我觉得这个名叫帕特的中年妇女满嘴胡话。我还记得她让我跟她对坐在她厨房桌子边，她面前是一张满是神秘字符的纸，我们之间还有一个磁带录音机。录音机已经开了，里面的磁带静静地旋转着。我其实并不信这个，就是觉得有点好玩儿，而且就当从中寻找自信心了，因为她肯定会说诸如“你心地很善良”一类不痛不痒又大而化之的话。

但是她没说。或者说，她也说了这些话，但是也说了一些具体得让人发毛的事情，不仅准确，而且一针见血，让我既感到安慰，又十分困扰，但是又不至于号啕大哭，悲戚戚地承认她说的都是事实。我不断地询问：“你怎么知道的？”然后她就给我解释行星、太阳、月亮，我的“相位”和出生时刻，以及处女座的含义。我边点头边想：这都是新时代反智分子的鬼话。然后她又说了另一件事，让我一下子蒙了，因为她说的是事实。

她突然讲到我父亲。“他是越战老兵？”她问我。我斩钉截铁地说：“不，他不是。”20世纪60年代中期，他曾经短暂地入伍——实际上，他就驻扎在科罗拉多州斯普林斯基地，我外祖父也在那儿驻扎。父亲和母亲就是在那儿认识的——但是他从来没去过越南。

“但他看起来像是越战老兵。”她仍然坚持，“或许不应该从字面上来理解。但是他与这些军人有共同点。他也受过重伤，留下了残疾，而且这影响到了他的生活，也影响到了你。”

这次我没有点头。幼年的经历已经被我封得严严实实，再也不会浮现了，但是现在这个占星师却告诉我我的父亲影响到了我。

我有点瞠目结舌，好不容易挤出一个词：“受伤？”

“对，”帕特深信不疑，“你某处也受了伤。如果父亲的伤口好不了的话，就会影响到孩子——他们会在同样的地方伤害自己的孩子。”

“嗯……”我的脸唰地白了。

“我也可能说错了。”她盯着我们中间的那张纸看了一会儿，“不一定会一字不差。”

“实际上，6岁以后我只见过我父亲三次。”我开始坦白。

“父亲的任务就是要教会孩子如何成长为战士，给他们自信，让他们在需要的时候御马冲锋。如果你没有从父亲那里学到这些，就得自己学习成长。”

“但是，我觉得我已经是了。”我说话开始结巴，“我很强大——我会面对一些事情——我——”

“这跟力量无关，”帕特认真地说，“你可能到现在还看不到，但是或许某一刻——可能是几年后——当你跃上马背冲锋陷阵的时候，你会迟疑，会跌跟头。要想治愈你父亲给你带来的伤害，你就必须跃上马背，像战士那样去战斗。”

当时我笑了一下。我故意吸一口气，然后哑着嗓子，发出咯咯笑的声音。但是那笑声并不是快乐的笑声，而是难过的笑声。我后来明白了这一点，因为我把磁带拿回家，反复地听："要想治愈你父亲给你带来的伤害，你就必须跃上马背，像战士那样去战斗。"然后磁带里是我哑着嗓子咯咯笑的声音。

倒带，重放。

"你是不是想挨揍了？"父亲生气的时候会这么对我说，而他抬起的手就停在我面前1英寸的地方。从3岁，到4岁，到5岁，到6岁，一直这样。"想挨揍了是吧？是吧？是吧？"

"快说啊！"

我把凉鞋穿上，踏上向城堡岩进发的漫漫征途。

千树万树

最先想到要开发太平洋屋脊步道的是位女士。她是华盛顿州贝灵厄姆市的一名退休老师，名叫凯瑟琳·蒙哥马利。她跟登山家和作家约瑟夫·T.哈泽德交谈的时候，就建议开辟一条从南到北的“蜿蜒西部山区的徒步路线”。那时是1926年。尽管少数登山者很快就认同了她的想法，但6年后，直到克林顿·丘吉尔·克拉克挑起了开发这条线路的重任，整个太平洋屋脊步道的清晰图景才拼接起来。克拉克是个石油商，生活悠闲，住在大洛杉矶地区帕萨迪纳市。但是他非常热衷户外旅行。当时美国正流行“出门坐汽车，休闲看电影”的文化，克拉克十分反对，于是就游说联邦政府开辟一条专门用于徒步旅行的线路。当时他想得更远，希望开发一条从阿拉斯加直达智利的“美洲线路”。他认为与大自然接触才能有一种“持久的具有治愈性和教育意义的价值”，所以用了25年的时间积极推广太平洋屋脊步道。他在1957年去世，当时这条线路似乎仍然是个遥不可及的梦。

或许克拉克对于这条线路最重要的贡献在于结识了沃伦·罗杰斯。1932年二人相识的时候，罗杰斯只有24岁，供职于加州阿尔罕布拉市的基督教青年会。克拉克说服他，让他派基督教青年会的志愿者队伍探路制图，甚至是开路建设。尽管最开始很不情愿，但是罗杰斯很快就对这条线路的开辟无比热情。他后来也一直致力于推广太平洋屋脊步道，努力克服面临的法律、资金、物流等方面的障碍。罗杰斯亲眼见证了国会1968年确定了“太平洋屋脊国家风景小道”（Pacific Crest National Scenic Trail）项目，即太平洋屋脊步道，但是他于1992年离世，未能见证第二年这条线路的完工。

去年冬天，我在旅行手册对这条线路的历史介绍中读到了这一段，当时对此嗤之以鼻。穿着薄底的凉鞋在夕阳的余热中，我已经离开伯尼瀑布几英里了。此刻，我才突然领悟到这个故事的真正含义，不觉如当头棒喝：尽管这故事有些不足为信，但凯瑟琳·蒙哥马利、约瑟夫·T.哈泽德和沃伦·罗杰斯以及成百上千参与开发这条线路的开拓者，当他们想象到在崇山峻岭间行走的徒步客的时候，想到的会不会就是我的形象！我的廉价凉鞋，抑或基于1995年标准的高科技靴子和背包，尽管他们不会知道这些都是什么东西，但是这并不重要，因为真正重要的东西是不受时间限制的。这个东西让他们愿意为之奋斗一生，让我和其他的徒步者愿意长途跋涉，受尽煎熬。这与带什么装备、穿什么鞋、背什么包、信奉什么时代的哲理，抑或是从甲处到乙处，统统无关。

这仅仅与我在荒野之中的感觉有关，就像长途跋涉不为别的，只为那满眼的千树万树、绵延草原、崇山峻岭、浩瀚沙漠、清流乱石、长河青草、日升日落。这种经历是那么有力，也那么重要。这让我感觉到，只要身处荒野之中，就会有这种感觉；只要这荒野存在，这种感觉就存在。我猜，蒙哥马利明白这一点，克拉克、罗杰斯和成千上万的探路前辈也明白这一点。甚至，在我领教到太平洋屋脊步道的艰辛和壮丽之前，在这条线路将我击垮却又给我抚慰之前，在我毫无察觉时，我就已经明白了。

这个念头一直萦绕在我的脑海里。这已经是我上路的第六周了。西黄松和黄檗树荫森森，路上的杂物很多，经常会硌到脚。因为没有穿靴子，脚踝的肌肉格外胀痛，但是好在现在走路的时候脚趾不会再碰到靴子，痛上加痛了。我一直前进，直到碰到一座横跨在小溪之上的木桥才停下。周围找不到一块平整地，所以我就把帐篷搭在桥上，枕着潺潺的溪流声渐渐入睡。

天一亮我就醒了。穿上凉鞋，我一口气走了几个小时，向上爬了接近1 700英尺。透过遮云蔽日的松柏的空隙，偶尔能看到南面的伯尼山。停下来吃午餐的时候，我不情愿地从背包上把靴子解下来，因为已经别无他法只能穿上了。我现在明白《太平洋屋脊步道第一辑：加利福尼亚州》一书的作者为什么在介绍伯尼瀑布和城堡岩之间的这一段路程时会这么说了：此段路程路况较差，有的地方仅仅比“徒步穿越美国的路况好一点点”。虽然到现在还没有碰到这种地方，但是我的凉鞋现状堪忧。两只鞋都开始外翻，鞋底胀裂，每走一步都感觉要散架，而且鞋底扎满了树枝和小石子。

我硬生生地穿上靴子，继续赶路。途中爬过两座感觉怪异而且发出噼啪响声的电塔。虽然脚挤得生疼，但我还是咬牙赶路，偶尔能看到北边的博尔德山和格里兹利峰。两座山呈深绿色和棕色，山上的树木在风中摇摆。多数时候，我都走在郁郁葱葱的森林里，能看到拖拉机在人迹罕至的路上留下的车轮印。路上我还经过一片林区，很久前砍伐的树木又重现生机。这一片区域到处都是树桩、树根和齐人高的小树苗，根本无法扎帐篷。被大风吹断的树枝和吹倒的树木覆盖在地上，已找不到原先的路。虽然这些树跟我一路上碰见的树种没有什么差异，但是感觉却有所不同。它们生长得自由散漫，颜色也更深。

傍晚的时候，我停下来休息，那里恰好能看到低处绵延的绿色田野。这是个斜坡，海拔陡然升高，一座险峻山峰陡立眼前。因为无处可坐，我便跟往常一样坐在了路上，脱掉鞋和袜子。我一边按摩脚部，一边望着低远处的树林和天空，其实我现在就坐在峭壁突出的岩架上。我很享受这种凌驾于树木之上的感觉，像鸟儿一样从上面看着它们的枝枝叶叶。我的心一下子轻松了很多，不再那么担心我的脚和漫漫前路了。

我享受着这难得的清静，伸出手去够背包，拉着包的拉链，背包却倒了，碰到靴子上。左脚靴子一下子弹到半空，好似被扔出去一般。然后我就眼睁睁地看着它先是蹦了一下，接着飞快地摔在石头上，滚落到下面的树林里，静悄悄地消失在我的视野外。我惊得喘了一口气，俯身够到另一只靴子，紧紧抱在怀里。我等了一会儿，满心希望树从里会突然有人大笑着走出来，摇着头跟我解释这是个恶作剧，然后靴子又能神奇般地出现在眼前。

但是没有人大笑，也不会有人。我恍然明白，这个宇宙从来不会跟你开玩笑。它会拿走任何它想拿走的东西，然后不会再还给你。我现在真的只剩下一只靴子了。

所以我站起来，把另一只也从悬崖上扔了下去。低下头，我盯着两只光脚丫看了很长时间，才开始尽可能地修补凉鞋。我先用胶带把鞋底粘在了一起，在快要断裂的鞋带处，我多缠了几圈。凉鞋里面要穿上袜子，免得被胶带磨伤。重新上路的时候，我心生无奈，但是仍然安慰自己：至少在城堡岩还有一双新靴子在等着我呢！

夜幕降临，眼前的林木突然消失，被伐掉了一大片，好似一块荒芜之地，又好像一幅风景画被撕掉了一块。原先的路也看不清了，有好几次我得停下来找路，从横七竖八的树枝和树根连带拔起的泥土中辨别前行的方向。林区周围未被采伐的树木境况也好不到哪里去。厚厚的树皮被剥开，参差不齐的树枝乱七八糟地伸向四方，似乎在集体默哀。这是我第一次在树林中看到这种景象，就好像有人拿着巨型链球胡乱甩来甩去之后的惨烈场景。国会设立这个专门的徒步路线的时候，会想到出现这种场景吗？应该不会。此时我正徒步穿过国有林地，虽然名字听起来挺好的，但是这也意味着在这片土地上，只要打着为公共利益着想的幌子，便可以为所欲为。有的时候，这样的林地可能像这条线路上的大部分地方一样不会被采伐；而有的时候，则可能意味着参天古树被无情砍伐，做成椅子和厕纸一类的东西。

看到这片惨遭破坏的林地，我心里十分不安。我感到伤心和愤怒，但是从某个角度来说，我也是共犯之一。我的桌椅、厕纸等全都是这么来的。当我小心翼翼地在各种“残骸”中前进时，我知道，今天的行程就要结束了。我爬上一条陡峭的崖径，在一片被砍伐的森林中找到一片平地，我把帐篷搭在树桩之间。这一次，我感到莫名的寂寞。上路以后这种情况很少发生。我想找个人说说话，但也不是随随便便找个人就行。

我想跟卡伦、利夫或艾迪说说话，我想再有个家，想停靠在这个宁静的港湾里。除了想念，我对他们每一个人也都怀有强烈的恨意。我想象有一个大机器，把这片森林推平的大机器，也把我们在明尼苏达州40英亩的森林推平。我真心希望能够将一切推平，这样的话，我就能解脱了。妈妈过世以后，我们并没有很好地面对那场巨变。要是把这一切都毁灭，我就可以松一口气了。我的家人和家，就像我自己的林区，都被砍伐了。剩下的只是触目惊心的证据，证明我以后一无所有了。

最后一次回家是我上路前的一个星期。我开车北上跟艾迪道别，然后给妈妈扫墓。因为这次徒步结束以后，我不会再回到明尼苏达州了。我当时在明尼阿波利斯市的餐馆里当服务员，上完最后一班，开车三个小时在凌晨到了家。本来我打算把车停在马路上，睡在货车后座上，这样就不用惊扰家人了。但是到达的时候，家里正在举办派对。整座房子灯火通明，院子里生着篝火，支着帐篷，草地上的扬声器放着震耳的音乐。那天是周六，恰逢阵亡战士纪念日。我跳下货车，穿过人群，大多数人我都不认识。我有些惊讶，但是转念一想，无论是这派对开得闹哄哄的，还是我没被邀请出席派对，都没什么好吃惊的。这只不过进一步证明物是人非。

“谢莉尔！”当我走进停满车的车库时，利夫看到我高兴地喊了出来。终于挤到他面前，我们俩兴奋地拥抱起来。“我在玩‘闪人’！”他高兴地喊叫着，抓得我的胳膊生疼。

“艾迪呢？”我问他。

“不知道，不过我有个东西想让你看看，”他边说边拉着我，“保证让你气死。”

我跟着他到了院子里，走上门前的台阶，进了门，走到厨房的桌子前。这张桌子是我们还是孩子的时候母亲花10美元淘回来的，是见到艾迪的第一晚我们吃饭用的那张桌子，那时候我们觉得自己就像中国人，席地而坐。现在它看上去跟一般的桌子一样高。我们和艾迪一起搬到这里住的时候，他把原先低矮的桌腿砍掉，又用螺丝在下面装了一根大木桩。然后这么多年，我们就一直用这张桌子吃饭。它一直都其貌不扬，随着岁月的流逝，也越来越不起眼，裂缝越来越多，艾迪便会用腻子补好。但是，这桌子曾经是我们共同的回忆。

或者说，在我上路前一星期那天晚上之前，它曾经是。

现在桌面上都是刚刻上去的字词，还有用加号连起来或用心形圈起来的人名和字首缩写。很明显，这些都是派对惹的祸。我看到桌子的时候，一个不认识的十几岁男孩正拿着瑞士军刀往桌面上刻着什么。

“住手！”我禁不住喊出声来，男孩抬起头，眼神里全是惊恐。“那张桌子……”我有些哽咽，只好转身夺门而出，利夫则紧紧跟在我后面。我走过帐篷和篝火，走过空空如也的鸡笼，沿着不再牧马的草地上的小路，一直走到树林里的凉棚，坐下来放声大哭。弟弟安静地待在我身边。我讨厌艾迪，但更讨厌我自己。我曾经点着蜡烛，在我的日志里下过决心。也渐渐对接受和感恩，命运、原谅和机遇，有了合理的结论。我心里那个小小的狠心的地方会慢慢地忘掉母亲、父亲，最后会忘掉艾迪。但是这张桌子不同。我没意识到我还要忘掉这张桌子。

“要离开明尼苏达州了，我挺高兴的，”我心里一阵苦楚，“特别高兴。”

“我不高兴，”利夫轻轻地说，把手放在我的后脑勺上。就那么一下，又拿开了。

“我不是说离开你很高兴，”我一边说一边用手擦着脸，擤了一下鼻涕，“不过反正也抓不到你的影儿。”这是实话。他曾说我是他生命中最重要的人，有的时候还打趣地叫我“二妈”。我相信他对我的爱丝毫不掺假，但是我现在偶尔才能见到他。他总是难以捉摸、闪烁其词，一点儿都不负责任，而且神龙见首不见尾。给他打电话的时候，总是停机，而住的地方也不固定。“你可以来找我玩儿。”我认真地对他说。

“到哪儿找你玩儿？”

“我决定秋天住下来的那个地方啊，当然得等到我完成太平洋屋脊步道徒步之后。”

我想过在哪里住这个问题，但想不出确切地点，又觉得住在哪儿都行。我唯一清楚的事情是以后我不会住在这儿。“不能在这州！不能在这州！”母亲离世几天前，我曾经问她死后想把骨灰撒在哪里，她就惴惴不安地一直重复着这句话。不过我一直没明白母亲说的是什么意思。不知道她指的是明尼苏达州，还是身体衰弱、意识不清的状态。

“可能会去俄勒冈州吧。”说完，气氛又沉寂下来。

“晚上凉棚这儿会很冷。”几分钟之后，他低声对我说。我们环顾四周，一切都笼罩在黑暗之中。保罗和我是在这里结的婚。七年前，当时就是为了这件喜事，在母亲和艾迪的帮助下，我们才一起建了这个凉棚，虽然很不起眼，但是承载的是我们天真却不幸的爱情。凉棚是瓦楞状的锡屋顶，四边用原木搭建，摸在上面可能会有刺扎进手里。我和保罗在这里结婚以后，这个凉棚就成了一个受欢迎的聚会好去处。几年前，艾迪在房梁上还挂了张大吊床，作为礼物送给母亲。

“我们上去吧。”利夫指了指吊床。我们爬了进去，我一只脚蹬着我和保罗曾经站在上面宣誓的石头，轻轻地晃着吊床。

“现在我离婚了。”说这句话的时候，我的内心并无波澜。

“我以为你早就离婚了。”

“这次是正式离婚了。我们把文书递交到州里，让他们审核。我上周已经拿到了最后的文件，法官批准离婚了。”

他点点头，但是什么都没有说，好像一点儿都不可怜我，离婚是我自作自受似的。他、艾迪和卡伦都很喜欢保罗。我无法让他们明白为什么我总得把事情搞得一塌糊涂。“但是你看起来挺开心的”，这是他们唯一能对我说的。当然，这也是实话：我们看上去的确是这样。就像妈妈去世的时候，我看上去一切如故一样。悲伤是不写在脸上的。

利夫和我躺在吊床上晃来晃去，透过树隙能看到屋里的灯光和外面的篝火。人群逐渐散去，派对的声音越来越小，后来完全静谧下来。母亲的墓就在我们后面不远处，沿着凉棚前面的小路再走大概30步，就会走到一块小的空地上。我们在那儿开辟了一片花圃，把她的骨灰埋在那里，立了一块墓碑。我能感觉到她就在我们身边。我觉得利夫也感觉到了，但是我什么都没说，生怕说出来就会让这种感觉消失一般。不知不觉我竟然睡着了，直到日上三竿的时候才醒来。有那么一刻我甚至都不知道自己在哪里，下意识地环视四周的时候看到了利夫。

“我睡着了。”

“我知道，”他回答我，“但是我一直醒着，因为这药性。”

我坐起身，回过头去看着利夫。“我很担心你……吸毒。你知道的。”

“你还好意思说我。”

“咱俩的情况不同。我当时只是有一段时期，你知道的。”我尽量压制自己的情绪，让自己听起来不像是自我辩护。沾染上海洛因有很多的后果，我很后悔，但是因为吸毒而失去弟弟对我的信任最让我后悔。

“咱们走走吧。”他提议道。

“现在几点了？”我下意识地问了一句。

“管他呢。”

我跟在他后面，沿着小路，绕过一片寂静的帐篷和汽车，又沿着马路到了我家周围的一条碎石子路上。晨曦很柔和，带着点儿粉黛色。尽管现在有点精疲力竭，但是这种美丽让我觉得一切都值了。我们默契地走到离马路很近的一座废弃的房子里。小的时候，我俩经常到这里来，那时这里就已经人去楼空，有点破落了，现在则更加破落了。

“我记得住在这里的女人名字应该是维奥莱特。”走上门廊的时候，我对弟弟说，似乎还能记得那位芬兰裔老人给我讲的关于这座房子的传说。房子的门似乎从来没有上过锁，现在还是没锁。推了一下，门开了，我们走了进去。我们小心翼翼地躲避着镂空的地板，避免踩空。十几年前散落在房子里的东西除了变得更老更旧，竟然仍留在原处，不禁让我们惊讶。我捡起一本泛黄的杂志，是由明尼苏达州共产党刊印的，日期是1920年10月。杂志旁边倒着一个有粉色玫瑰图案的茶杯，破了个口。我弯下腰，把它扶好。整座房子很小，走几步就到头了。我走到房子后面，走近一扇木门，因为只剩一个合页，所以门歪斜地挂着，上半部分还有一块破旧的玻璃。

“别碰，”利夫轻声说，“打碎了会有厄运。”

我们小心翼翼地绕过门，走进厨房。地面上有一些凿洞和孔，原先放炉子的地方留下很大的一片黑迹。厨房角落里，有一张小木桌，只剩下三条腿。“你会把你的名字刻在那上面吗？”我指着那张桌子，声音有些颤抖。

“别提了，”利夫抓住我的肩膀，用力地摇了摇，“忘了吧，谢莉尔，事已至此，我们都得接受，无论我们喜欢与否。”

我点了点头，他松开手。我们站在一起，望着窗户外的庭院。那里有一个残破的小屋，以前是个桑拿室和水槽，现在已经长满了杂草和青苔。更远的地方，有一块宽广的水洼地，现在种上了桦树。再远处是一个泥塘，在这里实际上看不到，但是我们知道水塘就在那里。

“我当然不会在那个桌子上刻名字，你也不会。”利夫突然开腔，看着我，“你知道为什么吗？”

我摇摇头，但是我知道答案。

“因为我们都是妈妈养大的。”

天一亮，我就动身了。一整个上午都没见到一个人。到了中午，我根本就看不到路了。地上横七竖八地躺着被砍倒的树，被踩出来的路纵横交错，把原先的路线都掩盖了。起先我并不担心，我知道虽然我现在走的这条路拐来拐去，但最终会和原先的路线交会。但是实际上，两条路并没有交会。我拿出地图和指南针，知道了自己所处的方位，或者说我认为正确的方位，因为我认路的技术其实相当不靠谱。我又选了一条路，但是又跟另一条路交会。到了最后，我甚至记不清自己之前选的是哪条路了。

下午3点左右，我停下来吃饭。虽然很饿，但是隐隐知道自己已经迷路还是让我有点不想吃东西。我心里不停地骂自己太不小心，不耐烦的时候还在赶路，而不是停一会儿想一下，但现在说什么也回天乏力了。我脱下鲍勃·马利T恤，搭在树枝上晾着，然后从背包里拿出另一件T恤穿上。帕科把这件T恤给我以后，我就一直带着两件T恤，像每天换袜子一样替换着穿。我知道这是一种奢侈的享受，只会给背包增加重量。

稍事整顿，研究了一下地图，我又继续赶路了。沿着一条伐木路一直走，然后是另一条路。每一次看到自己又回到正路上的时候，我的心里就感到一阵希望。但是到月亮升起的时候，却发现自己被一大堆土、树根和摞得像房子那么高的树枝挡住了去路。上面视野会好一些，所以我爬了上去，发现有另外一条路横穿过一个早已砍伐一空的伐木场。走完这条路的时候，一只凉鞋掉了下来，脚背上的胶带和鞋带都已经脱落了。

“啊！”我禁不住叫出声来。远处的树丛安静得有些奇怪，虽然一语不发，只是安静地看着我，但我一直感觉它们像幽灵，像人类，像能带我脱离险境的保护者。

我有些气馁地坐在杂草和齐膝高的树苗中间，开始对鞋子动大手术。把胶带一圈圈缠在袜子和凉鞋的“残骸”上，就像在给两只伤脚做模具一般。然后一双带着金属灰色的“靴子”就诞生啦！我很仔细地把胶带缠得紧紧的，这样就能继续走路，但是又不至于太紧，确保我能在晚上完整地脱下来。这一路到城堡岩就全靠它了。

但是现在我不知道路程还有多远，也不知道我怎么才能到达目的地。

穿着这双“胶带靴”，我穿过伐木场找到了一条路。环顾四周，我不再确定该选择哪个方向，除非有明确的路线就在我眼前。但是冷杉高大茂密，地上都是掉落的枝叶，想也白想。今天的经历让我更加明白，这一条条的伐木路就像无解迷宫里面的路线，一会儿向西一会儿向东北，然后又有一段向南延伸。更复杂的是，伯尼瀑布和城堡岩之间的这段路并非直接贯通，其中一段是向西延展的。所以我现在不能再自以为还是沿着屋脊步道的路线继续走了。现在唯一的目标就是找到路，从这里走出去。我知道如果继续往北走，最终一定会走到89号高速公路上。所以我就沿着这条路一直走，直到天黑，找到一块相对平坦的地方，在旁边的树林里搭好帐篷。

虽然迷了路，但是我一点都不害怕。准备晚餐的时候，我在心里一直对自己这么说着。我还有充足的食物和水。背包里的东西可以支撑我活一个星期或更久。如果继续前进的话，我最终会发现人类文明的。钻进帐篷的时候，我的心里充满了感激，这熟悉的绿色尼龙和网眼布幕构成的一片小天地已经成了我的家，所以又禁不住激动起来。我轻轻地把脚从“胶带靴”中解放出来，然后放在角落里。当日我已经翻看旅行手册上的地图不下百遍，内心既挫败又茫然。最后我还是不想再纠结，拿起《洛丽塔》看了100页，置身书中可怕又可喜的世界，完全忘了自己的现状。

早上，我意识到前一天把我的鲍勃·马利T恤晾在树枝上忘记拿了。丢了靴子已经很糟了，丢了鲍勃·马利T恤就更糟了。那件衣服不是件随随便便的旧衣服，而是一件神圣的衣服。帕科对我说过，我赶路的时候，动物、土地和天空的灵性也会相伴相随。我不知道自己信不信，但是这件衣服已经成了某种不可言状的象征。

我又缠了一圈胶带，把“胶带靴”加固了一下。这一天天气很潮湿，但是我一直没停。前一天晚上，我就订好了计划：无论最终会到达哪里，我都会沿着这条路一直走下去。我会忽略所有的岔路，无论它看上去有多么诱人或者多么有可能带我找到既定路线。我现在笃信的一点是，如果我不这么做的话，自己就会被困在这个无止境的迷宫里。傍晚，我感觉到这条路能够带我到达某个地方，因为路越来越宽，车辙越来越少，前面的林地越来越开阔。最后，我转过一个弯，看到一辆没人的拖拉机。拖拉机后面，有一条铺好的双车道路。穿过这条路，我又左拐，沿着路肩继续前进。现在我已经在89号高速公路上了。当然，这只是猜想。我拿出地图，找到一条能搭顺风车回到太平洋屋脊步道的路线，然后就开始拦车。我感到穿着这双“胶带靴”，我的身体又开始苏醒了。偶尔有几辆汽车经过，间隔时间很久。我在高速公路上站了半个小时，一直举着大拇指，心里越来越焦急。最后，一个开着皮卡车的男人在路边停下来。我径直走到副驾驶那边，把门打开。

“你可以把包扔在后座上。”他热情地招呼着我。他身体壮硕，估计快50岁了。

“这是89号高速公路吧？”上车坐好后，我问他。

他疑惑地看着我：“你都不知道自己在哪条路上？”

我摇摇头。

“天哪，你脚上穿的是什么啊？”当瞄到我的脚，他禁不住惊叫起来。

大概半个小时后，我在太平洋屋脊步道和这条路的交会处下了车。这条森林里的碎石子路跟我迷路前一天走的路相差无几。第二天，我以破自己纪录的速度继续徒步，因为想在晚上前到达城堡岩。根据我的旅行手册，跟往常一样，我不会恰好到镇上。走了很久，前面赫然出现了州立公园，旁边就是一个便利店和邮局。但这对我来说已经足够了。邮局里有我的靴子和补给箱。便利店有个小餐馆，一旦我从箱子里拿出20美元大钞，就可以一解这些天对美食和饮料的相思之苦了。州立公园给太平洋屋脊步道的徒步客们准备了一块免费的露营地，我在那儿也能洗个热水澡。

我拖着沉重的身躯到达城堡岩的时候，已经是下午3点了。我几乎是赤脚而行了。那双"胶带靴"几乎散了架，上面沾满了泥土。我一瘸一拐地走进邮局，询问有没有我的邮包。

"应该有两个盒子是给我的。"我补了一句。REI的包裹要是还不到我就绝望了。在等柜员从后面取邮件的空当，我突然想到除了靴子和补给箱，应该还有一些东西。我已经通知因为绕路没法经过的中转站，让他们把我的邮件都寄到这边来。

"喏，这是你的。"柜员一边说一边把补给箱重重地放在柜台上。

"但是，应该还有……有没有REI公司给我寄的邮件？应该是……"

"一样一样来。"她头也不回地走进后面的房间。

走出邮局的时候，我几乎要高兴地大声喊出来。除了放在崭新的纸盒里的靴子——我的靴子！——还有9封信，投递地址都是中间我绕过的中转站，而且字迹我都能认得。我迫不及待地坐在邮局附近的一块水泥地上，快速翻着信封。一封是保罗写给我的，一封是乔的，一封是卡伦的。剩下的都是全国各地的朋友给我写的。我太激动了，都没顾得上拆封。我把信小心翼翼地放在一边，用刀子把纸盒上的胶带割开。里面用纸包着的，是我的棕色皮靴。

和掉下山崖的靴子一模一样，只不过是新的，而且尺码大一号。

"谢莉尔！"我听到一个女声叫我，抬起头，看到了莎拉，就是和她男朋友以及另外一对夫妻一起徒步旅行的那个女生。她就站在不远处，但是没有背包。"你在这里干什么啊？"她小跑过来，气喘吁吁地问。

"你怎么在这儿呢？"我也几乎同时问出问题。因为我有点疑惑，她应该在我后面啊。

"我们迷路了。后来我们走到了高速上，就搭了便车。"

"我也迷路了！"我又高兴又吃惊。谢天谢地，我不是唯一一个迷路的人。

“大家都迷路了，”她兴致很高昂，“跟我来！”她指了指在一排建筑物最末端的餐馆的门口，“大家都在里面呢！”

“我一会儿就过去。”莎拉先走一步，我把靴子从纸盒里拿出来，把“胶带靴”剥下来，扔进了附近的垃圾箱里。打开补给箱，我找到一双干净的新袜子，穿到了脏脚上，然后又穿上靴子。靴子一尘不染。我在原地走来走去，感觉这几乎是一件完美的艺术品：一尘不染的鞋底纹路，还有干净锃亮的鞋头。虽然有点硬，但是很宽松。我觉得这双鞋很棒，又隐隐担心路上会再穿坏了。不过现在，我只能祈求一切顺利了。

“谢莉尔！”我一走进餐馆，雷克斯就发出一声欢呼。斯泰茜坐在他旁边，斯泰茜旁边分别是山姆、海伦、约翰和莎拉。他们六个人挤满了这个小餐馆。

“欢迎来到天堂！”约翰举了举手中的啤酒。

我们点了奶酪汉堡和炸薯条，大快朵颐之后，带着满足走回便利店。我们每个人都出钱，一起买了很多东西，然后抱着满怀的薯条、饼干、啤酒和几瓶大号红酒走出商店。我们七个人有说有笑地爬上小山坡到了州立公园的露营地，把帐篷搭成一个环状，然后在野餐桌旁边一起分享故事，笑个不停，直到天渐渐黑下来。说话的时候，有两头黑熊——或者看起来是黑色的熊——从营地周围的树丛里探出头来。我们大声叫喊着，想把它们吓跑。它们虽然并不太怕生，但最后还是没有来打扰我们。

整个晚上，我不停地把从便利商店带回来的小纸杯加满红酒，贪婪地喝着，感觉很顺滑，似喝水一般，到了后来，就真的尝起来和水一样无味了。我那天背着包，鞋上缠着胶带，顶着90多华氏度的大热天行进了17英里，感觉就像一路飘过来的一样。现在我感觉这个野餐桌简直是前所未有的舒服地方。我没有意识到自己已经醉了。当大家决定回到帐篷睡觉的时候，我一起身，却发现自己好像不会站了。突然头重脚轻，双手双膝着了地。肚子一阵翻江倒海，就直接吐在营地里面了。以前那么多年，尽管做了许多愚蠢可笑的事情，但我还从来没有因喝酒而反胃过。吐完以后，斯泰茜把我的水瓶放在我身边，轻声对我说我需要喝水。我恍惚中突然意识到她说的是对的，我不仅仅喝醉了，还重度缺水。那天下午我上路之后就没有喝过一口水。所以我打起精神坐起来喝水。

喝了一口，我立即又开始狂吐。

第二天一早，我起得最早，尽量用松树枝把昨晚的呕吐物都清除掉。然后我又到了洗澡间，把所有的脏衣服都脱下来。在这个水泥隔间里，淋着热水，我还是感觉浑身酸痛，好像昨晚被人打了一顿似的。但我没有时间来慢慢醒酒，因为按计划，到中午就要再次上路。穿好衣服后回到营地，我坐在桌前尽量地喝水。其他人还在睡觉，我拿出信一封封地品读起来。保罗说话还是那么有哲理，尽管离了婚但仍然很关心我；乔很浪漫冲动，但是没有提到自己是否在戒毒；卡伦则言简意赅，讲了讲她最近的新鲜事儿，当然也没什么大事；而来自其他朋友的信上都是对我满满的爱，附带着一些闲话、新闻和有意思的故事。全部读完的时候，其他人开始从帐篷里一瘸一拐地钻出来。每天早上醒来我的腿脚也酸痛得要命，需要慢慢地让关节都活动开。幸好他们也是酒醉不醒的状态，不会显得我昨夜纵欲过度。我们相互微笑，表情痛苦但又逗趣。海伦、山姆和莎拉去洗澡了，雷克斯和斯泰茜则想再去商店一次。

“那儿有肉桂卷儿卖哦。”雷克斯引诱我跟他们一道去。但我还是摆摆手，因为我想到吃的肠胃就一阵翻滚，而且前一天下午买了汉堡、红酒和零食，现在浑身又不到5美元了。

他们离开后，我又翻了一遍补给箱，把食物放在一起，准备待会儿打包。我为下一段路准备了很多的食物，因为这将是整个太平洋屋脊步道上最长的一段路：全长156英里，目的地是塞亚德谷。

“你和莎拉需要食物当晚餐吗？”我问坐在身边的约翰。现在整个营地就剩下我俩了。“我还有多余的。”我手里拿着一包Fiesta面条。刚上路的时候我一直吃这个，但是现在有些吃腻了。

“不用，谢啦。”他很客气地拒绝。

我又把詹姆斯·乔伊斯的《都柏林人》拿出来。书皮是绿色的，已经破破烂烂的了。我闻了一下，有点发霉的味道，跟一个月前我在明尼阿波利斯市的二手书店里买到的时候一模一样。翻开封皮，上面的印制日期甚至要比我的生日还要早几十年。

“这是什么？”约翰问我，伸出手拿起我前一天下午在便利店买的一张明信片。上面印的是一张电锯雕刻的大足野人照片，图片上面有一行字：大足怪乡。“你相信他们真的存在吗？”他把明信片放回原处的时候问我。

“不信，但是人们都说这是‘世界大足野人之都’。”

“人们说的东西那可太多了。”他回应道。

“嗯，如果真有的话，我觉得应该就是在这儿吧。”说完这句话，我们俩都下意识地环顾四周。周围是层层叠叠的树，树后面是一些年代久远的灰色岩石，就是所谓的“城堡岩”，顶端状如锯齿，像大教堂的尖顶一样直插云霄。但是我们很快就会把它抛在后面的。这里是一片长达1英里的花岗岩和超镁铁质岩，按照旅行手册的说法，它“按起源算是火成岩，按性质算是侵入岩”。当然，我并不在乎这是什么意思。我对地质学一直没兴趣，但不需要知道“超镁铁质岩”的含义来判断是否要进入另一个地区了。在喀斯喀特山脉徒步的经历有点像在内华达山脉的经历：在这两个地方都是走了好几天，才意识到自己已经进入该区域了。

“再停一站就行了，”约翰好像能读懂我的心思，给我加油打气，“我们到了塞亚德谷，然后再到俄勒冈州。到达美加边境只有大约200英里了。”

我点点头，笑了一下。我并不认为“只有”和“200英里”应该放在同一个句子里。除了迈出下一步，我还没想得那么远。

“俄勒冈！”他大叫一声，声音里的快乐似乎感染了我，似乎让这200英里感觉就是小菜一碟。但是我明白并非如此，在路上的每一周对我来说都是一个严峻的考验。

“俄勒冈，”我放弃挣扎，脸色变得严肃起来，“但还是先把加州走完吧。”

荒野

有时，徒步行走太平洋屋脊步道感觉就像爬一座高山。旅途终端的哥伦比亚河是这条线路的最高点，而不是最低点。这条线路的海拔一直大起大落。碰到上坡的时候，感觉实在爬不动了。有时，每爬一步都会感觉肌肉和肺部在灼烧，难受得眼泪在眼眶里打转。但当我觉得自己爬不动的时候，这条线路却又突然平坦起来，然后开始出现下坡。

最开始往下走的时候感觉真是太爽了。向下，向下，再向下。直到后来连走下坡路也开始变得艰难、痛苦，我又开始希望再有上坡。我突然想到，下坡就像把刚刚费事织好的毛衣拆了，到最后只剩下一堆毛线。在太平洋屋脊步道徒步就像不停地织，再不停地拆，一遍又一遍，就好像忙活了很久，却一无所获。

下午2点，我高兴地穿上了大一码的新鞋从城堡岩出发。斯泰茜和雷克斯一个小时前一起出发了，而两对情侣还要再等几个小时。“我是‘大脚野人’！”我开着玩笑，和那对情侣告别。太阳最毒的时候，我就已经开始爬坡了。但是我感觉精力充沛，看来宿醉留在身体里的酒精已经随着汗水蒸发了。那天下午和第二天，我一直在爬坡。我对新靴子的三分钟热度已经消退，取而代之的是赤裸裸的现实：只要跟脚有关的，对我来说都没什么差别，因为新靴子更磨脚。一路上的美景我已经习以为常，我的身体最终也被开发到最大潜能，但是因为脚伤，我却一下子掉进了谷底。我还记得在贝尔登镇和布伦特一起对着星星许下的愿望。但是好像因为当时大声地说出来，反而给自己带来了霉运。或许我的脚永远也好不了了。

离开城堡岩的第二天，我开始胡思乱想。刚开始差点踩到一条盘坐在路上的响尾蛇，走了几英里，一不留神又差点踩到一条。其实两条都发出咝咝声警告过我，但我到最后一刻才注意到。一阵后怕过后，我开始试着让自己冷静下来，一边走，一边天马行空地想象——一会儿想象双脚已经从身体中分离出来，一会儿又想象现在感觉到的不是痛，仅仅是一种感觉而已。

实在热得受不了，加上对自己又气又怨，我停下脚步，选了一个树荫把防水布铺开，斜躺在上面。前一晚我和雷克斯还有斯泰茜一起露的营，而且计划这天晚上会再碰上，另外那两对儿却落后一大截。也就是说今天白天都是我一个人。猛禽在远处的山峰盘旋，天上偶尔慢悠悠地飘过一丝云。我竟然不知不觉睡着了。半个小时后，我被噩梦惊醒，吓得大喘气。重点在于，前一天晚上我做的是同一个梦。梦里，一个大脚野人把我绑架了。但是他还算比较人道，靠近后只是拉着我的双手把我拖进丛林深处，拖到整个都是大脚野人的村落。在梦里，看到这么多大脚野人，我又吃惊又害怕。“你们怎么能躲这么久不被发现呢？”我怯生生地问那个绑架我的大脚野人，但他只咕噜了几声。定睛一看，我才发现他并不是大脚野人，是一个人类，戴着面具，穿着毛茸茸的外套。我甚至能看到面具边缘露出的苍白的人的皮肤，这把我吓个半死。

那天早上被惊醒时我没放在心上，觉得可能是因为在城堡岩买的那张明信片搞的。但是现在又做了同一个梦，这就有了更深层次的含义，就好像这个梦不是梦而是一个灾祸的前兆。但到底是什么灾祸，我也不知道。我站起来，重新背好包，又细细看了一遍周围和远处耸立在片片森林中的峭壁、石峰和高耸的灰锈色悬崖，心里感到隐隐的不安。当天晚上跟斯泰茜和雷克斯会合后，我终于松了一口气。之前的几个小时有点过分紧张，树丛里的轻微响声和长久的寂静无声都让我草木皆兵。

“你的脚怎么样了啊？”当我在斯泰茜的帐篷边上扎营的时候，她很关切地问我。我没有说话，只是坐在地上，脱掉靴子和袜子，把两只脚给她看。

“可恶，”她轻轻地说，“看着都疼。”

雷克斯这时突然说：“猜猜我昨天早上在商店打听到了什么？”他搅着正在煮着的什么东西，脸上的红晕还没有消退。“蛤蟆湖现在在举办一个彩虹集会的活动。”

“蛤蟆湖？”我激动地问。那一刻，我突然记起来在内华达州里诺市汽车站碰到的那个女人，她当时就是要到这儿。

“是啊，”雷克斯一本正经，“离徒步路线只有半英里远，在这儿以北9英里的地方。我觉得咱们应该去看看。”

我高兴地拍手赞同。

“彩虹集会是什么呀？”斯泰茜仍然迷惑不解。

几年前的夏天我去过，所以吃晚饭的时候就给他们讲了讲大体情况。彩虹集会是由一群自称“自由思考者”组成的“彩虹之家（Rainbow Family of Living Light）”组织的，这些人倡导世界和平与爱，每年夏天在国有林地搭建营地，吸引了数以千计的人前去庆祝。整个活动在国庆周会达到顶峰，但是整个夏天断断续续都会有活动。

“他们会敲鼓庆祝，升起篝火，举办派对。”我眉飞色舞地向他俩解释，“但最棒的是那儿有一流的户外厨房。人们可以用那儿的厨具烤面包、做菜。谁都可以去，随便吃。”

“谁都行？”雷克斯干着嗓子问。

“对，”我的兴致无比高昂，“带上自己的杯子和勺子就行。”

说话的时候，我就已经下定决心要在彩虹集会上逗留几天，管他什么进度表呢。我需要让双脚痊愈，再次生龙活虎地上路，并且赶快忘掉自己可能被神秘的大脚野人绑架的想法。

有可能，很有可能，我还能跟一个帅哥嬉皮士共度春宵呢。

晚些时候，我回到帐篷。把包翻了个遍，终于找到这一路上都带着的安全套——先前艾伯特本来要从我的包里拿出来扔掉，但被我偷偷抢回来一只。它还装在这个小白袋里完好如初。现在应该是时候用一下了。上路六周以来，我一直都没有动过这个念头。每天晚上除了读书，累得一动都不想动，只能睡觉。

第二天我的脚步比平常加快了很多，但是每走一步就痛得皱一下眉。这段路起伏很大，海拔在6 500英尺到7 300英尺，能俯瞰近处的湖泊和远处的绵延山脉。中午，我们踏上了从太平洋屋脊步道下来后通往蛤蟆湖的支路。

当我们站在350英尺的高度驻足凝望下面的湖泊时，雷克斯忽然若有所思地说："看起来好像没那么远啊。"

"看上去而已。"我淡淡地回答。湖边长着一片参差不齐的松树，沙斯塔山就坐落在东方。在帽溪沿的时候，这座山曾经出现在我北望的视线中，这说明现在我已经绕过那座14 000英尺高的雪峰了。

我们走到湖边，发现连个人影儿都没有，更别提什么营地、载歌载舞的人群和芳香四溢的美味佳肴了，当然也就没有黑面包和性感嬉皮士了。"可能集会没设在水边。"斯泰茜仍不放弃。

彩虹集会泡汤了。

我们三个只能灰心丧气地在湖边午餐，但是觉得东西难吃得无法下咽。之后，雷克斯去游泳了。我和斯泰茜没有背包，沿着陡峭的小径，朝旅行手册上标明的那条越野车道走去。尽管事实明摆在眼前，但我们还是隐隐希望能找到彩虹聚会的踪影。10分钟后，我们到了那条崎岖的土路，什么都没有。除了树就是土、石头和杂草，就好像它们自地球诞生之初就待在这里了。

“我猜我们得到的信息有误。”斯泰茜环绕四周后得出结论，音调明显上升。她现在一定和我一样满心愤怒和后悔。我感到失望的情绪在慢慢生长、聚集，仿佛下一刻就会让我像3岁那年一样大发脾气。路边有块大卵石，我走过去躺了下来。闭上眼，这样就不用再看到这个愚蠢的世界，也不会因为这件事情而流泪了。自上路以来，我一直忍耐，一次都没哭过。卵石温暖又光滑，像桌子那么宽，躺在上面的感觉真是太好了。

“等一下，”过了一会儿，斯泰茜突然冒出一句，“我似乎听到了什么。”

睁开眼，我竖着耳朵听了一会儿，但是什么都没听到。“是风吧。”刚刚被调动起来的情绪瞬间又冷却下来。

“可能吧。”她望着我，然后两个人疲惫地相视一笑。她戴着一顶系带儿太阳帽，穿着超短裤，护腿一直伸到膝盖处。她这身行头总是让我有种女童子军的错觉。最初见面时，我稍微有点失望，因为感觉她跟我的朋友和我气质不同。她更加安静，感情内敛，没那么热衷女权主义和政治，也不文艺，偏向于普通青年那一类。要是我们不是在路上碰到的话，我不知道我俩会不会成为朋友。但是现在，她已经成了我的挚友。

“我又听到了。”过了一会儿她突然又提了一句，然后顺着路，往下张望。

过了一会儿一辆挤满了人的破破烂烂的小皮卡车从路上转过弯，我站了起来。车子挂的是俄勒冈州的牌照，不减速地朝我们开过来，在只有几英尺的地方突然刹住了车，发出刺耳的声音。司机还没熄火儿，车上的七个人和两条狗就跳下了车。这几个人散漫邋遢，穿着是典型的嬉皮风，一看就知道是彩虹之家的成员。甚至连他们的狗狗都系着大花帕，戴着珠子，打扮得一副文艺派。我伸出手，想要摸一下它们的背，但它们却一下子跑开，蹿进了杂草中。

“嗨。”斯泰茜和我异口同声地对站在我们面前的四男三女打招呼。不过他们只是眯眼盯着我们，一副眼睛睁不开的样子，就好像刚从洞穴里钻出来，而不是刚从车上下来。看样子他们一晚没睡，或嗑了药，或者两种情况都是。

“这是彩虹集会吗？”先发话的是那个司机，黝黑矮小，头发又长又卷，头上包了一条白色束发带。

“我们也在找呢，但是这里没别人。”我回答他。

“可恶！”一个皮肤白皙身材瘦小的女人抱怨着。她穿着露脐装，精瘦的肚子上是一组杂乱的凯尔特式文身。“我们从阿什兰开了一路车，到了这儿什么都没有？”她径直走到我刚才躺的那块卵石上，大剌剌地躺了下去。“我要饿死啦！”

“我也饿了。”另一个女的也抱怨起来。她头发乌黑，是个小矮子，系着一根满是小银铃的腰带。她走到瘦女人旁边，抚摩了一下她的头。

“去他妈的的主办方！”发带男突然吼了一声。

“真可恶！”另一个男人也开始嘟囔。他剃着莫希干头，染成了绿色，鼻子上戴着个大银圈儿，就是偶尔在牛鼻子上挂着的那种。

“你知道我要怎么办吗？”发带男气鼓鼓的，“我他妈的要去火山口湖自己办一个集会。我也不需要可恶的主办方跟我说要去哪儿。我在这儿也是有头有脸的人。”

“火山口湖离这儿多远啊？”最后一个女人开了腔，有澳大利亚口音。她高挑漂亮，金黄色头发，打扮入时——头发梳成发绺，耳环看起来像是真的鸟骨，手指头上全都是闪闪发亮的戒指。

“不太远，亲爱的。”发带男赶紧献殷勤。

“别叫我亲爱的。”她有些反感。

“难不成在澳大利亚‘亲爱的’是骂人的话？”他又觍着脸问。

她粗声叹了口气，没有再接茬儿。

“好啦，宝贝儿，那我不叫你亲爱的了。”接着仰起头咯咯笑了一声，“但是，我想叫你‘宝贝儿’，愿意叫就叫。吉米·亨德里克斯还说呢，我叫谁都是‘宝贝儿’。”

我跟斯泰茜对视了一下。

“我们也找过彩虹集会，”我说，“我听说在这儿。”

“我们在太平洋屋脊步道上徒步旅行呢。”斯泰茜又补充道。

“我——要——吃——饭！”躺在石头上的瘦女人似乎不通人情，又开始哀叫。

“我们还有些东西你可以吃，”我很友善地转向她，“但是在湖那边，得爬坡走回去。”

她只是看着我，面无表情，目光呆滞。我在想她多大年龄了。看上去跟我同岁，但是说她12岁也有人信。

“你们的车里面还有地儿吗？”澳大利亚女郎突然用很亲密的口气问我，“要是你们也回阿什兰的话，我想搭你们的车。”

“我们徒步，”我跟她解释的时候，她的眼神里全是迷茫，“我们有背包，留在湖边了。”

“实际上，我们确实要去阿什兰，”斯泰茜又补充道，“但是到那儿得12天左右。”我们俩会心地笑了起来，但是其他人没有笑。

几分钟后他们又挤进那辆卡车，一溜烟地开走了。我和斯泰茜沿原路返回蛤蟆湖。到达湖边的时候，那两对儿正和雷克斯坐着聊天。然后我们一起走回太平洋屋脊步道的既定路线上。当然，上路后不久我就落在后面了，天快黑的时候才一瘸一拐走进营地。都怪我的脚。

“我们原先以为你会坚持不下来，”莎拉跟我半开玩笑地说，“我们还以为你已经放弃了呢！”

“不过我还是走到了这儿。”我感觉我的自尊被刺痛了，虽然知道她只是因为我的脚伤想安慰我。在城堡岩喝酒和讲故事的那晚，我把自己稀奇古怪的倒霉事儿告诉了他们，山姆还开玩笑说我的绰号应该叫“倒霉徒步客”。那个时候我笑得很开心，毕竟这个绰号倒是名副其实。但是我却不想成为这个倒霉蛋。

第二天天还没亮，我第一个起来了，蹑手蹑脚地把豆奶倒进锅里，加上凉水和有点走味儿的麦片和葡萄干，点火做早餐。早上又被另一个大脚野人的噩梦惊醒，跟前两个梦几乎一模一样。吃早餐时，我竖着耳朵，仔细听着周边黑黢黢的树丛的动静。别人还没起床，我就已经上路了，还暗喜自己有了先发优势。尽管精疲力竭，走得很慢而且腿脚酸痛，尽管很倒霉，但我还是紧跟着其他人——那些我认为是真正的徒步者的人。每天走17到19英里似乎已经成了硬性规定了。

走了一个小时，突然听到身边的树丛里一声巨响。我浑身僵住了，不知道自己是该大声喊出来，还是该保持安静。我的脑海里突然闪过梦里出现的戴着大脚野人面具的人。虽然知道这种想法很傻，但我还是抑制不住地去想。

前面的路上突然出现了一个毛茸茸的野兽，我忍不住“啊”地叫了一声。它离我很近，甚至都能闻到它的气味。过了片刻，我才想到，这是只熊。它的眼睛从我身上掠过，发出重重的鼻息声。然后又慢悠悠地转过身去，沿着路朝北方跑了。

为什么它跑的方向非跟我要去的方向一样呢？

我等了几分钟才重新上路。但是心里还是发毛，所以就扯着嗓子唱歌给自己打气，不想却磕磕绊绊：“啊，你的爱像酒。但是亲爱的，喝一箱也不会醉。”

“她办事麻利，把摩托擦得干净！”我几乎吼了出来。

“茶叶虽小，但滋味很足。经典茶叶，就在泰德利！”说这句广告的时候，我的声音也变得欢快高昂起来。

不过这奏效了，我的确没再碰上熊或大脚野人。

但是，真正的问题还是来了：前方40度斜角的下坡上有一道很宽的积雪。尽管气温很高，但是在山北边的阴面还有一些积雪没有融化。我甚至都能看到山下，扔块石头就到底。但是我不能把自己扔过去，只能一步一步走过去。下山的时候，我一直盯着雪地，生怕脚下一滑摔倒在地。山下是一堆乱石，可不能马虎。

我开始一小步一小步地移动，每一步都深深踩进雪里，我用滑雪杖支撑着身体免得失去平衡。虽然之前走过内华达山的雪地，但我并没有觉得自己已得心应手，反而总是战战兢兢。突然一脚没站稳，俯身压着胳膊摔倒了。然后我弓着腿，慢慢地站了起来。每次脑海闪过“要摔倒了”的念头，我就立即停住脚，盯着下边的乱石，想象自己摔上去的惨状。我回头看了看刚才下山的地点，又回过头看了一眼目的地，发现正好处在中间。回头是不可能的了，所以只能咬着牙继续前进。滑雪杖上有一条粉色尼龙带，正好可以绑在腰上。然后我跪下来，双手扑地，开始往下爬。不知是累还是冷，双腿竟不受控制地抖起来，滑雪杖偶尔碰到背包，发出叮叮当当的声音。

下山后，我已经累坏了。我觉得刚才的举动太傻了，又忍不住有些心疼自己。我第一次觉得自己心里无比脆弱，开始嫉妒起彼此疼爱的那两对儿以及雷克斯和斯泰茜两个人。他俩这么容易就结成了对子，相伴徒步。在塞亚德谷，雷克斯会停止徒步，斯泰茜会和她一个叫迪的朋友一起徒步穿越俄勒冈。但是我会一直是一个人。为什么呢？一个人干什么呢？“我不害怕。”我又开始念起了常用的祷词来整理思绪。但是这次感觉跟平常并不一样，或许这个所谓的祷词并不管用吧。

也许，我现在走了这么远，已经有勇气去害怕了吧。

中午吃饭的时候，我磨蹭了一会儿，等其他人赶上。他们告诉我他们碰上了一个护林员，他说在西面和北面，欢乐谷（Happy Valley）附近爆发了森林大火，要小心一点。虽然现在大火并没有蔓延到太平洋屋脊步道，但需要时刻警惕。下午我没有跟他们一起出发，跟他们说我殿后，晚上再跟他们会合。走了几个小时，我看到有一个温泉便停下来取水。温泉的周围是一片风景如画的草地，让人流连忘返。我停了一会儿，把脚浸到温泉里想歇一下脚。不一会儿，我听到金属铃铛的刺耳声。刚挣扎起身站好，就发现一只白色的美洲驼从拐弯处径直向我冲过来。它傻傻地龇着牙，像是在咧着嘴笑。

“啊！”和上次看到野熊一样，我又忍不住叫出声来。小的时候，我经常牵马，所以，我下意识地伸手去拉住了美洲驼身上垂下来的缰绳。美洲驼身上绑着一个包，上面挂着很多银铃，但是跟之前在蛤蟆湖碰到的那个女人身上的银铃不同。“放轻松。”我轻轻地对它说，想要安抚它。我光着脚站在那儿，心里有点忐忑，不知道它要干什么。

它也有点忐忑，表情好笑又严肃。我突然意识到它可能会咬人，但是又不确定。这是我第一次离一只美洲驼这么近，但是却尽量站得离它远远的。对这个物种我并不熟悉，甚至不能百分之百地确定这就是美洲驼。它身上有粗麻布的味道，又像是早上没刷牙的口气味儿。我小心地牵着它朝放靴子的地方走去，好不容易才把脚塞进鞋里。我使劲地拍拍它的脖颈，希望能镇住它。但它脖颈上的毛又短又硬，扎得我的手都有点疼。几分钟之后，一个头发灰白、梳着两根辫子的老妇人朝我走过来。

“你抓住它了，谢谢！”她咧着嘴笑着，眼睛闪着光。如果没背那个小包，她活脱脱就像一个从童话里走出的人物：矮矮的，胖胖的，脸红扑扑的。她后面跟着个小男孩儿，小男孩儿后面是一条棕色的狗。“我就解开绳子一会儿，它就撒欢儿跑了。”老人对我解释道，说完爽朗地笑了，从我手中把缰绳接了过去。“我猜你会抓住它。刚刚下来的时候碰见了你的朋友，他们说你在后面。我叫薇拉，这是我的朋友凯尔。”她指了指身边的那个小孩儿，又补充了一句，“他今年5岁了。”

“你好，”我俯下身，看着他友好地打招呼，“我叫谢莉尔。”他的肩上用粗绳子挂着一个原先装枫叶糖浆的玻璃瓶子，里面装满了水。这一路上，玻璃倒是个稀罕物。当然，小孩儿也很少看到。身边有孩子玩闹，感觉像是上辈子的事情了。

“你好。”他并不怯生，蓝灰色的眼睛直视着我的眼睛。

“你刚刚也和流星认识了。”薇拉低头看了看美洲驼，轻轻拍了拍它的脖子。

“你还没介绍米利亚姆呢。”凯尔抬头跟薇拉认真地说，然后把小手放在狗狗的头上，“这就是米利亚姆。”

“你好，米利亚姆。”顿了一下，我又转向凯尔，“徒步旅行开心吗？”

“我们徒步旅行十分开心。”他用很奇怪的正式腔调回答我，然后就跑到温泉边上开始玩水。

跟薇拉说话的时候，我注意到凯尔把草叶扔进水里，然后呆呆地看着草叶漂走。薇拉告诉我她住在俄勒冈州中部的一个小镇上，有空的时候经常去徒步旅行。她突然放低声音跟我说，凯尔和他的妈妈情况很糟糕，只能在波特兰市的街头流浪。薇拉几个月前通过一个叫“基本生活救助”的项目跟他们认识，凯尔的妈妈就请求薇拉带凯尔一起旅行，让她把生活先安顿好。

“你保证过不跟别人说我的事情的！”凯尔突然情绪激动地朝我们喊起来。

“我没在讲你的事情。”薇拉很温和地安抚凯尔，当然这是假话。

“因为我有严重的问题，而且我不想告诉陌生人。”凯尔看着我的眼睛，有点委屈地说。

“很多人都有很严重的问题啊。我自己也有。”我也安慰他。

“什么问题？”他突然好奇起来。

“跟我爸爸有关的问题。”话说出来，我就后悔了，也不知道自己为什么要这么说。我已经太久没跟小孩儿打交道，不知道面对一个5岁小鬼的时候应该诚实到什么程度。“我算是没有爸爸吧。”我又假装若无其事地解释一遍。

“我也没爸爸，”凯尔一字一顿地说，“每个人都有爸爸，但是我不认识我的爸爸。我很小的时候认识他，但现在记不得了。”他低下头去，看着摊开的手不再说话。手里攥满的细小的草叶被风吹过，飘散在空中。我们三个人看得都有点出神。“你妈咪呢？”他又问我。

“她去世了。”

他猛地抬起头，先是很震惊，后来又恢复平静：“我妈咪喜欢唱歌，你想听她教给我的歌儿吗？”

“好啊。”没有一丝迟疑，他把《红河谷》从头到尾唱了一遍。他的声音很清澈，但是我只觉得一阵心酸。“谢谢你。”一曲歌毕，我的心里已经翻江倒海，“这可能是我这辈子听到的最动听的歌声了。”

他却很严肃地说：“妈妈教给我很多歌。她是个歌手。”

薇拉给我照了一张照片后，我把背包又背好。“凯尔再见，薇拉再见，流星再见。”离开的时候我跟他们一一道别。

“谢莉尔！”我走出很远的时候，凯尔突然大声叫我。

我停下来，转过身。

“狗狗的名字叫米利亚姆。”

“再见啦，米利亚姆。”我大声补上了这句道别。

傍晚，我看到在阴凉处有一张野餐桌——这绝对算是上路罕见的奢侈享受了。走近的时候，我发现桌子上还放着一个桃子，下面压着一张字条：

谢莉尔：

我们从短途背包客那里要到了这个。享用吧！

山姆和海伦

看到桃子，我兴奋起来。新鲜蔬果跟柠檬汁总是在我对美食的幻想里打架。但更让我感动的是，山姆和海伦把这个桃子留给了我。他们肯定也像我一样受这种对美食的幻想的折磨。我坐在野餐桌上，捧着桃子美滋滋地咬了下去。桃汁的独特美味似乎瞬间充盈了我身体的每一个细胞。能吃到桃子，让我觉得脚肿成一团也没什么，而桃子的美味也顿时让天气的炎热和一路的无聊变得不再那么可怕。当我坐着享用这无与伦比的美味时，我意识到我无法向山姆和海伦致谢了。我已经做好准备一个人上路了，所以当晚我会自己露营。

丢掉桃核儿，我才发现身边长着几百株杜鹃花，粉色的、浅橙色的，争奇斗艳，美不胜收。微风吹过，花瓣轻轻飘落。这些花就像上天送给我的礼物，就像这个桃子，就像凯尔的那首《红河谷》，都给我带来无限宽慰。尽管这一路的困难和让人抓狂的事情很多，但是按照在太平洋屋脊步道徒步旅行的行话来说，每一天都会有一些“路上的奇迹”发生——这些意料之外的、让人暖心的事情，总会让人在路上面临种种挑战之后感到无比宽慰。我跳下野餐桌，还没来得及背好“怪兽”，就听到后面的脚步声。回过头，发现一头鹿朝我走过来，很明显它没有注意到我的存在。我故意制造一些小噪声，不希望吓到它。但是它没有跑开，反而停下脚步，看着我，朝我的方向嗅了嗅，然后慢慢地朝我走过来。每走一步，它就停一下，似乎在想能不能继续往前。它慢慢地离我越来越近，到最后只有10英尺之遥。它没什么表情，但是对我很感兴趣，所以朝我的方向尽量伸着鼻子嗅着。我坐着一动不动地看着它，一点儿都不害怕。这情形，就像几周以前那只狐狸在雪地里好奇地研究我一样。

“没事儿。”我低声对它说。然后我不由得嘴边冒出一句话，“在这个世界上你是安全的。”

这句话好像打破了某个咒语，那头鹿一下子对我失去了兴趣。不过，它也没有跑，只是昂起头，慢慢地走到杜鹃花丛边，小心地躲避着杜鹃花，啃着草叶走开了。

接下来的几天，我又是一个人徒步。先爬山再下山再爬山，越过了埃特纳雪峰，进入马宝群山，又顶着酷暑向塞亚德谷迈进。途中经过几处湖泊，蚊子咬得太凶，我不得不第一次拿出避蚊胺把身上喷了个遍。后来又在路上碰到一些短途背包客，他们跟我详细讲述了蔓延的火情，不过野火还烧不到太平洋屋脊步道，所以我不用担心。

一天晚上，我选择在一处草地扎营。从那里能看到黑烟，视野里灰蒙蒙的，看不见西边的情况。看来果然起了大火。我在椅子上坐了一个小时，看着平坦的草原那边，太阳慢慢地隐在黑烟之中。这一路上的许多晚上，我看过许多壮观的日落，但是这一次要比之前所有的都壮丽。余晖若隐若现，幻化成黄色、粉色、橙色和紫色，与波动的绿色地平线融为一体。要是以前，我会选择读《都柏林人》这本书，或在睡袋里进入梦乡。但是今晚，夜空显得魅惑异常，让人难舍难弃。仰望星空，我意识到自己已经走过半程了。上路已经50多天了。按照计划，再有50多天我就能完成旅行了。这一路上，该发生的都发生了。

“要记住红河谷你的故乡，还有那热爱你的姑娘……”我突然唱起歌来。但是因为记不住剩下的歌词，声音越唱越小。脑海里浮现出凯尔稚嫩的脸和小小的手，还有他无瑕歌声的阵阵回响。我在心里想自己以后会不会当妈妈，凯尔妈妈的处境到底有多“糟糕”，他的父亲在哪里，我的父亲在哪里。“这一刻他在干什么？”平时我偶尔会想到这个问题，但是根本无法去想象答案。我并不了解我自己的父亲。他出现在我的生命里，但是却是隐性的，就像森林里的那个影子野兽；也像一场野火，距离太远，只能看得到烟。

这就是我父亲：生了我却没有养育我的人。这件事每次都会让我很惊奇，一遍一遍又一遍。我碰到这么多疯狂的事情，但是他不能以应有的方式爱护我却是最疯狂的一件。但是，就在那晚，在上路50多天后，我望着被黑夜逐渐笼罩的大地，突然意识到我以后不会再因他而困惑了。

这个世界上有这么多令人惊奇的东西。

我的心豁然开朗。有一刻，我几乎忘记了怎么呼吸，然后又急遽地呼吸。我高兴地笑了出来，但是下一刻，我却在上路后第一次哭了出来。我不停地哭。我哭不是因为我高兴，不是因为我很难过，不是因为我母亲、父亲或是保罗。我哭是因为我感到自己完整了，因为上路50多天以来的种种困难，还因为上路以前的9 760个日子，我一直混沌纠结。

我来了，又走了。加利福尼亚州就像一条长长的纱裙在我身后铺展开来。我再也不觉得自己是个不可救药的大笨蛋了。我觉得自己充满力量，心存敬畏，内心平静，好像在这个世界我也是安全的。

05

雨盒子

BOX OF RAIN

PART FIVE

虽然走得慢，但我从来不走回头路。

——亚伯拉罕·林肯

告诉我，你要打算怎么度过
你这疯狂却珍贵的一生？

——玛丽·奥利弗，《夏日》

雨盒子

走出加州的前一晚，睡梦中我被树枝的哗哗声和雨点打在帐篷上的啪啪声吵醒。整个夏天一直很干燥，所以后来我就把遮雨罩摘下来了，睡觉时只把帐篷里面的织网搭起来。我一骨碌爬起身，赤脚摸着黑把遮雨罩加到了帐篷上。虽然仍然是8月初，但是我却冻得直打哆嗦。这一周的气温一直保持在90华氏度左右，有时候会达到100华氏度。但是因为下雨刮风的缘故，天气一下子变了脸。回到帐篷，我就穿上了羊毛裤袜和羊毛衫。钻进睡袋后，把拉链一直拉到脖子根儿，把兜帽也紧紧套在头上。第二天清晨6点醒来的时候，背包上系的小型温度计显示，现在只有37华氏度。

天还下着雨，但是我仍然得上路。我把能穿的都穿上，然后沿着高耸的山脊线继续前进。每次停下来超过几分钟，我就会冻得牙齿打战，只有继续步行流汗，才能感觉好一些。旅行手册上说，天气晴好的时候，在这里就能看到北方的俄勒冈州，但现在远处一片浓雾，能见度不超过10英尺。当然，无须看到俄勒冈，我就能感觉到它的存在，静穆地坐落在前方。如果我能一路走到“众神之桥”，就等于穿越了俄勒冈全境。如果我真的成功了，算是何等人呢？要是没成功呢？

10点多，斯泰茜从薄雾中走了出来，沿着路线往回走。前一天我们一起从塞亚德谷上路，晚上则是和雷克斯及两对儿情侣一起扎营。早上的时候，雷克斯坐上汽车回到现实生活中去了，我们几个继续上路，几个小时后也选择分道扬镳。能确定的一点是，这一路上我都不会碰到这两对儿了。但是我和斯泰茜计划在阿什兰见面。她在那边会停留几天，等她的朋友迪赶到那里，然后一起徒步穿越俄勒冈全境。现在看到她让我很吃惊，真不知是人还是鬼。

“我要回到塞亚德谷。”她解释说她浑身发冷，双脚起了泡，而且前天晚上羽绒睡袋淋湿了，晚上之前没法干透。“我要坐汽车去阿什兰。”她有点沮丧，“你到那儿的时候记得去青旅找我。”

我用力地拥抱了一下她，看着她片刻之间消失在雾气之中。

第二天早上，我比平时起得更早。这时的天空是鱼肚灰色。雨已经停了，开始慢慢热起来。我把“怪兽”背好，从营地出发时，感到心情很激动：再有几英里我就走出加州了！

离两州边境不到1英里的时候，路边一根低垂的树枝钩到我的威廉·J.克罗基特手链，然后手链就飞也似的消失在了茂密的灌木中。我仔细地搜遍了乱石和灌木，却一无所获。其实刚进到灌木丛里寻找时，我就知道已经没戏了，所以心里有些恐慌。我甚至都没看清它飞到哪个方向了，只听到细微的“嗖”的一声，就不见了。在这个节骨眼儿上丢了手链看上去有点荒唐，这也明确预示着前方会有麻烦。虽然我努力地想要把这种想法扭转过来，把丢手链当成是一件好事——比如这说明我不再需要某些东西，或者少一些无谓的挂念——但我很快泄了气，只是想到威廉·J.克罗基特本人。这个明尼苏达州人跟我年纪相仿的时候就战死越南，而且遗体一直没有找到，他的家人一定仍然在为他的死去悲伤。我的手链本身只代表了他逝去的年轻生命，也只能说是天妒英才。

但是除了继续赶路，我别无他法。

几分钟之后，我就到达了州界。我停下来，尽情地享受这一刻：这边是加利福尼亚，那边是俄勒冈，一段旅程的结束，另一段旅程的开始。这个如此重要的地方，看上去很不显眼。这里只有一个金属盒子，里面放着一本旅程记录簿，还有一个“距离华盛顿州498英里”的标志——没有提到俄勒冈半个字。

我知道这498英里意味着什么。我在加州走了两个月，但是离当初一个人背着包站在蒂哈查皮道口，想象着走到这个地方的时候，似乎已经过了好几年。我打开金属盒子，把里面的记录簿拿出来，一页页地翻看前几周以来大家的留言。上面有一些陌生人的留言，还有一些以前见都没见过的名字，但是因为一整个夏天行走在路上，我感觉自己已经认识了这些陌生人。最新的留言是那两对儿情侣约翰和莎拉以及山姆和海伦写的。在他们满是兴奋的留言下面，我也写下了自己的话。但是因为情绪太激动，所以就言简意赅地写了一句话：我成功了！

俄勒冈，俄勒冈，俄勒冈！

我来了！踏上俄勒冈的土地，我能看到南面雄伟的沙斯塔山，和北面稍矮一些但是更加庄严肃穆的麦克劳克林山。沿着山脊线走的时候，碰到一片结冰的雪地，我撑着滑雪杖，才安全走过。牛群在我脚下的高原绿地上悠闲地吃着草，挂在它们身上的大方铃不断发出叮叮的响声。“你们好啊，俄勒冈的牛！”我忍不住向它们打起招呼来。

那天晚上露营的时候，明月挂在天边，天空澄澈清冷。我拿出约翰·马克斯维尔·库切的《等待野蛮人》，但是只读了几页。我没法集中注意力，因为我的思绪已经飘到了阿什兰。现在我离它已经很近了，可以允许自己去想了。在那里，会有食物、音乐、美酒和对太平洋屋脊步道一无所知的人们。而最重要的是，那里会有钱等着我，不是之前的20美元，而是250美元！我把250美元的旅行支票放进了阿什兰的补给箱。最初我以为阿什兰会是旅程的终点，所以留了这笔“巨款”犒赏自己。补给箱里没有食物或其他的新补给，只有一张支票和一件“真实世界”里才穿的衣服——我最喜欢的浅蓝色李维斯牛仔裤和一件瘦款黑色T恤，一件全新的黑色蕾丝文胸和搭配的内衣。几个月以前，我就想着用这些东西来庆祝旅途结束，然后搭车回波特兰。后来我改变了行程，就让丽莎把这个小箱子放进另一个装着食物和补给的大箱子里，然后把地址从内华达山的某个我不会去的停靠点改成了这里。我已经迫不及待地想要拿到箱子了——当然是小箱子——这样就可以穿着休闲装在周末自在消费了。

第二天，我搭上了美国志愿队（AmeriCorps）一群志愿者的车，在中午饭点儿的时候，终于到了阿什兰。

“你有没有听到那个重大新闻？”我刚爬进他们的货车，其中一个人就问我。

我摇摇头，也没解释自己这两个月很少能听到新闻，所以无论是大事件还是小新闻都不太清楚。

“你知道感恩而死乐队（Grateful Dead）吗？”他严肃地问我。我点点头。“杰里·加西亚去世了。”

我站在镇中心的人行道上，俯下身去看当地报纸的头版，上面加西亚的头像显得格外迷幻。报纸放在塑料盒子里，透过前面的挡板能阅读报纸上的文字。现在我穷得都买不起报纸了，只能这么将就着看。我记得曾经很喜欢感恩而死乐队的几首歌，但是没买过他们现场演出的磁带，也没有像一些喜欢他们的朋友那样跟着乐队全国跑。柯特·科本1994年去世的时候让我更加感慨万分——他令人悲伤而又暴力的去世恰如警钟，不仅预示着我们这一代人放荡青春的结束，也预示着我自己放荡青春的结束。不过加西亚的去世给人的感慨更加强烈，就像这不仅是一个时刻的结束，也是一个时代的终结。

我背着包走过几个街区到了邮局。中间经过的一个商店橱窗里竖着一个手工的标志：我们爱你，杰里，安息吧。街道上全是人，有穿得光鲜亮丽来这里度周末的游客，还有一些聚在人行道旁比较叛逆的年轻人，因为巨星去世而格外悲伤。我经过的时候，几个人向我打招呼，一些人还在末了加上“妹妹”这个称呼。走近的时候，才发现这些人最小十几岁，最大都60多岁了。他们的穿衣风格很奇怪，跟嬉皮士、无政府主义者、朋克摇滚、疯狂音乐家这一系列似乎都沾边儿。我就像他们之中的一员：头发又长又乱，皮肤黝黑，身上有文身，因为这一身行头和背包更显得颓废不堪，而且我闻起来也像他们，但是气味更糟。几周之前在城堡岩宿醉以后洗过澡，但是自那以后就没再洗过。然而我不属于他们。我现在就像来自另一个空间和时间的怪物，与这里的一切格格不入。

走过人群的时候，我还发现了一张熟面孔。之前我跟斯泰茜去寻找彩虹集会时，有一群人开着卡车去蛤蟆湖，里面有一个不太爱说话的男人，就坐在人群之中。我兴冲冲地跟他打招呼：“嗨！”但是他只是木讷地点点头，看似并不记得我。

终于走到邮局。我推门进去，满心欢喜地傻笑着。我把名字告诉了柜台后面的女人，她却只给我一个小的加厚信封，没有箱子，也没有放在箱子里的小箱子。没有李维斯牛仔裤，没有黑色蕾丝文胸，没有250美元的旅行支票，更没有我要徒步到下一站——火山口湖国家公园所需要的食物!

“我应该还有一个箱子。”我手里捏着信封，有点紧张地说。

“明天再来看看吧。”她面无表情地回答。

“您确定吗？”我有些结巴了，“我是说……一定是寄到了啊。”

但她无动于衷地摇摇头，她可不管我的死活。对她来说，我只不过是个普通的叛逆青年，又脏又臭，无须挂怀。“下一个。”她不看我，示意队伍前面的那个男人来柜台。

我深一脚浅一脚地走出邮局，恐慌和愤怒让视线变得有些模糊。现在我在俄勒冈州的阿什兰，但是浑身只有2块2毛9。晚上在青旅住宿得交房钱，而且往下走也需要食物。但更迫切的是，背着包走了60多天，每天都吃味同嚼蜡的脱水食物，有的时候走一周都不见人影，且气温、地形、高度一直变化，我需要一些东西来犒劳自己。哪怕只有几天啊，老天啊，求求你！

我走到附近的公共电话亭，把“怪兽”摘下来，放在电话亭的地上，然后把门关了起来。待在里面的感觉很爽，我感觉自己已不想再离开这个小小的透明房间了。我记起手里的信封，是我在明尼阿波利斯的朋友劳拉给我写的。打开信封，我把里面的东西拿出来：是一封信，包着一条项链。项链是她亲手做的，上面的字母是银色的，有些斑驳，用弹力线穿着，正好构成我的姓“Strayed”。第一眼看上去很像“饥饿”（starved）一词，因为字母Y跟其他的字母有些不同，不仅形状更加矮胖，用的模型也不一样，所以才会让人看走眼。我把项链戴好，从电话亭的金属壁面上看着自己扭曲的身影。我把它戴在另一条项链下面。这条项链是用母亲的银色绿松石耳环串起来的。在肯尼迪草原戴上之后，我就一直没有摘下来。

我拿起话筒，想给丽莎打个对方付费的电话，问一下箱子的情况。但是那边无人接听。

我痛苦地在街上游荡着，希望控制自己的物欲。不去想午餐，不去想橱窗里展示的松饼和饼干，也不去想游客们手上纸杯里的拿铁和其他饮料。我走进青旅，想碰碰运气看能不能找到斯泰茜。前台说，她出去了，过会儿才能回来——她已经入住了。“你也想登记入住吗？”前台很热情地招呼我。但是我只是摇了摇头，无奈地走了出来。

我决定去有机食品供销社晃悠一圈。那些叛逆青年聚集在供销社前面的草地上和人行道上，好像要在这儿安营扎寨似的。突然，我看到另一个之前在蛤蟆湖碰到的人，就是那个发带男，那伙人的头儿，像吉米·亨德里克斯一样，一口一个“宝贝儿”。他就坐在供销社入口的人行道旁边，手里拿着一个小纸板，上面用马克笔写着要钱一类的话。他前面还放着一个空咖啡罐儿，里面零零星星放着几个硬币。

“嗨。”我在他面前站定，兴奋地跟他打招呼。在他乡看见一个熟悉的面孔，哪怕是他的面孔，也让人心情振奋。他还是戴着那个脏兮兮的发带。

“你好。”他明显没有认出我来，也没有伸手朝我要钱。很明显，我这身打扮也不像有钱人。“你四处旅游？”他有一搭没一搭地问我。

“我在太平洋屋脊步道上徒步。”我故意把后半句加重，看他能不能想起来。

他点点头，仍然没有认出我来：“很多外地人今天都来参加感恩而死的纪念活动。”

“有纪念活动？”我忍不住反问一句。

“今晚上有吧。”

我很好奇，不知他有没有像之前说的那样自己在火山口湖办个小型彩虹集会。但是我的好奇心仅限于瞎想而已，我并不想张口问他。“看开些吧。”我冒出这么句话，然后走开了。

走进供销社，里面的空调风吹到我裸露的胳膊和腿上，感觉很奇怪。这一路上，我也在几个补给站逛过便利店和小型的面向游客的综合型商店，但是上路以来还是第一次来到这种店。我在过道上来回踱步，浏览着买不起的东西。各种商品眼花缭乱，我的脑子有些晕眩。我以前怎么会对这些东西都熟视无睹呢？一罐罐的腌菜、装在纸袋里的新鲜法式长条面包、一瓶瓶的橙汁、一盒盒的冰沙，还有最重要的，箱子里光彩夺目的新鲜农产品。我流连在果蔬区，尽力把香气吸入肺中。土豆、去根的生菜、油桃，还有酸橙，新鲜诱人。我一直努力抑制着自己的欲望，不把这些食物偷偷放进口袋里。所以，闻闻气味儿是我唯一能做的了。

我又走到健康和美容区，把好几种乳液的免费试用装倒在手心里，然后把全身擦了个遍。乳液淡淡的清香让我几乎要醉了，我甚至能辨别出它们都是什么气味儿的：有桃子味儿的，有椰子味儿的，还有薰衣草味儿和橙味儿的。口红的试用装有好几款，想了很久才选定一款叫“梅雾”的口红。展台附近有个药用玻璃罐，里面放着一些据说是“自然、有机、再生利用”的产品，看上去很像棉签。不管三七二十一，我打开银色的盖子，拿了一根出来，回到口红区，涂抹着口红。之所以选这款，是因为这个颜色跟我过上徒步生活之前用的口红颜色相近。我的脸经过风吹日晒有些沧桑，用了这款口红后，我的嘴显得花哨又疯狂，让我觉得自己像极了小丑。

“您需要什么服务吗？”一个戴着金属框眼镜的女服务员走了过来。我注意到她的名牌上写着“珍·G”。

“不了，谢谢你。我只是随便看看。”我有些不知所措。

“这款颜色跟您的蓝眼睛很搭，涂上很漂亮。”她开始热情地向我推销。

“真的吗？”我一下子害羞起来。我看着小圆镜子里面的自己，不停地转换着角度，就好像真的要考虑着买这款产品一样。

“我也很喜欢您的项链，”她看着我的项链小声念了出来，“饥饿，有趣儿。”

我的手下意识地放在项链上，更正她：“实际上，是Strayed，是我的姓。”

“欸？是哦。”她靠近我，仔细研究了一会儿，“看的角度不对。不过两个意思都很有趣儿。”

“是一种光影错觉，要的就是这种效果。”我立即补上一句，似乎容不得别人挑剔这条项链的毛病。

沿着过道，我又游走到熟食区，抽了一张粗糙的纸巾，把嘴上的口红擦掉了。走到柠檬汁区，我迈不动步了。让我十分气恼的是，这里竟然没有我喜欢的斯纳普柠檬汁，所以只能用身上所有的钱买了一瓶“天然、有机、鲜榨、无添加”的柠檬汁，一屁股坐在供销社前面的草地上。虽然到了这里我很兴奋，但是到现在我都没吃过东西，便从背包里拿出一根蛋白质能量棒和一些走了味儿的坚果。吃的时候，我命令自己不去想原计划吃的午餐：恺撒沙拉加一片烤鸡胸；主餐是一篮法式脆皮面包，可以蘸着橄榄油吃；饮料是健怡可乐，甜点是香蕉船。但是这些都成了泡影，我只能吸着柠檬汁，享受着这唯一的快乐。为了打发时间，我开始跟走上前来的人说话，而且来者不拒。有刚从密歇根搬到阿什兰来读书的男学生，有在乐队里谋生的男鼓手，有专门做圣母像的女陶工，还有一个操着欧洲口音问我要不要当晚去参加杰里·加西亚纪念活动的美女。

她给我一张宣传单，顶部写着“纪念杰里”。

“活动地点就在青旅附近的俱乐部，不知道你是不是会在青旅过夜。”她一字一顿地跟我介绍活动。趁这个时候，我仔细地打量了一下她，丰满又漂亮，亚麻色的头发梳成了宽松的圆发髻。“我们也在四处旅游。”当看到我的背包，她又笑着补充一句。我还在想“我们”是什么意思的时候，一个男子出现在她身边。看身形，他俩完全相反。这个男子长得很高，却很瘦削，穿着男式及膝栗色裹裙，露出的膝盖皮包骨，头发扎成了四五条小辫儿。

“你是搭便车到这儿的？”那个男子开腔问我，听口音应该是美国人。

我给他们解释了我在徒步穿越太平洋屋脊步道，以及准备在阿什兰休息过周末。这个男的反应冷淡，但是那个女子却一脸错愕。

“我叫苏珊娜，是瑞士人。”她自我介绍的时候握住了我的手，“我们把你做的这件事叫作‘朝圣之旅’。要是你愿意的话，我想给你揉揉脚。”

“啊，你人太好了，但是没必要这么做。”我推辞道。

“我想这么做，这是我的荣幸。这是我们瑞士人特有的方式。我一会儿回来。”说完她就转身走进供销社，不管我怎么叫她也不回头。她进去以后，我看着她男朋友。他的发型让我联想到只有一撮毛的丘比娃娃。

“她很喜欢做这种事情，所以不用担心。”他边说边在我身边坐了下来。

一分钟后，苏珊娜又旋风般地出现了，两手捧着一捧香薰油。“是薄荷味的。”她微笑着向我解释道，“快脱下你的靴子和袜子。”

“但是我的脚，”我有些迟疑，“情况很糟糕，而且很脏——”

“这是神对我的召唤啊！”她激动地喊了出来。所以我只好从命。不一会儿，她就把我的脚上涂满了薄荷精油。“你的双脚，它们很顽强，”苏珊娜抬起头对我说，“就像动物的脚。我能感觉到它们在我手心里的力量。伤痕累累！好像没有脚指甲了。”

“是啊。”我嗫嚅道。她的力道刚刚好，我禁不住后仰着用胳膊撑着身子，慢慢地闭上了眼睛，感受着她的手在我的脚部游移，阳光在我的眼睑跳动。

“神灵告诉我要我这么做。”说这句话的时候，她的两个拇指摁到了我的脚底，让我一个激灵。

“神灵告诉你的吗？”

“是啊。我第一眼看见你，神灵就在我耳边告诉我，我需要为你做点儿什么。所以我就走上前来给你发传单了。不过很快我就知道还有别的事情。在瑞士，我们都很尊敬走过朝圣之旅的人。”她仔细地捏着每一个脚趾，抬起头来看着我问道，“你的项链是什么意思啊？你很饿吗？”

随后几个小时，我仍然在供销社前消磨时间。当然我也确实饿了。我都没有知觉了，只是感觉自己的每一个细胞都被欲望灼烧，饥饿又萎靡。一个人给了我一个素松饼，另一个人给了我一份沙拉，里面有葡萄干。还有几个人走过来称赞我身上的马文身，或问一些关于背包的问题。下午4点左右，斯泰茜回来了。我把窘境告诉了她，她主动要借给我钱，等我的钱到了再还。

“我再去邮局试一遍。”尽管我很感激她的盛情，但我还是不愿意借她的钱。我又回到邮局，排队时发现还是中午那个女士在柜台，心里有些失落。到我的时候，我询问有没有我的箱子。而实际上，几个小时前我刚刚来这边问过。她走到后面的房间，回来的时候拿着一个箱子，从柜台上推给我，连句抱歉都没有。

“这么说这个箱子一直都在这儿。”我望着她，但是她并不在乎，草率地应付我说大概是之前没有看到云云。

不过我太高兴了，顾不上跟她怄气。我像抱着宝贝一样跟斯泰茜一起走到青旅，登记入住，然后跟着斯泰茜上了楼梯，穿过一个大的女生宿舍般的房间，进入一个在屋檐下搭建的小小的私密隔间。里面放着三张单人床，斯泰茜一张，她朋友迪一张，她们还给我占了一张。斯泰茜把我介绍给迪，说话的时候我就把箱子打开了。里面有我以前的牛仔裤，全新的文胸和内衣，还有上路以来最大一笔钱。

下一件要紧事儿是洗澡。我站在浴室的热水下，努力地搓洗着全身的污垢。我已经两周没洗澡了，这期间气温最低达到30华氏度，最高快到100华氏度，汗水和灰尘似乎已经形成了身上的一层皮肤。而现在，我感觉热水似乎把这层“皮肤”冲掉了。洗完澡后，我盯着镜子里没穿衣服的自己，身体比上次照镜子更精瘦了，头发颜色也浅了，似乎又回到了3岁的时候。我套上新的黑色文胸，穿好内衣和T恤以及褪色的牛仔裤。这些穿在身上都有些宽松了，而三个月前我几乎胖得穿不上。回到隔间，我穿上靴子。虽然靴子已经变得又脏又旧，穿上去很热，很重，而且脚也很疼，但是我就只有这一双鞋了。

晚餐是跟斯泰茜和迪一起吃的。只要是想吃的，我都点了。晚饭过后，我又到鞋店，买了一双黑蓝相间的迈乐牌运动凉鞋。其实上路之前我就应该买这款鞋子，那样就可以少受很多罪了。我们回到了青旅，但是几分钟之后，我跟斯泰茜就又出门了，迪则留在住处睡觉。我们的目的地是附近一个俱乐部，那里正在举办杰里·加西亚的纪念活动。俱乐部里专门用绳子隔出了一片跳舞的场地，我们俩就坐在旁边的一张桌子旁。俱乐部里不断地放着感恩而死乐队的歌曲，我们俩喝着白葡萄酒，看着各种年龄、各种体形的女人踩着音乐在舞池里扭动。时不时地，也会有个男人挤进去凑热闹。舞池另一侧的墙上有一个大屏幕，上面投放着各种画面。有时是抽象的迷幻的旋转图案，有时则是具体的、手绘的杰里和他的乐队的图片。

“杰里，我们爱你！”当他的头像出现在屏幕上时，邻桌的一个女人突然大叫了一声。

“你要不要跳舞？”我转过头去问斯泰茜。

她摇摇头：“我要回旅社了，明天一早我们就要出发了。”

“我想再待一会儿。要是明天早上你们走的时候我还在睡，一定要把我叫醒。我要送送你们。”她走后，我又点了一杯酒，坐在远处听着音乐，看着人影。夏夜里，哪怕听着音乐跟一群人待在一个房间里就足以让我心花怒放了。半个小时后，当我起身准备离开的时候，屋里突然放起了《雨盒子》（*Box of Rain*）这首歌。这是感恩而死乐队所有歌曲里我最喜欢的一首，我一下子兴奋起来，所以就冲到舞池里开始跳舞，但是我很快就后悔了。因为一直徒步，我的膝盖很僵硬，像生了锈，臀部也感觉很奇怪，没法扭动。但是我刚准备离开，那个从密歇根搬到这儿、上午见过面的男人突然靠了上来，好像要跟我跳舞。但他总是打乱我的节奏，像个陀螺一样蹦来蹦去。他还点着头，用手指在空中画出一个盒子形状，就像我知道他什么意思似的跟我一个劲儿地比画。但是现在要是走的话，又显得没有礼貌，所以我只好耐着性子继续跳舞。

“每次听到这首歌，我总会想起俄勒冈。”当我扭动着身体的时候，他几乎朝我喊出来这句话，甚至盖过了音乐声，“明白我的意思吗？”他又解释道，“雨盒子。就像俄勒冈州，总是下雨，像个雨盒子。”

我笑着点点头，尽可能地装作很开心。但是这首歌曲一结束，我就立即闪到一边的吧台。

“嗨。”过了一会儿，我听到背后的男声，回过头，看到一个男子，站在及腰高的吧台的另一面，手里拿着一支马克笔和一把手电筒。很明显他是俱乐部的工作人员，主要管理吧台，但是之前我却没有注意到他的存在。

“嗨。”我也跟他打招呼。他长相俊朗，看上去比我年龄大一点，黑色长鬈发一直垂到肩膀，T恤上写着一行字母“WILCO”[1]。“我很

---

1 WILCO是芝加哥的一支另类乡村音乐乐队。——译者注

喜欢这支乐队。”我指了指他的T恤。

“你知道这个乐队？”他有点惊讶。

“当然知道啊！”我有些自豪地回答他。

他的棕色眼睛弯成了月牙，满是笑意。“很好，”他的当地口音很重，“我叫乔纳森。”然后他伸出手，跟我握手。我还没来得及跟他说出我的名字，音乐声又响起了。但是他斜过身来在我耳边用不大不小的声音问我是哪儿的人。他似乎知道我不是本地人，所以我就大声地回答他，尽可能简短地解释太平洋屋脊步道。然后他又附身在我耳朵边，大声喊了一个很长的句子。但是音乐太大声，我听不清。不过我的心思也没放在他的话上，我想再让他靠过来在我耳边说话。他的嘴唇摩挲着我的头发，喷出的鼻息让我脖颈发痒，全身酥软。

“什么？”他说完后我又大声地问道，所以他又说了一遍，只不过这次更慢也更大声。我明白他是想告诉我今晚要值夜班，但是明晚11点就下班了，问我想不想来这边看乐队表演，之后再约会。

“当然可以。”我又喊回去。虽然心里还是很想让他再重复一遍，这样的话我的头发和脖颈就又能感受一遍那种感觉了。他把马克笔给我，做手势让我把名字写在他的手心里，想把我写进客人名单里。“谢莉尔·斯特里德”（Cheryl Strayed）。我尽量写得工整一些，但是手却不知道什么原因一直抖个不停。写完后，他看着我的名字，竖起了大拇指。我跟他招招手，满心欢喜地走出了俱乐部。

我要约会了。

空气很暖和，走在回去的路上我禁不住又想：这算是约会吗？可能我的名字不会出现在名单上，可能我听错了。可能更荒唐的是，跟一个我几乎没说几句话的人约会，而且跟他约会的主要动机就在于他长得帅和喜欢WILCO乐队。当然之前的约会理由比这更少更荒唐的也有，但是这次感觉不同。我已经变得不同了，不是吗？

我走回青旅，蹑手蹑脚地走过中间的大间。里面的陌生人睡得正酣。进到里面的隔间，迪和斯泰茜也睡下了。我脱掉衣服，睡到了真正的床上。最开始有点不敢相信，今晚这张床是专属于我的。我躺了一个小时都没睡着，用手抚摩着身体，想象着第二天晚上乔纳森如果抚摩我会是什么感觉：我的双乳，小腹，大腿上的肌肉，还有下体粗糙的体毛——这些感觉都还行——但是当摸到屁股上手掌大小的疤痕时，我意识到无论如何明晚的约会我都不会脱掉裤子，因为手感介于树皮和去毛的死鸡之间。当然可能也没什么。我脱裤子跟人上床的次数多得数不过来，但能肯定的是，次数太多，已经于我无益。

第二天整个白天我都在心里劝说自己晚上不要去跟乔纳森见面。但是无论是我洗衣服、在餐厅吃饭还是在街上看着人来人往，我都不断地问自己：这个长得英俊的WILCO乐队的歌迷对我意味着什么呢？但是，脑袋却一直不受控制地走神，想象我们可能会做的事情。

当然，是穿着裤子的情况下会做的事情。

当天晚上，我洗澡，打扮，走到供销社涂上了试用装的“梅雾”口红和“依兰”精油，然后慢悠悠地走到了俱乐部。门口有一个女人在把门儿，我假装漫不经心地跟她说：“我可能在名单上。”把名字告诉她后，我做好了被拒绝的准备。

但是她一语不发，在我的手上盖了一个红章，就放我进去了。

我一进门就立即看见了乔纳森，他也看见了我，从老远的表演台上向我挥手。他在那边调控灯光。我点了一杯酒，然后用我认为优雅的方式小口地喝着，听着吧台附近的乐队说话。他们来自旧金山湾区，是一个相当有名气的兰草音乐乐队，当晚特别演奏了一首歌纪念杰里·加西亚。虽然说他们的表演很棒，但是我却不能集中注意力。我既要尽力让自己感觉平静和轻松，就像一个喜欢这个乐队的歌迷，不论乔纳森邀请我与否都会专门来听他们演奏，更重要的是，还要表现出对乔纳森似看非看的感觉。每一次我看他的时候，他也在看我。这让我很担心他会认为我一直都在看他。如果每次我看他的时候，他恰巧也在看我，而非一直在看着我，抑或，他每次都看到我在看他，心里会不会开始琢磨为什么这个女人一直看着我呢？如果这两种情况发生了怎么办？所以我迫使自己不去看他，听完了三首漫长的歌。其中有一首还有一段即兴的、似乎无穷无尽的小提琴独奏，直到观众拍手称好，他们才停止。我有点受不了了，立即看他，而他不仅也在看我，还向我招招手。

我也对他招手。

然后，我又望向了别处，站得格外挺拔，不敢活动丝毫。我清楚地知道自己一定美得可人，因为我能感觉到乔纳森的眼睛从我全是肌肉的臀部和大腿上，游移到在文胸支撑下显得坚挺的胸脯上，然后是我浅色的头发和古铜色的皮肤，然后是因为口红的映衬显得更蓝的蓝眼睛。这种良好感觉持续了一首歌的时间，但是突然感觉又发生逆转，我意识到我是一个丑陋的怪兽，屁股上还有一块感觉介于树皮和拔毛死鸡的疤痕，还有满是赘肉的小腹。说来奇怪，上路两个月经受了各种锻炼，而且忍饥挨饿，大家都会认为赘肉肯定不见了。除非我躺下来，或者故意憋气，否则这些赘肉仍然无处遁形。还有我的嘴唇，好笑又浮夸！这时候音乐声变小，曲调开始变得哀怨。趁大家不注意的时候，我偷偷地用手背把口红擦掉了。

谢天谢地，还是有中场休息部分的。乔纳森出现在我身边，热烈地捏着我的手，说他很高兴我来了，问我想不想再喝一杯酒。

我不想。我唯一想的是快到11点，这样他就可以和我离开了，我也能止住胡思乱想，不再去猜测我到底是美女还是野兽，到底是他在看我还是他认为我在看他了。

但是，还得再等一个半小时。

“之后我们去干什么呢？”他满脸微笑地问我，“你吃过晚饭了吗？”

我告诉他我吃过了，但是随便干什么都行。当然我也没跟他说，以现在我的饭量，大概再吃四顿也没问题。

“我住在一个有机农场上，离这儿大概15英里。晚上的时候很有意思，可以四处走一走。我们应该去那儿看一下，你想回来的时候我再送你回来。”

“好的。”我摸着那个绿松石银耳环穿成的项链给了他一个甜甜的微笑。今晚我故意没戴那个分不清是“Strayed”还是“Starved”的项链，就怕乔纳森会联想到后者。“我现在想先出去透透气，”我对他说，“但是11点我会回来。”

“很好。”这个词还是带着当地口音。乐队又要重新开唱，他得回到台上了。走之前，他又伸出手捏了捏我的手。

我开心地走出俱乐部，腰间的小红尼龙袋晃来晃去，里面放着我的小火炉。在肯尼迪草原的时候，因为不愿意背负过多重量，我丢掉了大多数此类的袋子和容器，但是却一直留着这个袋子，默默地相信小火炉需要它的保护。在阿什兰的这几天，我把它改造成了一个钱包，不过闻起来还是有淡淡的汽油味儿。包里还有一个很普通的拉链包，装着我的钱、驾驶证、唇膏、梳子和青旅的工作人员给我的行李寄存卡，走之前可以把寄存的“怪兽”、滑雪杖和食物都取走。

“你好啊。”一个站在酒吧外人行道上的男人向我打招呼，“你喜欢这个乐队？”他的声音很平静。

“是啊。”我礼貌地对他笑笑。他看样子已经快50岁了吧，穿着吊带牛仔裤和一件有些磨损的T恤。他的胡须又卷又长，垂到胸部，而且已经秃顶，但是周围还有一圈儿灰白头发，像一帘瀑布垂到肩膀上。

“我从山上下来。我喜欢偶尔来这儿听听音乐。”他很随和地跟我搭腔。

“我也是。我是说，从山上下来。”

“你住在哪儿？”

“我一路徒步，穿越太平洋屋脊步道呢。”

“哦，原来如此。”他点点头，“我之前也爬过，但是方向不同。我在路上还搞了一个圆锥帐篷，在里面住了四五个月。”

“你住在圆锥帐篷里？”我有点吃惊。

他点点头。“对，就我自己。我挺喜欢的，但是有时候会很寂寞。对了，我叫克莱德。”他伸出手来。

“我叫谢莉尔。”说着，我也伸出手来跟他握手。

“想不想跟我去喝杯茶？”

“谢啦，我在等一个朋友下班呢。”我迅速瞄了一眼俱乐部的门口，生怕乔纳森不知道什么时候就冒了出来。

“嗯。我的货车就在这儿，我们俩哪儿也不去。”他指了指在停车位上的一辆米色货车，“我不住帐篷的时候，就住在那里面。那也是我现在的住处。这几年我一直尝试着当个隐士，但是偶尔来镇上听听音乐也不错。”

“我了解你的意思。”我会心一笑。其实我挺喜欢他的，说话温柔，让我想起在北明尼苏达州认识的几个男人。他们都是我妈妈和艾迪的朋友，敢于冒险，思想开明，属于跟大众群体格格不入的那一群。妈妈去世后，我几乎没再见过他们。现在我感觉似乎从来就没有了解过他们，也没有机会再去了解他们了。现在感觉我童年生长的地方物是人非，变得遥远而模糊。

“那么，很高兴见到你，谢莉尔。”克莱德起身要走，“我要去泡壶茶了。但是，很欢迎你也来喝茶。”

“好的。”我几乎不假思索地回答，“我想喝茶。”

每次看到这种类似房车的布置，我都会特别吃惊，觉得十分带劲。克莱德的“房车”也让我很吃惊，既整洁又器具齐全，既优雅又富有艺术气息，既时髦又十分实用。里面有一个柴火炉、一个小厨房、一排蜡烛，还有一串圣诞节彩灯，闪着可爱的亮光。货车内三面是书架，上面排满了各种书籍，下面正好有一张宽宽的床顶着书架。我踢掉凉鞋，横躺在床上，从上面的书架抽出几本书来。克莱德则忙着烧水。这些书有关于当和尚的，有关于居住在山洞的居民的，有关于北极圈和亚马孙森林居民的，还有一本讲的是华盛顿州的一座岛屿。

“这茶叶是我用自己种的甘菊做的。”水烧开了，克莱德把热水倒进茶壶里。茶泡好需要一段时间，他点燃几支蜡烛，然后走过来也坐在床上。我趴在床上，用胳膊肘支着身子，翻看一本关于印度神灵的插画书。

这些图画得很精细，每页上还有一些文字解释。“你相信轮回吗？”我问道。

“我不信。”他很严肃地说，“我认为我们只有一辈子，我们的存在有重要的意义。仅此而已。你信什么？”

“我还在寻找我的信仰。”我说话的时候，他很自然地把一个有点烫手的马克杯递给我。

“我还有个东西，你要是喜欢的话，可以试一下。这是我从森林里找到的。”他从口袋里掏出一块很像生姜的根茎，上面有很多突节，他把它放在手心里给我看。“这是可以咀嚼的鸦片。”

“鸦片？”我有点困惑。

“不过这个味道更淡，只会让你有种放松的兴奋感。你想要尝尝吗？”

“好啊。”我几乎不假思索地回答。他撕了一块儿给我，又撕了一块放进自己嘴里。

“咀嚼吗？”我问道，他点点头。我把那东西放进嘴里咀嚼起来，但是味道跟咀嚼木头没什么差别。过了一会儿我才意识到，不沾鸦片或是某个陌生男人给我的根茎才是上策，即便这个男人看上去和善而友好。想到这里，我就把口里的东西吐到手心里。

“你不喜欢？”他大声笑出来，递过一个小垃圾桶让我扔进去。

我跟克莱德一直聊到11点，然后他走路把我送到了俱乐部的前门。“祝你一路顺风。”他真诚地对我说，然后我们拥抱了一下。

一会儿，乔纳森出现了，带我去坐车。他的车是一辆旧的别克云雀，他亲切地叫它“碧翠丝”。

“工作怎么样？”坐在他身边的时候，我问他。现在我不再像之前在酒吧里他看我的时候那么紧张了。

“挺好的。”

已经是深夜了，夜色似乎更浓了。在我们驾车离开阿什兰的路上，他告诉我他在有机农场的生活。农场是他朋友的，他免费住在那儿，作为回报只需要帮帮忙。他转过头看着我，因为跑过来找我，脸上泛起的红晕隐隐的还未消去。中间他转了几条路，到后来我完全搞不清楚身在阿什兰的什么方位了，这意味着我也就不知道我的背包在什么方位了。我很后悔没有带上它。上路以后，我还没有一次距离我的包这么远，而且这种感觉十分奇怪。后来车子终于拐进农场车道，驶过一座没亮灯的房子，惹得一片狗吠声。然后他又驶入一条有很多车辙印的泥路，泥路两边都是玉米和野花。最后车灯照亮了一个立在木台上的方形帐篷，他才把车停下。

“那就是我住的地方。”他指了指那个大帐篷。这里要比阿什兰市区更凉一些，我禁不住打了个寒战。乔纳森很娴熟且自然地把胳膊搭在我身上。我们穿过玉米地，身边是不知名的野花，头顶上一轮满月已经升到半空。我们热切地讨论着我们喜欢的乐队和歌手，或分享演出中发生的一些趣闻逸事。

“我看过米雪儿·夏克的三次演出。”乔纳森激动地跟我分享。

“三次？”我有些不敢相信。

“有一次我冒雪开车去看的。观众席上人数寥寥，也就十几个人。”

“哇哦！”我忍不住发出感叹声。这个男人看过三次米雪儿·夏克的演唱会，不管我的屁股多么“惊世骇俗”，我觉得今晚我的裤子是保不住了。

“哇哦！”他也感叹一声，在黑夜里，他棕色的眼睛格外闪亮。

“哇哦。”我下意识地又说了一句。

“哇哦。”他又重复一遍。

我们只是重复着这个感叹词，这让我有些困惑。话题好像已经不再是关于米雪儿·夏克了。

“这些是什么花儿？”我指了指身边盛开的花朵问他。我内心突然一阵害怕，担心他要吻我。并不是我不想吻他，而是距离上次我亲吻乔已经过去两个月了。而每一次这么长时间不接吻，我都确信自己已经忘记怎么去吻了。为了拖延一下，我就询问他在农场里帮忙的工作内容，他的家人都是谁，他上一个女朋友是谁，在一起多久以及为什么分手。但是他也没怎么回答，也没反问我。

但这对我来说无所谓。他的手搭在我的肩膀上，感觉很舒服。他的手后来又不老实地滑到我的腰部，这种感觉就更棒了。后来我们就一路打闹着向帐篷走去，他突然转过身来吻住了我的唇。我意识到我仍然知道怎么接吻，那些他没回答也没问的问题全都抛到了脑后。

“这太酷了。”他有些意犹未尽。像每一对初吻后的男女，我们也傻乎乎地乐着，不能自持。“很高兴你跟我来了。”

“我也很高兴自己来了。”我能强烈地感受到他的双手在我的腰上游移，手掌的温度透过T恤薄薄的面料传递到我身上。然后他的手又滑到我的牛仔裤上方。此时我们站在乔纳森的车和他的帐篷中间，而我有两个选择：要么回到阿什兰的青旅一个人过夜，要么留下来在他的床上跟他过夜。

“快看天空，”他突然孩子气地指着星空，“全是星星啊！”

“好漂亮啊！”虽然我并没有抬头看天，但还是附和道。我看了一眼被黑夜笼罩的河谷，在黑暗里有点点灯火，还能依稀辨别出房屋和农场。我想到了克莱德，在同一片星空下，一个人在货车里读着书。我不知道太平洋屋脊步道在哪里，但是感觉好像很远很远。我突然想到，我只是前一晚在吵闹的俱乐部对他大声提及一点关于旅程的事情，之后就再也没谈到过，他也没再问过。

他的话打断我的思绪：“我也不知道怎么了，我第一眼看到你，就知道我应该走过去跟你说话。我知道你一定很棒。”“很棒”二字又是很重的地方口音。

“你也很棒。”我也学着他的发音，用了“很棒”这个词，虽然之前我都没这么说过。

他探过身来，又吻了我一下。我狂热地回应他，以一种前所未有的热情吻住了他的唇。我们就站在那里，一遍遍地拥吻着，不去选择哪个方向，周围是玉米地、野花、繁星和月亮，这感觉真是妙极了。我的手慢慢地伸进他的鬈发里，然后摸到他粗壮的臂膀，又抱住他结实的腰部，紧紧地贴住他的身体。每一次做出这个动作，我全身的细胞似乎都被唤醒，提醒我自己有多么渴望。

“你想进去吗？”乔纳森提议道。

我点点头。他让我在外面等一会儿，他进去把灯光和加热器打开。过了一会儿，他出来了，用手掀开帐篷的门帘让我先进。

这个帐篷和我徒步时住的帐篷完全不同，其舒适程度相当于豪华套房。里面开着加热器，不会太冷。帐篷很高，可以完全直立。角落里放着一张双人床，但仍然有足够的空间在里面走动。两个床头都安装了用纸板做的小柜台，上面放着两个用电池的蜡烛形电灯。

“好温馨呀！”我忍不住称赞道。此时，我们俩紧挨着站在门口和床头之间的小空间里，他突然一把拉住我，我们便开始接吻。

“问这个问题有点儿奇怪。”过了一会儿，他突然结结巴巴地说，“我不想假设什么，因为如果咱俩，你知道，一起玩儿的话对我来说完全没问题，这一定会很好。或者你想让我把你送回青旅，即使是现在，也没问题，如果你心里这么想的话。不过我还是希望你不要这么想。但是……我的意思是说，我们不一定非得那个，但是要是我们那个的话……我是说，我没有，没有病也没有别的什么。但是要是咱们……你带安全套了吗？”

“你没有安全套？”

他摇摇头。

“我也没有安全套。”我有些气恼。这真是滑稽透顶了。这一路上我都带着个安全套，带着它穿越了炙热的沙漠和冰冻的雪地，穿越了森林、高山、河流，也度过了最痛苦、无聊和令人兴奋的日子。现在到了这个温暖豪华的帐篷里，里面有双人床，还有用电池的蜡烛形电灯，面前还有一个性感、温和、棕色眼睛、喜欢米雪儿·夏克的男人，正目光灼灼地看着我，而我却没带安全套，只是因为屁股上有两块巴掌大的粗糙皮肤就自觉羞愧，下定决心不脱裤子，所以就故意把安全套留在背包的急救箱里，放在不知道在哪个方向的青旅里面。现在想来，最理性、理智、实际的事情就是该把它放进我那个闻起来有汽油味儿的假钱包里。

“没事儿。”他细声细语地安慰我，握住了我的双手，“我们就可以纯粹玩儿嘛。咱们还有很多事情是可以一起做的。”

所以我们又开始接吻。一直接吻，接吻，接吻。他的手隔着我的衣服摸遍了我的全身，我也摸遍了他的全身。

过了一会儿他突然抽身抬起头，低声对我说：“你想不想脱掉T恤啊？”我笑出声来，因为我的确想把T恤脱下来。然后我就脱了，他站在那里看着我。我现在穿着几个月前打包寄过来的黑色文胸，因为我那时候就想到了阿什兰，我可能得穿。想起最初的动机，我禁不住又笑出来。

“什么事儿这么好笑？”他有些不知所措。

“就……你喜欢我的文胸吗？”我像模特那样挥舞着双手，似乎在做广告一样，“它可是走了很长的路哦。”

“我很高兴它走到了这儿。”他暧昧地说，伸出手，用手指轻轻地抚摩着文胸肩带的边缘，一直到我的锁骨。我原本以为他会顺势把它脱掉，但是他却慢慢地沿着文胸上部，又游走到文胸的下部。他进行这些动作的时候，我看着他的脸。这给我的感觉比与他接吻更加亲密。他做完整套动作以后，几乎不用他碰，我已经几乎站不住了。

“过来。”我把他拉过来，然后摔到床上，顺势甩掉了脚上的凉鞋。我们还穿着牛仔裤，但是都裸着上身，不断地在床上翻滚着。到后来终于累得并排躺在床上，偶尔亲吻一下。他的手抚摩着我的头发，然后是胸部和腰部，最后把牛仔裤的扣子解开。我如梦初醒，记起来屁股上的两块丑陋的疤，一下子滚到一边。

他急忙向我道歉："对不起，我以为你——"

"不是那个原因。是……有件事我得先告诉你。"

"你结婚了？"

"不是。"我没经大脑就说出这句话，稍后才意识到这的确是实话。我的脑海闪过保罗。我突然又意识到什么事情，一下子坐起身，扭头对着躺在身后的乔纳森问道："你结婚了？"

"没结婚。没孩子。"他回答得很简短。

"你多大了？"我又问。

"34。"

"我26。"

我们两人各怀心事，所以又不说话了。他这个年纪对我很有诱惑，也很合适。尽管没有问我的情况，但最起码跟我上床的人不再是个男孩儿了。

"你想告诉我什么呀？"他很自然地把手放在我裸露的脊背上，那一刻我意识到自己在颤抖。我很好奇，不知道他有没有感受到。

"是一件我不好意思的事儿。我屁股上的皮肤……有点……我昨天晚上告诉你我在太平洋屋脊步道上徒步你还记得吧？我得一直背着包，后包带儿一直磨着皮肤，所以就变得——"我绞尽脑汁，想避免使用"介于树皮和拔过毛的死鸡皮"这个说法，"变得粗糙了，有些起茧了。我就是不知道会不会吓到你……"

我突然说不出话来，有点倒抽凉气，因为他的双唇吻着我的脊背，双手绕到前面来继续解扣子。他坐起来，紧紧地从后面抱住我，把我的头发撩起来，亲吻着我的脖子，然后是肩膀。我躺下来，一边让他跨到我的身上，一边扭动着想把牛仔裤脱掉。他一路从耳朵吻到喉咙，然后锁骨、胸部、肚脐，然后用肘部撑着身子往下移动，一直吻到我不想让他看到的那两块疤。

“哦，宝贝儿。”他温柔地吻着我最粗糙的那一部分，呢喃道，“你不用担心的。”

在那个帐篷里的经历像是一场狂欢，很有意思，又不仅仅是有意思。6点钟的时候我们都睡了过去，但是两个小时后醒来。虽然很累，但还是醒了。

“今天我休息。”乔纳森坐起来对我说，“你想去海滩吗？”

我连海滩在哪儿都不知道就立刻答应了。今天我也休息，是最后一天。明天我就又得上路了，目的地是火山口湖。我们穿好衣服就上路了。汽车开上了一段漫长的弧路，在森林里穿行了两个小时，又爬过了一座海岸山。开车的时候，我们喝着咖啡、吃着烤饼、听着音乐，谈话的内容也局限在我们昨晚的话题：音乐。这好像是我们能够讨论的唯一话题。后来，车开进一个叫布鲁金斯的沿海小镇，我已经有一半后悔起初答应来了。不仅仅是因为我对乔纳森的兴趣在消减，也是因为我们开了三个小时的车。离太平洋屋脊步道这么远感觉有点奇怪，让我有种背叛它的感觉。

但是一看到广阔无垠的海滩，这种感觉就无影无踪了。和乔纳森并行走在海边，我意识到我之前来过这里，是和保罗一起。我们在附近的州立公园营地里宿的营，此前我们刚去过纽约，当时正在进行漫长的公路旅行。就是那次旅行，我们一起去了大峡谷和拉斯韦加斯、大瑟尔和旧金山，后来又去了波特兰。路上经过这个海滩，我们就停下来宿营。

我还记得我们一起生火做晚饭，在野餐桌上打扑克，然后又钻进我的货车后座翻云覆雨一番。这些回忆历历在目。我和保罗来到这里时我是个怎样的人，我之前设想过会发生的事情和后来的确发生的事情，我现在是个怎么样的人，以及一切是如何变得物是人非的，这一切的一切，我都能感觉得到。

我变得安静起来，但是乔纳森并没有问我在想什么。我们安静地走着。尽管是周日下午，但是海滩上几乎没人，我们一直不停地走，到后来，周围只剩下我们两个。

“这儿怎么样？”走到一个地方时，乔纳森突然问我。这个地方的后面有一些黑色大卵石，围成一圈。他把毯子铺在沙滩上，把之前在西夫韦便利店买的午餐放在上面，然后坐了下去。

“如果你不介意的话，我想再往那边走一走。”我把凉鞋放在毯子旁，赤着脚向前走去。一个人的感觉很棒。风吹着我的头发，沙子按摩着我的脚底。我还捡了一些漂亮的石头，但是很遗憾无法带上路。我走得越来越远，直到看不到乔纳森了才停下来，弯身在沙滩上写下了保罗的名字。

之前连续好几年，我写过很多次他的名字。19岁，我爱上了保罗。此后无论我们在一起还是不在一起，只要我到沙滩，就会这么做。但是这次写下他的名字时，我清楚这是最后一次了。我不想再为他受伤了，也不想再去纠结离开他是不是个错误，更不想因为冤枉了他而一遍遍地自责。我心里想道：如果我原谅了自己呢？如果我就是骗子，我的所作所为没有借口，只是因为我想要和需要这么做呢？如果我后悔了，又回到过去，但却还是重蹈覆辙呢？如果我实际上就是个随随便便、欲求不满的坏女人呢？如果所有这些别人对我的指摘，其背后的原因也是让我来到这里的原因呢？如果我永远无法得到救赎呢？如果我已经得到了救赎呢？

“你想要这个吗？”回去后，我把手里的石头伸到他面前问他。

他微笑着摇摇头，看着我把石头扔回沙滩。

我在他身边坐下来。他把袋子里的东西都拿了出来——有面包圈、奶酪、一小袋蜂蜜、香蕉还有橘子。他给我剥了一个橘子，我就接过来吃了。他突然把手指上面的蜂蜜抹到我的嘴唇上，然后亲吻着吃了下去，最后还不忘轻轻地咬我一下。

然后一段海边蜂蜜幻想曲就开幕了。主要演员是他、我、蜂蜜还有一些掺进来的沙子。蜂蜜涂得哪儿都是：我的嘴，他的嘴，从我的胳膊一直到我的胸脯；他的两只肩膀，一直到他的乳头、肚脐和底裤上部。到最后我有些吃不消了。

“哇哦。”我又喘着粗气说了这个属于我们俩的感叹词。这个词代表的是我的惊叹：我眼前的这个男人虽然不爱说话，但是技术一流，而且我们俩到现在还没进行到最后一步。

他仍旧没有说话，从购物袋里拿出一盒安全套撕开，然后站起来，伸手把我也拉了起来。我让他把我领到一圈卵石那儿，然后钻了进去。尽管光天化日，还是在公共沙滩上，但是这个地方较为隐蔽，当然我并不喜欢打野战。我知道这个星球上一定有人愿意随随便便在某个地方就可以做，但是我还没碰到过这样的人。不过有石头的遮蔽，我也就不管那么多了。毕竟，过去几个月我在野外也干过各种各样别的事情。我能闻到蜂蜜的味道，还有咸咸的沙子味儿和青苔、浮游生物的淡淡的味道。但是很快，这一切都被抛之脑后了，我忘记了自己在户外，忘记了蜂蜜，忘记了他是否问过我哪怕一个问题。

回阿什兰的路上我们没怎么说话。我现在很累，加上没怎么睡觉，所以几乎没劲儿说话。我们安静而平和，一路上听着尼尔·杨的歌声回到了青旅。在那里，我们也没什么仪式，就结束了22个小时的约会。

“谢谢你做的一切。”吻他的时候我轻声地说。现在虽然是周日晚上9点，但是比昨晚更加安静。人们要么都在室内低调办活动，要么在家休息，还有一半的游客已经回家了。

“你的地址。”他边说边递给我一张纸和一支笔。我把丽莎的地址写了下来，心里有一种感觉在升腾，不是悲伤，不是后悔，不是期待，而是一种混合了这三种情绪的感觉。这段时间毫无疑问很开心，但是现在我觉得内心很空虚，就好像没得到某个东西，然后才明白自己其实一直都很想得到它。

我把纸笔还给他。

“别忘了你的钱包。”他从座位上把我的小红袋子拿起来。

“再见。”我拿过包，准备开门下车。

“先别急。”他说着又把我拉过去，狠狠地吻了我。我更加疯狂地回吻他，就像一个延续了我一生的时代就要结束了。

第二天早上，我换上了徒步的行头：原先那件有污点的运动内衣，一条上路以来一直穿着的有点破旧的海军蓝徒步短裤，还有一双新羊毛袜，最后一件准备穿到终点的新T恤，一件写着“加州大学伯克利分校”黄字的浅灰色T恤。我背着“怪兽”，腰间挂着滑雪杖，胳膊抱着一个箱子，走到供销社，在熟食区占了张桌子，把包里的东西又重新归置了一遍。

我把东西分成三份：一份是我的装满东西的整齐的“怪兽”背包；一份是装着牛仔裤、文胸和内裤的小箱子，准备稍后寄回给丽莎；还有一个塑料购物袋，里面装满我实在吃不下去的食物，准备在出镇的时候留在邮局那边的徒步客免费箱里。我的下一站是火山口湖国家公园，大概有110英里远。我需要回到太平洋屋脊步道上，但是现在却不想离开阿什兰。我从包里翻出那条“Strayed”项链，戴在脖子上。道格给我的那根乌鸦毛还贴在包的内面，放在最初的地方，只不过有点破损凌乱。我抚摩着它，把毛理顺，又重新放好。我把侧包拉链拉开，把里面的急救箱抽出来打开。我从莫哈维沙漠一路带到这里的安全套还在那里，完好如初。我把它拿出来，放进那个要送出去的食物袋里。然后我背好“怪兽”，拿着箱子和塑料购物袋，离开了供销社。

没走多远，我就看到在蛤蟆湖碰到的那个发带男，正坐在上次看见他时坐的地方，面前摆着咖啡罐和一张小纸板。“我要出镇了。”我站在他前面对他说。

他抬起头，看着我点点头。他似乎还没有记起我来——无论是第一次在蛤蟆湖还是前几天在这里。

“你们去找彩虹集会的时候我见过你，我跟另一个叫斯泰茜的女生一起，我们跟你说过话。”

他又点点头，晃了晃只有几个零钱的咖啡罐。

“我这边有一些不需要的食物，不知道你要不要。”说着我把塑料袋放在他身边。

“谢谢你，宝贝儿。”我转身要走的时候他这么说。

我停住脚步，转过身。

“嘿！”我大声喊了一下，“嘿！”这次喊得声音更大，直到他注意到我。

“别叫我‘宝贝儿’！”我有些愠怒。

他双手合十，像是在祈祷，然后向我低下头去。

梅扎马火山

火山口湖之前是一座山，名字叫梅扎马山（Mount Mazama）。沿太平洋屋脊步道穿越俄勒冈州，会穿越一系列休眠火山，包括麦克劳克林山、三姐妹峰、华盛顿山、三指杰克峰、杰斐逊山和胡德山。梅扎马山跟它们并无二致，只不过山体更大，海拔大约在12 000英尺。大约7 700年前，梅扎马山爆发，喷涌的岩浆是1980年圣海伦火山大爆发[1]喷出岩浆的42倍。这是过去100万年间，整个喀斯喀特山脉规模最大的一次火山爆发，火山灰和浮岩覆盖了周围50万平方英里的土地，几乎涵盖整个俄勒冈州，最远到达加拿大的艾伯塔省。在美国印第安人克拉玛斯族部落代代相传的故事中，就有关于该火山爆发的记录。根据其传说，地狱之神劳与天空之神史凯尔之间有一场激烈战斗。战争结束后，劳被赶回地狱，梅扎马火山随即爆发并崩塌，形成了一个碗状火山口，像一座倒立的山，一座空心的山。岁月流逝，火山口内慢慢积满了降落的雨水和融化的雪水。现在火山口湖最深处超过1 900英尺，是美国最深的湖泊，也是世界上最深的湖泊之一。

因为我的家乡在跟水有密切关系的明尼苏达州，所以我对湖泊略知一二。但是当我离开阿什兰的时候，我实在想象不出火山口湖的景色。我想，这个湖可能会跟碧波荡漾、浩渺无垠的苏必利尔湖很像吧。想到苏必利尔湖，我的心又紧了一下——母亲就是在离它很近的地方去世

1　此次火山爆发是美国历史上死伤人数最多和对经济破坏最严重的一次，造成57人死亡，250座住宅、47座桥梁、24公里铁路和300公里高速公路被摧毁。火山爆发引发的大规模山崩使山的海拔高度从爆发前的2950米下降到了2550米，并形成了1.5公里宽、125米深的马蹄形火山口。——译者注

的。旅行手册上说，从高出湖面900英尺的一座悬崖上看下去，火山口湖的景色只能用“难以置信”来形容。

我现在有了一本新的旅行手册，《太平洋屋脊步道第二辑：俄勒冈州与华盛顿州》，这对我无异于一本新的指引迷途的《圣经》。不过，在阿什兰的供销社，我就把这本书最后130页撕掉了，因为我用不到华盛顿州的部分。在离开阿什兰的第一个晚上，睡觉之前我翻过这本书。我记得踏上太平洋屋脊步道在沙漠里的第一晚，我也这么看过第一本手册。

在离开阿什兰的前几天中，我能时不时地看到南面的沙斯塔山，但是大多数情况下，因为在森林里徒步，根本看不到。徒步者把俄勒冈段的太平洋屋脊步道称为“绿色隧道”，因为这里的视野没有加州段那么开阔。原先那种居高临下的感觉也随之消失，因为不能一眼就看清楚前面的情况，感觉有点怪怪的。眼睛刚刚适应了加州开阔的景色，现在又得重新适应一个相反的环境。这里的绿枞树茂密森严，高大蔽日；湖边长满野草和刺蓟，有时会枝蔓盘绕，挡住去路。后来我走进罗格河国家森林，古木参天，无边无际。走了一会儿，又看到几周前碰到的那种伐木场，开阔的平地上都是树桩和树根，暴露在天际之下。这片伐木场很大，走了一个下午才走到一条人工铺砌过的路上，又找到既定路线。

天气晴朗，万里无云，但是空气凉爽。在我走进天空之湖荒野之后，天气一天天冷起来。这条线路平均海拔在6 000英尺以上。沿着布满火山岩和卵石的山脊线前进，整个视野又一下子开阔起来。行走的过程中，能不时看到脚下的湖泊和绵延的土地。虽然还是8月，而且下午的阳光很强，但现在体表感觉像刚进10月的早上那么冷。我得一直不停地走才不会冷。如果停留时间超过5分钟，T恤后背上的汗就会变得冰冷。离开阿什兰以后，我就没碰到过一个人，但是现在我遇到了一些当日徒步者和过夜背包客，他们都是从与太平洋屋脊步道主线交会的支线爬上来的。这些支线数量众多，而且能连通高处的山峰和低处的湖泊。大多数情况下，我都是一个人，当然这也很正常。但是因为气温降低，这条线路看上去更加空旷，只有风吹打着耐寒树木的枝丫，啪啪作响。此外，体表感觉也更冷，甚至比之前塞拉城的雪地都冷。不过，我也看到路边有一片片未融化的积雪。我意识到，之前感觉热是因为整座山脉慢慢进入了夏天，但是六周之后的现在，已经开始慢慢进入秋天了。越往北越冷，而我的目的地就在北面。

有天晚上，我停下来露营。脱掉汗水浸透的衣服，然后穿上所有的其他衣服，飞快地做了晚餐，一吃完就钻进睡袋里把拉链拉得严严实实。但是天气冷得刺骨，我冻得没法看书。我整晚都戴着帽子和手套，像婴儿一样弓着身子，尽量避免热量散失，但还是几乎无法入眠。第二天太阳升起的时候，温度只有26华氏度，帐篷上蒙了薄薄一层雪，放在帐篷里的水瓶里的水都结了冰。我顾不得喝水，把帐篷收好，没有像往常一样用豆奶冲麦片，只吃了一根蛋白质能量棒。我又想到了母亲。离开阿什兰以后，我感觉离她越来越近，脑子里全部被她占据。而现在，在这个下雪的日子里，她似乎就在我身边。

那天是8月18日，她的生日。如果她活着，那天就50岁了。

“她去世了。”“她没活到50岁。”“她永远也不能过50岁生日了。”8月的太阳明亮刺眼，但是天气很凉爽。我一边不停地前进，一边被这些想法所困扰。“妈妈，他妈的活到50岁啊！活到50岁！”每走一步，我的愤怒就增加一层。我有些怒不可遏，甚至想一拳打在她的脸上。

前几年到她生日的时候，我没有这般生气，只有悲伤。她去世后的第一个生日那天，我、艾迪、卡伦、利夫和保罗在地里清出一块空地，用石子围了一个花床，把她的骨灰撒在了那里。那一天是她46岁生日。

后来的三年，每到她生日那一天，我都会拿出茱迪·科林斯的《时光的颜色》（*Colors of the Day*）这张专辑，静静地坐在那里，默默地流泪。听着歌中的每一个音节，感觉就像是我身体里的细胞在挣扎、在呐喊。每年我只敢听一次，因为在我幼时，母亲为我播放这张专辑的回忆会如潮水般汹涌而至。音乐声响起，我感觉母亲就在我身边，站在屋子里——只不过，她没在那里，而且以后都不会在那里了。

在路上，我不允许自己再听这张专辑，哪怕一句都不行。我把脑海中音乐电台里的每一首歌都删除了，就像在脑海里疯狂地倒带，让思维迟滞停止。母亲没能健在庆祝50岁生日，所以今年没有歌。高山湖边有许多斑驳的石灰岩，我小心翼翼地踩着石头前进，看着昨夜的积雪在耐寒的野花上慢慢消融，步子比平时还快，脑海里却不停地搜罗着母亲曾经做过的错事。45岁就离开人世是她做过的最大的错事。我钻了牛角尖，翻遍陈芝麻烂谷子，把母亲其他的“罪状”一件件列了出来：

1. 有一个阶段，她偶尔吸食大麻，但并不会因为当着我们几个孩子的面就心有愧疚。其中有一次，她飘飘然地对我们说：“这就是种草药，很像茶叶。”

2. 我们住在公寓里的时候，她经常会把我和姐姐、弟弟单留在家里。她说她没钱雇保姆，我们也长大了，照顾自己几小时没问题，而且这栋公寓里住满了单身妈妈，要是出了问题可以找别人的妈妈。但是我们只需要自己的妈妈。

3. 也是在这个时期，她气得发疯的时候，就会威胁我们要用木勺打我们的屁股。而且有几次，她真打了。

4. 有一次她说我们要是不想叫她妈妈，可以直呼其名。

5. 她跟朋友的关系总是若即若离。虽然很爱他们，但她总是跟他们保持一定的距离。我想她是不愿让任何人进入她的内心吧。她坚信血浓于水，虽然我们家也很少有远亲。她总是神神秘秘的，会参加朋友聚会，但是却从不让我们家其他人参加。所以她去世的时候，没有一个亲朋好友悲戚哀痛。而我猜想，这也是为什么她的朋友没管我，让我最后踏上流浪之路，因为她跟他们都不亲近，所以他们跟我也不亲近。他们虽然祝福我一切顺利，但是却不曾请我去参加感恩节晚宴或在妈妈去世后她生日这天打个电话问候一下。

6. 她总是盲目乐观，而且总是念念有词："我们并不贫穷，因为我们有爱！""一扇门关上了，但另一扇就会开启！"她每次这么说，我都不知为什么特别想掐死她。甚至是快去世的时候，她都一直坚信只要每天喝许多冰草汁就不会死。

7. 我上高三的时候，她甚至没问过我想上哪所大学，也没带我去大学参观。直到后来我上了大学，其他人告诉我他们来过大学参观，我才知道有这回事。很多事情都是靠我自己搞清楚的。我申请圣保罗大学某个学院只是因为它在宣传册上的图片很漂亮，而且离家只有三个小时的车程。我承认，我在高中的时候有点松懈，总是扮演一个傻傻的金发美女角色，以为这样就不会被别人冷落了。我们家没有厕所，只有一个便桶，没有暖气，只有一个烧木头的火炉。我的继父留着长发长须，自己动手把一辆报废车改装成皮卡，到哪儿都开着这辆车。我的母亲则从来不刮腋毛，而且还在喜欢枪支的当地人周围说一些诸如"其实，我认为打猎就是谋杀"的话。但是她知道其实我很聪明，只不过从不表现出来。她也知道我很上进，因为我一直都很喜欢读书。在所有的标准化考试中，我都名列前茅。这其实也让她和我自己都很意外。她那个时候为什么不说："你要不要申请一下哈佛？或申请一下耶鲁？"那个时候我甚至对这两所学校都没有概念，好像它们只存在于小说里。只是后来我才意识到哈佛和耶鲁确实存在。即使我申请了，他们也不会录取我。因为必须承认，我不够他们的标准。但是我连试都没试，他们会不会录取我也不得而知。一想到这一点，我的心都要碎了。

但是一切都太迟了。而我也明白，要怪就怪我那已经去世、自我封闭又过分乐观的妈妈。是她没让我做好上大学的准备，是她偶尔会弃子女于不顾，也是她抽大麻、挥舞着木勺要打我们，而且让我们没大没小直呼其名。她没有尽到一个母亲的责任。没有。而且她让我失望透了。

我简直要气疯了，不得不停下来整理思绪。

然后，我痛哭起来。但是没有眼泪，只是一阵阵的怒吼，似乎贯穿了我的全身，让我无法站立。我不得不弯下身来，把手撑在双膝上，继续号啕。肩上的包越发沉重，滑雪杖挂在身后，戳到了地上。所有的辛酸与委屈，所有愚蠢的回忆，都在大声哭喊中释放出来。

命运残酷地把母亲从我身边带走，跟我开了一个恶劣的玩笑。这是不对的。我恨母亲的原因甚至都不对。我在没有长大时就逐渐跟她疏远，然后在朋友面前说她坏话，或者质疑她当初为什么要那么做。然后随着年纪增长，我渐渐明白她已经尽了力，也知道她所做的已经够好了，最终我们母女和好。但是她的离世让这一切都变成了回忆，也让我一下子茫然了。这件事让我青春期的傲慢还没来得及发泄就被拦腰截断，让我被迫一夜长大，原谅了她作为母亲犯下的种种错误——但同时也几乎让我永远无法长大，让我尚未成熟的人生死去，又让我开启另一段尚未成熟的人生。她是我的母亲，但是她却没有尽到一个母亲的责任。她永远地困住了我，但我却成了一个人。她永远是我心里填不满的那个洞。而我要一直去填补，一遍又一遍。

“去他妈的！”接下来的几英里我大声地喊着这句话。因为生气，我走得很快。但是过了一会儿我放慢了脚步，停下来坐在一块卵石上。脚边生长着一丛野花，浅粉色的花瓣从石缝中探了出来。“藏红花”这个名字立即闪现在我的脑海中，因为母亲之前教过我。在播撒她骨灰的地方，也长着这样的花。我伸出手，碰到了一枝花的花瓣，怒气慢慢地烟消云散。

再一次上路的时候，我已经不再记恨母亲了。实际上，即便过去有过不愉快，她仍然是一个很出色的母亲。慢慢长大的时候我就明白了这一点。她病入膏肓的时候我明白，现在我也明白。我明白这有很重要的意义。我有几个朋友，他们的母亲比我的母亲长寿，却不曾给予他们全身心的爱，而我的母亲做到了。她一直认为这种爱是她最伟大的成就。当她明白自己不久于人世的时候，爱是她能够依赖的东西，也是让她挂怀我们姐弟几个、难以安心上路的原因。

“我把一切都给你们了。”在离世的前几天，她一直不停地重复这句话。

“是。”每次我都会连声答应。她给了我们一切，她的确把一切都给了我们。她总是给予我们最多的母爱，毫无保留。

“无论发生什么，我都会一直陪在你们身边的。”虽然身子很虚弱，但是她的语气平静而坚定。

“嗯。”我点点头，轻抚着她无力的胳膊。

后来她的病情开始恶化，我们知道已经回天乏术，喝再多冰草汁也不会见效，母亲终究要离我们而去了。那一天每靠近一步，我们的心情就沉重一层。但我还是打起精神问她想怎样处理她的身体，是火化还是埋葬。但她只是看着我，一脸茫然。

“能捐的就捐吧。”停了一会儿，她说，“我是说，我的器官。哪里还能用就让他们用吧。”

“好的。”我点点头。我们俩制订的计划从来都是遥不可及的，而想到这次的计划就近在眼前，想到母亲身体的一部分将会在另一个人身上延续，都是极为怪异的。“然后呢？”这句话让我一阵阵心痛，难以呼吸，但我还是想知道结果。我必须得知道，因为整件事一定会落在我的头上。“你想要怎么……处理……剩下的，想要埋葬还是火化？”

“无所谓。”她的眼神满是疲惫。

“当然有所谓。”我不知道自己为什么要顶这一句。

“我真的无所谓，你想怎么办就怎么办吧。就用最便宜的方法处理吧。”

“不行。”我依然坚持，“你得告诉我，我想知道你的想法。”一想到最后需要我做决定，我的心里就一阵慌乱。

“噢，谢莉尔。”她的语气听上去很疲惫，有些无奈，有些不耐烦。在我们的眼神交会的那一刹那，气氛又陷入悲痛之中。每一次，我被她的过分乐观气得直跳脚，而她也对我的强势做派恨得牙根儿痒痒的时候，我们都会对望一下，双方也都会立即冷静下来。

“火化吧。”她最终给了我一个答案，“把我烧成灰。”

我们后来火化了母亲的遗体，但是骨灰的情况跟我预想的有些不同，既不像大火之后的草木灰，也不像沙子那样柔滑细小，反而像浅色的鹅卵石混合着灰色的含沙碎石，里面还有一些大块的东西，能辨认出之前是骨头。殡仪馆的工作人员把骨灰盒给我的时候，上面的收件人很奇怪地写的是母亲的名字。把骨灰盒带回家之后，我就把它放在橱柜里的古玩盒下面，从前她总是把最好的东西都放在那儿。骨灰盒从6月一直放到了8月18日那天，我们为她定做的墓碑也寄到了家里。墓碑就放在起居室的一边，有人来的时候可能会很扎眼，但却能让我内心安宁。

墓碑是瓦灰色的石材，上面刻着白色的字，写的是她的姓名、生卒日期，还有她在病重直到去世之前反复对我们讲的那句话：我会一直陪在你们身边。

她希望我们记住这句话，而这句话也刻进了我的心里。这句话好像给了我一个承诺，让我觉得她的确就在身边，而墓碑则实实在在地让我觉得她就在我身边。我们几个人把墓碑立好，然后开始把她的骨灰撒进泥土里。但是我没有全撒掉。我留了几块大些的骨骼握在手心里，站了良久，却不愿意放手。我不会放手的，永远不会。

我把这几块未燃尽的骨头放进嘴里，然后吞了下去。

到了那天晚上，在本应是母亲50岁生日那天晚上，我又开始爱她了，但是我仍然不能让茱迪·科林斯的歌曲在脑海里回响。天气很冷，但不如前一晚冷。我戴着手套，裹着厚厚的衣服，坐在帐篷里，读着新书《1991年散文精选》。之前我一般会等到第二天早上才把前一晚看完的部分烧掉，但是这一晚，我却爬出帐篷，把刚刚读完的部分烧掉了。我看着纸张燃烧着，大声地说着母亲的名字，好像是在为她举行某种仪式。她叫芭芭拉，昵称是芭比。我没有喊“妈妈”，而是喊她的昵称，这让我醍醐灌顶般明白，她不仅仅是母亲，她对我还有更多的意义。她去世的时候也把这些都带走了。但是，现在她似乎又来到了我面前，她人性中的完美与不完美，就像一幅全景壁画——我了解的她和不了解的她，属于我的她和不属于我的她——在我面前一览无余地铺展开来。

母亲想用自己的器官帮助别人的意愿并没有实现，或者说，并没有完全如她想的那般实现。她去世的时候，身体里除了癌细胞就是吗啡，所以最后能用的只有眼角膜。我知道这只是眼睛的一部分，就是一块透明的薄膜而已。但当我想到母亲的眼角膜时，想到的并不是两片薄膜，而是她深蓝色的眼睛在别人的脸上继续看着这个世界。母亲离世几个月后，我们收到了来自器官捐助基金会的一封感谢信。信上说正是因为她的善举，别人才得以重见光明。我突然不可遏制地想要跟那个人见一面，要看看他或她的眼睛。那个人不必说话，我想做的就是让他或她看我一眼而已。我按照信上的电话号码拨过去咨询，但是很快就失望到了极点。我被告知，保密是最重要的原则，而且也是受助方的权利。

“我想跟您解释一下您母亲捐献器官的实际情况。”电话那边的女人耐心地说着，声音里满是安慰。这让我想起来那些情绪咨询顾问、临终关怀志愿者、护士、医生还有那些在母亲奄奄一息的几周和去世后的几天一直跟我联系的殡仪馆工作人员。他们的声音都有一种刻意的甚至是过分的同情，所传递的信号就是——我要无依无靠了。“我们移植的不是整个眼睛，”她耐心地给我解释道，“只是眼角膜，就是——”

“我知道眼角膜是什么。”我感觉自己一下子爆发了，“我就是想知道这个人是谁，可以的话就去看看他或她。这是你们欠我的。”

我悲伤至极，不能自已，只能挂掉了电话，但是心里最理智的那一部分仍然清楚那个女人是对的。我在他或她身上找不到母亲。母亲的蓝色眼睛离我而去了，我永远也无法再看到她的眼睛了。

最后的那一点火焰熄灭的时候，我起身准备回到帐篷。东边传来了一阵高声疯狂的嗥叫，我知道那边有一群草原狼。在明尼苏达州北部的时候，我经常听到这种声音，所以现在并不害怕，反而让我想起了家。我抬头看着天空，星光闪烁。我禁不住心想，来这里看到这番美景真是太幸运了，所以现在不能回到帐篷里。一个月后我会在哪儿呢？我应该还在徒步。如果仅仅因为身无分文的话，我最有可能会在波特兰停一下。离开阿什兰，我还剩下了一点儿钱，但是等我到了“众神之桥”，肯定是一分不剩了。

后来的几天，波特兰一直在我的脑海里盘旋。在这期间，我经过了天空之湖荒野，进入了俄勒冈沙漠，其实就是一片高海拔的平地，长满了美国黑松。旅行手册上说，这里曾经有湖泊和溪流，后来梅扎马火山爆发，喷出大量的火山灰和浮岩，就全部被掩埋了。到达火山口湖国家公园的时候是一个星期六，天色尚早，但是视线内根本看不到火山口湖。其实我到达的地方是湖泊以南7英里的露营地点。

其实这也算不上露营地点，只是一个旅游集合地，有一个停车场，一个商店，一个汽车旅馆，一个投币式自助洗衣店。很多人发动了汽车，把音乐声开到最大，用吸管喝着大杯饮料，或吃着从商店买的大袋薯片。这种情形既让我心碎，又让我震惊。如果不是亲眼所见，我一定不会相信从这里往任何一个方向走四分之一英里，就是完全不同的世界。当天晚上我选在那里露营，美滋滋地在洗澡间洗了澡，然后第二天清晨朝火山口湖迈进。

旅行手册上的描述太对了：看到第一眼，你肯定不敢相信。站在海拔7 100英尺的悬崖边上，我俯瞰着900英尺以下这个著名的湖泊。湖泊边沿呈锯齿状，湖水难以言喻的湛蓝清澈，状如明镜。湖面上露出了小火山，高于水面700英尺形成了一座叫“巫师岛”的圆锥状小岛，上面长满了扭曲的狐尾松。湖泊四周几乎寸草不生，偶尔有几棵狐尾松，星星点点长在湖边，在远处群山的映衬下略显寂寥。

“因为湖水清澈深邃，所以把阳光中的其他颜色吸收了，只有蓝色被反射回来。”站在我身边的陌生人突然娓娓道来，正好回答了我差点问出口的问题。

“谢谢。”我转过头来对她道谢。因为湖水清澈深邃，所以把阳光中的其他颜色吸收了，只有蓝色被反射回来。这听上去像一个十分合理的科学解释，但是火山口湖仍然有一些无法解释之事。我明白为什么克拉玛斯族仍然把这个湖泊视为圣地，而且毫不怀疑。身边都是熙熙攘攘的游客，或是挤着拍照片，或是驾车缓缓驶过。我能感受到湖泊的力量，恰似这广袤大地上的杰作：桀骜于世，不可侵犯，就像从过去到未来都不会变化，继续吸收光线中的其他颜色，反射蓝色。

我拍了几张照片，在几栋专门接待游客的建筑附近沿着湖边漫步。今天我得在这儿过夜，因为今天是周日，公园里的邮局关门，只能明天才能取补给箱。天气晴朗，而且暖洋洋的。我一边走一边想着心事。在决心徒步太平洋屋脊步道的前一夜，我在苏福尔斯的汽车旅馆里得知了自己怀孕的消息，要是我那个时候没有选择流产的话，现在就做妈妈了。我的预产期就会在母亲生日的这周。这些日期交叠在一起，像是一记重拳打在我心头，但是我仍然没有后悔当初流产的决定。这一切只是让我祈求上苍能再给我一次机会，让我在成为一个母亲之前先变成那个需要成为的人——一个人生境遇和我的母亲完全不同的人。

尽管我很爱母亲，但是我小时候的愿望就是长大了不要变成她。我知道她要在19岁的时候跟父亲结婚，只是因为怀了孕和那么一点点爱。小的时候我一直逼问她各种问题，让她给我讲故事。有时她会摇着头无奈地说："你为什么想知道呢？"但是我一遍遍地问，她还是屈服了。当她得知自己怀孕的时候，想到了两个选择：要么在丹佛进行非法流产，要么躲到某座遥远的城市把孩子生下来，然后把孩子给我外祖母，让她当成自己的孩子养。但是这两个选择母亲都没有选。她想要生下孩子，所以她就跟爸爸结婚了。后来她就成了卡伦，然后是我，再然后是利夫的母亲。

我们的母亲。

“我永远无法掌握自己的人生。”知道自己将不久于人世之后的某一天，她突然啜泣着对我说，“我永远做着别人让我做的事，永远是别人的女儿、妈妈或妻子。我从来就不能仅仅做我自己。”

“噢，妈妈。”我不知道该怎么回答，只能这样无力地安慰她，然后摸了摸她的手。

那个时候我太年轻了，根本不知道该怎么安慰她。

中午，我走进附近某个建筑物里的餐厅吃午饭。之后，我穿过停车场向火山口湖度假屋（Crater Lake Lodge）走去，然后慢悠悠地从乡村风情的大厅穿过。我背着“怪兽”，在这个优雅的环境里显得很突兀。经过餐厅的时候，我停下来想看看里面有什么。里面有三三两两的人，衣冠楚楚，手握酒杯，品尝着霞多丽葡萄酒和灰皮诺白葡萄酒。淡黄色的酒映着闪亮的玻璃杯，似珠宝般晶莹剔透。我走出大厅，到了走廊上，从这条走廊上能俯瞰整个湖泊。我走过一排豪华的摇椅，最后找了一张单独摆放的椅子坐了下去。

那天下午，我就坐在那里眺望着湖泊。要到达“众神之桥”还得再走334英里，但是我有种已到达目的地的感觉。这蓝色的湖水似乎在对我呢喃着什么。之前我需要走完全程才能找到的答案，这湖水似乎已经告诉我了。

我不断地提醒自己，这里曾经是梅扎马山。这座山曾经有12 000英尺高，后来它的心没了。这里曾经是一处荒原，只有火山岩浆、火山灰或浮岩。这里曾经像一个空碗，历经几百年才积满了水。但是不管我怎么努力尝试，我仍然无法在脑海中描绘出这一切，想象不到原先的高山或荒原或空碗。它们都已经不在原处了，有的仅仅是那一湖寂静的碧水。

混沌模式

我把俄勒冈的行程想象成了“跳房子”，从火山口湖蹦一下，转个身，再跳一大步就能到达“众神之桥”。下一个补给箱放在谢尔特科夫度假胜地（Shelter Cove Resort），还得走85英里。最后一个补给箱放在欧拉利湖（Olallie Lake），需要再走143英里。然后我就一路走到哥伦比亚河，最终的目的地是小镇喀斯喀特洛克斯（Cascade Locks），需要走106英里。在这一段的中点，也就是胡德山上的天伯伦度假屋（Timberline Lodge），我会休整一下，一定要喝个天翻地覆，庆祝自己走到了那里。

但是这也就是说，前面还有334英里的路要走。

我迅速意识到，从好的一方面来看，这334英里路上无论发生什么，都有新鲜的浆果可以大快朵颐：越橘、蓝莓、美洲大树莓、黑莓，粒粒饱满，只待采撷。在翻越蒂尔森山和钻石峰荒野（Diamond Peak Wilderness）的时候，日子真是格外幸福。我边走边搜寻着灌木丛，有时会停下来装满一帽子的果实，然后不慌不忙地继续赶路。

天一会儿冷，一会儿热。我屁股上那两块介于树皮和死鸡皮之间的皮肤又磨出了一层茧。双脚虽然不再流血起泡，但是仍然疼得要命。一连几天为了舒缓疼痛，我都只能每天行进7英里或8英里，但是仍不见好转。这是种深入骨髓的疼。有时觉得双脚已经裂成了几瓣，脚步沉重得像灌了铅一样。背着这么重的行李，走了这么多难走的路，两只脚伤得太重，似乎永远都好不了了。尽管如此，我却变得越发坚强。即使背着沉得要命的包，我现在仍能每天走完几英里。当然，每天结束行程的时候，我已经累得快要散架了。

路程对我已经变得比以前简单了，但这并不意味着我就一路轻松了。

在那些宜人的早晨和可爱的下午，不知不觉间我就能轻松走完10英里。我喜欢沉浸在脚步有节奏的踢踏声和滑雪杖击打地面的咔嗒声里，也喜欢沉浸在脑海之中的歌曲、语句，甚至是一片静谧声中。我喜欢群山乱石，喜欢偶尔蹿进树丛的野鹿和野兔，喜欢在路上慢慢爬着的甲壳虫和蹦跳的青蛙。但是每一天都会有那么一个时刻，让人难以忍受。一切变得单调而艰难，意识仿佛进入混沌状态，满脑子只剩下“前进”一词，脚步一直不停直到再也迈不动一步。这个时候我才停下来，开始搭帐篷。整个过程一气呵成，只是为了尽快搭好，然后就可以瘫在帐篷里，享受这幸福的一刻。

我拖着身子走进谢尔特科夫度假胜地的时候，就是这种感觉：精疲力竭，又满心厌倦，除了感激上苍自己到了这里，几乎已经没有任何情绪了。我现在跳过了俄勒冈“跳房子”里的一格。度假胜地有个商店，周边还有一系列乡村风情的度假小屋，出门就是一大片绿草地。挨着绿地还有一片宽广的湖泊，叫“奥德尔湖”（Odell Lake），湖边全是郁郁葱葱的树林。走进商店，里面有一排排的零食和鱼饵，还有一台冰箱，里面放着饮料。我拿了一瓶斯纳普柠檬汁和一袋薯条，然后走到柜台结账。

“你是太平洋屋脊步道的徒步客？”站在收银台后面的男子问我。我点点头，他指了指商店后面的窗。“邮局关门了，明早才开门。但是你可以在附近免费露营，那里有洗澡的地方，得花1美元。”

我现在只有10美元了——之前在阿什兰和火山口湖国家公园花的钱要比我预想的多——但是我知道第二天早上就能拿到补给箱了，里面会有20美元。所以为饮料和薯条结账的时候，我顺便换了一些洗澡的零钱。

走出商店，我打开柠檬汁和薯条包，一边享受着美味，一边满心期待地沿着店员指的方向朝木头小澡堂走去。进去的时候，发现每次只能一人洗澡，心里非常高兴。我把身后的门闩好，感觉这就是我的天地了。如果他们允许的话，今晚我就在这儿睡了。脱掉衣服，从已经花掉的镜子里看着自己的身体，这种感觉有些怪异：不仅仅我的脚已经要废掉了，而且我的头发也难逃一劫——不仅变得更加粗糙，乱蓬蓬的，而且上面沾满了汗渍和尘土。我觉得自己正慢慢变成介乎法拉·弗西（Farrah Fawcett）最漂亮的样子和电影里面的刚噶·丁（Gunga Din）最难看的样子之间的某个陌生人。

投币后，热水喷涌而下。我尽情地享受着热水的亲密接触，用别人留下的一小块肥皂不停地擦洗着身子，直到肥皂消融在手心里才罢休。之后，我又用平时刷锅刷勺儿的大印花手帕把身子擦干，穿上了之前的脏衣服，背好“怪兽”，朝商店走去，但是感觉要比之前好上千倍。我坐在商店门廊前的长凳上，眺望着远处的奥德尔湖，用手指“梳”着湿头发，脑海中则挨个想象着欧拉利湖、天伯伦度假屋和喀斯喀特洛克斯镇。

蹦一下，转个身，再跳一大步，完事儿。

“你是谢莉尔？”从商店里走出的一个男子主动问我。不一会儿，另外两个男子也站在了他的身后。从他们汗迹斑斑的T恤上我就知道他们也在这条线路上徒步，但是没有背包。他们年轻帅气，胡子拉碴，晒得皮肤黝黑，而且浑身脏兮兮的，精瘦但是肌肉发达。其中一个很高，一个是金发，一个眼睛炯炯有神。

我禁不住暗自庆幸：幸亏之前洗了澡。

“是啊。”我说。

“我们这一路都跟在你的后面。”那个金发男最先发话，瘦削的脸上绽放出一个大大的微笑。

“我们知道今天就能赶上你。”那个眼睛炯炯有神的男人插话说，“我们这一路上都很注意你的动向。”

“我们一直在读你写在登记簿上的留言。”高个子又补充了一句。

“我们其实一直在猜你多大年纪。”金发男又抢说了一句。

“你们觉得我多大了？”我突然被他们逗乐了，笑得跟个傻子似的发问。

“我们之前想要么跟我们同岁，要么就五十了。”眼睛有神男说道。

“我希望你们看到我没有失望。”大家哄堂大笑起来，脸都红红的。

他们是里克、乔希和里奇，分别来自波特兰、尤金和新奥尔良，比我小三四岁。他们在同一所明尼苏达州寄宿制文科学院上学，在双子城的郊外，离双子城只有一个小时的车程。

“我家就在明尼苏达州！”我兴奋地喊了出来。不过他们早就从登记簿的留言上知道了这一点。

“既然都徒步了，有没有给自己起个名号呢？”其中一个人问我。

“还没有。”我一五一十地回答。

但是他们却有个名号，叫“雄鹿三壮”。据他们说，这个名字是在南加州的时候其他的徒步客封给他们的。不过也算是名副其实，他们三个很年轻，又爱赶时髦凑热闹，从墨西哥边境一路走来，甚至都没有像别人那样略过雪地，而是一步一个脚印地走过了这场多年不遇的大雪。所以，从美墨边境到美加边境一起出发的这些徒步客里，他们落在了后面，并且这么晚跟我碰面，所以也就没跟汤姆、道格、格雷格、马特、艾伯特、布伦特、斯泰茜、特里娜、雷克斯、山姆、海伦、约翰或莎拉见面。他们甚至没在阿什兰休整，没吃过咀嚼鸦片，也没跟某个人在海滩的石头上翻云覆雨。他们三个就像耕地的牛一样，一直埋头走路，每天走大概20英里，在我绕道去塞拉城的时候就慢慢赶上了我。他们不仅是“雄鹿三壮”，还是三部厉害的徒步机器。

有他们在身边感觉像过节一样开心。

我们一起走向商店给我们专门划出的露营地点，他们三个人已经把东西都放在了那里。我们一边准备晚饭，一边分享路上和生活中的趣事。我很喜欢他们，因为我们一拍即合。他们善解人意，长相帅气，有趣且善良，甚至让我忘了一个小时之前的那种挫败感。为了庆祝我们相识，我把冻干的木莓馅饼拿出来放在锅里加热。这个馅饼我已经背在包里几个星期，就是留待像这样的特殊时刻享用的。做好了以后，我们四个人用勺子分着吃了，然后就在星空下睡成一排。

早上，我们从邮局拿到补给箱，然后回到营地重新归置背包再上路。我打开补给箱，在装满一袋袋食物的箱子里用手摸索着，想要找到那个夹着20美元的信封，但却没有摸到。于是我把东西都倒了出来，沿着盒子的内褶仔细地摸了又摸，仍然一无所获。我不明白，信封为什么就是不在这里面。现在我浑身上下就剩下6美元12美分了。

“可恶！”真是什么见鬼的事儿都让我碰上了。

“怎么了？”他们中有个人立即关心地问我。

“没什么。”上路以来，我一直濒于破产，但是强烈的自尊心却不容许自己承认这一点。有个隐形人站在我身后拿着银行卡或存折在危难之际英雄救美的桥段只能是幻想而已。

我把食物仔细地在旧背包里码好。一想到身上只有6美元12美分，还得再走143英里才能拿到下一个补给箱，我就一阵阵反胃。为了让自己冷静下来，我又开始对自己“洗脑”：到下个站点之前毕竟也用不到钱嘛；下一段要穿过俄勒冈州的中心地带——越过威拉米特道口、麦肯齐道口和桑蒂亚姆道口，穿过三姐妹山和华盛顿山以及杰斐逊山的三个荒野——这一路上也没处花钱啊，对吧？

一个小时后，我和“雄鹿三壮”一起上路了。我们一整天都在赶路，偶尔会停下来休息。他们吃的东西和吃东西的方式让我很是吃惊——他们就像撒欢儿的野人，瘦如细杆儿，但是在15分钟的休息时间内，每个人狼吞虎咽地吃掉三个士力架。脱掉上衣的时候，他们的肋骨就显现出来。虽然我的体重也轻了不少，但可不像男的一样——好像这一路上碰到的人，都是男瘦女胖——不过我不在乎自己的胖瘦，我在乎的是能不能吃上更多的东西。我也是个野人，体内的饥饿感正与日俱增。现在我已经到了只要读到的小说里面有人在吃东西，我就会直接跳过去的程度——想吃却不能吃，但是别人却在吃，即使这个别人是个虚拟人物，那种感觉实在太痛苦了。

当天下午我就跟他们三个分道扬镳了。我计划扎营的时候，他们三个还精力充沛，想要再走几英里，因为他们很想快点到桑蒂亚姆道口，从那里下山，花几天去走亲访友。当他们洗着热水澡、睡在软软的床上、吃着我想都不敢想的美食时，我又赶超了他们，他们就又要跟在我后面追赶我了。

“尽力赶上我。”这句话是真心实意的，因为这么快就跟他们说再见有点伤感。当天晚上，我一个人在水塘边扎营，仍然沉浸在认识他们的兴奋之中。晚饭之后，我按摩着脚，回想着他们告诉我的故事。又有一个脚指甲发黑要剥落了。我用力一拉，指甲就掉了。现在，我已经不会再跟之前那样大惊小怪了，把指甲用力扔向草丛后，我洗洗手钻进帐篷里。

现在太平洋屋脊步道跟我已经打成了平手，比分5比5。

我把脚搭在背包上，惬意地读着玛丽亚·德茂特的《万物有灵》，直到后来上下眼皮开始打架，才把头灯关上，准备休息。当我就要进入梦乡的时候，我听见有一只猫头鹰在头顶的树上鸣叫：咕，咕咕，咕，咕咕。声音一会儿大一会儿小，让我一下子醒了过来。

“咕，咕咕。”我学着猫头鹰的叫声跟它打招呼，但是它并没有回应。

“咕，咕咕。”我又叫了一遍。

“咕，咕咕。”这次它竟然回应起来。

终于走进了三姐妹荒野。这个荒野得名于其南部、北部和中部的三座山峰，每座山峰海拔都在10 000英尺以上，分别是俄勒冈州第三、第四和第五高峰，在我未来几周要经过的这一系列火山喷发造就的群峰中恰如皇冠上的明珠。但是我现在看不到群山，因为我正行走在茂密的森林里。这些绿枞树、雪松、铁杉遮云蔽日，让人有种压抑感。我只好一边走路一边唱歌，或是挤牙膏似的背诵以前背过的诗篇。

跟“雄鹿三壮”告别后的几天，我决定从既定路线上绕道去埃尔克湖度假胜地。我的旅行手册上提到，那里有一个小型湖边商店，为渔民们提供便利。它跟谢尔特科夫度假胜地很像，只不过多了一个卖汉堡的咖啡厅。我本来没有绕道的打算，但是当我到达支路和太平洋屋脊步道的交接点时，那无底洞般的饥饿感战胜了一切。上午不到11点我就到了那儿，商店里除了一个工作人员再无他人。我快速浏览着菜单，心里算着账，然后点了一个奶酪汉堡包、一包薯条和一小杯可乐，倚着挂满鱼饵的墙美美地享受着这场盛宴。这次一共花了6美元10美分。我生平第一次连付小费的钱都拿不出来了。把剩下的两个硬币留给店员无异于是对他的侮辱，所以我就从放驾照的拉链包里把一个盛满邮票的小纸袋抽了出来，放在我的餐盘边上。

“不好意思——我现在没有别的东西了。但是我给你留了其他的东西。”我的声音越来越小，都没脸把留了什么说明白。

店员只是摇了摇头，嘴里嘟囔着听不清的话。

我走到埃尔克湖边空无一人的沙滩上，犹豫着要不要把手里攥着的两个硬币扔进水里许个愿。但我还是决定不扔掉硬币，把它们放进了短裤口袋里。我明白从这里到欧拉利湖还得走上100英里，这一路上或许会有用得到这10美分的时候。身上只有这两个硬币，既糟糕又有点好笑。经常身无分文，似乎已经让我处之泰然了。我站在那里望着埃尔克湖，突然想到出身贫苦第一次帮了我的忙。如果我从小到大不缺钱，当初可能就不敢揣着这么点儿钱就上路了。每次想到我家的经济状况，我总是会想到自己无法获得的那些：露营、辅导班、旅行、大学学费，以及刷自己的卡让别人掏钱那种难以言喻的自在感。但是现在我能看到这两者的联系了——正是在我小时候，看着母亲和继父口袋里只有两个硬币却能乐观地面对生活，才让我现在觉得自己也能像他们一样。上路之前，我其实并不清楚这次行程的合理花费，也没有攒够合理花费之后又加上一笔钱以防万一。如果我真如那般小心谨慎的话，我现在也不会到了这儿：上路80多天，到现在不名一文，但还能接受。一个理智的人可能会得出结论，说我根本没钱完成这次徒步，但是现在我却在一步步实现我想做的事情。

爬到了海拔6 500英尺的高处，我看到了北面和东面的几座山峰：单身汉山和冰雪覆盖的破碎峰，当然还有三姐妹峰中最高的、海拔达10 358英尺的南峰。旅行手册上说，南峰历史最短，海拔最高，也是三姐妹峰中山形最对称的一座。书上说这座山由20多种不同的火山岩组成，但在我看来就是一座棕红色大山，山顶有皑皑积雪。行进的过程中，天气又开始变暖。高温、绵延几英里的开阔视野和乱石丛生但生机盎然的大地，都让我有种回到加州的错觉。

现在我已经进入三姐妹峰的范围内了。路上的人多了起来。在高海拔的草地上，我碰到了一些短途徒步客，还有一个外出过夜的童子军小队。我停下来跟其中的几个男孩儿说话。“你有枪吗？”“你害怕吗？”他们七嘴八舌地问着我。虽然一整个夏天听这两个问题耳朵都起茧了，但我还是很认真地回答：“没有枪。不害怕。”然后我跟着他们放声大笑起来。我还碰到了两个跟我年纪相仿的军人，他俩曾在“沙漠风暴”行动中开赴伊拉克前线，现在仍在军队供职。他们穿着干净利落，系着腰带，长相俊朗，好像直接从征兵海报上走下来的人一般。那天下午我们在小溪边休息了很长时间。他们把两罐啤酒放在溪水里冰镇着，准备待会儿畅饮。今天是他们为期五天旅行的最后一天。所以，他们一直带着这两罐啤酒，准备在最后一晚庆祝一番。

他们对我的旅行十分好奇，不停地向我发问：走了这么些天有什么感觉？一路上见过什么美景、碰到过什么人？你的脚到底怎么了……他们坚持帮我背包，发觉我的包比他们俩的都要重时又大吃一惊。后来他们要继续赶路了，我祝他们一路顺风，然后坐在溪边沐浴着阳光准备待会儿再走。

“嘿，谢莉尔。”他俩快消失在视线里的时候，其中一个突然回过头来叫我，“我们在溪边给你留了罐啤酒，我们就是怕你不愿意接受才这么做的。我们留给你是因为你比我们都坚强。”

我放声大笑，大声地向他们致谢，然后到溪边把啤酒拿了出来，心里既荣幸又振奋。当天晚上，在黑曜石瀑布附近才拿出来喝掉。此瀑布因其表面形似墨黑色玻璃碎片的石头而得名，走在上面容易打滑，并且发出咔嗒的声音，就好像走在一层层碎瓷器上面一样。

第二天走过麦肯齐道口进入华盛顿山荒野的时候，我已没了前一天的惊奇感。贝尔纳普火山口和小贝尔纳普一带全都是玄武岩，因此路更加不好走了。这些玄武岩不像那些分布在青绿色草地上的闪亮的小碎石，而是一片长达5英里的黑色火山石块，大小不一，有棒球那么小的，也有足球那么大的，所以走路的时候会不时扭到脚踝和膝盖。整个地表裸露，荒凉没有生机，并且阳光很毒，而我就在这幅图景里挣扎着朝华盛顿山的方向迈进。火山口的另一面都是树木，我终于松了一口气。但是我也意识到，身边的大部队不见了。我又是独自一人了，现在只有路和我。

第二天我走过了桑蒂亚姆道口，进入杰斐逊山荒野。这片荒野得名于其北部雄伟的黑色杰斐逊山。前面是三指杰克峰，就好像一只伸向天空的骨折了的手，果然名不虚传。但我无心欣赏，闷头一鼓劲儿穿过了这座山，直到太阳被包裹在厚厚的云层之中，天色变暗，下起了浓雾。这一天很热，但是不到30分钟的时间里，气温又迅速下降了20多华氏度，一会儿狂风大作，一会儿又万籁俱寂。我尽可能快速地爬着坡，想要找到一个宿营的地方。现在天已经蒙蒙黑了，但我仍没有找到一块平坦的地方搭帐篷。到我在小水塘边找到一块空地的时候，雾气浓重，空气静止且安静得有些诡异。我把帐篷迅速支好，刚用慢得要死的净水器灌好了一瓶水，狂风忽又大作，吹得头顶的树枝哗哗响。这是第一次在山上碰到风暴，但我不停地对自己说“我不害怕”。狂风阵阵，我没吃晚饭就钻进了帐篷里。当然我也知道帐篷能给我提供的保护也很有限。我的心里又期待，又好奇，又害怕，已经做好心理准备迎接风暴的到来。结果，它并没有出现。

天黑后一个小时，四周又恢复了安静。我听到远处的狼嚎声，似乎在庆祝诸事平安一样。现在已经进入9月，晚上的气温会很低。钻出帐篷小便的时候，我得戴好帽子和手套。当我抬头扫视丛林的时候，头灯闪到了某个东西，两双眼睛正发着莹莹的光注视着我，我浑身的血液一下子凝固了。

我一直不知道那生物是什么来头，只知道过了一会儿，它们离开了。

新的一天仍然是大晴天，晒得人发晕，让人不得不怀疑昨夜的阵阵狂风是不是梦境。路上我丢了一把叉子，后来又发现我没有走在太平洋屋脊步道上，而是在与其平行的位于西边1英里的俄勒冈天际线步道（Oregon Skyline Trail）上。这是一条替代线路，旅行手册上有详细的介绍。所以我并不担心，而是继续赶路。毕竟，第二天就能再走回太平洋屋脊步道，第三天就能到达欧拉利湖了。

蹦一下，转个身，再跳一大步，完事儿。

整个下午我都在浓荫蔽日的森林里前进。走过某个拐弯时，突然碰到三只大型麋鹿，受了惊往树丛里跑去，鹿蹄声如雷声阵阵。傍晚，我停下来在路边的一个水塘边准备扎营。不一会儿，有两个拿着弓箭的猎人出现在我面前。看样子，他们是沿着路往南走的。

“你有水吗？”其中一个人急不可耐地问我。

“水塘里的水不能喝，对吧？”另一个人也急切地发问。我能看出他脸上绝望的神情。

他们看上去都在三十五六岁，其中一个头发是沙土黄，看上去一脸沧桑，但是有点小肚子。另一个红头发的男子又高又壮，很像后卫球员的身材。他们都穿着牛仔裤，腰带上别着把大折叠刀，背着巨大的包，里面插着弓和箭。

“池塘里的水可以喝，但是得先过滤一下。”我善意地跟他们解释道。

“我们没有过滤器。”黄毛男边说边把背包解下来，放在一块卵石旁边，正好就在水塘和路之间的一小块空地上。我本来打算在这块地方扎营的，但是刚把包放下来他们就来了。

“如果不嫌弃的话，你们可以用我的。”我边说边拉开“怪兽”的拉链，把净水器拿出来，交给了黄毛男。他接了过去，走向水塘边，然后蹲了下去。

“怎么用这玩意儿啊？”他朝我喊道。

我手把手地教他怎么把带浮子的进水管放进水里，怎么按着手柄把水压进活塞筒里。“你们得有一个水瓶盛水。”我又补充了一句，但是他和红毛男只是懊恼地看着对方，告诉我他们没有。他们今天白天上山打猎，卡车就停在离这儿大概3英里远的森林里的某条路上，沿着我刚刚经过的那条支线往下走才能走到。他们还以为已经走到了呢。

“你们一整天都没有喝水吗？”我又问他俩。

“我们带的百事可乐。”黄毛男回答说，“我们都带的六罐装。”

“我们现在就往那儿走呢，所以只需要一点水，再走一点路就行了。但是现在我们俩都要渴死了。”红毛男一脸苦相地解释。

“喏。”我从背包里拿出一个水瓶，里面还剩下大概四分之一的水。我把水瓶递给红毛男，他痛饮一阵，然后又递给他朋友把剩下的喝了。我不想看到他们渴成这样，但更不想他们一直磨蹭着不走。因为我现在已经精疲力竭了。一个人的时候，我会忍着痛把靴子脱下，把被汗水打湿的衣服都换下来，搭好帐篷，吃了晚餐，这样就可以忘情于《万物有灵》这本书了。而且，我对这两个男人有种奇怪的感觉。他俩打猎却买可乐，背着弓箭，别着大折刀，还有看到我立即向我冲过来的方式，都让我不敢轻举妄动。这让我想起上路的第一周，坐在弗兰克的卡车上，我以为他会伤害我，但是他却抽出甘草糖给我吃。最后，我让自己的脑子定格在甘草糖上，相信他们应该也不会伤害我。

“我们有空可乐罐。”红毛男像突然发现了什么，兴奋地大喊大叫，“我们可以用你的净水器，然后把过滤的干净水倒进两个罐里。”

黄毛男拿着我的空水瓶和净水器蹲在水塘边，红毛男则放下背包，从里面找出了几个空可乐罐。我站在一边抱着手臂看着他俩，感觉越来越冷。我的短裤、T恤的后面和文胸全都湿透了，现在变得冷冰冰的，而且贴在身上，感觉更加难受。

“这个手柄根本压不动。”过了一会儿，黄毛男转过身看着我，脸色微微愠怒。

“你得使点劲儿。”我跟他解释道，“我的净水器就是这样。”

“我不知道，”他回道，“什么也没出来。”

我走向他才发现浮子已经升到活塞筒的部分，而进水管管口已经沉到水塘的淤泥里面。我把净水器拿过来，把进水管拉到水比较清澈的地方，然后试着挤压手柄。但是进水管塞满了泥浆，根本进不了水。

“你不应该把进水管这么放进泥里面的，”我有点生气，“你应该一直拿着它放在水里面啊！”

“妈的。”他骂了句脏话，但是并没有给我道歉。

“我们要怎么办呢？”他的朋友有点六神无主的样子，“我一定得喝点东西。”

我又走到背包旁，拿出急救箱，从里面找出了小瓶的碘片。上次使用碘片的时候还是在那个满是青蛙的帽溪沿，那时我已经渴得快要失去意识了。

“你们可以用这个。”我现在已经严重意识到，在修好净水器之前，我都得一直用碘片净水。但前提条件是这净水器还能修好。

“这是啥？”黄毛男一脸疑惑。

“碘片。放一片进去，等30分钟，然后水就能喝了。”我走到水塘边，探着身子，把两个水瓶都沉到看上去最清澈的地方，然后每一个水瓶里放一粒碘片。他俩也学着我把可乐罐装满水，然后我又各放了一粒碘片。

“好了。”我低头看看表，“到7点10分就能喝了。”我希望听到这句话他们会拿着水离开，谁知他们却一屁股坐了下来，一点儿都不急了。

“你自己一个人在这儿干吗呢？”黄毛男开始发问。

“我在太平洋屋脊步道上徒步。”刚说出这句话我就后悔了。我不喜欢他色眯眯地盯着我看的样子。

“就你自己？”

“是。”我有点不愿意承认，既不想承认事实，又担心说谎会让我更加紧张。

“真不敢相信像你这样一个女生会一个人徒步。要我说，你太漂亮了，自己一个人在外面有点危险。你已经走了多远了？”

“很远了。”我现在有点不愿意搭理他。

“我真不能相信像她这么年轻的美妞儿一个人出来晃悠，你能吗？”他又转向红毛男说话，就好像把我当空气似的。

“不是的。”我抢在红毛男之前回答他的问题，“每个人都可以做得到。我是说，这就是——”

“如果你是我女朋友，我可不会让你出来。这是一定的。”红毛男突然打断了我的话，把我吓了一跳。

“她身材不错对吧？”黄毛男淫荡地说，“健康，还有曲线。我就喜欢这一类的。”

我有点儿尴尬地笑了笑，算是对他“称赞”的回应，但是心头突然袭来的恐惧感让我喉头突然紧了一下。“嗯，很高兴见到你们俩。”我起身朝“怪兽”走过去，假装平静地解释道，“我要再走一段儿。那我先走了。”

“我们也要走了，我们可不想摸黑走。”红毛男站起身，提起包背好，然后黄毛男也收拾好背包。我一边假装收拾东西要走，一边瞟着他们离开的身影松了口气。我其实一点儿都不想走。现在我又累又渴，又饿又冷。我之所以选择在这个水塘边宿营，一是因为天色渐暗，二是因为旅行手册上说这段路不是太平洋屋脊步道的一部分，所以介绍很少，而且暗示说这里是这段路上唯一可以搭帐篷宿营的地方。

他们离开后，我站了一会儿，让喉头慢慢舒展开来。我很好，很安全，刚才有点儿瞎紧张了。他们是有点儿让人讨厌，歧视女性还弄坏了我的净水器，但是他们没对我动手动脚，也没伤害我。有的男人就是不知道天高地厚而已。我把包里的东西都倒出来，把池塘里的水装进煮锅，点上火，然后把湿透的衣服轻轻地脱下来，又套上了红色羊毛裤袜和长袖衬衫。我把防水布铺开，刚要把帐篷从袋子里抽出来的时候，那个黄毛男又出现了。我一看到他就知道之前对他的所有判断都是对的，知道我的害怕并非毫无根据，知道他一定会回来找我。

这一次只有他一个人，我的心里一阵恐惧。“怎么了？”我竭力用放松的声音问他，就像上次碰到美洲狮的时候，我不断地提醒自己要抑制住想逃跑的冲动。不要用大幅度的动作惊动他，不能发火激怒他，更不能让他看出我的恐惧。

“我以为你走了呢。”他皮笑肉不笑地看着我。

“我改变主意了。”我尽量保证声音平稳，还挤出了一个微笑。

“你想骗我们。”

“我没有。我只是改变了——”

“你也换了衣服。”他挑逗地冲我笑笑。我的脑子一下子蒙了，浑身的血液都涌到了脑子里。我想到我换衣服的时候，他就在附近偷看。

“我喜欢你的裤子，”他的脸上浮起了微微的假笑，然后放下背包，不正经地看着我，“或裤袜，是这么叫吧？”

“我不知道你在说什么。”我面无表情地说。我意识到我的整个旅行就要因此结束了，脑子不禁乱成一团，甚至听不到自己说了些什么。我明白之前自己再怎么坚强勇敢，再怎么喜欢独来独往，也一直相信自己十分幸运。但如果好运气用光了，那么以前的一切就全部作废了。而今晚将会葬送掉过往所有勇敢不屈的日子。

“我在说，我喜欢你的裤子。”他的口气有些生气，“你穿着很好看啊，把你的屁股和腿都凸显出来了。”

“请不要说这种话。”我咬紧牙关，尽量不打磕巴。

“怎么？我在赞美你啊！一个男生不能赞美一个女生吗？你应该受宠若惊才是。”

“谢谢。”我尽量用平稳的语气表示感谢，想要安抚他——虽然我心里阵阵作呕。我突然想到了“雄鹿三壮”，他们现在可能还没上路呢；想到了那只全世界声音最大的哨子，但在此时此地只会招来那个红毛男；想到了我背包左上口袋里的瑞士军刀，但是背包距离我很远；想到了还没煮沸的水，但是那口锅没把手，怕是会烫到自己；最后我又想到了他背包里突出的弓箭，甚至能感觉到我和弓箭之间那条无形的线，只要他敢轻举妄动，我就拿出弓箭刺穿他的喉咙！

“我觉得你最好还是离开。”我故意放慢了语速，“很快天就全黑了。”我紧紧地抱着胳膊，因为我意识到自己没有戴文胸。

“这是个自由国家。”他依然是一副皮相，“我想走的时候自然会走。我有权利这么做。”他从地上用两指夹起可乐罐，轻轻地晃着里面的水，有些挑衅地看着我。

“你在干什么呢？”突然传来了一个男声。过了一会儿，那个红毛男出现了。“我一路走回来找你，我还以为你走丢了呢。”他说这话，眼睛却瞪着我，就好像我是罪魁祸首，正跟黄毛男谋划着不让他走似的。“要想天黑前走到停车的地方，我们现在就得走了。”

“你在外小心啊。”黄毛男有些不爽，悻悻地对我说。但他还是把包背好了。

“再见。”我还是尽量保持平静，虽然不愿意搭理他，但也不想因为不作声而激怒他。

“哈，正好7点10分了。”他扬着眉，语气油腔滑调，“现在这水能喝了。”他把可乐罐朝我面前一扬，做出祝酒的姿势。“祝孤身一人在大森林里的美女，一路顺风。”说完他喝了一小口，然后转过身跟着红毛男慢慢地离开了。

我在那儿站了一会儿，就像第一次他们离开时那样，让因为害怕而紧缩的喉头渐渐放松。我安慰自己说，什么事情都没发生，我这次还是成功地全身而退，他就只是个让人毛骨悚然、品性恶劣的陌生人而已，现在他已经走了。

然后我把帐篷塞进背包里，把火熄灭，把里面快要煮沸的水倒进草丛里，然后把锅扔进水塘里冷却。我喝了一大口用碘片净化的水，把水瓶、黏糊糊的T恤、文胸和短裤都塞进背包，然后背好包，扣紧搭扣，借着越来越弱的光线向北行进。我一直走，一直走，我的意识又进入混沌状态，满脑子只剩下“前进”，脚步一直不停，直到再也迈不动一步。

然后，我就开始奔跑。

太平洋屋脊步道女王

第二天早上天边泛白的时候我就醒了，天正下着雨。我的帐篷搭在路上一块两英尺宽的洼地上，这是我昨夜摸黑找到的唯一还算是平坦的地方了。半夜天开始下雨，到我上午赶路的时候，雨依然时下时停。我想到了那两个男人的种种行为，那几乎发生的事，或是永远都不可能发生的事。这些画面在我脑海中一遍遍地播放，让我感到既恶心又害怕。但是到了中午，这件事情已经被我抛到九霄云外了。我重新回到了太平洋屋脊步道上。看来不小心绕的这段路迂回曲折还是带我回到了原路线上来。

天地间白茫茫一片，雨水打得树枝啪啪响。路上被冲刷出了水沟，里面浑浊的水奔涌着朝低处流去。大树参天，树冠枝枝蔓蔓，像是一把天然的伞，为我遮风挡雨。但是路边茂密的灌木和低矮的植物却像路障一般，让我寸步难行。尽管空气湿漉漉的，让人感觉很难受，但是森林的景色太神奇了——郁郁葱葱，壮观雄奇，既显翠绿明亮，又有黑暗神秘之感，颇有哥特之风。各种植物欣欣向荣，让人有种置身仙境的超脱之感。

雨一直下，停一会儿，然后又开始下，一直到第二天都是这般情景。第二天上路不久我就到了面积240英亩的欧拉利湖。找到护林站时，我的心一下子轻松了很多。但是我的身体像灌了铅一样，踏着泥地和踩着湿草地走路都是很耗费体力的事情。护林站没开门，我又穿过几张野餐桌，走到几座黑色木质建筑物前面。这就是所谓的欧拉利湖旅游胜地了。在我开始俄勒冈这一段的徒步之前，我对“旅游胜地”这个词的理解跟眼前的景色完全不同。这里一个人也没有。十座破旧的小木屋散建在湖边，看上去不像有人居住。而这里唯一的小商店，今晚却不开门。

我站在商店旁边的一棵黑松树下，望着眼前的一切，又茫然又绝望。这时，天又开始下起雨来。我只好又把雨衣的帽子戴好，望着湖水有点出神。按理说，在这儿应该能看到南面高耸的杰斐逊山山峰，以及北面又矮又圆的欧拉利山，但是天色渐晚，加之雾气渐浓，只能看到影影绰绰的轮廓。如果没有高山，仅有这些松树和大湖，我会有种错觉，以为自己身在明尼苏达州北部的森林里面。这里的空气也很像明尼苏达州。劳动节已经过去了一周，秋天还没来，但是它的脚步声越来越近。万物萧条，让人有一种凄凉之感。我从雨衣里掏出旅行手册，想找一个附近的宿营点。书上说，在护林站旁边有一个地方可以宿营，那里可以俯瞰海德湖。海德湖毗邻欧拉利湖，但是面积要比后者小得多。

我在那里搭好帐篷，冒着雨做好了晚饭，吃过饭就钻进帐篷里，穿着湿乎乎的衣服躺进湿乎乎的睡袋里。头灯电池没电了，所以我不能看书了，只能听着雨滴打在头顶帐篷上的啪啪声。

明天就能拿到新的补给箱了，里面会有新的电池，也有“好时之吻”巧克力，省着吃可以吃一周呢。当然，还有最后一批脱水食品和几袋已经不新鲜的坚果。想到这些东西既是一种折磨，也是一种安慰。我蜷曲了一下身子，尽力避免睡袋碰到帐篷的边缘，以防漏水进来打湿睡袋。但是我仍然睡不着。尽管现状看上去很暗淡，但再过大概一周，我就能走完计划的全程了，想到这，我的眼前似乎闪过一道光。到时候我就到了波特兰，再一次过上正常人的生活。我会找到工作，晚上在餐厅当服务员，白天就写作。我的脑子不停地想象着回到“现实世界”会是一种什么感觉。在那个世界里，有美酒佳肴，有音乐咖啡，能满足这一路上所有的物质渴求。

不过，我又想到，那里也会有海洛因。但是我并不想再沾染一丝一毫，或者，我从未真的想沾染过。我现在终于明白当初为什么会做出错误的决定了：当时想要寻找的是一种抵达内心的通道，却歇斯底里地选择了追求逃避自我的通道。我现在已经找到了那条通道，或者说，已经快要找到了。

第二天早上到达护林站的时候，护林员正准备开着卡车离开。我追着车大声叫住了他："应该有我的一个箱子。"

他停下车，把车窗摇下来，笑眯眯地说："你是谢莉尔吧。"

我点点头。"应该有我的箱子。"我又木然地重复一遍。我用雨衣把自己裹得严严实实的，露出的两只眼睛急切地盯着护林员。

"你的朋友跟我谈起过你。"他一边下车一边对我说，"就是那对夫妻。"

我眨眨眼，把帽子摘掉，兴高采烈地问道："山姆和海伦？"他点点头。一想到他们俩，我浑身一下子温暖了很多。护林员要领我进车库，我又把帽子戴好。车库跟护林站是相通的，而护林站看起来又跟他住的地方相通。

"我要去镇里，但是今天下午晚些时候我会回来。看看你还缺什么。"他边说边递给我一个箱子，还有三封信。接东西的时候，我快速打量了一下他：棕色头发，留着胡须，三十八九岁的样子。

"谢谢。"我紧紧攥着信，怀里抱着箱子。

天还在下雨，外面的空气似乎都能拧出水来。我走到小商店里，点了一杯咖啡。收银的是一位老人，刚开始要求我现场结账，我好说歹说，答应他一会儿打开供给箱就给他钱，他才给我倒了一杯。我坐在柴火炉边的一张椅子上，一边啜饮着热咖啡，一边读信。第一封是艾梅的，第二封是保罗的，第三封是埃德的。这倒让我大吃一惊，想不到在肯尼迪草原碰到的这个热心肠竟然会给我写信。他在信里写道："如果你看到了这封信，那么你就已经成功了。谢莉尔，祝贺你！"看到这一段，我心里一阵触动，不由自主地大声笑了出来。收银台的老人抬起头，用关切的眼神看着我。

"家里有好消息？"他微笑着问我。

"是啊，"我能感觉到自己的声音里带着笑意和幸福，"算是吧。"

我打开补给箱，里面不仅有一个装着20美元的信封，还有另外一个信封，里面也有20美元。这个信封原本应该装进谢尔特科夫度假胜地那个补给箱里的，看来是当初搞错了。不过现在也没什么差别了。我已经怀揣着两个硬币走完了前一段路，回报便是我一下子成了富翁，现在我有40美元2美分。我把咖啡的钱付了，买了一包曲奇，然后又打听这里有没有澡堂。但是老人只是摇摇头，我一下子泄了气。这个所谓的旅游胜地，既没有澡堂，也没有饭店。雨仍然下个不停，室外气温只有55华氏度的样子，可真够"欢迎光临"的。

我又点了一杯咖啡，盘算着到底要不要在那天继续赶路。其实没有什么理由留下来，但是浑身湿漉漉地上路不仅让人沮丧，而且也可能很危险，这种无处不在的湿冷会让我体温过低而患病。至少在商店里我不用受冻。过去的三天，天气要么热得让人冒汗，要么能把人冻僵。连续赶了三天路，我已经身心疲惫了。有几次我走半天休息半天，但是离开火山口湖后，我就一直没有拿出一整天休息过。而且，尽管我很想到达"众神之桥"，但是现在不需要着急。最后的路程很短，我能轻而易举地在我生日之前到达目的地。所以，我可以慢慢来。

"姑娘，我们没有澡堂，"老人突然发话，把我从思绪里拉回现实，"但是我可以请你吃晚饭。你要是愿意的话，5点的时候可以跟我和几个员工一起吃。”

“晚饭？”我立即下定决心要留下来。

我回到营地，不下雨的时候就赶紧把东西拿出来晾晒，然后又烧了一锅热水，脱光衣服，冻得蜷着身子，好歹用大手帕把身子擦了一遍。我把净水器拆开，把上次黄毛男吸进去的泥沙费劲地清理出来，用清水冲了冲活塞部分，以便能再次使用。快到5点的时候，当我准备动身前往老人跟我说的那间小屋吃晚饭时，“雄鹿三壮”突然像落汤鸡似的出现了。我不敢相信自己的眼睛，高兴得又蹦又跳。我跟他们解释说我准备去吃晚饭，他们应该可以跟我一起去，要是可以的话我待会儿就来叫他们。我到了小木屋，把情况解释了一遍，但是管事的女人并不为所动。

“我们准备的吃的也不够。”她的语气很坚定决绝。只有我能坐下来享用晚餐让我心中充满了负罪感，但是我已经饿疯了，只能先填饱肚子了。晚餐就是一般的家常菜，小时候我在明尼苏达州吃过无数次。一道菜是车打奶酪牛肉块砂锅，一道是罐装玉米，还有一道是土豆拌生菜沙拉。我把餐盘装得满满的，狼吞虎咽四五口就吃没了，然后只好矜持地坐着，等着那个女人给我切蛋糕。黄色的蛋糕放在茶几上，上面还有白色的糖霜，看得我直咽口水。她给我切的那一块，我两三口就吃掉了。然后我又过去小心地拿了一块——盘子里最大的一块——用纸巾包了一下就放进了雨衣的口袋里。

“谢谢你们，”众目睽睽之下，我脸不红心不跳，“我得去找我朋友了。”

我小心地穿过积水的草地，缩在衣服里的手小心地拿着蛋糕。时间虽然只有五点半，但是四周一片黑暗沉寂，仿佛已入半夜。

“你在这儿啊，我到处找你呢。”突然有个男人叫住我。在夜色中，好容易才辨认出是早上给我箱子和信件的护林员。我注意到他一直在用纱布擦着嘴唇。“我说话有点搞笑。”他含混不清地说，“我今天刚在嘴上做了个手术。”

天又开始下起了雨，我重新戴好帽子。他除了嘴有点儿毛病，好像还有点微醉。

“你现在要不要去我的地方喝点东西？去避避雨。”说话的时候，他得噘着嘴，所以嘴严重漏风，发音都不准了。“我住的地方就在那儿，护林站另一半就归我住。我的壁炉里生着火，我还能给你调一两杯鸡尾酒。”

“谢啦，但是我去不了。我的朋友刚到这里，我们都搭好帐篷了。”我指指路那边我的帐篷，估计“雄鹿三壮”也已经把帐篷搭好了。我的脑海里突然浮现出他们的样子：在霏霏淫雨下，他们几个或许正披着雨披，蹲在一起吃着难吃的晚餐，或百无聊赖地坐在帐篷里。然后我又想到了温暖的壁炉和美酒，以及他们三个陪我一起去可以给我壮胆，等等。“但是，可能……”我最终还是屈服了，看着眼前这个男人用纱布不停地擦着口水，咬咬牙继续说，“我是说，要是能带我的朋友去就好了。”

我带着蛋糕回了营地。“雄鹿三壮”已经钻进了帐篷。“我带了蛋糕！”我高呼一声，他们几个像受到感召一般纷纷爬出帐篷，围在我身边，从我手里拿着蛋糕满足地吃着。他们很默契地相互谦让，尽量克制自己的欲望，想让别人多吃一点。这一路上几个月的忍饥挨饿，造就了他们的团结友爱。

上次小别到现在再聚已经有九天了，但是我们似乎变得更加亲密、更加熟悉了，这种感觉像是这九天以来我们一直都朝夕相处，不曾分离过一般。对我来说，他们还是“雄鹿三壮”，但是潜意识里他们已经有了变化。里奇很搞笑，但也有点奇怪，他身上那种神秘感对我有着莫名的吸引力。乔希很温柔聪明，比起其他两个也更加内敛。里克风趣直接，心地善良，又很会跟人聊天。看着他们三个人从我手里分着蛋糕，我意识到尽管我对他们三个都有点喜欢，但是更加喜欢里克。我知道这很荒唐。他比我小四岁，而且这个年代里四年就会有代沟。我们俩的行事方式差别太大，我更像他的一个大姐，并不适合想一些跟他约会之类的浪漫事情。所以我没考虑到那一层，但是也不能否认每次跟他四目相对时，心里那种小鹿乱撞的感觉越来越强，而且我也不能否认从他的眼睛里，我也能读到他的心动。

“晚饭的事情很抱歉。”我满脸愧疚地把来龙去脉说了一遍，又试探性地问了一句，“你们吃了吗？”心里的愧疚感让我不敢直视他们。他们都点点头，不停地舔着手指上的糖霜。

“晚饭好吃吗？”里奇抬起头来问我。他说话带有新奥尔良口音，让他魅力大增，但我还是最喜欢里克。

“只有砂锅和沙拉而已。”我刻意表现出很无所谓的样子。

但是他们三个却看着我，眼神无辜而可怜。

“所以我就给你们带了蛋糕啊！”我也觉得自己说错了话，赶紧弥补，“而且，我还有一个消息，你们可能会感兴趣。这边的护林员邀请我去他住的地方喝东西。我跟他说我去行，你们得陪我。但是我警告你们，他有点古怪，今天刚刚做了嘴部手术还是什么的。所以他可能吃了止痛药，药性来了，加上喝了点酒有些醉。但是他家有火炉，有酒，而且是在室内。你们想去吗？”

他们三个立即露出他们独有的表情，像三个野人撒欢儿似的开始庆祝起来。几分钟后，我们就敲响了护林员家的门。

“你来了。”他嘟囔着让我们进门，“我还在想你是不是不肯来了呢。”

“这是我的朋友，里克、里奇和乔希。”我很高兴地把他们三个介绍给护林员，但是他只是用纱布摁着嘴唇，眼神里满是厌恶地看着他们三个。他其实最开始并不希望我带着他们三个，只不过我表示了他们不来我就不来以后，他才勉强同意。

但是他们三个人并不介意，快速地在沙发上坐成一排。面前的火光把他们的脸照得通红，他们幸福地把脚放在石头做的壁炉边上安静地烤着火。

“你想喝东西吗，美女？”我跟着护林员走进厨房的时候，他转过身来问我，“对了，我叫盖伊。不知道之前有没有跟你说过。”

“很高兴认识你，盖伊。”我在厨房门口停下了脚步，既不想看起来跟他单独待在厨房里，又想找到他和三个男生之间的平衡距离，让人感觉这是个很高兴的聚会。

“我给你特制了点东西。”他突然神神秘秘地对我说。

“给我吗？谢啦。”我不想给他某种错误的信号，加上又不能冷落了三个男生，所以就吆喝他们三个，“你们想喝东西吗？”他们齐齐地表示肯定。盖伊先在一个大塑料杯里装上冰块，然后把各种不同的酒都倒了进去。最后，他又从冰箱里拿出一个罐子，从里面又倒了一点儿水果宾治酒。

“这相当于自杀啊！”他把杯子递给我的时候，我打趣道，“我们大学的时候就这么喝，把各种酒都倒在一起，起了个名就叫自杀酒。”

“你尝一尝，看看好不好喝。”盖伊不断怂恿着我。

我喝了一小口。酒的感觉很奇怪，但是是好喝的那种奇怪。反正这种感觉比在凄风冷雨里干坐着要好很多。“好好喝！”我本来想表现出味道很好的样子，不想有点过头。“我想他们三个——里克、里奇和乔希——他们也想来一杯。你们想来一杯吗？”我一边快步向沙发走去，一边大声地问他们。

“当然。”他们异口同声地答道，但是盖伊并没有做出任何回应。我把酒递给里克，然后挤着坐在他身边。现在我们四个人挤在沙发上，在火炉前安静地享受着这一刻。里克的身体轻轻地蹭着我的身体，炉火就像我们几个人的太阳，把所有的寒冷、黑暗和潮湿全都赶走了。

“你想要谈自杀，亲爱的，那我就跟你谈一谈自杀。”盖伊走过来站到我的面前，靠着石质壁炉做出一副很严肃的样子。里克喝了一口酒，然后又递给旁边的乔希，乔希喝了一口又递给旁边的里奇。“我们也处理一些自杀事件，挺悲惨的。不过这才让这个工作有意思呢。”盖伊的眼睛突然闪烁起来，他仍然用纱布摁着嘴唇，胡子以下都盖住了。说话间，杯子又转回到我手中。我小酌一口，给了里克，他又往下传，就像是在轮着抽大烟一样。我们喝酒的时候，盖伊绘声绘色地讲述了他在某个下午见证的自杀案。事情就发生在附近森林的移动厕所里，有个男的拿着枪对着脑门儿开了一枪。

“真是脑浆四溅啊！”他隔着纱布夸张地说，“你都想象不到。就想一下你能想到的最恶心的事情，谢莉尔，而后再想那个脑浆迸射的情景。”他的眼睛只盯着我，就好像“雄鹿三壮”不在屋里。“不光是脑浆，还有血啊，肉啊，脑壳啊，哪儿都是。移动厕所里一片惨象。”

“真不可思议！”我做出很震惊的表情，摇着杯子里的冰块。到我手里的时候，酒一滴都不剩了。

“想再来一杯吗，辣妹？”他殷勤地对我说。我点点头，把杯子给了他，然后他就去了厨房。我们几个面面相觑，做出意味深长的表情，然后尽量压制着我们的笑声。

“我得再告诉你另一次的事儿。”盖伊拿着酒回来的时候说，“只不过这次是谋杀，是他杀。也不是脑浆，是血。几加仑几加仑的血，都得用桶盛啊，谢莉尔。”

然后，我们就听他这么说了一整晚。

走回营地时已经很晚了。我们几个在帐篷边上站成一圈，带着酒意说着笑着。天又开始下雨，我们只好互道晚安回到自己的帐篷里。我爬进帐篷里，看到最里边已经形成了一片水洼，到第二天醒来，已经成了一个小湖，睡袋也湿透了。我一个激灵爬出睡袋，抖抖水，在营地看了一圈想要找个地方把睡袋挂起来晾一晾。但是现在仍然是瓢泼大雨，只会让睡袋变得更湿。后来我们几个去商店的时候，我就带着睡袋，喝咖啡的时候坐在火炉边上，可以烤干。

闲聊时，乔希突然说：“我们给你想了一个名号。”

“是啥？”我有些不情愿地问。我把手里的睡袋稍微往上提了一下，遮住了半边脸，两只眼睛从睡袋上沿看着乔希，好像这样就能避免他们说一些奇奇怪怪的名号似的。

“太平洋屋脊步道女王。”里奇俏皮地抢先回答说。

“因为人们总想给你东西，为你做事情。”看我一脸疑惑，里克又补充道。“他们什么都没给过我们。实际上，他们什么忙都没给我们帮过。”

我把睡袋放低，看着他们懊恼的表情，放声大笑起来。他们也开始笑起来。这一路上，我都在想一个问题，那就是，一个女人单独上路会处于被动，那我会不会害怕呢？但是这一路上，大家一直都在帮助我，这似乎已经圆满回答了这个问题。除了那个猥琐的黄毛男，还有在加州把我赶出营地的那对夫妻，其他人对我都很慷慨友好。每当我困顿时，这个世界和善良的人们就会向我张开臂膀，让我顿有豁然开朗之感。

恰巧在这个时候，老人从收银台里探出身子问我：“姑娘，你要是想多待一晚上，把东西弄干的话，我们可以让你住一间小木屋。房费很低的。”

我转向“雄鹿三壮”，疑惑地看着他们。

不到15分钟，我们就把东西搬进了小木屋。我们忙着把湿漉漉的睡袋挂到落满灰尘的椽子上之后，才仔细观察起这间小木屋。这间小屋的墙壁都是木头做的，只有一间房，两张双人床几乎占满了整个房间。床的金属框架年岁有些久远，躺在床上会发出咯吱声响。

把东西收拾妥当之后，我冒着雨回到商店想买点零食。我踏进商店，看见丽莎站在柴火炉边烤火。那个住在波特兰的丽莎！那个整个夏天给我寄箱子的丽莎！那个再过一周就要和我生活在一起的丽莎！

“好久不见！”她兴奋地叫喊出来，紧紧地抱住了我。“我知道你差不多现在就应该到这儿了。”我们从重逢的喜悦中缓过神来，她跟我解释说，“所以我们就决定开车过来看看。”她转向她的男朋友——杰森，我们握了握手。其实我们俩不算太熟，我离开波特兰要徒步的时候，他们刚刚开始约会。所以，我只在那几天跟他见过几面。在这里看到来自那个熟悉世界里的人有点让人难以置信，也有点让人伤感：他们的出现似乎让到达终点那一天提早到来了，也不得不让我正视再过一周就要结束行程，以及到波特兰只有90英里这两个事实。

晚上，我们都挤进杰森的皮卡，准备沿着蜿蜒的森林小路开车去巴格比温泉（Bagby Hot Springs）。巴格比就像森林里的一处天堂：从高到低有三层木板，上面有不同大小的浴盆，远在1英里半以外的温泉水通过管道跟浴盆相接。这个地方不作商用，不是旅游胜地，也不是疗养中心，只是一个大众场所，任何人在任何时候都可以来，把自己浸泡在热气腾腾的温泉水里，抬头看着绿枞、铁杉和雪松的树冠，好不惬意！丽莎站在我面前的时候已让我有些不敢相信，这个地方的存在就更像做梦了。

那里空无一人，好像让我们包场了似的。“雄鹿三壮”和我走到较低的木板那边，因为那里的浴盆像独木舟那么大，能够把手搭在上面。这些浴盆都是用雪松掏空做成的，而且在高耸的树荫下能够通风，所以不会太闷。雨滴偶尔透过树枝，轻柔地滴落下来。脱衣服时，借着一丝光亮，我做贼般偷瞄了一下他们三个人的裸体，不禁一阵脸红心跳。里克和我进了附近的浴盆，然后打开了水龙头。富含矿物质的温泉水流了进来，升起一阵热气，烫得我们几个嗷嗷直叫。我突然记起遭遇大雪之前，在塞拉城的饭店里洗的那次热水澡。此时此刻，在距离结束这一切只有一周的时候，我就像从一场艰难但美妙的梦境中醒来，坐在这个地方享受人生——一切都显得那么水到渠成。

去巴格比温泉的路上，我跟丽莎和杰森挤在前面，但是回欧拉利湖时，我爬到后座上，跟他们三个挤在一起，觉得神清气爽，通身温暖，心中无比满足。我突然意识到，卡车后座上铺着一张垫子。

“忘了跟你说，那张垫子是你的。”丽莎站在车下跟我解释着，然后把车后门关好，“我从你的车里拿的，万一今晚决定在车里过夜，也舒服点。”

“男生们，欢迎来坐我的床！”我故意用开玩笑的淫荡的声音妩媚地对着三个男生说，就是为了掩饰我的慌乱。这真的是我的床，我和保罗在上面共枕了好几年。一想到他，我原本高涨的情绪一下子低落下来。他给我写的信，我还没有打开过。而一般情况下，收到别人的来信时我都会很开心地打开。但是这次看到他的笔迹，我却犹豫了。之前我就想好了，上路之后再读这封信，可能是因为我知道这样我就不会立即给他回信，也就不会不顾后果地在信里写一些充满激情的话了。因为我知道，这些话，都已经失真了。离婚那天，我曾对他说："在我心里，我一直都是你的妻子。"时间过了五个月，但是我已怀疑自己是否曾经说过那些话了。我对他的爱不容置疑，我对他的忠诚却已经慢慢流失。我们已劳燕分飞，不再受婚姻束缚了。而跟"雄鹿三壮"挤着坐在我和保罗以前的"床"上时，我突然坦然接受了这一切，这充满未知但又尘埃落定的一切。

车子在黑暗里颠簸。我们四个按照"我、里克、乔希和里奇"的顺序挤在后座狭小的空间里，就像前一晚在护林员的沙发上那样，里克的身子靠着我，甚至故意有点远离乔希，微微倾斜向我。天空终于放晴了，月亮在墨蓝色的夜空里投下清辉。

"瞧。"我指着车窗外的天空对里克说。车子里很静，我们俩轻声谈论着一路上看到的各种月亮，以及当时身在何处，还谈了接下来要走的路。

"你得把丽莎的号码给我，这样我们就能在波特兰一起玩儿了。"他认真地看着我，睫毛在黑暗里忽闪忽闪的，"我走完全程后也会住在那儿。"

"肯定啊，我们一定要一起玩儿。"我微笑着对他说。

"一言为定。"他注视着我，眼里尽是温柔，让我一阵心旌荡漾。不过，我明白，尽管我喜欢他，超过之前很多与我有过鱼水之欢的男人上千倍，但是无论我心里有多么渴望，我也不会对他下手。这不仅因为他比我年纪小，或因为他两个朋友在身边，更是因为生平第一次，我能坐在这里跟一个温柔善良、强壮、性感又聪明的男人享受着这种快乐。即便这种快乐克制又不掺杂肉欲，即便他注定只能是我的朋友，我也满足了。这一次，我没有那么渴望身边有个人；这一次，“内心千疮百孔的女人”这个短语没有在我脑子里激荡。这个短语，甚至都不再适用于我了。

“我非常高兴碰到了你。”我低声说。

“我也是。”里克的语气突然又变得调皮，“谁不想拜见太平洋屋脊步道女王呢？”

我对他笑笑，然后转过头望着车窗外的月亮。他的身体挤着我的身体，有些发烫。但是我们就靠着坐垫，尽管都心知肚明，但是并没有点破。

“妙极了。”过了一会儿，里克仿佛自言自语道，“妙极了。”他又说了一遍，这一次，语气加重了一点。

“什么妙极了？”虽然心知肚明，但我还是问出了这个问题。

“这一切。”他喃喃地说，声音温柔而低沉。

确实如此，这一切，都妙极了。

《共同语言之梦》

第二天早上，天空湛蓝澄澈，阳光灿烂，湖面波光粼粼。从这里能够清楚地看到矗立在南面的杰斐逊山和北面的欧拉利山。护林站附近有几排野餐桌，我坐在其中的一张桌子旁，开始为最后一段路打包。天刚亮的时候“雄鹿三壮”就出发了，他们想在喀斯喀特山脉华盛顿州一段下雪之前就到达美加边境。但是，我并不计划走那么远，所以可以不紧不慢地走完最后的一段路。

在我恍惚之际，盖伊手里拿着盒子突然出现在我面前。显然，现在他已经清醒了。“太好了，差点跟你错过。这个刚到。”他笑眯眯地对着我说，因为匆忙脸色有些红润。

我从他手中接过了盒子，看了一眼寄信人地址，原来是我朋友格蕾琴寄的。“谢谢你为我做的这一切。”盖伊转身要离开的时候，我大声地对他说，“无论是昨晚的酒，还是你的热情招待，十分感谢。”

“祝你一路顺风。”他转过头微笑着对我说，然后大步流星地走开了，消失在建筑物的拐角处。我把盒子撕开，里面的东西让我惊讶得大喘气：12块包装精美的高档巧克力，还有一瓶红酒。我一边想着怎么享用这瓶红酒，一边迅速消灭了几块巧克力。尽管我很想当晚就开瓶畅饮，但是我可不想背着个空瓶走到天伯伦度假屋。我把最后几件东西绑在背包上，然后拿着红酒和空盒子向护林站走去。

“谢莉尔！”突然有个声音叫我，我回过头。

“真的是你！真的是你！我赶上你了！我赶上你了！”一个男人一边向我走来一边兴奋地呼喊。我惊呆了，手里的盒子掉到了草地上。

他在空中挥舞着拳头，兴奋地朝我发出一阵猫头鹰般的咕咕声。我听出了这个暗语，但是跟眼前这个人却怎么也对不上号。他很年轻，留着胡子，头发金黄，跟我上一次见他时有所不同，但还是印象中那个熟悉的大男孩儿。“谢莉尔！”他一把把我揽入怀里，又一次激动地喊着我的名字。

从我没认出他是谁到认出他，整个过程就像电影慢动作一样，直到他紧紧地抱住我，我才意识过来，兴奋地喊着：“道格！”

“道格！道格！道格！”我不停地叫着他的名字。

“谢莉尔！谢莉尔！谢莉尔！”他也热情地叫着我。

然后我们又退后一步，相视无言。

“你瘦了。”他喃喃地说。

“你也是。”我笑得合不拢嘴。

“你已经完全适应了。”

“我知道！你也适应了！”好开心看到有人已经注意到了我的改变。

“我留了个小胡子。”他边说边俏皮地拉了一下胡子，“我有好多事情要跟你分享啊！”

“我也是。汤姆呢？”我这才意识到汤姆没有跟道格一起。

“他落后了几英里，稍后就会赶上。”

“你们顺利通过了雪区？”我问。

“我们走了一段儿，但是后面的雪地越来越难走，我们就下山绕了过去。”

我下意识地摇摇头，心里仍然不敢相信他就站在我面前。我跟他讲了格雷格已经停止徒步的事情，然后又问到艾伯特和马特的情况。

“从上次见面以后就再也没有他们的信儿了。”他看着我，嘴角上扬，眸子里闪着光，“我们整个夏天都在读你的留言。正是你的话让我们有了前进的动力，才让我们想要赶上你。”

“我刚刚都要走了。”我说着，弯下腰把刚才掉在地上的空盒子捡了起来，“要是你晚到一分钟，我就已经上路了。天知道你还能不能赶上我了，哈哈。”

“我一定还是会赶上你的。”他自信满满地看着我说，爽朗地大笑起来。他还是那个印象中的金发男孩儿，只不过现在稍微有点变化。除了身体有点虚，他比以往变得更加坚毅勇敢，就像过去的几个月里他成长了好几年。“你要不要等我一下，我整理一下东西，然后一起走。怎么样？”

“好啊。”我爽快地答应了，“不过，在进入喀斯喀特洛克斯小镇前的最后几天，我得一个人走。你知道，就像最开始那样。但是我们可以一起走到天伯伦度假屋。”

“苍天啊，谢莉尔。”他又把我拉进怀里，紧紧地拥抱着我，“真不敢相信我们在这儿碰上了。对了，我给你的那根黑色羽毛你还留着吧？”我笑了笑，从背包里面拿出来，他伸出手温柔地摸了一下已经起边儿的羽毛。

“这可是我的护身符。”我笑笑看着道格。

“这红酒是怎么回事儿？”过了一会儿，他注意到我手里的东西，指着问我。

“我正要把酒送给护林员呢。”我高高地举了一下红酒，然后用下巴示意一下前面的护林站，“我不想背着它一路到天伯伦。”

“你疯了吗？”道格一下子急了，“你不喝我喝啊！”

那天晚上，我们选在温泉河宿营。我用瑞士军刀上的瓶塞钻把红酒打开，两个人开始对饮起来。白天的气温比较暖和，70华氏度多一点。

但是，晚上却很冷，毕竟天气已经开始从夏天向秋天过渡了。不知不觉间，树叶慢慢稀少，花梗也开始干枯，像打了一层霜似的蔫蔫的。我们俩一起生火做好饭，然后在锅边吃起了晚饭，时不时地把红酒传给对方。因为我们都没有杯子，所以只能对瓶喝了。这么久以后我和道格重逢，现在又有篝火又有美酒，让我恍然觉得这似乎是一场仪式，证明我的旅程即将结束了。

过了一会儿，近处传来了狼嚎声，我们俩惊得猛然转过头，望着无边无际的黑暗，心里一阵阵打鼓。

“这个声音总会让我汗毛直立。”道格心有余悸地看着我，喝了一口红酒，然后递给我，“这酒真是好。”

“是啊。”我猛喝了一大口酒，然后满口酒气地说，“这个夏天我听到很多次狼嚎声。”

“但你不害怕，对吧？你不是一直这么跟自己说吗？”我以为道格在开我的玩笑，但是明亮的火光照着他的脸，神情有些严肃。

“我是这么跟自己说的。”停了片刻，我又补充道，“只不过有的时候，我还是很害怕。”

“我也是。”他伸出手，搭在我的肩膀上。我把手搭在他的手上，轻轻地握了一下。他就像我弟弟一样，但跟我的亲弟弟又完全不同。他就像那个即使以后都不再见面，我仍然会在心里给他留一个位置的人。

我们最后把一整瓶红酒都喝掉了。我走到背包旁，抽出装着书的拉链包。“你想读书吗？”我把手里的《万物有灵》递到他面前，但是他摇了摇头。其实几天前我就已经读完了，但是因为下雨所以没法烧掉。我在路上读的大部分书，上路之前我就已经读过了。这本小说的情节设定在印度尼西亚的摩鹿加群岛上，故事情节浪漫，人物感情奔放。原著是荷兰语，在1955年出版的时候受到一致好评，不过现在已经渐渐被人淡忘。反正我是没看到过别人读这本书，只是小说工作坊的教授布置让我们读，我才知道这本书的存在。母亲生病时，我刚刚加入小说工作坊。在母亲的病榻前，我就是拿着这本书，强迫自己把注意力都集中在下周的课堂讨论要引用的篇章上，这样就不用为母亲的病担惊受怕了。不过，这一切都是徒劳。我脑子里想的全是母亲。而且，我已经了解了这世间万物，无论是有名字的还是没有名字的，加起来都比不上母亲对我的爱，也比不上我对母亲的爱。所以当我为上路做准备的时候，我就决定要在路上重读一下这本书。这次我可以全身心地投入了。而从第一页，我就明白书中点点滴滴。德茂特写的每一句话就像一把把温柔的匕首，直击我的内心深处；书中刻画的那片遥远的土地就像我曾经深爱过的每一个地方，在我的血液里开始涌动。

“我想去睡觉了。”道格手里拿着空酒瓶，有些醉意加困倦地说，“汤姆大概明天就能赶上我们了。”

“我先把火扑灭了再睡。”

他离开后，我就开始一页页地撕书。书装订得很好，所以撕起来有点费劲。然后我又撕成一小块一小块的，用木棍儿挑着完全烧尽。看着火光，我想到了艾迪。其实每次坐在篝火边，我就会想到他，因为是他教会了我怎么生火，也是他带我第一次去宿营。他曾经教过我怎么搭帐篷，怎么在绳子上打结。我还跟他学会了用折叠刀开罐头、划独木舟，以及跳过湖面的石头。他爱上妈妈之后的三年里，从6月到9月，我们几乎每个周末都会在明尼苏达河、圣克罗斯河或者纳姆卡冈河河畔宿营。后来，艾迪又用他背伤所得的抚恤金在北部买了地，我们一家人搬到那里去以后，他教给了我更多的丛林知识。

这世界太复杂，人们永远无法知晓其中奥妙。事物的条件、因果、生灭、荣衰以及改变，都是无法参透的。但是我能确定的一点是，如果没有艾迪，那天晚上我就不会坐在那里，也不会鼓起勇气踏上太平洋屋脊步道。尽管我对他的感觉如鲠在喉，但是意识到这一点后这种压迫感小了很多。虽然他没有好好地呵护我，但是在我需要的时候，他都做到了。

书烧成了灰烬时，我从拉链包里抽出另一本书——《共同语言之梦》。这一路上我都背着这本诗集，不过从第一天起就不曾打开过，也不必打开。我熟悉书中的内容。里面的词句在我脑海的电台里播放了一夏天。书中各种诗篇的片段，甚至有时书名本身都会在我脑中萦绕，因为书名本身就取自其中的一首同名诗——《共同语言之梦》。我打开书，前倾着身子，借着火光，一页页地翻看着。每首诗我只读一两句，然后这样跳读了十几首。每一首诗都很熟悉，让我有种莫名的安全感。有时，我会边走路边默背这些诗句。通常，我并不清楚每句的确切意思，但是我却明白诗句的整体意境。诗句的含义虽然能看得清，却抓不到，就像我能看到水中有鱼儿在游来游去，离我那么近，感觉就要抓到手了，但是我一伸手，它们却溜走了。

我合上书，看着它米色的封面。没有理由不把这本书也烧掉。

但是，我并没有烧掉，而是紧紧地把它抱在怀里。

几天后我们到了天伯伦度假屋，但不再仅仅是我跟道格两个人，汤姆已经赶上我们，还有两个女生也加入了我们。这两个女生二十来岁，之前曾经同行，后来分开了，计划一起徒步穿越俄勒冈州和华盛顿州的一小部分。我们五个人就一起徒步，两个人一组或三个人一组，但都是随机组合，不过有时又五个人前后一排，有说有笑，好不热闹。大家的心情都像在度假一般放松，一方面是人数够多，路上不会寂寞；另一方面是因为天气晴朗，但十分凉爽。休息时间长的时候，我们会玩儿丢沙包，或光着身子在冰冷的湖泊里游泳，抑或去捅马蜂窝，然后又笑又叫地纷纷跑开。到我们爬上位于胡德山南坡、海拔6 000英尺的天伯伦度假屋时，我们已经好得像一个部落一般，就像夏令营的孩子们在经过一个星期的嬉笑打闹以后的那种感觉。

我们到达的时候已是下午3点多。我们五个人占了休息室里两张对坐的沙发，点了超级贵的三明治，然后把百利甜酒兑到咖啡里小口小口地喝。我们还从吧台借了一副牌，玩起了扑克游戏。从窗户里就能看到外面的胡德山。胡德山海拔11 240英尺，是俄勒冈州最高的山。虽然它也是火山，跟我在7月进入喀斯喀特山脉之后的山没什么区别，但是这是我途经的最后一座大山，对我的意义也最为重大，不仅因为我已与它近在咫尺。在波特兰时，天气好时就能目睹其雄伟壮丽。所以，它就像我的一个老友。等我抵达胡德山，我有了一种快到家的感觉——距波特兰只有60英里之遥了。尽管在过去两年里，我曾因为种种原因在波特兰待了八九个月，但从未安顿下来。

远远望去，胡德山的远景总是美得让我陶醉，但是近景却不同，好像二者不是同一座山一样。从近处看，胡德山并没有远观那么冷峻雄奇，突然变得平凡无奇，但更深不可测了。从数英里外看的时候，山峰积雪皑皑，在阳光下闪耀着光芒，但是从度假屋北面的窗户看去，山体的颜色变成了灰色。山坡上凌乱地散落着一些松树，石块间星星点点地长着羽扁豆和紫菀，略显荒凉。山上架着滑雪索道，直通到山顶的积雪处，显得格外扎眼。不过，我现在很高兴，因为我可以暂时不再受爬山之苦，只需舒服地坐在屋内，享受这荒原中的美妙世界了。这个度假屋是一座木石建筑，是在20世纪30年代由当时公共事业振兴署的工人们一石一木盖起来的。这个地方的每一处都有一段故事。无论是墙壁上的艺术设计，还是建筑的格局，抑或是家具上的手工织物，做工都很精美，彰显了太平洋沿岸美国西北地区的历史、文化和自然资源。

我暂时离开其他人，自己慢慢地在度假屋里转悠，然后又走到外面宽敞向南的露台上。晴空万里，视野极好，我能看到之前经过的很多山——三姐妹峰中的两座、杰斐逊山以及三指杰克峰。

“蹦一下，转个身，再跳一大步，完事儿。”我在心里默念着这四步，知道现在已经到了第三步。要想完成第四步，还得再走50英里到达“众神之桥”。

第二天早上，我跟他们四个道别。从度假屋出来，爬上一段很短但很陡的路，我重新回到太平洋屋脊步道上来，开始了我的独自徒步。我从滑雪索道下面经过的时候，看了度假屋最后一眼，然后沿着胡德山的窄路开始向北又向西走。路上满是因山上冬日气候恶劣风化而成的碎石。20分钟之后，我走进了胡德山荒野，再一次进入森林，一下子被静谧包裹起来。

一个人感觉很好。现在已经进入9月中旬，但是阳光仍然温暖而明亮，天空格外湛蓝。路上一会儿视野开阔，能看见数英里外的景色，一会儿又进入遮天蔽日的森林，什么都看不见。我一口气走了10英里，穿过了沙河才在一块平坦的石头上坐下来休息，看着低处奔涌的河水，心里开始平静下来。《太平洋屋脊步道第二辑：俄勒冈州和华盛顿州》大部分都已经撕掉了，剩下的可以直接折叠一下塞进短裤口袋里。我把剩下的几页拿出来，又读了一遍，这次一直读到最后。一想到快要抵达喀斯喀特洛克斯，我心里就万分激动，但也万分悲伤。经历了户外生存，每晚睡在帐篷里，而且大部分时间都是一个人徒步穿越荒野，我不知道这会对我的正常生活有什么影响，但确定无疑的是，肯定有影响。一想到自己即将结束这种生活，我的心里就一阵恐慌。

我走到河边蹲下来，捧起河水洗了洗脸。这里河道很窄，河水很浅。我禁不住想，母亲在哪里呢？我已经背负着她走了这么久，在她的重量之下蹒跚前行。可是，我突然感觉不到这种重量了。她去哪儿了？

“她留在河的另一边了吧。”我心里有一个声音对自己说。

然后，我的心释然了。

随后的几天里，我经过了蕾梦娜瀑布，穿过了哥伦比亚荒野，路上还看到了最北边的圣海伦山、瑞内尔山和亚当山。到达华图姆湖的时候，我从太平洋屋脊步道上下来，转到旅行手册上推荐的一条替代线路，可以往下直通鹰溪，到达哥伦比亚河大坝，最后到达环绕喀斯喀特洛克斯镇的哥伦比亚河。

向下，向下，向下。最后一整天，我一直在走下坡路，在16英里的距离内就下降了4 000英尺，而道旁的溪流也陪着我向低处奔涌。现在我能感觉到哥伦比亚河就在我北边不远处，像磁铁一样吸引着我前进，内心也感觉到徒步之旅即将画上圆满的句号了。当天晚上，我在鹰溪边过的夜。下午5点，我离喀斯喀特洛克斯只有6英里远。其实在天黑之前我就能赶到镇上，但是我不想就这么结束旅程。我想慢慢来，在新一天的晨曦中去观赏奔涌的河流，膜拜“众神之桥”。

晚上，我坐在溪畔，看着黑夜下的溪水冲刷着石块，听着潺潺的水声想着心事。一路下坡让我的脚疼得要命。这一路走来，虽然现在身体比以往都强，而且有可能比未来任何时候都强，但是在太平洋屋脊步道上徒步仍是一件伤身体的事情。穿越俄勒冈全境，很少有像今天这种陡峭的下坡。现在脚指头上又起了新的水疱。我把手指轻轻地放在脚趾上，慢慢地抚摩着。另一个脚指甲看样子要脱落了，我轻轻一拉果然掉了。这是掉的第六个脚指甲。现在只有四个脚指甲还没有弃我而去了。

太平洋屋脊步道和我不再是平手了，现在是6比4，我落后了。

当晚我并不想睡在帐篷里，所以就睡在了防水布上。第二天黎明之前我就醒了，看着太阳慢慢地从胡德山那边升起来。我突然想到，这一切都结束了。没有回头路可走，也无法留住这一刻。我久坐在那里，看着霞光照亮了整片天空，然后一点点地扩散，笼罩了幽暗的森林。我闭上眼睛，倾听着鹰溪的水流声。

溪水要奔流到哥伦比亚河，而我，亦是如此。

我感觉最后的4英里是顺水漂到了鹰溪小径源头附近的停车场，我的内心涌动着一种纯粹的情绪——喜悦。停车场很小很空，我走过洗手间，到了另一条小径上。沿着这条路，再走两英里就到喀斯喀特洛克斯了。小径突然右转，哥伦比亚河赫然出现在视野里。84号州际公路夹在小径和河流中间，用铁栅栏加以分隔。我停下来，抓住栅栏，望着滚滚河水一阵感慨。走了这么久，终于看到朝思暮想的哥伦比亚河了，一切就像一个奇迹，就像一个新生儿经历了长时间孕育，终于呱呱坠地。深色的河水波光粼粼，比我这一路上对它的所有设想都要美。

沿着这条绿色走廊，我一直往东走。这条走廊原先是哥伦比亚河高速公路，后被弃用，改成了步行道。在一些地方，我能看到混凝土碎片，但是路边的石头上长满了青苔。树枝低垂，有的枝丫甚至垂到了地面上，蜘蛛在上面织满了网，贴在脸上的感觉十分奇妙。我一边从头发上扯着蛛网，一边听着左边州际公路上的机动车在耳边闪过，有种熟悉却又陌生的感觉在心中升腾。

从树林里走出来以后，我就到了喀斯喀特洛克斯镇。跟我在路上碰到的很多所谓的小镇不一样，这个镇常住人口超过1 000人，算是名副其实的小镇。经过住宅区的时候，我能感觉到里面散发出的周五早晨特有的气息。从高速公路下面的人行道穿到另一边，我放慢了脚步。听着滑雪杖击打地面的声音，我知道自己已经离目的地只有咫尺之遥了。当“众神之桥”终于进入视线里的时候，我的心不住地狂跳起来。300多年前，此地发生了大滑坡，几乎阻断了哥伦比亚河，成了一座天然桥梁。当地的印第安人称其为“众神之桥”，后来，这座钢制悬臂桁架结构的大桥便因此而得名。人造桥横跨河流，长约1/3英里，连通了俄勒冈州的喀斯喀特洛克斯镇和华盛顿州的史蒂文森市。大桥在俄勒冈这边的入口处有一个收费站。走近的时候，一个女收费员跟我说我可以免费过桥。

“我不过桥，”我满怀感激地对她解释道，“只是想摸一下。”沿着路肩，我一直走到大桥的混凝土立柱边，把手放了上去，看着哥伦比亚河在我的脚下汹涌流动。这是美国西北部最大的河流，也是全美第四大河。得益于曾经盛产的鲑鱼，印第安人在这个流域已经生活了上千年。探险家梅里韦瑟·路易斯和威廉·克拉克都曾经在著名的1805年探险中乘坐独木舟顺流而下。而190年之后，在我27岁生日的前两天，我也来到了这里。

我已经到达了目的地，完成了我的计划。这件事既显得那么微不足道，又显得那么意义非凡。这就像我经常对自己倾诉的那个秘密一样，我只是不知道其意义而已。我在那里站了几分钟，身旁的车辆呼啸而过。虽然我有种想哭的冲动，但还是没有哭出来。

几周之前，我在路上听到传闻说，到了喀斯喀特洛克斯之后，一定要到东风汽车穿梭商店去尝一下他们著名的冰激凌大甜筒。就是为了这个原因，我在天伯伦度假屋的时候故意留了几美元。我离开大桥，沿着熙熙攘攘的大街往商店走去。我这才发现，河道和州际公路就是小镇的两个边界，这条大街也跟这两条边界相平行。因为时间尚早，商店没有开门，所以我摘下包来，坐在门前的一张白色长凳上等着开门。

那天晚些时候我就能到波特兰了。波特兰在西边，距离这里只有45

英里。晚上我能在屋里睡在我的垫子上了，也可以把打包好的CD和音响都拿出来随便听音乐了。我会穿上我的黑色蕾丝文胸、内裤和蓝色牛仔裤，把好吃的、好喝的全部消灭掉。我会开着货车四处游荡，也会把电脑装好，然后开始写小说。我还可以把从明尼苏达带过来的书全都卖给鲍威尔书店，这样手头就能有些现金了。我还会办一个后院拍卖会，找到工作前就用这些钱。我会把一些二手衣服、微型望远镜和折叠锯都放在草地上，能卖多少卖多少吧。但是这些想法一下子都冒出来，让我有些吃不消。

“我们开始营业了。”一个女声一下子把我拉回现实中。我抬起头，看到一个女店员从商店的推拉窗里探出头来，朝我打招呼。

我要了一个巧克力香草甜筒。几分钟之后，她递给我一个甜筒，收了我两美元，找了我两个10美分的硬币。这是我剩下的所有家当了，20美分。我坐在那张白色长凳上，一口一口地舔着，看着面前的车来车往。刚开始商店没有客人，后来有一辆宝马车停下来，下来一个穿着商务装的年轻人。

“嗨。”经过的时候他热情地朝我打了一声招呼。他大概和我年纪相仿，梳着大背头，皮鞋一尘不染。买完甜筒以后，他站到了我面前。

“看来你一直在背包旅行啊。”

“是的，走的太平洋屋脊步道。我已经走了1 100多英里了。”我觉得自己有些激动得难以自持，“今早上刚刚结束旅程。”

“真的假的？”他满脸惊讶。

我点点头，然后自豪地笑起来。

“太了不起了。我一直都想做一件这样的事情，走一段漫长的旅程。”

“你可以的，你也应该去尝试一下。相信我，如果我能的话，任何人都能。”

“但是工作忙没时间——我是律师。”他边说边把没吃完的半个甜筒扔到旁边的垃圾桶里，用纸巾擦了擦手，“你现在要做什么呢？”

“去波特兰。我要在那边住一段时间。”

“我也住在那儿。我现在就要开车过去，要是你想搭车的话，我很愿意捎你去你想去的地方。”

“谢啦。”我舔舔嘴角的冰激凌，微笑着说，“但是我想在这儿再坐一会儿。慢慢地感受一下。”

他拿出钱包，从里面抽出一张名片，然后递给我。“你安顿好了以后给我打电话吧。我很想带你去吃午餐，听听你一路上的故事。”

“好的。”我低头看着名片，白底儿，蓝色浮雕字，复古得像是另一个世界的东西。

“非常荣幸在这个有意义的地方跟你见面。”他说着伸出了右手。

“我也很高兴认识你。”我高兴地抬头看着他，跟他握了握手。

他开车离开后，我脑袋后仰，呼了一口气。阳光很耀眼，所以我闭上了眼睛，但是眼泪却顺着眼角流了下来。我原以为在大桥的时候会流泪。但此时此刻，所有的情绪都奔涌到我的脑海里，急切地寻找迸发口。“谢谢”在我脑海里不停地浮现。“谢谢。”我不仅要感谢这漫漫长路，也要感谢在我心中聚集的所有感觉，感谢路途教会我的一切和我仍然未知但却冥冥中感觉早有定数的一切。

我再也没有见过那个宝马男，但是4年后，我跟另一个男人一起走过“众神之桥”，与他在离这张长凳不远的地方共结连理。9年之后，我和那个男人有了一个儿子叫卡弗，一年半后又生了一个女儿叫鲍比。15年后，我带着全家来到这张白色长凳上，四个人吃着甜筒，我跟他们讲述着我之前如何徒步穿越太平洋屋脊步道，最后在这里停靠的故事。

而最后的最后，当我终于抓住这场旅行的真谛以后，我一直对自己倾诉的那个秘密终于揭开了。

这也让我能在这里把这一切都讲给你们听。

之前我并不确定，在这么多年以后，我是否能找到这一路上碰到的人。然而我却发现了一件完全没有想到的事：讣告，道格的讣告。我们在太平洋屋脊步道的告别竟是永别。9年后，他在新西兰因为滑翔事故身亡。得知消息后，我大哭了一场，在心里跟那个金发阳光男孩儿默默道别。我走到地下室的角落里，从两颗生锈的钉子上拿下“怪兽”，想要看看道格留给我的那根乌鸦毛。那根羽毛已经碎成了几片，但是还在原处——在背包的夹层里，在我几年前放的那个地方。

我坐在白色长凳上的那天，对这一切一无所知。我只知道，我不需要知道这一切。相信自己所做的是对的，知道这一点就足够了。要去理解事物的真谛，就像在路上的日日夜夜里在我脑海中反复播放的《共同语言之梦》里面的诗句一样，不必非要说出其精确含义。我相信我不需要再空手去抓这一切了，看到鱼儿在水下游来游去就已足够。这就是一切。这就是我的生命，像所有的生命一样，神秘莫测、神圣宝贵。这才是我的生命，离我这么近，这么真实，又这么专属于我。

也许，一切顺其自然，才算最疯狂的事情吧。

致谢

我小时候住在明尼苏达州北部，经常会听到一个欧基伯威语单词“miigwech”，我觉得有必要在这里用一下。这个词的含义是“谢谢”，但是还有别的——这个词还包含着谦卑和感恩之意。这就是我想感谢帮助我写就这本书的人时内心的真正感觉：谦卑而感恩。

我最应该对我的丈夫布赖恩·林德斯特伦说声“miigwech”。他给我的爱无以言表，在我的写作和生活中，他都给了我无尽的爱。谢谢你，布赖恩。

我也要感谢俄勒冈艺术委员会、俄勒冈艺术和文化委员会以及文学艺术项目组在我写作过程中为我提供的赞助和支持；感谢伍德斯托克音乐节的组织者格雷格·内策尔和拉里·克尔顿经常向我发出邀请；感谢布雷德·洛夫作家研讨班和塞沃尼作家研讨班一直对我的大力支持。

这本书的大部分内容是在我家餐桌旁写就的，但是重要的章节是在别处写的。我也非常感谢Soapstone项目为我提供了住处，尤其感谢Soapstone前主任鲁斯·冈德尔。在本书开始阶段，他给了我许多重要的帮助。也要深深地感谢萨莉·菲茨杰拉德和康·菲茨杰拉德伉俪的支持。本书最后几个章节是在他们位于俄勒冈州华纳谷宁静的小家里写的。也要感谢无与伦比的简·奥基夫，正是她借给我车让我开，还帮我买杂货，才让我有时间专注于写作。

感谢我的经纪人詹妮特·西尔弗以及她在扎卡里·舒斯特·哈姆斯沃思代理机构（Zachary Shuster Harmsworth）的同事们。詹妮特，你是我的朋友、拥趸和文学同好。你的支持、聪慧和关爱，我会一直谨记心头。

感谢克诺夫出版公司的诸位，感谢你们从一开始就看好这本书，感谢你们的辛勤努力让这一切成为可能。我尤其要感谢我的编辑罗宾·德瑟，是他一直帮助我精益求精。谢谢你，罗宾，谢谢你的智慧和善良，谢谢你的慷慨和长得惊人而且没有空行的信。没有你的话，这本书不会有今天。同时，我也要感谢加布里埃尔·布鲁克斯、艾伦·哈特曼、莎拉·罗斯巴德、苏珊娜·斯特奇斯以及鲁恩·沃尔瑟。

我想给我的两个孩子卡弗和鲍比深深鞠一躬。在我离家写作的时候，他们对我体现了极大的理解和包容。他们让我永远也不会忘记生命和爱才是最重要的。

感谢我的明星写作团的支持：切尔茜·凯恩、莫妮卡·德雷克、戴安娜·佩琪·乔丹、艾琳·伦纳德、恰克·巴拉纽克、苏西·维蒂洛·苏蕾、玛丽·维颂-海利、莉迪亚·尤科纳维奇。非常感谢你们每个人给我提供的睿智的建议、诚实的反馈和好喝的黑皮诺葡萄酒。

诚挚感谢陪我一路走来的朋友们。因为人数太多无法一一列举，我只能说你们知道我说的就是你，也感谢你们出现在我的生命里。不过，我还是想特别感谢几位——在我写作过程中，给予我特别和诸多帮助的那几位：莎拉·贝利、艾伦·乌尔巴尼、玛格丽特·马龙、布赖恩·佩迪恩、劳里·福克斯、布丽奇特·沃尔什、克里斯·洛温斯坦、莎拉·哈特、加思·斯坦、艾梅·赫特、泰勒·罗迪和霍普·埃德尔曼。你们的友谊和善良让我觉得自愧弗如。同样也要感谢亚瑟·里奇多克·弗劳尔斯、乔治·桑德斯、玛丽·加波尼戈罗和保莉特·贝茨·阿尔登，你们早期的指导和善意对我意义重大。

也要向荒野出版公司（Wilderness Press）表示致敬。你们出版的旅行手册对于那些在太平洋屋脊步道上的徒步客来说不啻一本《圣经》，没有该书作者杰弗里·P.谢弗、本·希夫林、托马斯·温尼特、鲁比·詹金斯和安迪·塞尔特斯等的努力，我一定会晕头转向的。

我在太平洋屋脊步道上碰到的大多数人都是我人生中的匆匆过客，但是我从他们每个人身上都得到了太多。他们让我大笑，让我思考，让我坚持了下来。最重要的是，他们让我完全相信来自陌生人的善意。我尤其要感谢1995年太平洋屋脊步道的同盟军们：C.J.麦克莱伦、里克·托品卡、凯瑟琳娜·古思里以及乔舒亚·奥布赖恩。当我有问题的时候，他们总是给我解答。

最后，我想在此纪念我的朋友道格·威瑟，本书中提到了他。他卒于2004年10月16日，享年31岁。他是个好人，却过早渡过了人生之河。

Miigwech。

图书在版编目（CIP）数据

走出荒野 / (美) 谢丽尔·斯特雷德著；靳婷婷，张怀强译. — 北京：北京联合出版公司，2018.3（2021.11 重印）
ISBN 978-7-5596-1515-2

Ⅰ.①走… Ⅱ.①谢… ②靳… ③张… Ⅲ.①游记—作品集—美国—现代 Ⅳ.①I712.65

中国版本图书馆CIP数据核字（2017）第328848号

著作权合同登记 图字：01-2017-9104

走出荒野

作　　者：（美）谢丽尔·斯特雷德
译　　者：靳婷婷　张怀强
选题策划：北京磨铁图书有限公司
责任编辑：李艳芬
封面设计：付诗意

北京联合出版公司出版
（北京市西城区德外大街83号楼9层　100088）
嘉业印刷（天津）有限公司印刷　新华书店经销
字数300千字　880毫米×1230毫米　1/32　印张12.25
2018年3月第1版　2021年11月第9次印刷
ISBN 978-7-5596-1515-2
定价：49.80元
